馔
工厂

普希金
小 说 选

[俄] 普希金 著　田国彬 译

中国友谊出版公司

图书在版编目（CIP）数据

普希金小说选／（俄罗斯）普希金著；田国彬译. —— 北京：中国友谊出版公司，2015.4（2022.1重印）
ISBN 978-7-5057-3480-7

Ⅰ．①普… Ⅱ．①普… ②田… Ⅲ．①小说集－俄罗斯－近代 Ⅳ．①I512.44

中国版本图书馆CIP数据核字(2015)第022284号

书名	普希金小说选
作者	[俄] 普希金
译者	田国彬
出版	中国友谊出版公司
发行	中国友谊出版公司
经销	新华书店
印刷	天津丰富彩艺印刷有限公司
规格	889×1194毫米　32开 11.875印张　300千字
版次	2015年4月第1版
印次	2022年1月第3次印刷
书号	ISBN 978-7-5057-3480-7
定价	68.00元
地址	北京市朝阳区西坝河南里17号楼
邮编	100028
电话	(010) 64678009

版权所有，翻版必究
如发现印装质量问题，可联系调换
电话　(010) 59799930-601

亚历山大·谢尔盖耶维奇·普希金
(Александр Сергеевич Пушкин, 1799－1837)

俄国诗人、小说家、剧作家、批评家、历史学家、政论家,俄国第一个职业诗人,现代俄国文学创始人,现代标准俄语创始人,俄国现实主义文学奠基人,被誉为"俄国诗歌的太阳""俄国文学之父"。

普希金决斗现场的纪念碑

1799年6月6日,亚历山大·谢尔盖耶维奇·普希金出生于莫斯科的贵族家庭。外曾祖父是彼得大帝的养子。

1811年,进入圣彼得堡贵族子弟寄宿学校——皇村学校,接受到自由思想和民主意识,开始进行诗歌创作。

1814年,第一次公开发表诗作《致诗友》。

1816年,加入当时代表进步文学倾向的"阿尔扎马斯社"。

1817年,皇村学校毕业后,进入外交部担任十等文官。经常去剧院,将写诗作为最重要的志趣,完成诗作《自由颂》。

1818年,完成诗作《致恰达耶夫》。

1820年,长诗《鲁斯兰和柳德米拉》发表。

因诗作中抒发的自由精神而遭到流放,在朋友的帮助下流放地由北方的西伯利亚转入南方的高加索、克里米亚地区。

1821年,完成长诗《高加索的俘虏》《强盗兄弟》等。

1823年,开始创作诗体长篇小说《叶夫盖尼·奥涅金》,直到

普希金的墓碑

1830年才完成。完成诗作《我是荒野上自由的播种者》等。

1824年到1826年，被软禁在母亲的米哈伊洛夫斯科耶庄园中，写下了许多展现当地自然风貌、抒发个人情感、表现时代反思的诗作，如《致大海》《茨冈》《致凯恩》《假如生活欺骗了你》等。

1826年，重新回到莫斯科，但生活和创作都受到了监视。完成诗作《斯金卡·拉辛之歌》《承认》等。

1827年，完成诗作《夜莺和玫瑰》《阿里翁》等。

1829年，完成诗作《顿河》《高加索》《波尔塔瓦》等。

1830年，参加《文学报》的编辑工作，完成悲剧《吝啬骑士》《莫扎特和沙莱里》《石雕客人》《鼠疫流行时的宴会》、长诗《科隆纳一家》、童话《神父和长工巴尔达的故事》《母熊的故事》等。

1831年，与圣彼得堡社交界著名美人娜塔丽娅·冈察洛娃结婚，迁居圣彼得堡。完成童话《萨尔坦皇帝》、小说《罗斯拉甫列夫》、诗作《给诽谤俄罗斯的人们》《波尔金诺周年纪念》《回声》等。10月，

普希金的纪念碑（上海，1987）

短篇小说集《已故伊凡·彼得洛维奇·别尔金小说集》出版。

1833年，完成长诗《青铜骑士》、童话《渔夫和金鱼的故事》《死公主的故事》、中篇小说《杜勃罗夫斯基》《黑桃皇后》。

1834年，完成童话《金鸡的故事》。

1835年，完成小说《埃及之夜》、悲剧《骑士时代的几个场景》。

1836年，主编的《现代人》出版。完成中篇小说《上尉的女儿》、诗作《我为自己建立一座非人工的纪念碑》。

1837年2月8日，因不满法国人丹特斯追求妻子，在圣彼得堡郊外一个叫黑溪的地方与其进行了决斗，被击中腹部，两天后去世。当时的报纸刊载："俄罗斯诗歌的太阳殒落了。"

在当今的俄国，存在着货真价实的普希金崇拜，普希金无处不在：普希金大街、普希金广场、普希金图书馆、普希金号飞机、普希金号火车、普希金牌巧克力、普希金牌香水……普希金的生日——6月6日，被确定为正式的官方节日："俄罗斯语言节"。

普希金的纪念碑（北京，2019）

1880年，普希金的第一座纪念碑树立在莫斯科市中心的广场，广场也被命名为普希金广场。在中国也有两座普希金的纪念碑，一座在上海，建于普希金逝世100周年的1937年，这是中国第一座普希金的纪念碑，也是中国为外国作家树立的第一座纪念碑。在抗日战争和"文化大革命"期间，曾两次被毁。1987年，在普希金逝世150周年之时，又第三次在原址落成；一座在北京，建于2019年。

普希金的《上尉的女儿》是第一部被引介进入中国的俄国文学作品，构成了俄国文学在中国传播的起点。早在1903年就有了中译本，曾译作"花心蝶梦录""俄国情史""甲必丹的女儿"。直到20世纪50年代，译名"上尉的女儿"沿用至今。

正如高尔基所言，普希金是"一切开端的开端"。藉由普希金，我们走进俄国文学。

目录 CONTENTS

别尔金小说集

出版者前言　　　　　　3
神枪手传奇　　　　　　8
风雪奇缘　　　　　　　23
棺材铺老板　　　　　　39
驿站长的悲惨遭遇　　　48
巧扮村姑的小姐　　　　63

杜勃罗夫斯基

第一部　　　　　　　　89
第二部　　　　　　　　127

黑桃皇后

一　　　　　　　　　　175
二　　　　　　　　　　181
三　　　　　　　　　　190
四　　　　　　　　　　199
五　　　　　　　　　　204

| 六 | 208 |
| 结局 | 213 |

上尉的女儿

第一章 近卫军中士	217
第二章 向导	227
第三章 要塞	238
第四章 决斗	246
第五章 爱情	257
第六章 普加乔夫暴动	266
第七章 要塞失守	277
第八章 不速之客	285
第九章 别离	295
第十章 围城	301
第十一章 叛乱的村庄	309
第十二章 孤女	321
第十三章 被捕	329
第十四章 受审	337
附录 删节的一章	348

俄罗斯人姓氏和名字的构成和用法
——代译后记 361

别尔金小说集

普罗斯塔科娃太太：
我的老先生，你可知道，
他从小就喜欢听故事。

斯科季宁：
米特罗方这一点很像我。
　　　　——《纨绔少年》①

---

① 《纨绔少年》，俄国戏剧家冯维辛所著的一部喜剧。

出版者前言

为了出版伊·彼·别尔金小说集一事，我们颇费了一番周折，现将此书奉献给读者。并想借此机会，把已故作者的身世简要介绍一下，这样也许可以略释我国文学爱好者正当的好奇之怀。为达此目的，我们曾走访过玛利亚·阿历克谢耶芙娜·特拉费林娜，她是伊凡·彼得罗维奇·别尔金的近亲，又是他的继承人。但是，令人深感遗憾的是，她未能提供任何一点儿有关作者的信息，因为她与作者生前素不相识，对他的情况亦一无所知。她建议我们去求教一位令人尊敬的人士，因为此君是伊凡·彼得罗维奇生前的好朋友。我们听取了她的意见，便写信去向那位先生求助，果然收到他的一封热情而满意的复函。现将该信一字不动地照录如下，并且不加任何注释。这封信可资真挚友谊与卓越见解珍贵的文献和明证，亦可称之为极其翔实的传记材料。

尊敬××先生台鉴：

阁下于本月15日致函本人，已于23日收悉并拜读，得知阁下欲详细了解我的已故好友和近邻伊凡·彼得罗维奇·别尔金生卒年月、就职状况、家境、精于何业及其性情等项情况。得此良机谨遵阁下之命，鄙人深感荣幸之至，特将已故好友待人接物、举止言谈以及鄙人平日观察的情况尽皆详告，以告慰亡友的在天之灵！

伊凡·彼得罗维奇·别尔金于公元1798年生于戈留辛诺村，其父母双亲是两位为人诚实和品格高尚之人，其父彼得·伊凡诺维奇·别尔金荣膺准校军衔，与特拉费林府上闺中佳丽彼拉盖雅·加夫里拉洛芙娜缔结金玉良缘。家境虽算不上富家大户，但因持家有方，量入为出，日子过得倒也殷实。二老膝下一子，于本村教堂执事处接受启蒙教育。此子倒是立志上进，勤攻学业，又得益于令人敬重的恩师的悉心教授，循循善诱，使之潜心钻研俄国文学，且大展才华。伊凡·彼得罗维奇逐渐长大成人，于公元1815年入伍从军，服役于某猎骑步兵团（番号我已记不起来了），直至1823年解甲归田。父母双亲几乎同时魂归天国，使之不得不退役，返回他出生的摇篮祖居田庄戈留辛诺村。

伊凡·彼得罗维奇接管家业以后，由于年轻而又缺乏治家的经验，再加之心慈面软，管理不善，于短期内即将家中产业撒手不管，并将其父苦心经营和订立的章法尽皆废弛。更为荒唐的是：别尔金竟然把一名原来的村长撤掉，把田户交由女管家执掌。这位村长是个为人正直、精于管理之人，因而遭到农户们的忌恨（这是他们惯用的把戏），而那个女管家，由于擅长饶舌，经常讲述一些奇闻逸事而骗取了他的信任。这个老太婆真可谓愚钝至极，竟然连票面为二十五卢布与五十卢布的钞票都识别不出来！尽管如此，她还是全村孩子的教母，但是农户们无一人怕她。农户们所推选之村长不仅擅离职守，而且与他们沆瀣一气蒙骗东家，致使伊凡·彼得罗维奇迫于形势而废除劳役制，以少量代役租取而代之。更有甚者，农户们眼见东家软弱可欺，从而变本加厉，第一年借故要挟减租，第二年则皆以核桃和越橘来代缴三分之二的田租，即使如此，仍耍滑拖欠。

我既为伊凡·彼得罗维奇先父的生前好友,窃以为有当仁不让之责,理当对他进行规劝以献金石之言,因此多次挺身为其主持公道,助其恢复已废弛的旧有规条章法。有一天,我专程为此事前去他家造访,嘱其取出账簿,召来那个耍滑使奸的新村长,当着伊凡·彼得罗维奇的面,把账目全都清查一遍。刚开始时,这位少东家聚精会神,低首下心地在一旁观看;但当按账面仔细核查,发现近年来饲养之家禽家畜数目连年下降,而农户家家户户人丁日见兴旺,伊凡·彼得罗维奇对初步清查即心满意足,对我欲进一步核查之举已置若罔闻!当我证据确凿,义正词严追问耍滑使奸的新村长时,逼得她惊慌失措,无言以对的时刻,忽然听得鼾声如雷——伊凡·彼得罗维奇已在椅子上垂首酣然入梦了!从即日起,我不再涉足他的家事,和他本人一样,只好听凭全能的上帝去处置了。

但是,我与他友好交往并未因此事而受到任何影响。虽然,此君有富豪贵胄子弟不善立身处世的通病,以及不可救药的浪荡人生的顽疾,确实难免不为他忧心忡忡,然而,又不能不钟爱这个如此正直朴实的年轻人。从伊凡·彼得罗维奇方面而论,亦尊敬老人,尤其对我执礼甚恭。诚然,我们老少二人,爱好不同,志趣有别,性情各异,但天天相见,促膝谈心,意洽情欢,直至他华年早逝之日,我们可谓忘年之交,友情甚笃。

伊凡·彼得罗维奇生活极其克勤克俭,从未有过狂放不羁之态,更未见其有过侈靡贪杯和追欢逐乐之举(这在我们这个地区还是罕见的);见到异性虽然十分倾慕,却无非分之想,而且像少女一般羞怯拘谨。①

阁下信函中所列的数篇小说之外,伊凡·彼得罗维奇尚于死后留下大量手稿,其中一部分珍藏在寒舍,另一部分则为女管家在家中移作他用。例如,去冬厢房糊窗用纸,他那部未完成的长篇小说的第一部便派上了大用场。阁下所列举的数篇短篇小说,似乎乃是其初出茅庐之作。正如伊凡·彼得罗维奇自己所述,这几篇小说绝大部分均以真人真事为题材,以形形色色人物耳听口传为依据。②但人物姓名系作者臆造,村落、乡镇则借用远近四邻各村庄之名,故此我的田庄亦在作品某处出现。这种做法绝非欲施某种恶意,实因此君的想象能力过于贫乏所致。

1828年秋,伊凡·彼得罗维奇患了疟疾,忽冷忽热,后来转至高烧灼人,长久不退,竟然一病未起,英年夭折,辞世而去!卧病期间,多方延医救治,经县医官全力抢救,怎奈药石罔效。该医官有妙手回春之术,医治老鸡眼之类痼疾的医道尤其高明。伊凡·彼得罗维奇魂归天国之时,长眠于我的怀抱之中,正值而立之年,仅三十岁便夭折,遗体葬于戈留辛诺村教堂侧双亲之墓旁。

伊凡·彼得罗维奇中等身材,目色灰褐,头发呈浅黄色,口方鼻正,面色苍白而消瘦。

阁下见察,有关已故好友及近邻伊凡·彼得罗维奇的身世家境、职业、性情以及仪表等,我已穷思追忆其详,尽皆如上详述。阁下若意欲将此函公之于众,则本人自当事先申诉,恳请千万莫要引用真名实姓为盼,我虽然极为敬重与垂

---

① 本来有一段趣闻逸事,恕不在此处刊载,因其实为毫无必要。敬请读者宽心,此事对伊凡·彼得罗维奇的怀念丝毫无损。——作者原注
② 实际上,在别尔金先生每篇小说的手稿中均注明官阶、头衔、姓名的第一个字母。

爱文人作家，却以为引用真名实姓实为多此一举，而且与我之年岁不甚相宜。顺致真诚敬意，别不赘言。

1830 年 1 月 16 日
于涅纳拉多沃村

尊重作者好友的愿望乃是我们的职责，故此特向此公表达深沉的谢意，感谢他为我们提供这份宝贵材料。亦敬请读者诸君珍视此信函中所表达的真挚情感与良好愿望。

亚·普[①]

[①] 亚·普，亚历山大·普希金的缩写。

神枪手传奇

> 我们开枪射击了。
> ——巴拉丁斯基①

> 我发誓按决斗的规则打死他
> （他未打中，还欠我一枪）。
> ——《宿营之夜》②

一

  我们团驻扎在××小镇。军官们的军旅生活是众所周知的。早晨上操，练骑术，一折腾就是一上午。中午到团长家就餐，或者到犹太人开的饭铺去吃上一顿，晚上又喝彭斯酒又打牌。在××镇没有一户人家肯打开大门殷勤地款待客人，也没有一个待嫁的闺中秀女；在这儿，只是我们自己圈子里的人走来窜去地组织聚会，除了一个个身穿军装的人以外，几乎甭想看到别的人了。
  只有一个人，虽然不是军人，却属于我们这个圈子。他大约

---

① 巴拉丁斯基（1800—1844），俄国诗人。所引诗句出自《舞会》一诗。
② 《宿营之夜》，俄国作家别斯图舍夫·马尔林斯基（1797—1837）的中篇小说。

三十五六岁，因此我们都把他尊为年长之人。他久经沧桑、知的多见的广，故此在我们面前显得足智多谋，而且他平时总是郁郁寡欢，性情严峻而固执，谈吐时言辞总是那么尖刻，因而对我们年轻人的头脑产生了强烈的影响。他的经历蒙上了某种神秘的色彩；看样子像个俄罗斯人，可是又取了个外国名字。他曾在骠骑兵中服过役，甚至还有过扬眉吐气的时候；谁也不清楚，他因何被迫退伍并滞留在这个贫困的小镇上。他在这个小镇上，日子过得很清苦，同时又豪爽大方：出出入入一贯步行，身穿一套破旧的黑礼服，但是他家里总是宾客盈门、高朋满座；他殷勤好客，热情款待我们团的全体军官。虽然每餐只有两三道菜，而且是由一个退伍老兵烹调的，但是香槟酒却管够喝，像小河流水一样源源不断。谁也不了解他的状况和经济来源，可是谁也不敢问及此事。他有很多藏书，有一部分是有关军事方面的，也有一些小说。他高兴别人来借阅，而且从不讨还，他借阅别人的书，也从来不归还原主。他的主要活动项目是用手枪练习射击。他的房间中四壁全都弹痕累累，犹如蜂巢一般。在他住的这间陋室里倒是有一种奢侈品，那就是他收藏的手枪，种类极为齐全。他的枪法百发百中，射击的准确程度简直令人难以置信，如果他想把谁顶在头上的苹果打下来，在我们团里谁都会毫不迟疑地用自己脑袋顶着苹果，站在他的面前让他当作靶子来打。我们经常谈论起有关决斗的事情。西尔维奥（我就叫他这个名字）从来不参与这种谈话。如果有人问他是否决斗过，他只冷冷地回答决斗过，但从来不讲详情细节，看得出来他很讨厌这类问题。我们猜想，大概他的良心欠了债，上面一定压着被他那非凡的枪法夺走了性命的不幸牺牲者。然而，我们丝毫也不曾怀疑过，他会临危退缩、胆怯避险。有些人，只要你一观其相貌与神采，便会立刻消除对他胆识的怀疑。但是，一个偶然发生的事件竟会使我们大家对他的举止全都感到惊异和困惑。

　　有一次，我们大约有十来个军官在西尔维奥家里吃午饭，跟往常一样地喝酒,喝了很多。饭后我们就请主人坐庄打牌。他一再推辞,因为他几乎从来都不打牌。推辞不过,最后他吩咐拿来纸牌,把五十枚小金币丢在桌子上,然后坐下来发牌。我们都围着他坐下,牌局就算正式开始了。西尔维奥有个习惯,那就是赌牌时要保持绝对的肃静,从来不争执,也从来不解释。如果碰到赌家有时算错了账,他便立刻把没有付清的钱数补足或者记录下来。我们早就知道他有这习惯,所以从来不妨碍他,让他依照自己的办法处理。但是,我们中间有个不久前调来的军官也在这里一起赌,由于漫不经心而多折一个角①。西尔维奥拿起粉笔,按着自己的习惯做法把账结清。那位新来的军官以为他算错了,开口进行解释说明。西尔维奥没有作声,继续发牌。那位军官忍耐不住,拿起小刷子,把他认为不对的数目全都擦掉。西尔维奥拿起粉笔又重新记上。那个军官有点酒劲发作,再加上赌牌不顺和同事们的讪笑,便大发雷霆,认为自己遭受了奇耻大辱,在盛怒之下操起桌上铜烛台,向西尔维奥砸了过去,多亏西尔维奥躲闪得快,否则正好打中。由于事情突发,弄得我们手足无措,不知如何是好。西尔维奥站起身来,气得面色刷白,两眼喷着怒火,说道:"亲爱的先生,请出去!您要感谢上帝,这事幸好发生在我的家里。"

我们谁也不曾怀疑此事的结局:都认为这位新同事必定要在枪口下送命。那位军官一边往外走,一边说,他愿意为这次发生的不愉快负责,并愿意听候庄家的随意处置。牌局又继续了几分钟,不过我们在场的人都感到,主人情绪不好无心再赌,便一个接一个地放下手中的牌,各自纷纷返回宿舍,一路上谈论着军官职务中很快又要出现一个空缺了。

第二天在骑术操练场上,我们正在相互打听那个可怜的中尉是否

---

① 在纸牌上折一个角,表示下四分之一的赌注。

还活着的时候，正巧他本人也来到我们这里。我们便纷纷围拢过来，向他提出同样的问题。他回答说，他还没有收到西尔维奥任何通知。我们都感到很奇怪，于是，便去找西尔维奥，发现他正站在院子里，正对着贴在门上的爱司牌把子弹一颗接一颗地射进去。他像平常一样地接待了我们，但关于昨晚发生之事，却只字未提。过了三天，那个中尉仍旧安然无恙。我们都惊奇地发问：莫非西尔维奥就此罢休，不打算决斗了吗？果真如此，西尔维奥没有进行决斗。他居然对那种轻描淡写的解释感到满意，并且就此和解了。

在青年人的心目中，这件事情最初大大地损害了他的形象。缺乏勇气比其他任何事情都更难得到青年人的谅解。因为他们通常把勇敢的气概视为顶天立地的大丈夫立身处世必备的美德，而其他一些弱点和过错都无关紧要。然而，这一切不久便渐渐被遗忘了，西尔维奥的威望又复旧如初了。

唯有我一个人不想再像以前那样跟他亲近了。我这个人天生就具有浪漫式的幻想，在这件事情发生之前，我比任何人都更喜欢、更崇拜此人；在我看来，他的生活本身就是个谜，他本人也足以成为一部神秘小说的主人公。他很喜欢我，至少，他唯独对我一个人从来不使用他那种已经习以为常尖酸刻薄的言辞，总是和颜悦色地和我交谈各种事情，而且能够坦诚相待；然而，自从那个不幸的夜晚之后，我始终感到，他的名誉已罩上了不光彩的阴影，而且没能及时地洗刷掉这个阴影，完全怪他自己。这个想法一直缠着我，因而，使我很难像从前那样崇敬他，亲近他了。我也羞于像以前那样瞩目于他，以西尔维奥的绝顶聪明和广博的阅历，他不会觉察不出其中的奥妙，而且很容易猜想出导致这种僵局的原因。看来，此事使他很苦恼，我发现至少有两三次，他想主动向我解释解释，但是我都回避了，西尔维奥也就此作罢。从那时起，我只有跟同事们在一起的时候才和他见面，我们以前那种推心置腹地促膝倾谈，也已经成为往事了。

久居京城闲散惯了的居民,很难想象和体会得到乡下和小镇上的居民们那种司空见惯的许多感受。比如说,对于邮件收发日期的焦急地等待:每逢星期二和星期五,我们团部的办公室便挤满了军官,有的人在等汇款,有的人在等信件,有的人在等报纸杂志。在办公室里,邮件往往都是当场拆看,因此一旦有点什么消息或新闻,立即便传播开来,那时这儿便呈现出一派活跃的景象。西尔维奥的信件也寄至我们的团部,因此他也经常到这里来光顾一下。有一天,他收到了一封信,怀着十分焦灼的心情拆开封蜡,匆匆地把信看了一遍,两只眼睛炯炯发光。军官们都在忙着各自看信,谁也不曾留意他情绪的变化。可是他却向军官们说道:"诸位先生们!情况紧急,要求我立刻离开这里,今晚就要动身,希望诸位不要拒绝我的邀请,请大家到我那里最后一次聚餐吧!我盼望你也能来。"他转向我继续说道,"请一定来!"他说完这番话,就匆匆地走了。我们大家约好在西尔维奥家里聚会,然后各自走开。

我在约定的时间来到了西尔维奥的家里,发现全团军官差不多都已经来了。他的行李已经收拾就绪,房间里只剩下弹痕累累光秃的四壁。我们围着餐桌坐了下来;主人此时兴致盎然、神采焕发,这种喜悦的情绪也感染了我们所有在座的人,大家立刻全都欢快地活跃起来。酒瓶塞子不停地爆出响声,酒杯里泡沫翻滚,发出咝咝的响声。我们纷纷举杯,衷心祝愿上路之人一路顺风,万事如意。等到我们饭后道别的时候,天色已经黑了。大家都在取帽子,西尔维奥一一与他们告别,正当我要走出门的一刹那,他过来握住我的手要我留下来。"我想跟您谈一谈。"他轻声地说道。我便留了下来。

客人都走了,就剩下我们两个人,我和他面对面地坐了下来,谁也没说话,只是抽着烟斗。西尔维奥有些心神不定,方才那种突如其来的欢乐情绪已经消失得无影无踪。一张阴郁的脸显得更加苍白,双目炯炯发光,口里喷云吐雾,那副神情活像一个真正的魔鬼。过了几秒钟，西尔维奥首先开口说话，打破了沉默。

"也许，今后我们不再有机会见面了。"他对我说道，"在分别之前，我想跟您解释一下。您大概已经注意到，我很少听从别人的意见，可是，我很喜欢您，我觉得，如果在您的头脑中对我留下一个不公正的印象，那样会使我难过的。"

说到这里，他停了下来，动手装他那已经抽光了的烟斗，我低垂着目光，依然没有开口说话。

"您一定觉得很奇怪，对吧？"他接着说道，"我怎么没有向那个蛮不讲理耍酒疯的 P 提出决斗。我想您会同意我的看法：我有权选择我的报复方式。他的命本来捏在我的手心里，可是我却没有任何危险。然而，我克制住了自己，我本可以把自己装扮成酩酊大醉、大仁大义之人，但是却不想说假话。如果我要惩罚 P 而不冒任何一点儿危险的话，那我是绝对不会饶他一命的。"

我抬起眼睛，吃惊地望着西尔维奥。他的襟怀如此之坦诚，反而弄得我十分尴尬。他又继续说道：

"就是这么回事，我无权冒险去送死。因为六年前，我被人打了一记耳光，仇人至今依然活着，我还要报仇。"

他这一席话激起了我强烈的好奇心，于是，我问道："您没有跟他决斗吗？也许，是环境迫使你们分开？对吧？"

"我同他决斗过了"他回答说，"请看，这就是决斗的纪念"

说到这里，西尔维奥站起来，从帽盒里取出一顶带金流苏和金色缨绦的红帽子（法国人把它叫作警察帽的那一种），他戴在头上，在帽子上高出额头三四厘米处有一个被子弹打穿的洞。

"您知道，"他又接着说道，"我当时在 ×× 骑兵团服役。我的脾气你是知道的，我这个人一贯爱逞强好胜，这是从小就养成的一种难以克制的好胜心。我们那个时候，逞凶斗狠算是一种时髦的风尚，当时我是军队里天字第一号爱惹是生非之人。我们以酗酒狂饮而自我炫

神枪手传奇　13

耀：我的酒量胜过杰尼斯·达维多夫①在诗中所赞颂过的饮酒大仙布尔卓夫②。决斗在我们团里是家常便饭：每一次决斗都少不了我，不是做公证人，就是亲自握枪上阵。同事们都很崇拜我，但是团部里经常调换的长官们却把我看成经常制造事端的祸水。

"正当我扬扬得意地（或者说狂傲自负地）享受着我的荣誉的时候，我们团里新调来一个年轻人，他是个门第显赫、腰缠万贯的花花公子（我不想说出他的名字和姓氏）。我有生以来还从未见到他这样犹如天之骄子的幸运儿！您想想看：他年轻英俊、聪明豪爽，是个追欢逐乐的阔少，是个飞扬跋扈的花花太岁，是个逞强争霸的拼命三郎；他有名门贵胄的姓氏，挥金如土，花起钱来如流水一样，而且有永远挥霍不尽的钱财。您可想而知，他在我们中间会引起多大的震动吧？我的优越地位被动摇了。他惑于我的虚名，有意与我交往以结友谊之盟。但是，我对他却很冷淡，他也就无所谓地不再主动和我亲近。我的心中却埋下了对他仇恨的种子。他在团里以及女人圈子里都很得宠，这使得我妒火飞腾，甚至灰心绝望。我便开始找碴寻衅，对我的讽刺挖苦他以牙还牙，并且他回敬我的话语，比我预料的更要尖刻，更要出奇制胜，更要风趣有力：因为我是处心积虑地想惹是生非，想借题发挥，可是他只不过是寻寻开心罢了。最后，有一次在一位波兰地主的舞会上，当我看到他成了舞会上所有女士瞩目的宠物，特别是那个跟我有过暧昧关系的女主人对他眉来眼去、殷勤备至时，我按捺不住心头的怒火，便走上前去在他耳边说了一句常说的粗鲁下流的话，他立刻火冒三丈，给了我一个大耳光。我们俩都跑过去抽刀。女士们都

---

① 杰尼斯·瓦西里耶维奇·达维多夫(1784—1839)，俄国诗人，1812年卫国战争中游击运动领导人之一。
② 亚历山大·彼得罗维奇·布尔卓夫（？—1843)，白俄罗斯骠骑兵团中以不知忧虑闻名的军官，达维多夫的朋友。达维多夫在诗歌《骠骑兵的酒筵》和《致布尔卓夫》(1804)中歌颂过他。

吓得昏了过去。人们把我们拉开,当晚我们就去进行决斗。

"在黎明时分,我同三个公证人站在约好的地方。我怀着难以描述的焦急心情等待着我的对手到来。春天的太阳升起来了,身上感到暖洋洋的。我看到他从远处走过来。他既未骑马,也没坐车,把军服挂在佩刀上,有一个公证人陪着他。我们迎上前去。他朝我们走来,手里捧着一顶帽子,里面装的是樱桃。公证人量了十二步远的距离。本来应该是我先开枪,可是,由于复仇心切,过于激动,双手颤抖得厉害,我不敢相信我是否能瞄准。为了使我自己能够有点儿时间冷静下来,我便让他先开枪。我的对手却不同意,我们只好抓阄。结果还是他先开枪,他干什么都是这么走红运!他举起枪来瞄准,一枪打穿了我的军帽。该轮到我开枪了。我非打死他不可!一定不能让他逃出我的掌心。我恶狠狠地死死地瞄准他,竭力想看到他在我枪口前表现出惊恐的样子,哪怕能找到一点点儿害怕的迹象也行……但是,这小子站在我的枪口前,泰然自若地从帽子里挑着熟透了的樱桃,一颗一颗地放到嘴里,没有半点惧色地把樱桃核吐到我的眼前。他这种对生命满不在乎的态度使我非常气愤。我当时心想,在他对生命丝毫不珍惜的时刻,夺取了他的生命,对我来说又有什么益处呢?于是,一条更恶毒的诡计在我的头脑中闪过。我放下了手枪。

"看来,您此刻对死好像并不感兴趣,"我对他说道,"请回家去吃早点吧!我此刻不想打扰您。"

"您丝毫也未曾打扰我,"他反唇相讥地说道,"请开枪吧!但是要悉听尊便,我还欠您这一枪,我随时恭候您的吩咐。"

"我转过身来向公证人宣布,我今天不打算开这一枪,决斗到此暂时结束……"

"我退伍以后,便来到了这座小镇。但从那时起,我没有一天没想到报这一个耳光和这一枪之仇。现在报仇的时刻到了……"

西尔维奥一边说着一边从兜里掏出他早晨收到的那封信给我看。

有一个人（大概是他的委托人）从莫斯科给他来信告知，说某某人就要跟一位年轻美貌的小姐正式结婚。

"我想您一定能猜得出的，"西尔维奥说道，"那个某某人应该是谁吧！我此行就是去莫斯科。我倒要看一看，他在新婚宴尔的时刻，面对死神是否还是那副视生命满不在乎的样子，是否还像从前那样泰然自若地挑着樱桃吃的那副狂傲的神态。"

西尔维奥一边说着一边站起来，并随手把那带着枪眼的帽子丢在地板上，接着便在房间里来回不停地走着，活像一只被关在笼子里的猛虎。我坐在那里一动未动地听着他讲，一些奇怪而又相互矛盾的情感使我异常激动。

这时仆人进来报告说，马匹车辆均已备齐。西尔维奥紧紧地握着我的手，我们亲吻道别。他登上马车落座，车上还放着两只箱子，一只装手枪，另一只装的是日常用品。我们再次道别。几匹马扬蹄飞驰而去。

二

几年之后，家境迫使我迁居到 H 县一个贫困的村庄。我虽然整天忙于管理田产事务，心里还总是不时地想起从前的时日，那时生活过得欢欢快快而又无忧无虑。在乡下度日对于我来说，最难熬的是要逐渐习惯在完全孤苦之中，打发秋天那凄风苦雨和冬季寒风呼啸的漫漫长夜。午饭前的时间总还可以想方设法去消磨：找村长聊聊天，驱车到各处游荡一番，或者检查一下田庄上新的设施，但是天色一黑下来，我便没咒念了——不知如何是好了。我在柜子里和贮藏室中找出为数不多的几本书，翻来覆去地读，早已经倒背如流了。管家婆基里洛芙娜所能记得起的全部故事，我也不知听了多少遍了；村妇们唱的那种哀伤的歌曲，也只能为我平添惆怅。我开始喝不放糖的果露酒，可是喝了以后又引起头痛。坦白地说，我真担心自己会变成一个借酒浇愁的酒鬼，也就是说要变成一个不可救药的酒鬼。这号人在我们县里数不胜数。除了结交了两三个不可救药的酒鬼以外，我再没有什么近邻好友。这些酒鬼一说起话来不是打嗝就是唉声叹气。比起来，还不如忍受孤苦更好过一些。

离我们村四俄里①远的地方，有一座比较富裕的田庄，其主人是Б伯爵夫人。但是田庄只由她的管家料理，伯爵夫人只是在她出嫁的那一年来过一次，并且住了不到一个月便匆匆离去。然而，在我隐居乡下的第二年春天，传说伯爵夫人要偕同她的丈夫来此度夏。事实上，他们于六月初就已到达此地。

一位有钱的邻居衣锦归来，到此一游，对于乡下人来说，那可是一件非同寻常的大事。地主们以及他们的家奴，三个月以前就开始议论此事，而且直到三年以后仍然对此事念念不忘。至于我嘛，坦率地说，年轻貌美的邻居到来的消息，使我也异常的兴奋。我急不可耐地想去拜会她。所以，在她返乡后的第一个星期天，吃过午饭后，便匆匆驱车上路到××村去登门造访，并且向他们毛遂自荐：愿意做他们最亲近的邻居和最恭顺的仆人。

仆人把我请至伯爵的书房，然后转身去通报我的来访。这间书房很大、很宽敞，陈设十分奢华：靠墙摆着一排书柜，每个书柜上都放着一尊青铜半身像，大理石壁炉上方镶着一面大镜子，地板上蒙了一层绿呢子，上面再铺上地毯。住在我那寒伧的陋室里，跟奢华业已无缘，并且很久不曾见识别人如此豪华奢侈了，因而我竟有些畏首畏尾地不知所措了，怀着战战兢兢的心情等候伯爵的大驾，就好像外省进京请愿的土老帽恭候朝中的大臣一样。书房门打开，一位年纪三十二三岁的英俊的男子走了进来，真是仪表堂堂！伯爵走到我跟

---

① 1俄里约等于1千米。

神枪手传奇　17

前，神情坦率而又亲切友好，我鼓足勇气振作精神，正要开口做自我介绍，可是伯爵却抢先说话了。我们各自落座。他的举止言谈随和而又亲切，如此一来，便很快驱散我疏于交际的羞怯。我刚刚开始恢复常态，伯爵夫人又走了进来，我比先前就越发拘谨不安了。她确实是个大美人儿。伯爵给我做了一番介绍，我想做出潇洒大方的样子，结果反而弄巧成拙：我越是装得从容自如，就越显得不自然。他们夫妻俩为了让我得暇以调整自己的情绪和适应新的环境，他们便自己交谈了起来，把我看成一个忠厚善良的邻居，因此对我也就抛掉那种繁文缛节的礼仪了。这时我在书房里东看看西望望地走着，浏览和欣赏着那些藏书和绘画，论绘画我是个外行，可是有一幅画引起了我的注意。画面上描绘的是瑞士某地风光，但令我惊奇的不是风景，而是画上有两颗子弹打穿的一个弹孔，即后来一颗子弹正好打到已嵌进去的一颗子弹里面。

"好枪法！"我回过头来对伯爵说道。

"是的，"他回答道，"枪法实在太高明了。"接着又说道，"您的枪法也准吗？"

"马马虎虎。"我回答说，心里感到很高兴，谈话总算转到我熟悉的题目上来了，"隔三十步的距离，开枪打纸牌，不会打不中，当然需要用我使惯的手枪。"

"真的吗？"伯爵夫人接过话茬说，表现出十分感兴趣的样子，"可是你呢，亲爱的，离三十步远能够打中纸牌吗？"

"我们什么时候来试试吧！"伯爵答道，"当年我的枪法也不错，不过已经有四年没摸过枪了。"

"哦！"我说道，"我敢打赌，在这种情况下，阁下，就是二十步远的距离你也会打不中的：手枪射击非得天天练不可。这一点我是凭经验琢磨出来的。在我们团里，我也算是优秀射手中的一员。有一次我的枪拿去修理，我整整一个月没有摸到枪。伯爵！您猜怎么样？后来我再射击的时候，头一次，隔二十五步远射击瓶子，我一连打了四枪，一枪也没射中。我们团里有个骑兵大尉，是个既机智而又很风趣的人，当时正好在场，便对我说道：'老弟！你是舍不得举起手来打酒瓶子吧。'不，伯爵！不能小看这种练习，否则，你的射击本领就全都荒废了。我遇到一名最杰出的射手，他每天都要练习，至少午饭前要练三次。这已经成了他的习惯，就好像每天饭前都要喝酒一样。"

伯爵和伯爵夫人见我谈笑自如了，非常高兴。

"那么他是怎样练习枪法的呢？"伯爵问道。

"阁下，是这样：比如说，他看到一只苍蝇落到墙……伯爵夫人！您感到好笑吧？天理良心，没有半点儿假话，一见到苍蝇，他马上就大声喊道：'库兹马，拿枪来！库兹马便立刻递上一只上好了子弹的手枪。只听啪的一声，他把苍蝇打到墙壁里去了。"

"真了不起！"伯爵赞叹道，"他叫什么名字？"

"西尔维奥，阁下！"

"西尔维奥！"伯爵从座位上跳起来惊呼道，"您认识西尔维奥吗？"

"怎么会不认识！伯爵大人！我和他还是好朋友，在我们团里，大家都把他看成兄长和战友一样。我没有得到他的消息，已经有五年之久了。看起来，伯爵大人您似乎认识他吧？"

"岂止是认识，而且还很熟呢！他没有跟您说起过——不对，我想他不会说起。那么，他没有告诉过您一件非常奇怪的事情吗？"

"伯爵大人，您是不是指他在一次舞会上挨了一个浪荡公子一击耳光那件事呢？"

"他没有告诉您那个浪荡公子的名字吗？"

"没有，伯爵大人。他没有告诉我……啊！伯爵大人！"我猜到了真相，继续说道，"请原谅……我真的不知道……莫非是您？……"

"正是我，"伯爵带着十分沮丧的神情说道，"那幅被子弹打穿了的画,便是我跟他最后一次会面时,他给我留下的见面礼……"

"哎呀!我的亲爱的!"伯爵夫人说道,"看在上帝的分儿上,不要讲了,我听着挺吓人的。"

"不!"伯爵没有接受她的劝告,执意接着讲,"我要把这件事儿全都告诉他。他既然知道我是怎样侮辱了他的朋友,那我也应该让他了解,西尔维奥是怎样对我进行报复的。"

伯爵把靠背椅向我移近一些,我呢,则怀着最强烈的好奇心,听他讲了下面这样一段故事:

"五年前我结婚了。婚后的第一个月,也就是蜜月①,我就是在这个村庄里度过的。我要感谢这幢房子为我保留了一生最美好的时刻和许多不愉快的事情中一个最沉重的回忆。

"一天黄昏时分,我和妻子一同骑马出游,她的马不知因何发起烈性来,把她吓坏了,只好把缰绳交给我,自己徒步回家。我骑马先到了家。我在院子里看到一辆旅行马车,仆人告诉我说,有个人在我书房里等我,并且不愿说出自己的姓名,只是简单地说,他找我有事。我便走进了我们现在待的这个房间。在昏暗中,只见一个人站在这儿的壁炉旁,他风尘仆仆、满面胡须。我向他走了过去,一面竭力想认出他的面貌。

"'你认不出我了吧,伯爵?'他声音颤抖地说道。

"'西尔维奥!'我惊叫了一声,我得坦白地说,立时感到毛发倒竖。

"'一点儿不错,正是我,'他接着说道,'你还欠我一枪。我来此的目的就是要讨还这一枪。你准备好了吗?'

"他的手枪从裤子口袋里鼓出来。我量了十二步,就站在那个角落里,我请他快点儿动手,趁我妻子还没回来。他存心拖延时间——要

---

① "也就是蜜月"原文为英文。

求点灯。蜡烛拿来了。我闩上了门，吩咐不准任何人进来，然后再次请他动手。他掏出手枪，瞄准了……我数着一秒、一秒、又一秒……心里惦记着新婚宴尔之妻……令人魂飞魄散的一瞬过去了！西尔维奥放下了手枪。

"'很遗憾，'他说道，'手枪里装的可不是樱桃核……子弹可是要命的。我总觉得，我们这不是决斗，而是谋杀：我不习惯向手中没有武器的人开枪。我们得重新开始，来抓阄吧！看看谁先开第一枪。'

"我的脑袋里天旋地转……似乎我并没同意这样做……最后，我们还是给另一支手枪压上了子弹。卷了两张字条，他把字条就放进那顶从前被我打穿了洞的帽子里。我又抓到了第一号。

"'伯爵，你真像魔鬼一样地走运。'他冷笑着说道，那副冷笑的模样，我一辈子也不会忘记的。

"时至今日，我还没搞清当时究竟是怎么回事，也搞不清他是用什么办法逼着我那样干的……我开了第一枪，就打中了这幅画。"（伯爵指着那幅打穿了洞的画；他的脸像火一样的通红通红，伯爵夫人的脸色则比她的手帕还要白，我忍不住失声惊叫了起来。）

"我开了一枪，"伯爵接着说道，"唉！谢天谢地，没有击中。那时西尔维奥……（在这一刹那他的样子真是太可怕了！）西尔维奥开始对我瞄准儿。突然间屋门被打开，玛莎跑进屋来，一声尖叫，扑过来一把搂住我的脖子。她这一来，使我的勇气完全恢复了。

"'亲爱的'，我对她说道，'难道你没看出来，我们是在闹着玩儿吗？你怎么吓成这副样子！去吧！去喝杯水压压惊，然后再到我们这儿来。我要给你介绍一位老朋友，我的老战友。'

"玛莎仍然不相信。'请您告诉我，我丈夫说的是真话吗？'她转过身去对面色阴沉可怕的西尔维奥问道，'我丈夫说你们两人在闹着玩，是真的吗？'

"'伯爵夫人！他一贯爱开玩笑'，西尔维奥回答她说，'有一次开玩笑，他赏了我一个耳光，还有一次他开玩笑，一枪打穿了我的帽子，刚才他又开了一个玩笑，有意不打中我，如今，可该轮到我来跟他开开玩笑了……'

"他一边说着，一边举枪对我瞄准……居然当着她的面！玛莎扑倒在他的脚下。

"'起来！玛莎！真不害臊！'我发狂地叫了起来，'先生！请不要再嘲弄这个可怜的女人了，好不好？您到底开枪，还是不开枪？'

"'不开枪了，'西尔维奥答道，'我已经满意了：我看到你这副狼狈相，你胆怯了。我逼迫你对我开了枪，我已经心满意足了。请不要忘记我，我把你交给你自己的良心去审判吧！'

"他说完这番话拔腿就往外走，走到门口处又停了下来，回头看了看被我打穿的那幅画，没有瞄准随手就打了一枪，转身就走了出去。我妻子吓得晕了过去，用人没有敢阻拦，只是惊恐地望着他。他走到台阶下，大声叫来车夫，还没等我清醒过来，便扬长而去。"

伯爵不再作声了。就这样，我得知了这个故事的结尾，它一开头就曾使我惊叹不已。我再没有见过这个故事的主人公。听人家说，在亚历山大·伊卜西朗蒂[1] 起义时，西尔维奥曾率领一支希腊独立运动勇士的队伍，在斯库里亚内城下的战役[2] 中壮烈牺牲了。

---

[1] 亚历山大·伊卜西朗蒂(1792—1828)，反抗土耳其统治的希腊民族解放运动的领导人之一。
[2] 此战役发生于1821年6月27日。

风雪奇缘

马蹄踏在厚厚的积雪上，
马儿穿过山丘奔向前方，
看！那边有座上帝的教堂，
孤零零地矗立在大路旁。
……
突然之间暴风雪从天而降，
周围一切，全都白茫茫，
大雪一团团地迎风飞舞，
撕棉扯絮一般，纷纷扬扬，
……
一只黑色乌鸦扇着翅膀，
盘旋在我们的雪橇上方，
"呱、呱"的叫声预示着不祥！
马儿竖鬃扬蹄赶路匆忙，
双目炯炯，凝视着黑暗的远方……

——茹科夫斯基[1]

---

[1] 茹科夫斯基(1783—1852)，俄国诗人，当时的诗坛泰斗。所引诗句出自长诗《斯维特兰娜》。

在那个值得我们纪念的时代,即1811年岁末,心地善良的加夫里拉·加夫里洛维奇·P××,正居住在自己的庄园里——涅纳拉多沃村。此人殷勤好客,热情诚恳,因此远近驰名。四邻八舍常常到他家里来饮酒赴宴,陪着他太太普拉斯科维娅·彼得罗芙娜玩一玩五个戈比输赢的波士顿牌,而有些客人来他家则是另有打算,目的是想看一看他的女儿玛利亚·加夫里拉洛芙娜。这位小姐正值豆蔻年华,年方十七,长得苗条娇艳,面色白皙如玉。她被人们视为一位富有的待嫁闺秀,许多人都想把她捞到手里,或者娶为自己的美妾,或者嫁给自己的儿子成为娇妻。

玛利亚·加夫里拉洛芙娜是在法国小说的熏陶下长大的,故此,自然而然地便堕入了爱河、情网。她选中的意中人是个阮囊羞涩的陆军准尉,那时他正在这个村子里度假。不言而喻,这位青年人也燃起同样炽烈的爱情之火。但是,玛利亚的双亲发现了他们二人互相倾慕与热恋的关系之后,便逼迫女儿斩断情丝,不准与他交往,不许想他,而且对这个年轻人的接待冷若冰霜,比接待一个解职的陪审员还要差。

我们这一对恋人飞书寄笺从未间断,并且每天都要在松树林里或一座古老的小教堂处幽会。他们一见面便海誓山盟,悲叹命运乖戾,苦思冥想解脱的良计妙策。通过如此这般的飞书寄笺和反复谋划之后,他们俩(极其自然地)做出了如下的判断:既然我们二人生死同心,永不分离,而且父母又是那么残酷无情,绝不会让我们如愿以偿,那么我们能否想个良策而避开父母把意志强加在我们身上呢?妙极了!陆军准尉的脑袋里终于想出了谋求幸福的绝妙主意。尤其是醉心于浪漫幻想的玛利亚·加夫里拉洛芙娜,对这个锦囊妙计感到非常称心如意,甚至心花怒放。

严冬到了,他们的幽会不得不中止;然而,情书飞来往去却更加频繁了。弗拉季米尔·尼古拉耶维奇在每封信中,都恳求玛利亚以身相许早日缔结良缘,央求与她秘密结婚,并且还说到,结婚以后暂避一时,然后找个时机拜倒在父母双亲的脚下,两位老人最后一定会被他们这对恋人坚贞不屈的爱情和不幸的遭遇所感动,铁石心肠也会变软,准会大发慈悲地对他们说:"孩子们!快投入我们的怀抱吧!"

玛利亚·加夫里拉洛芙娜迟疑不决,久久下不了决心,一个又一个的私奔计划全被推翻,最后她终于同意采取如下的办法:在指定出走的那天,她不要吃晚饭,佯装头疼,悄悄地躲在自己的闺房里。她的贴身侍女本来就一直帮助她出谋划策。她们二人要同时行动,一起穿过屋后的走廊到达花园,花园后面停着一辆事先备好的雪橇,赶快坐上去,快马加鞭直奔离涅纳拉多沃村五俄里远的扎德林诺村,然后走进那里的一座教堂,弗拉季米尔会在那儿等她们。

在决定命运的前一天晚上,玛利亚·加夫里拉洛芙娜整夜都不曾合眼。她一直忙着收拾行装,包了几件衬衫和衣裙,给她的女友——一位多愁善感的小姐写了一封长信,也给父母写了一封信。她在写给父母的信中,用最感人肺腑的词句向两位老人道别,倾诉她无力抗拒来势迅猛的爱浪情涛,恳求二老慈悲为怀宽恕她的过失。她在信的结尾处写道:如果有朝一日,二老大发慈悲,允许她拜倒在他们的面前,并能为他们祝福,那将是她一生最大的幸福。她把两封信封好,封口盖上图拉①出产的图章,图章在信上印出了两颗燃烧的心和文雅的题词。在天快亮的时候,她才和衣卧在床上,稍稍打了个盹儿,但是一幕幕令人魂飞魄散的幻象总是不停地惊扰着她。一会儿她似乎感到,她正好坐上雪橇要去结婚的那个时刻,她父亲突然走过来阻止她,以迅雷不及掩耳的速度把她从雪橇上拖了下来,然后猛地把她扔进一个黑沉沉的无底深渊之中……她倒栽葱地掉了下去,飘飘悠悠,吓得心里有无法描述的难受;一会儿她好像又看到弗拉季米尔倒在草地上,面色苍白,浑身上下都是血。他已经奄奄一息,用撕心裂肺的声调哀

---

① 图拉,位于莫斯科南部的城市,以铸造和打制金属物品而闻名于世。

求着，恳求她赶快和他结婚……还有一些断断续续的、说不清道不明的幻象，像走马灯似的在她的眼前闪过。最后，她实在难以入睡，只得从床上爬起来，脸色比平时更加苍白，而且头疼得要命。父母双亲看出她心神不定，神情恍惚，满怀柔情慈肠地关怀她，并且不断地询问："玛莎①！你怎么了？是不是生病了？玛莎！"——这么一来，更使她愁肠百转，心碎欲裂。她极力安抚两位老人，想佯装出一副高兴的样子，但又装不出来。一直熬到晚上，想到这是她在家里度过的最后一刻了，不由得心酸起来。她强打精神半死不活地支撑着，心里默默地跟家中上下人等，以及周围所有的景物一一惜别。

晚餐已经摆好，她的心猛烈地跳着，她声音颤抖地声称，她不想吃晚饭，于是开始和父母道别，两位老人吻了她，像往常一样地为她祝福。她差点儿哭出来。她回到自己闺房之后，一下子倒在靠背椅里，两眼泪水如注。侍女劝她要镇定，要打起精神来。出走前的一切都已准备就绪。再过半个小时，玛莎就要永远离开祖传的家宅，离开自己的闺房，就要永远告别平静的处女生活了……屋子外面刮起了暴风雪，风一个劲儿吼叫，刮得百叶窗直摇晃，噼里啪啦地响个不停。她觉得一切都很可怕，是不祥的预兆。不久宅院里一切都安静下来，上上下下的人都已酣然入梦。玛莎披上了一条花披肩，裹上暖和的外衣，手里提着一只存放细软的小箱子，走出闺房，来到了后门口的台阶上。侍女抱着两个包裹紧跟小姐的后面，两人急匆匆地走进花园。暴风雪依然没有停止，风迎面吹来，似乎要阻挡住这两个年轻女罪犯出逃。主仆二人费了九牛二虎之力，才走到了花园尽头。一辆雪橇早就在那里等候她们了。马儿快冻僵了，不肯老老实实地站着不动。弗拉季米尔的车夫在车辕前来来去去不停地走动，手里紧握着缰绳。看到二人来到之后，立即走上前来搀扶小姐和侍女坐进带篷的雪橇，安放好了

---

① 玛莎，玛利亚的爱称。

小箱子和包裹，拿起缰绳一抖，马儿便扬蹄飞奔了起来。好了！现在我们把小姐交给了命运之神去摆布，还要靠车夫杰廖什卡高超的赶车本领的保护了。然后再回过头来表一表我们那位年轻的情郎吧。

弗拉季米尔坐车东奔西跑地忙碌了一整天，一大早他便到扎德林诺村神父那里去了。费了好多唇舌才跟他谈妥，然后又到四邻的地主中去请证婚人。他拜访的第一个人是位退伍的骑兵少尉，四十来岁的德拉文，他当即慨然应允做他们的证婚人。他说这种冒险的行动，使他回想起已经逝去的美好时光和骠骑兵的一桩桩恶作剧。还邀请弗拉季米尔在他家里吃了午饭，并且要他放心，请另外两位证婚人的事儿包在他的身上了。果然吃过午饭以后，两位证婚人就来了：一个是留有唇髭，靴子上带马刺的土地丈量员；另一个是县警察局长的儿子，是个十六岁的毛头小伙子，不久前才当上枪骑兵。这两个人不仅欣然接受了弗拉季米尔的请求，而且甚至还对天发誓，甘愿冒生命的危险为他赴汤蹈火。弗拉季米尔欣喜若狂地拥抱了他们以表示由衷的谢意，然后回家继续忙碌有关的事情去了。

天色早就黑下来了。他向自己忠实可靠的车夫杰廖什卡耳提面命地嘱咐了一番，然后打发他驾着三套马拉的带篷雪橇奔向涅纳拉多沃村；再吩咐给他套好一套马拉的小雪橇，不用车夫，自己独自动身去扎德林诺村，大约两个小时以后，玛利亚·加夫里拉洛芙娜也该到达那里了。

这条路他很熟，一共只有二十分钟的路程。但是，弗拉季米尔刚刚走出村口来到了野地里，就起了大风，暴风雪也接踵而来，铺天盖地，大雪飞扬，刮得昏天黑地，伸手看不到五指。转眼之间，道路全都被大雪盖上了。四周的景物全都被昏黄而混沌的云雾吞没了，只有一片片鹅毛大雪在空中狂飞乱舞，天旋地转，莫辨东西。弗拉季米尔发觉自己在野地里迷了路，再想把雪橇赶到大路上去，那真是瞎子点灯白费蜡，瞎折腾了一阵。马儿也是到处乱闯，一会儿撞上了雪堆，一会儿又掉到坑里,雪橇常常翻车。弗拉季米尔使尽吃奶的劲儿,但求不要迷失大方向,他觉得已经过了半个多小时了,可是他还没有到达扎德林诺村的小树林。又过了十来分钟,还是没有看到小树林。弗拉季米尔驶过一片沟渠纵横交错的田野,暴风雪始终未停,天色仍旧黑沉沉的。马儿也累得上气不接下气,全身大汗淋漓,虽然不时地陷在齐腰深的雪里,可是还在拼命地挣扎着向前走。

最后,弗拉季米尔才察觉,他走错了方向。他急忙刹住了雪橇:他开始苦思苦想,拼命回忆和辨认,然后断定应该取道向右走。于是调转雪橇朝右方赶去。那匹马几乎迈不动步了,一点儿一点儿地向前磨磨蹭蹭地走着。就这样在路上足足跋涉了一个多小时,他想扎德林诺村应该不远了。他赶着雪橇走呀,走呀,可是田野仍旧无边无际。到处是雪堆,到处是沟渠,雪橇不时地翻车,他也就不时地把它翻过来扶正。时间一点点过去,弗拉季米尔心中确实感到焦急不安了。

最后,弗拉季米尔看到那边隐隐约约地现出一片黑乎乎的东西。他便朝着那里驶去。待到走近一看,原来是一片小树林。"谢天谢地!"他心想,唉,这回总算走到了。他驶近小树林,希望能立即走上他所熟悉的那条路,或者绕过这片林子:过了小树林就是扎德林诺村了。他很快就找到了路,驶进被严冬弄得枝秃叶光的树林中,里面黑乎乎的一片。狂风在这儿无法逞凶肆虐了,道路也平坦了,马儿也恢复了元气,因此弗拉季米尔心里也踏实多了。

可是,他走了一程又一程,扎德林诺村依然不见踪影,小树林也见不到尽头。弗拉季米尔这才惊恐地发现,他走进了一片从未见到过的树林里。这下他可绝望了,焦急地挥鞭打马,那匹可怜的牲畜又拼命地跑了一阵,但是很快又放慢了脚步,慢慢地向前走着,一刻钟之后,马儿差不多是一步一步地拖着走了,不管倒霉的弗拉季米尔怎么着急,怎么使劲儿挥鞭狠打都不灵了。

树林逐渐变得稀疏了。弗拉季米尔走出了森林,还是没有看到扎德林诺村的影子。时间大概已是半夜了。泪水从他的眼睛里涌了出来，他信马由缰地赶着雪橇随意乱闯。此时暴风雪停了，乌云散去，天空渐渐晴朗，他面前展现一片平原，上面覆盖波浪起伏的白雪，犹如铺了一层雪白的地毯。夜色显得格外晴朗。他举目眺望，看到不远处有一座小村庄，疏疏落落地散布着四五家农舍。弗拉季米尔驾着雪橇向村子驶去。来到了第一家农舍附近，他跳下雪橇，跑到屋前用手敲打窗户。过了几分钟，有人把百叶窗掀了起来，一个白发银须的老人伸出头来问道：

"有什么事儿吗？"

"扎德林诺村离这儿远吗？"

"你是问扎德林诺村离这有多远吗？"

"对！对！离这儿有多远？"

"不算远，大约十俄里路。"

听到这句话以后，弗拉季米尔一把揪住自己的头发，像个被判了死刑的人那样惊呆了。

"你从哪儿来的？"老人继续问道。弗拉季米尔已经没有心思回答他的问话了。

"老人家！"他说道，"你能不能帮我借几匹马，送我到扎德林诺村去！"

"我们这儿哪里有马呀！"那位老者答道。

"那么，能不能给我找个向导呢？我会给工钱的，要多少随他便。"

"请等一等，"老人说着，放下了百叶窗，"我让我儿子去，他会给你带路的。"

弗拉季米尔在那儿等着。没过一小会儿，他又去敲窗子。百叶窗又打开来，白胡子老人又把头伸出来问道：

"你还有什么事儿？"

"你儿子怎么了？怎么还不来？"

风雪奇缘

"马上就来,他正在穿鞋。你大概冻坏了吧!快进屋里烤烤火暖和暖和吧!"

"多谢了!叫你儿子快点儿出来吧。"

门咿呀一声打开了;一个小伙子手里拿着一根木棒子走了出来。他走在前面带路,一路上指指点点,不停地用木棒子探路,因为路被雪堆给封住了。

"几点钟了?"弗拉季米尔问道。

"天快亮了"年轻的农夫答道。弗拉季米尔再也没有说什么。

他们来到了扎德林诺村,公鸡报晓,天色已经大亮了。教堂的大门还没有开。弗拉季米尔给向导付了钱,随即进了院子去找神父。在院子里并没有看到他的三套马的雪橇。有什么样的消息在等待着他呢?

现在,让我们回过头来再讲讲那位心地善良的涅纳拉多沃村的地主的事儿,让我们看看他的家里发生了什么事情。

其实他们家里一切平安——什么事儿也没有。

两位老人醒来之后,来到了客厅里。加夫里拉·加夫里洛维奇头上还戴着睡帽,穿着厚绒布短上衣,普拉斯科维娅·彼得罗芙娜穿着棉睡衣。摆上了茶炊,加夫里拉·加夫里洛维奇吩咐侍女去看看玛利亚·加夫里拉洛芙娜,问一问她身体怎么样,昨晚睡得好不好。侍女回来禀报,小姐睡得不好,可是这会儿觉得好多了,并说马上就到客厅里来。果然,门开了,玛利亚·加夫里拉洛芙娜走了进来,赶紧上前给爸爸妈妈请安。

"你头疼好些了吗,玛莎?"加夫里拉·加夫里洛维奇问道。

"好些了,爸爸。"玛莎应声答道。

"玛莎,你大概昨晚煤气中毒了吧?"普拉斯科维娅·彼得罗芙娜问道。

"也许是吧,妈妈。"

白天平安无事地过去了，可是到了夜里，玛莎真的病倒了。立刻派人到城里去请医生。医生第二天傍晚才赶到，正赶上病人在说胡话。诊断的结果，发现病人得了严重的热病，足足有两个礼拜，可怜的病人挣扎在死亡的边缘。

家里谁也不知道有关他们商议好的私奔的事儿。私奔前一天晚上写的两封信已经烧掉了。她的侍女半个字儿也没有吐露，害怕惹得主人生气。神父、退伍的骑兵少尉、留胡子的土地丈量员、毛头轻骑兵尽皆守口如瓶，全都很谨慎。为什么如此，不是没有原因，车夫杰廖什卡即使喝醉了，也从没有多过半句嘴。尽管有半打以上的人参与了此事，居然都保守住了这个秘密，然而，由于玛利亚·加夫里拉洛芙娜不断地说胡话，自己把这个秘密全都抖搂了出来。不过，因为她的话颠三倒四，不知情的人很难听懂，以致她妈妈虽然寸步不离地守在床前，也只能从女儿的话里听明白一点：即玛利亚不顾死活地爱上了弗拉季米尔·尼古拉耶维奇，并且认为这也许就是她生这场大病的原因。于是她和丈夫商量，又和几个邻居一起商量，商量来商量去，最后大家一致认定：看起来，玛利亚·加夫里拉洛芙娜命该如此。命中注定的事儿，想逃也是逃不掉的。贫穷不是罪过，女儿是跟男人结婚，是跟男人过日子，不是跟钱结婚，更不是搂着金钱过日子，如此这般议论了一番。每当人们无法为自己找出辩护的理由时，劝世的道德箴言往往可以起到使人得以解脱的奇妙作用。

这时节，小姐的玉体在逐渐康复。弗拉季米尔已经很久不曾拜访加夫里拉·加夫里洛维奇的门庭了，一家人好久不曾见到他的人影了。他害怕再遭到从前那令人胆寒的冷若冰霜的接待。既然如此，于是，玛利亚·加夫里拉洛芙娜的父母便派人去找他，要向他宣布意想不到的喜讯：两位老人同意他们结婚啦！然而，这位快要成为乘龙快婿的弗拉季米尔，是怎样使涅纳拉多沃村的地主夫妇感到无比惊奇和百思不得其解的：他对两位老人的邀请和允婚的美意，竟然是一封疯疯癫癫的回信。他在信中宣称，他的脚从此永远也不会再跨进他们家的大门，并且请求他们忘掉他这个不幸的人，现在他唯求一死。没过几天，他们便得到消息，说弗拉季米尔已重返部队。这件事发生在1812年。

家里上上下下所有的人都噤若寒蝉，谁也不敢把这件事告诉尚未完全康复的玛利亚。她本人也从不提起弗拉季米尔。几个月之后，她在鲍罗金诺战役中立功和受重伤的名单中看到了他的名字，她当即昏倒过去。全家上下都担心会引起她的热病复发。可是，谢天谢地！这次昏厥并未造成什么不良的后果。

真是祸不单行——另一个灾难又从天而降：加夫里拉·加夫里洛维奇不幸去世，玛莎成了家中全部财产的继承人。但是，遗产并没能使她得到宽慰，她情真意诚地分担着可怜的母亲普拉斯科维娅·彼得罗芙娜的悲伤，发誓永远厮守着她以终天年。母女俩离开了涅纳拉多沃村，免得触景生情，时时都要忆起悲痛的往事，迁居到另一处领地某某村去了。

迁居到新的田庄，依然有许多求婚者整天围着又可爱又富有的待嫁姑娘团团转，可是她没有给任何人一丝希望。她的母亲有时也劝她挑选一个如意的郎君，但是玛利亚·加夫里拉洛芙娜每次听到，只是摇摇头，对此沉思不语。弗拉季米尔已经不在人世了，他在法国人攻占莫斯科前夕阵亡了。玛莎觉得，对他的怀念应该是最圣洁的，至少，她珍藏着一切能够引起对他回忆的东西：他看过的书，他的绘画，他为她抄录的乐谱以及诗歌。邻居们得知此事后，全都对她肃然起敬，一致赞叹她的忠贞不渝，并充满好奇心地等候哪个英雄拜倒她的脚下，来征服这位贞节的阿耳忒弥斯①哀伤的忠诚之心。

此时战争以我国的胜利而告终。军队陆续凯旋，到处受到老百姓

---

① 阿耳忒弥斯，公元前4世纪的希腊女皇，以对亡夫的忠贞不渝而闻名于世，成为妇女贞操的象征。

的热烈欢迎。乐队高奏被他们征服国家之歌曲:《亨利四世万岁》[1]、提罗尔[2]的华尔兹舞曲和《热轧特》[3]中的咏叹调。军官们出征时差不多还是个毛头小伙子,经过战火的锤炼,如今都已经成为威风凛凛的男子汉,胸前挂满勋章,气宇轩昂地归来。士兵们欢欢乐乐地交谈着,谈话中还不时地夹杂着几句德国话和法国话。多么难忘的时刻!光荣的时刻!令人热血沸腾的时刻!一听到"祖国"这个词,每一个俄罗斯人的心多么激烈地跳动起来啊!重逢时的泪水是多么甜蜜啊!举国上下万众一心,把我们的民族自豪感和对皇上的爱戴如水乳交融般地结合在了一起!对皇上来说,这又该是一个多么欢欣鼓舞和最荣耀的时刻啊!

妇女们,俄罗斯的妇女们当时的表现真是无与伦比。她们平日的冷漠神情一扫而光。她们那欣喜若狂的样子,真是令人心醉神迷,在欢迎士兵凯旋归来时,她们不断地振臂高呼:乌拉!

把头巾和帽子抛向空中。[4]

当年的军官有哪一个胆敢不承认,俄罗斯妇女给了他们最好最珍贵的奖赏呢?

在这个欢欣鼓舞而又辉煌的时刻,玛利亚·加夫里拉洛芙娜同母亲住在某某省,无缘目睹两个京城[5]欢庆军队凯旋的盛况。可是,县城和乡村到处也是一片欢腾的景象,那种万众欢呼的程度,也许更热

---

[1] 原文为法语。《亨利四世万岁》,法国诗人查理·柯莱(1709—1783)的喜剧《亨利四世出猎》中的一首讽刺歌曲。
[2] 提罗尔,位于奥地利西部。
[3] 《热轧特》,法国作曲家尼科洛·伊祖阿尔(1775—1818)的喜歌剧。自1814年开始在法国极为流行。
[4] 出自俄国剧作家格里鲍耶陀夫(1795—1829)的喜剧《聪明误》。
[5] 指莫斯科与圣彼得堡。

烈。在这些地方,哪个军官只要一露面,那种英姿勃发的仪表,就连穿大礼服的情郎也要自愧弗如了。

我们前面已经说过,尽管玛利亚·加夫里拉洛芙娜冷若冰霜,令人望而却步,但是她的身旁一批又一批捧心献魂的追求者,依旧络绎不绝。但是自从她家庄园里来了一个受伤的骠骑兵上校,这些追逐者便一个个销声匿迹了。这位上校名字叫布尔明,胸前纽扣上别着一枚乔治十字勋章,用本地小姐们的悄悄话说,是个讨人欢喜的小白脸,大约二十六岁,是回到自己的庄园来度假的。他的庄园恰好和玛利亚·加夫里拉洛芙娜家的庄园相依相傍。玛利亚·加夫里拉洛芙娜对他格外瞩目,只要他一出场,她便一反常态,往日的闺愁旧恋便一扫而光,而显得格外活泼欢快。但是千万不能说,她是在向他卖弄风情。如果哪位诗人对她的举止稍加留意的话,一定会说:

要说这不是爱情的表露,那又能是什么呢?……[1]

布尔明本来也是一个讨人喜爱的青年。他恰好具备赢得女人欢心的聪明劲儿:谦恭有礼、体贴入微、潇洒大度,却无半点儿觊觎之心,可是脸上又带点儿天真无邪的嘲弄神情。他在和玛利亚·加夫里拉洛芙娜交往时,他的举止总是那么朴实敦厚而又随和自然,但是不管她说什么,或者做什么,他总是神魂相伴,总是目光相随。看起来,他是个性情谦逊、举止文静的人,但也有流言蜚语,说他从前是个荒唐的风流浪子。不过,在玛利亚·加夫里拉洛芙娜的心目中,丝毫无损他的形象,她也像其他所有年轻女士一样,心甘情愿地宽恕他顽皮胡闹的行为,并且认为这正说明他生性勇敢,性格热情豪放。

然而,年轻的骠骑兵军官寡言少语,他的任何举止,都更能激起

---

[1] 原文为意大利文。所选诗句出自意大利诗人彼特拉克(1304—1374)十四行诗第88首。

玛利亚·加夫里拉洛芙娜的好奇心和幻想:这种沉默胜过他那温柔体贴,胜过他那愉快的言谈,胜过他那张迷人的小白脸,胜过他那缠着绷带的手臂。他不能不承认,她非常喜欢他。凭他的聪明劲儿和丰富的阅历,想必早已看出她对他的倾慕。可是为什么时至今日,她还不见他拜倒在她的脚下呢?为什么还没有听到他吐露的心声呢!是什么东西使得他犹豫不决呢?莫不是因为意笃情深的挚爱,而使他胆怯或羞于开口?莫不是因为他怕主动吐露心曲而有伤自己的自尊心?莫不是在玩弄久历情场那种欲擒故纵的惯技?对她来说这还是个谜。她思前想后仔细地考虑了一番,认定胆怯是唯一的原因,因此,便对他殷勤备至、体贴入微,对他更加柔情眷顾,以鼓起他的勇气。她想象出了一个最出人意料的结局,焦急地期待着那富有浪漫色彩的倾吐心曲的时刻。秘密,不论是哪一种秘密,终归是女人一大心病。她的策略终于获得了预期的效果:至少,布尔明已开始凝神沉思,一双黑黑的眼睛喷着炽烈燃烧的目光,总是专注在玛利亚·加夫里拉洛芙娜的身上,决定性的时刻似乎近在眼前了。四邻八舍都在议论他们的婚事,好像此事已成定局。而善良的普拉斯科维娅·彼得罗芙娜更是心中不胜欢喜:庆幸女儿终于找到了一个如意佳婿。

一天,老太太一个人坐在客厅里,正在玩纸牌卜卦,布尔明走了进来,立即询问玛利亚·加夫里拉洛芙娜在哪儿。

"她在花园里。"老太太答道,"快去找她吧!我在这儿等你们。"

布尔明随即去了花园。老太太在胸前划了个十字,心中暗想:"但愿事情今天就能有个分晓。"

布尔明找到了玛利亚·加夫里拉洛芙娜,她正在池塘边的柳树下,手里捧着一本书,身穿洁白的连衣裙,犹如浪漫小说中的女主人公。见面寒暄几句之后,玛利亚·加夫里拉洛芙娜故意把谈话停了下来,如此一来,使双方越加局促不安,或许,这种僵局只有突如其来而又果断爱情的表白才能打破。事情果然就这样发生了。布尔明感到自己处境的尴尬，他辩解道，他早就想找个机会向她吐露自己的心声，并恳求她能够悉心静听他的倾诉。于是，玛利亚·加夫里拉洛芙娜合上了书本，目光低垂以示同意。

"我爱您，"布尔明说道，"我热烈地爱上您……"（玛利亚·加夫里拉洛芙娜满面绯红，把头垂得更低了。）"我的行为不慎，不够检点，朝朝暮暮都思恋着您，希求每天都能仰视您的玉容，希求时时能够聆听您的清音……"（玛利亚·加夫里拉洛芙娜想起圣·普勒的第一封信。）"时至今日，我想违抗命运的安排为时已晚，对您的思恋，对您那可爱而又无与伦比的丽姿倩影的倾慕，从此将成为我一生的苦恼与慰藉。可是，我现在必须向您履行一项重大的义务，我要向您袒露胸怀，揭开一个可怕的秘密，它是横亘在我们中间一道不可逾越的障碍……"

"这道障碍永远存在。"玛利亚·加夫里拉洛芙娜打断他的话说道，"我永远无法做您的妻子……"

"我知道，"他轻声答道，"我知道您曾爱过一个人，但是他已经不在人世了，您承受了三年的悲哀……心地善良而又令人仰慕的玛利亚·加夫里拉洛芙娜呀！请不要剥夺我最后一次袒露心扉的机会：我曾经想过，您本来可以赐予我幸福，如果那件事……不要打断我！看在上帝的分儿上，请不要打断我的话。您使我备受煎熬，进退两难。是的，我知道，我已感觉到，您本来可以成为我的妻子，可是，您要知道，我是一个最不幸的人……我已经结过婚了！"

玛利亚·加夫里拉洛芙娜惊恐地望了他一眼。

"我结过婚了，"布尔明接着说，"我结婚已经三年多了，可是至今我还不知道我的妻子究竟是谁，也不知道她在哪儿，也不知道今生今世能不能再和她见面。"

"您在说些什么呀！"玛利亚·加夫里拉洛芙娜惊叫了起来，"这就太神奇了！请说下去！等一会我也讲给您听……行行好，您快接着说下去吧！"

"那是1812年初的事儿，"布尔明说，"当时我急着到我们的团部驻地维尔纳去，有一天晚上我来到一个小驿站，天色已经很晚了。我本来已经吩咐了为我套马，可是突然狂风大作，暴风雪来了，驿站长和车夫都劝我等一等再走。我接受了他们的劝告，但是，我心里有一种莫名其妙的焦躁不安的情绪在作怪，好似有人催促我一样。这时暴风雪依然漫天狂舞。我实在忍耐不住了，便再次吩咐备马，不顾一切地冒着风雪上路了。车夫决定沿着河边走，这样大约可以少走三里多路。河岸上到处都被雪封住了，车夫错过了拐上大路的路口，于是我们便南辕北辙地走到了一个陌生的地方。暴风雪还在刮，我看到远处有灯光，便吩咐车夫赶着雪橇朝那里奔去。我们驶进一个村子，一座乡村教堂还亮着灯。教堂大门开着，围栏外面停着几辆雪橇。教堂门口的台阶上有人来回走动。

"到这边来！到这边来！"几个人同时喊道。

我吩咐车夫把雪橇赶了过去。

"谢天谢地！你们在哪儿耽搁了？"有人对我说道，"新娘子昏过去了，神父不知道如何是好，我们正打算回去了，快进来吧！"

我默默地跳出雪橇走进了教堂，教堂里只点着两三支蜡烛，显得很昏暗。一个姑娘坐在教堂昏暗的角落里的一条板凳上，另一个姑娘正给她揉太阳穴。

"谢天谢地！"后一个姑娘说道，"您可算来了！您差点儿送了小姐的命！"

一位上了年纪的神父走到我的面前问道："可以开始了吗？"

"您就开始吧！开始吧，神父！"我不置可否地答道。

有人把小姐搀扶起来，我看她模样长得还不错……我就这样铸成一个大错，真是不可思议，不可饶恕，我当时竟是如此轻率！……我和她肩并肩地站在经坛前，神父匆忙地宣布仪式开始，三个男人和一个侍女搀扶着新娘,只顾照料她去了。我们就这样举行了结婚典礼。

"亲吻吧!"神父对我们说道。

我的妻子把苍白的脸转了过来。我正要亲吻她……她突然惊叫起来:"哎呀!不是他!不是他!"话音刚落她便昏倒在地上,证婚人睁着惊恐的眼睛望着我。我转身便走出了教堂,没有遇到任何阻拦,我纵身跳上雪橇,喊了声:"快走!"

"我的天哪!"玛利亚·加夫里拉洛芙娜惊叫起来,"您可知道,您那可怜的妻子怎么样了吗?"

"不知道,"布尔明答道,"我不知道我在那儿举行婚礼的村子叫什么村,我也记不清是从哪个驿站出来的。当时,我根本就没去想这种犯罪行为会产生什么后果,我一离开教堂,便在雪橇上酣然入睡了,一直到第二天早晨才醒过来,那时我们已经到了第三个驿站。当时服侍我的仆人在进军途中死去了,因此,我无法再找到那位姑娘了,我对她如此残酷地开了个玩笑,现在她又如此残酷地来报复我了。"

"我的天哪!我的天哪!"玛利亚·加夫里拉洛芙娜一把抓住他的手说道,"原来那就是您哪!那么您认不出我了吗?"

布尔明面色惨白……跪倒在她的脚下……

棺材铺老板[①]

> 我们不是每天都看到棺材吗?
> 这是衰朽的宇宙的白发银丝。
> ——杰尔查文[②]

棺材铺老板亚德里安·普拉霍罗夫还在忙碌,把最后一批零散家什全都堆放到运送棺材用的旧马车上了;两匹瘦马穿过巴斯曼街进尼基塔街来回不停地跑着,已经是第四趟了。这是棺材铺老板在搬家,把全部家当都搬到尼基塔门那边去。他关上了旧铺子的大门,还在门上钉了一块牌子,上面写着:"本铺出售,亦可租用。"然后,他就徒步走向新居。当他走近那幢早就下决心要买下来的黄色宅子时,最后终于花了大价钱搞到手了,此刻这个老棺材匠却感到有些慌惑,心里并不是十分高兴。他跨进不熟悉的门槛儿,只见自己新宅里乱七八糟,便长叹一声,不禁怀念起简陋的旧宅子了,他在那里住了十八年之久,而且一切都安排得井井有条。他想到此处,有些心烦意躁,便张口责

[①] 《棺材铺老板》反映出普希金1830年8月到莫斯科后所留下的极为复杂而又多层次的印象和感受。小说的主要情节和原型是棺材匠亚德里安,他的棺材铺就坐落在 Б .尼基塔大街上,正好在冈察洛夫(普希金妻子普希金娜的娘家)家的对面。普希金于1830年11月4日在给未婚妻的信中还谈到亚德里安。

[②] 所引诗句出自俄国诗人杰尔查文(1743—1816)的颂诗《瀑布》。

骂两个女儿和长工，借以发泄心中的怒气，数落他们干活笨手笨脚，于是亲自动手来帮忙。这样一忙乎，东西摆放就有点头绪了。各种东西都各就其位：把供奉圣像的神龛、桌子、沙发和床铺都摆放到后屋里规定的位置；厨房和客厅里则摆满了棺材铺老板的各种拿手杰作：一口口棺材，五颜六色，大小不等；此外，还有一排排的柜子，里面摆放着寿衣、寿帽和灵堂或出殡时用的火把。在大门口挂起一块招牌，上面画着身材魁伟的阿摩尔①像，手里倒提着一个火把。招牌上写着两排大字："本店出售并包做各式各样的不上漆和上漆之棺木，亦可出租并承做旧货翻新。"两个女儿回到各自的闺房去了。亚德里安把新居各处查看了一番，然后坐在窗前，吩咐烧茶。

学识渊博的读者清楚，莎士比亚和瓦尔特·司各特两位大师把掘墓人刻画成活泼欢快而又滑稽可笑的家伙②，是用强烈对比的手法，以便更能激发我们的想象力。为尊重事实起见，敝人自愧弗如，不敢效法两位大师的生花妙笔，因此不得不承认，我们这位棺材匠的性情和他所从事的忧郁行当恰好相符。亚德里安·普拉霍罗夫平时总是愁眉苦脸、心事重重的。只有当他责骂女儿不干活，老是偷看窗外行人的时候，或者，当他和那些遭到不幸（有时也可以说不幸中之大幸）急需买棺材的顾客讨价还价，而且卖到大价钱的时候，他才会打破沉默。就这样，亚得里安坐在窗前品茶，已经喝了六杯了，按着惯例，又陷入了愁肠百结的疑虑中去了。他想起了一个星期之前，退伍的旅长出殡时，送葬仪仗刚走到城门口便遇到了倾盆大雨。因此，他租出去的孝服一件件都缩了尺寸，帽子也一顶一顶地变了形。他预计重新购置得花费一大笔钱，因为他的各种殡仪用品存货已经没有多少了。他早就胸有成竹了，想从老迈年残的女商人特留辛娜身上狠刮点油水，以

---
① 阿摩尔，罗马神话中的爱神。
② 指莎士比亚（1564—1616）在悲剧《哈姆雷特》、英国小说家司各特（1771—1832）在长篇小说《拉默姆新娘》中描写的掘墓人的形象。

便捞回损失,因为她病得半死不活的有一年之久了。可是,特留辛娜要死在拉兹古里亚街,因而普拉霍夫心中一直惴惴不安,生怕她的继承人懒得派人走那么远的路来找他,尽管他们曾答应过由他来料理丧事,但是他们也很有可能就近找别的殡葬承包人来洽谈这笔生意。

他正顾虑重重地想着这件事,不想被三下共济会式的敲门声[1]给打断了。

"是谁呀?"棺材铺老板问道。

门开了,一个人走进屋来,一看便知此人一定是个德国籍的手艺人。只见他兴冲冲地朝棺材铺老板走了过来。

"请多多见谅,亲爱的邻居。"他的俄语说得十分滑稽,就是至今听起来也不能不令我们发笑,"请原谅,我打扰了您……我想尽快与您结识。敝人名叫戈特里布·舒尔茨,是个鞋匠,就住在马路对面。我住的那幢小房正对着您家的窗户。明天是我的银婚纪念日,我想请您和您的女儿到我家吃顿午饭,就像朋友一样聚一聚,请别嫌弃和推辞。"

棺材铺老板欣然接受了邀请,然后请鞋匠坐下来喝茶。由于戈特里布性情开朗,两个人便很投机地亲热交谈起来。

"您老人家的生意很兴隆吧?"亚德里安问道。

"唉,时好时坏,总算混得过去。"舒尔茨答道,"我不会抱怨,当然,我的货无法与您的货相比。活人没有鞋穿,照样过得去;但是死人要是没棺材,那可就难办了。"

"此话千真万确!"亚德里安接过话茬说道,"真的,活人买不起鞋穿,请勿见怪,可以打赤脚;可是叫花子死了,千方百计也得讨一口棺材。"

---

[1] 共济会,秘密宗教组织,18—19世纪出现并盛行于欧洲,宗旨是要建立一个乌托邦式的世界性宗教同盟。"共济会式的敲门声",指当时的秘密组织人员接头或相互走访时的一种敲门暗号。

他们两人就这个话题又谈了一会，直到鞋匠起身告辞，并再次请棺材铺老板光临。

第二天中午，整十二点钟的时候，棺材铺老板带着两个女儿，从新居的侧门走出来到邻居家赴宴去了。请读者诸君见谅，我不想赘述亚德里安·波罗霍罗夫穿的俄罗斯长袍，也不想描述他的女儿阿库琳娜和达莉亚的欧洲式的打扮，恕我不想照搬现代小说家在这种情况下所惯用的表达方法；但是，我认为有必要再指出这一对姑娘戴上黄色小帽，穿红色皮鞋，而且只有在隆重场合下她们才这样穿着打扮。

鞋匠那狭小的居室里挤满了宾客，大部分是德国籍手艺人，他们都带着家眷和帮工。俄国官场人员只来了一名岗警，是个芬兰人，名叫尤尔科。别看此人官职卑微，却赢得了主人的特殊敬重。他从事此项工作兢兢业业，一丝不苟，已经有二十五年之久了，恰似波哥列里斯基①所描述的那个邮差。1812年那场大火烧毁了第一古都②，他的黄色岗亭也顷刻被毁。但是，在赶跑了敌人之后，在原地又重建起来一个灰色的新岗亭，支撑在陶立克式白色柱头之上。于是，尤尔科又重返故地，身穿粗呢护身服，扛着板斧，威风凛凛地在岗亭四周来回巡逻。居住在尼基塔门附近的德国人大部分都认识他，其中有的人甚至星期天有时还在尤尔科家里过夜，一直待到星期一早晨。棺材铺老板亚德里安此刻立即与尤尔科套近乎，因为这样的人迟早总是用得着的，而且当客人们纷纷入席时，他们两人也相邻就座。舒尔茨先生和太太及女儿，十七岁的洛特欣陪着客人一起进餐，全家人一直殷勤招待客人，还亲自动手与厨娘一起忙乎。啤酒一杯接一杯地喝着。尤尔科的胃口很大，一个人可以顶四个人的饭量。亚德里安也是大吃大嚼，不亚于尤尔科。他的两个女儿却

---

① 波哥列里斯基(1787—1836)，俄国作家。"邮差"的形象出自小说《拉菲多夫带罂粟子圆面包》(1825)。
② 指拿破仑率军围困莫斯科时俄国人自己放火烧毁莫斯科，迫使拿破仑撤军，并由此走向覆灭。请参阅普希金另一小说《摘自一位贵夫人的札记》。

很拘谨。进餐时大家都用德语交谈着,声音越来越喧闹。这时,主人突然请大家安静一下,并随手拔掉蜡封的酒瓶塞子,大声地用俄语说道:"为我的善良的路易莎的健康干杯!"斟满了的香槟酒泡沫翻滚。舒尔茨满怀柔情地吻了吻年已四十的夫人容光焕发的面颊。客人们也都喧闹着为善良的路易莎的健康干杯。"为诸位贵客的健康干杯!"主人一边说着一边又打开了第二瓶酒,客人们都举杯致谢,一饮而尽。于是,举杯祝贺健康的酒,一杯接连着一杯,不断干了起来:为每一位客人的健康干杯,为师傅和徒弟的健康干杯,为莫斯科和足有一打的德国城市的兴旺发达干杯,为手艺人的总行会和各行各业的分行会的兴隆昌盛干杯。亚德里安开怀畅饮,酒酣意浓,竟然忘乎所以地举杯祝酒时开了个小小的玩笑。突然,客人中的一位胖胖的糕点师傅举起酒杯大声地嚷道:"为雇用我们干活的人,为我们的顾客们①的健康干杯!"这个提议与所有的提议一样,也被大家兴高采烈地接受了。客人们纷纷起立,彼此相互鞠躬:鞋匠给裁缝鞠躬,裁缝给鞋匠鞠躬,糕点师傅给裁缝和鞋匠鞠躬,在座的全体又给糕点师傅鞠躬,如此这般地没完没了地鞠起躬来。尤尔科一看大家无休止地鞠躬,便转过身来对邻座的亚德里安大声说道:"怎么样?老兄,为你那些死人也干上一杯吧!"在座的人无不开怀大笑,但是棺材铺老板却感到受了侮辱,便眉头双锁。谁也不曾察觉到这一点,客人们依然继续畅喝狂饮,等到他们散席的时候,已经敲响了晚祷钟。

  客人回家时已经很晚了。一个个都有点醉意朦胧。钉书匠喝得面红耳赤,恰似上等羊皮书的红色的封面。他同胖胖的糕点师傅一起架着尤尔科的胳膊,拖着去他的岗亭。正是"种花得花,种蒺藜得刺"②,这个俄国谚语说得分毫不差。

---

① "我们的顾客们"原文为德语。
② 此俄国谚语所表达的意思,和中国谚语"善有善报,恶有恶报"不谋而合。

棺材铺老板回到家里，酩酊大醉，大发雷霆。

"这是什么意思？"他大声地唠叨着，"事实上，我干的这一行，有哪一点不如别人的行当？卖棺材怎么了？难道棺材匠就是刽子手的同伙？这伙没良心的家伙！有什么值得好笑的？难道棺材匠就是洗礼节上演戏的小丑吗？我原打算请他们来庆贺乔迁之喜，办一顿丰盛的酒席款待他们一番。算了！我才不请他们呢！要请，我就请请我的那些主顾——信正教①的死人。"

"怎么了，老爷子？"正给他脱衣服的女用人说道，"你瞎说些什么呀？快画十字！竟然要请死人来喝搬家喜酒，真是发疯了！"

"上帝保佑，老子非请不可！"亚德里安继续说道，"明天就请，请赏光吧！我的大恩人！恭候各位明天来我家喝酒，我一定好好款待各位。"棺材铺老板说到这儿，便往床上一躺，很快就鼾声如雷。

院子里还一片漆黑，便有人把亚德里安叫醒了。原来女商人特留辛娜正好在这天晚上寿终正寝，她家的掌柜派人快马加鞭来通知亚德里安。棺材铺老板赏了报丧人一枚十戈比的银币买酒喝。他匆匆忙忙地穿好衣服，叫来一辆马车就向着拉兹古里亚街飞奔而去。已经有警察在亡人家的大门口巡逻，生意人闻讯也都赶来，就好像一群乌鸦闻到了死尸的气味。归天的女商人停放在桌子上，面色蜡黄，但还未发腐变臭。亲朋好友、左邻右舍及全家上上下下都围在遗体的四周，窗子全都大敞四开，点起了长明灯，几个神父正在祈祷超度。亚德里安走到一位年轻的商人面前，此人是死者的侄子，穿着时髦的礼服，向他说明寿材、蜡烛、柩披，以及殡仪丧葬各项用品均已准备停当，并保证一应俱全，价廉物美。那个年轻的继承人心不在焉地对他道了一番谢意，并说不论价钱高低，一切听凭卖主按良心筹办即可。棺材铺老板照样故技重演，指天誓日，说什么他要是多要一文钱就不得好

---

① 指盛传在俄国的东正教。

死；这时却向掌柜的使了一个意味深长的眼色，然后坐车忙乎去了。他一整天都来往奔波，从拉兹古里亚到尼基塔门来来去去跑个不停。天快黑的时候，一切都安排就绪，把马车打发走了，然后步行回家。皓月当空。棺材铺老板心满意足地往回走，来到了尼基塔门。走到耶稣升天的教堂旁边，那位我们已经熟悉了的尤尔科把他喊住，一看，原来是棺材铺老板，便向他道了一声晚安，各自分手。天色已经很晚，棺材铺老板快要走进家门时，突然间看到一个人影溜到门口，推门便钻了进去，然后就不见了。

"这是怎么回事？"他心里直嘀咕，"是不是又有人来买棺材？莫非是小偷趁火打劫？或许是有人来找我那两个傻姑娘来偷情吧？准没好事！"

棺材铺老板已经拿定主意，去找自己的朋友尤尔科来帮忙。这时又来了一个人，溜到便门前，正打算钻进去，但是他回头正好看到拔腿要跑的亚德里安，便停住了脚步，并摘下三角帽致敬。

亚德里安觉得来人很面熟，只是突然见面来不及仔细端详。

"欢迎光临寒舍，"亚德里安上气不接下气地说道，"承蒙关照，请进，请进！"

"不必客气，老板。"那人闷声闷气地说道，"请先行一步，给客人引路。"

亚德里安也顾不上讲客套，便门也未及闩好，就举步走上楼梯，那人紧随其后，亚德里安觉得，有许多人在他的那几间房子里游荡。"真是活见鬼！"他一面想着，一面急急忙忙地迈步走了进去……一看，把他吓得两条腿直发软，原来屋子里挤满了死人！月光射进窗子，照见了死人那一张张蜡黄色或铁青色的面孔，一个个咬牙切齿的嘴巴，还有一双双半睁半闭、混浊无神的眼睛和向前突起的鼻子……亚德里安被吓得魂飞天外，但是却可以一个个辨认出来，都是那些他热心帮忙殡葬了的死人。而和他一起上楼的客人则是大雨滂沱时下葬的那个

棺材铺老板

旅长。这些男鬼女鬼把棺材老板团团围住,全都向他鞠躬施礼,全都向他致意问好。只有一个不久前埋葬了的穷鬼例外,他由于尸衣不整而自惭形秽,未敢走上前来,老老实实地躲在墙角。其余的鬼魂一个个全都衣冠楚楚:女鬼们头戴束发帽,裹彩束带;生前是达官贵人的男鬼衣着华贵,只是没有刮胡子;生前经商做生意的鬼,则身着逢年过节时穿的长袍。

"你瞧!普罗霍罗夫。"那位旅长的鬼魂代表这群光荣的鬼魂致辞,"我们是应邀到你家来赴宴的,留在家里的只是那些行动不便的,他们的骨架已经彻底散了,只剩下一堆骨头,皮肉全都烂光了,可是,他们之中有一位耐不住性子,非要来……"

这时,一具矮骷髅从鬼魂堆挤了过来,走到亚德里安的面前,用脑瓜骨对棺材铺老板来了一个妩媚的微笑。这个骷髅身上丝丝缕缕地挂满了草绿色和深红色的呢绒碎片、破麻布条,恰似悬在一根木杆顶上迎风飘摆,而他那一双如同干骨头棒子的脚,穿着长筒皮靴,走起路来磕磕绊绊的,犹如木杵在石臼里面捣米一样。

"你不认识我了,普罗霍罗夫?"这具骷髅开口说道,"你是否还记得那个退伍的近卫军中士彼得·彼得罗维奇·库里尔金? 1799 年,你把你的第一口棺材卖给他用了——还是个冒牌货,硬把松木的当成橡木的卖!一点儿都记不起来了?"说完这番话以后,这个死鬼便伸出两根木棍似的骨头棒子,硬要拥抱棺材铺老板。亚德里安拼命地大声喊叫,用尽半生之力把这具骷髅推开。彼得·彼得罗维奇摇晃了一下,一个跟头跌倒在地,完全散了架。那群死人中立刻爆发出一阵喧闹声,只听到一个个鬼魂发出愤愤不平的吵嚷声。他们群情激愤,为维护自己同伴的尊严便群起而攻之,死死地缠着亚德里安,不肯罢休,对他又是咒骂又是恐吓。可怜的棺材铺老板两只耳朵差点被连吵带骂地搞聋了,差一点儿一口气憋过去,早就魂飞胆裂,两腿一软,便跌倒在退伍近卫军中士散了架的骨头上,失去了知觉。

红日高照，阳光早就洒满棺材铺老板的床铺，可是他依旧躺在床上未起。他终于睁开眼睛，看到女用人在他面前扇茶炊。亚德里安想起昨天晚上发生的一切，还感到有些心惊肉跳，脑子里隐隐约约地又浮现出特留辛娜、旅长和近卫军中士库里尔金的身影。但是，他却没有作声，等着女用人跟他开腔搭话，想从她的嘴里听一听，昨天晚上发生的怪事结果究竟如何。

"你睡得真死！老爷子。亚德里安·普罗霍罗维奇！"女用人阿克西尼娅一面递给他一件袍子，一面说道，"隔壁裁缝师傅来找过你，街坊上的岗警也跑来通知你，说今天是他的命名日，可是你睡得死死的，我们就没有叫醒你。"

"已故的特留辛娜家里来人找过我吗？"

"什么已故之人？莫非她已经死了？"

"唉！你这个傻婆娘！昨天晚上你不是还帮着我一起料理她的丧事吗？"

"你这是怎么啦，老爷子？莫非是发疯了不成？或许是因为昨晚酒灌得太多了，醉劲还没醒过来？昨天办啥丧事？你一整天都在德国佬家里大吃大嚼、猛喝猛灌——酒气冲天地回到家里，早就醉醺醺地往床上一倒，一直睡到这会儿，早祷钟都敲过了。"

"哦，真是这样？"棺材铺老板反问道，心中松快多了。

"谁还骗你不成。"女用人回答说。

"嗯！既然如此，那就赶快倒茶，然后去把我的两个女儿叫来。"

驿站长的悲惨遭遇

> 十四品的芝麻官儿，
> 驿站里面的土沙皇。
> ——维亚泽姆斯基公爵①

哪个人没有咒骂过驿站长？哪个人没有跟他们吵过架？哪个人在大发雷霆的时候没有要过那本要命的留言簿子，并且不惜笔墨地在上面发牢骚，指控驿站长飞扬跋扈、疏于职守、应付差事和顽固不化呢？又有哪个人不把他们看成人人共讨之的魔咒？他们跟昔日那些包揽诉讼的刀笔吏有什么不同？或者，至少跟那些在穆罗姆森林中拦路抢劫的强盗②是一路货色！但是，如果我们为人谦和，处事公道，能够设身处地地为驿站长们想一想的话，那么，我们在评判他们的时候就会平和宽厚得多了。驿站长是一些什么样子的人物呢？是个官阶为十四品的受气包，那芝麻大的官衔只能用作抵挡拳打脚踢的挡箭牌，而且并非每次都能逃过拳打脚踢之苦（我恳请我的读者谈论此事不要

---

① 彼·安·维亚泽姆斯基（1792—1878），俄国诗人，公爵。所引诗句出自《驿站》一诗，普希金略有改动。维亚泽姆斯基写的是在波兰见到的十四品文官，普希金写的是在彼得堡郊区的萨姆松·维林纳观察到的情况。
② 穆罗姆森林，分布于奥卡河岸穆罗姆城周围的森林，自古就有强盗出没，当时以凶狠残忍而闻名于世。

昧着良心)。维亚泽姆斯基戏谑地称之为土沙皇之人肩负的职务究竟怎样呢?难道不是一个地地道道的苦役犯吗?他们惶惶不可终日,昼夜不得安宁。旅客们把驿站长当作发泄怒火的出气筒,把一路上憋在心里的怒火和怨气不分青红皂白地全都发泄在他们的身上。天气恶劣、道路难行、车夫倔强、马匹偷懒——全都是驿站长的滔天大罪!一跨进他那间寒酸的小屋,过往客商便气不打一处来,必定会把他看成仇敌一样;如果他能很快很顺利地打发走那位不速之客,倒还幸运,但是,如果正赶上没有马匹又能如之奈何呢?……哎呀,老天爷,他准会被骂得狗血淋头,威胁恐吓的大棒会劈头盖脸地砸下来!阴雨连绵或雨雪交加的坏天气,他也不得不挨家挨户地去奔波,去央求。暴风雪来临和主显节前后严寒凛冽的时节,他也不得不偷偷地溜进穿堂里,以便暂时避开大发脾气的旅客的辱骂和推搡,悄悄偷得一会儿的清闲。如果是一位将军大驾光临,驿站长得毕恭毕敬全身颤抖地为他效劳,连忙拨给这位大人阁下最后两辆三套马车,其中一辆还是信使用的特快邮车。可是这位将军却扬长而去,连谢谢二字也不曾说一声。过了五分钟——又是一阵铃铛响声!……军机信使来到,只见他把驿马使用证往桌子上一摔!……如果我们能把这一切好好地玩味一番,那么,我们心头的怒火便会自消自灭,不禁对驿站长充满真诚的同情心了。请允许我再多累赘几句:二十年来,我曾到处奔波,走南闯北,游东逛西,几乎走遍整个俄罗斯,几乎走遍每条驿道,几乎到过每个驿站,好几代的车夫我几乎都熟悉。没打过交道的驿站长屈指可数,实在不多,不熟悉的驿站长的面孔也不多。我在旅途上观察所积累的有趣的见闻,打算在不久的将来整理出版。此刻我只想说明一点:对驿站长这类人物的看法基本上是不公正的。这些遭人咒骂的驿站长,一般说来都是些与人为善、乐于助人、喜欢跟人交往的人,而且淡泊人生,节操自守,不追名逐利。与他们交谈或聊天(可叹的是,过路的达官贵人对此往往毫不留意),真是受益匪浅,可以学到很多既有趣而又有益的东西。至于说到我自己，我宁愿听听他们的聊天闲侃，而不愿去领教某位因公出差的六等文官夸夸其谈的妙论。

诸君很容易猜想得到，在这些可敬的驿站长中我也有几个朋友。说真的，我很珍视对其中一个朋友的怀念。当时的境遇曾使我们有机会接近，现在我就同亲爱的读者来谈谈这个人。

1816年5月，我因事沿着现在已被废置不用的一条驿道经过某省。当时我因官职卑微，只能乘坐到驿站换马的驿车，付两匹马的租金①。因此驿站长们对我都有些大不敬，逼得我常常要跟他们进行一番唇枪舌剑，才能争得到我自认有权得到的东西。那时我年轻气盛，一看到驿站长把为我准备好的三匹马套到某位官老爷的轿车上的时候，我便无名火起，憎恨他卑劣，诅咒他没有骨气。同样，在省长举办的宴会上，对于那些趋炎附势的仆役按官职尊卑上菜、到我面前佯佯不睬的行径，在我的心中常常引起不快②。现在看来，上述的两件事情，我倒觉得都是无可非议的了。假若废弃司空见惯的规矩："小官逢迎大官"，而改成另一条规矩："惺惺惜惺惺"③的话，那么，我们该怎么办呢？那岂不是没有尊卑长幼了嘛？一定会争得头破血流！仆役上菜究竟应从何人开始呢？书归正传，还是来讲我的故事吧。

那一天天气很炎热。我的马车离某某站还有三俄里，雨点疏疏落落地掉了下来，不一会儿，变成了倾盆大雨，淋得我全身上下都湿透，成了落汤鸡。到了驿站，第一件事便是赶紧换换衣服，第二件事要喝杯热茶。

"喂，杜尼娅！"驿站长叫道，"摆上茶炊，再去拿点奶油。"

---

① 指当时对那些官职卑微和普通的公职人员的待遇。
② 按官职尊卑上菜的情况，普希金曾多次描写。如在《一八二九年远征阿尔祖鲁姆札记》中曾描写普希金于一八二九年夏天在梯比里斯的C.C.斯特里卡洛夫家午宴时的场景，就是如此。
③ 此句意为：地位卑微的人关照地位卑微的人，或是低智能的人关照低智能的人。故才引出："那么……开始呢"这一席话来。

他的话音刚落,从屏风后面走出来一个十四五岁的小姑娘,跑进了门厅里。她长得太美了,简直令我吃惊。

"这是你的女儿吗?"我问站长。

"是我的女儿,大人。"他满怀骄傲自得的神态答道,"她的脑瓜很聪明,干事手脚麻利,活像她去世的妈妈。"

接着,他便动手登记我的驿马使用证。我待着没事儿,就来欣赏挂在墙上的一幅幅画。这间屋子虽然很简陋,但却收拾得整齐干净。墙上的几幅画,是画"浪子回头"①的故事。第一幅画的是,一位头戴便帽、身穿宽松长袍的可敬的长者,在送一个心气浮躁的少年,后者正匆忙地接受老人的祝福和一个钱袋。第二幅画的是,以鲜明的线条和色彩描绘出一个年轻人的放荡行径:一群狐朋狗友和下流放荡的女人簇拥在他的周围。第三幅画的是,把钱财挥霍光了的年轻人,身穿破衣烂衫,头戴三角帽,正在放猪,而且跟一群猪在同槽吃食,只见他的脸上已现出悲伤愁苦和悔恨交加的神情。最后一幅画的是,描绘他回到了父亲的身边:慈眉善目的老人依然穿戴着第一幅画上同样的衣帽,跑出来迎接儿子,浪子跪在他的面前;远处以一个厨子正在宰一头肥牛仔、哥哥向仆人探询喜事临门的原因为背景。我在每一幅画的下方,都读到了寓意深长的德文诗句。这套画和盆栽的凤仙花,一张挂着花幔的床铺,以及当时屋中的其他摆设,至今想起来依然历历在目。此刻,那位驿站长的音容笑貌还栩栩如生地映现在我的眼前,那时他五十来岁,神采奕奕,精力鼎盛,穿着一件墨绿色的长袍,胸前挂着三枚勋章和已经褪了色的缎带。

我还未来得及同我的上了年岁的车夫算清车钱,杜尼娅已经捧着茶炊回来了。这个小浪妞看了我第二眼,便察觉出她给了我很好的印象,于是她便垂下了一对天蓝色的大眼睛。我开始同她聊了起来,她

---

① 指《圣经》中浪子回头的故事。

答话时丝毫没有一点儿忸怩之态,就像一个见过世面的大姑娘。我请她父亲喝了一杯果露酒,给了杜尼娅一杯茶。我们三个人便聊了起来,就好似久别重逢的老熟人一样。

马匹已经准备好了,但是我对驿站长和他的女儿依然有点恋恋不舍。无奈,最后只好同他们道别。父亲祝我一路平安,女儿一直陪着我去上车。走到门厅里,我止住了脚步,请求她允许我吻她一下,杜尼娅同意了……

自从吻了她以后,掐指算来,我可以算出我有过多少次亲吻。但是,自从我吻了她之后,没有哪一次能够在我心中留下如此长久、如此甜蜜的回忆。

过了几年,一些偶然的事件,使我又踏上了这条驿道,我又回到了以前曾经来过的地方。我忆起了老站长的女儿,一想起又可以见到她,我的心中有说不出的高兴,但是,我心里一直在嘀咕,老站长也许调走了,杜尼娅也许已经嫁人了,甚至脑袋里还闪现出老站长已去世,或者杜尼娅已夭亡的念头。我怀着悲哀不祥的预感驶向我曾到过的那个驿站。

马车在驿站前的一幢小屋旁边停了下来。一走进房间,我马上认出了"浪子回头"的那幅画。桌子和床依然摆在原来的老地方,但是窗前鲜花已经不见了,周围的一切摆设也不像从前那样井井有条,显得杂乱无章。老站长已盖着大衣睡下了。我一进屋就把他给惊醒了,他忙着爬起身来……一看,正是萨姆松·维林①,他显得十分苍老!当他正打算动手登记我的驿马使用证的时候,我望着他那满头白发,满脸皱纹,望着他那好久不曾剃过的大胡子,佝偻的脊背,我十分惊奇,简直不敢相信自己的眼睛——三四年的工夫变化竟是如此之大:

---

① "维林"可能取自由彼得堡到白俄罗斯的基叶夫大道上一个名叫"维尔"的邮车驿站。该驿站离彼得堡69俄里,普希金途经该站不下13次之多。

一个精神抖擞的男子汉，怎么会变成一个衰朽虚弱的老头儿呢！

"你还认识我吗？"我向他问道，"我跟你可是老相识呀。"

"也许是吧。"他神情忧郁地答道，"这儿是一条主要干道，过往的旅客太多了。"

"你的女儿杜尼娅还好吗？"我又问道。

"天晓得！"他回答说。

"那么，她大概出嫁了吧？"我接着又问。

老头儿佯装没有听到我的问话，继续小声地念着我的驿马使用证。我只好收场，不再问下去了，并且吩咐上茶。我的好奇心又开始作怪，我想用一杯果酒使我的老相识的舌头活跃起来。

这一招果然灵验：老头儿并未拒绝，举杯一饮而尽。我看到他一杯甜酒下肚，阴郁不快的脸色有些开朗了。第二杯酒再喝下去，话也多了起来。他说他还记得我，不知是真是假，也许是硬装的吧。可是我却从他的口里听到了一段有意思的故事，而且当时使我非常感动。

"这么说，您认识我的杜尼娅了？"他打开了话匣子，"有哪个人不认识她呢？唉，杜尼娅，我的杜尼娅！真是个了不起的姑娘！那个时候，凡是从这儿路过的人，没有一个不谈她的，没有一个说她不好的。太太们都送她东西，有的送头巾，有的送耳环。过路的老爷们也都借故停下来多待一会儿，推说是要吃顿午饭或者晚饭，其实，不过是为了再多看她几眼罢了。那个时候，不论火气多大的老爷，一见到她就变得心平气和了，跟我说话也不那么飞扬跋扈了。先生，信不信由你：官差和军机信使只要跟她一搭腔，一聊就可以聊上半个多钟头！家务事全多亏了她：收拾屋子，烧火做饭，把家中的一切都安排得有条有理。可是我呢，我是个老傻瓜，我把她当作掌上明珠百看不厌，整天高兴得合不上嘴！我怎么能不爱我的杜尼娅呢？我怎么能不心疼我的宝贝孩子呢？难道她日子过得不快活吗？可是老天作对，祸从天降，这是命中注定，在劫难逃啊！"

接着，他把他埋在心中辛酸的往事和痛苦一五一十地讲给我听。

三年前，一个冬天的傍晚，驿站长正拿一本新的留言簿子打格子，他的女儿在屏风后为自己做连衣裙的时候，来了一辆三套马车。一个旅客走进屋来，他头上戴着一顶毛茸茸的皮帽子，身穿军大衣，外面罩着披风，找老站长要马。可是马匹全都用上了，站里一匹也没有。旅客一听到这个消息，立刻扯着嗓门喊了起来，而且还扬起了马鞭子。杜尼娅对这种场面已经司空见惯，从屏风后面跑了出来，殷勤备至地向旅客问道："一路风尘，是否想吃点什么？"杜尼娅一露面，便产生了每次出现的那种效果。旅客立刻怒气全消，变得心平气和，并且同意等候马匹的到来，还要了一份晚餐。他摘下毛茸茸但已湿漉漉的帽子，解下披风，脱掉了大衣。一看，此人原来是英俊的小伙子，留着两撇八字胡，是个骠骑兵军官。他在老站长身边坐了下来，并跟他们父女俩聊了起来。晚餐已经准备好了，这时马匹也回来了。站长吩咐先不必喂料，把马套到这位旅客的马车上去。他张罗完了回到屋里一看，那个年轻的军官已经晕倒在长凳上，几乎不醒人事了：年轻人说他感到很不舒服、头又疼又晕、无法走路……这可如何是好呢！老站长把自己的床铺让给了他，并且决定，如果病人还不见好，明天早晨就打发人到 C 城去请医生。

第二天这个骠骑兵军官的病情有些加重。他的仆人骑马到城里去请医生了。杜尼娅用浸过醋的头巾系在他的头上，坐在他的床边一边做针线活，一边照看他。老站长在场时，病人哼啊唉哟折腾得更起劲儿，几乎一句话不说，但是却喝了两杯咖啡，并且一边哼着一边吃午饭。杜尼娅一直守护在他的身边，他总是每隔一小会儿就喊口渴，杜尼娅便把亲手调制的柠檬水端给他。但是，病人每次只是润一润嘴唇，趁杜尼娅递杯子的时机，每次都伸出有气无力的手捏一捏杜娅什卡①

---

① 杜娅什卡，杜妮娅的爱称。

的小手，以表示衷心的感谢。医生在午饭前赶到了，给病人摸了摸脉，用德语跟他谈了一会儿，然后用俄语宣布，说病人只需安心静养，再过两三天便可以上路了。骠骑兵给了他二十五卢布作为出诊费，并请他一起进餐。医生并未推辞。两个人的食欲都很好，喝了一瓶酒，然后分手道别，双方都很满意。

又过了一天，骠骑兵完全康复。他显得非常高兴，一个劲儿地说说笑笑，一会找杜尼娅寻开心，一会又去跟老站长开开玩笑，要不然就自己吹吹口哨，跟过往客人聊天打趣。还帮助他们登记驿马使用证。这样一来，便讨得了忠厚老实的站长的欢心，到了第三天早晨要起程的时候，老站长对这个讨人喜爱的小伙子甚至有点恋恋不舍了。那天是个礼拜日，杜尼娅正准备去做祷告。骠骑兵的马车套好了。他同老站长告别，慷慨大方地付了食宿费，又去跟杜尼娅道别，并且自告奋勇地提出要顺路送她到村口的教堂去，但杜尼娅一时未拿定主意……

"你怕什么呢？"父亲对杜尼娅说道，"大人又不是一只狼，不会把你吃掉。快跟他坐车去教堂吧！"

杜尼娅便上了车，坐在骠骑兵的身边，仆人登上驾车台，车夫一声吆喝，马儿扬蹄跑了起来。

可怜的老站长真傻，他怎么能够让他的杜尼娅跟骠骑兵一起坐车走呢？他怎么这么糊涂，当时是不是脑袋出了毛病？他们走了还不到半个钟头，他就开始沉不住气了，开始不住地嘀咕，心里七上八下，坐立不安，终于忍不住了，便失魂落魄地向教堂跑去。到了那里一看，来祈祷的人们都走了，却没看到杜尼娅，院子里没有，教堂门口也没有。他急急忙忙地跑进教堂，只看到神父从祭坛上走了下来，执事在熄灭灯火，两个老太婆还在角落里祈祷，就是没有看到他的女儿杜尼娅！可怜的父亲强打精神下决心去问教堂执事，问杜尼娅来做祈祷没有？执事答道：不曾来过。老站长像掉了魂一样，半死不活地往家走着。还有一线希望聊以自慰，或许由于杜尼娅少不更事，头脑发热，跟着坐到下一站,到她姑妈家做客去了。他如坐针毡,等待着那辆三套马车的归来(就是他让女儿坐上去的那一辆)。一直到了黄昏,车夫终于回来了,喝得醉醺醺的,带回来一个极为可怕的消息:"杜尼娅跟着骠骑兵从那一站又继续往前走了。"

老头儿哪里受得了这样致命的打击,支撑不住,一下子便倒在了床上——就是那个年轻的骗子昨晚还睡过的那张床。此刻,老站长回忆起当时的种种情景,才有点恍然大悟,猜出那个骠骑兵的病是假装的,可怜的老站长生了一场很厉害的热病。把他送到 C 城一家医院,调来一个人暂时代理他的工作。给他治病的医生,正是给骠骑兵摸过脉的那个大夫。医生向老站长说出了实情,那个年轻人根本没有什么病,当时他就猜出了这个骠骑兵没安好心,但是他没敢吭声,因为怕挨鞭子抽,不管这个德国佬说的是真是假,或者是吹嘘他有先见之明。反正他的话无济于事,不能给这可怜的病人一点儿慰藉。病情刚刚好转,老站长便向 C 城的驿务局局长请了两个月的假,没对任何人说明自己的打算,便路远迢迢徒步去寻找女儿。他从驿马使用证的登记册子上得知,这个骑兵大尉明斯基是从斯摩棱斯克动身前往彼得堡的。听那个送走明斯基的车夫说,杜尼娅虽然一路上哭哭啼啼,但是看样子,她自己倒是心甘情愿的。

"说不定,"老站长心中暗自琢磨,"我会把迷途的羔羊领回家来。"

他怀着侥幸的心理,一路奔波到了彼得堡。在伊兹曼诺夫斯基军团驻地找了个住处,因为这儿有他的一个老同事,是一个退伍军士,便在他的家里住了下来,然后立即去寻找杜尼娅。他很快就打听到了骑兵大尉明斯基正在彼得堡,就住在德蒙特旅馆[①],驿站长便打定主意去找他。

---

① 德蒙特旅馆,普希金时代彼得堡一家很有名的饭店,位于莫伊卡河的左岸,离涅瓦河不太远。普希金于 1827 年到 1830 年曾多次住过这里。

第二天一大早，老站长走进了明斯基住处的前厅，并请求通报大人：有个老兵前来求见。一个勤务兵一面擦着有楦头的皮靴，一面说道，大人正在睡觉，十一点钟以前不会客。老站长只得先回去，等到了十一点钟以后又来了。只见明斯基身穿晨袍，头戴一顶红色小帽，亲自出来见他。

"怎么回事，老兄，你有何贵干？"明斯基向站长问道。

老头儿慌得心里嘣嘣直跳，热泪盈眶，声音颤抖地只挤出一句话来："大人！……请您发发慈悲吧！……"

明斯基飞快地瞥了他一眼，脸唰地一下子红了，立刻抓住他的手，把他领进了一个房间，随手把门闩上。

"大人！"老头儿继续说道，"您做过的事情已经无法挽回，但是，起码您也应该把杜尼娅还给我吧！您已经把她玩够了，别无缘无故地毁了她！"

"我做过的事，是生米已成了熟饭，已经无法挽回了，"明斯基神情极其慌乱地说道，"我对你是有罪的，我希望得到你的宽恕，但是，要让杜尼娅离开我，绝对办不到。你甭担心，她会幸福的，我向你发誓，你要她回去干吗？她爱我，真的爱我，她已经厌弃从前那种日子了。不论是你，也不论是她——你们俩都不要忘记，已经既成事实，无法改变了。"

说完这番话之后，他把一样东西塞进老站长的袖子里，接着打开了门，老站长自己也搞不清楚是怎样走到街上的。

他痴痴呆呆地在街上站了很久，一动未动，后来才发觉自己卷上来的折袖中有一团纸。他拿出来展开一看，原来是几张揉皱了的钞票，有五卢布的，也有十卢布的。他眼眶里又涌出了热泪，这是愤怒的眼泪！他把钞票揉成一团，往地上一扔，用脚后跟使劲地踩了几下，悲愤交集地离开……走了几步，他又停了下来，想了想……又转过身来……但是钞票已经不翼而飞。一个穿着讲究的年轻人，一看他，立刻跳上了一辆马车,刚坐上去便急忙对车夫喊道:"快走!"

驿站长并未去追赶,决定返回自己的驿站。可是他心里想,在动身之前,至少也该和可怜的杜尼娅见上一面,哪怕能看到一眼也好。为了了却这桩心愿,两天之后,他又来到明斯基的住处。但是这一次勤务兵却气势汹汹地对他说,大人不会见任何人,挺胸拔肚地硬把他挤出前厅,使了好大劲儿砰的一声把门关上,那扇门险些砸了他的鼻子。老头儿呆呆地站了一会儿——无可奈何,只得离开!

就在当天傍晚时分,老站长在救苦救难圣母大教堂做完了祈祷之后,正沿着铸造厂大街向前走着,突然,一辆华丽的带轿子的马车从身边掠过,他一眼便认出,车上坐的是明斯基。马车在一栋三层楼房的大门前停了下来,接着骠骑兵大尉下了车跑上台阶。老头儿的脑子里立刻闪过一个碰碰运气的念头。于是,他转过身来,走到车夫面前。

"老弟,这是谁的马车?"他问道,"是不是明斯基的?"

"正是。"车夫答道,"你有什么事?"

"是这么回事,你家大人吩咐我给他的杜尼娅送一张字条。可是,我的记性不好,忘了他的杜尼娅住在什么地方了。"

"就住在这栋楼里,在二楼,不过,老兄,你的条子送晚了!老爷本人已经在她那儿了。"

"没关系,"老站长心情无比激动地说道,"多谢你的指点,不多打扰了,因为我还有事要办。"说完之后,便登上了楼梯。

门是关着的,他按了按门铃,万分焦急地等了几秒钟。传来了钥匙开门的声音,门打开了。

"阿芙朵季娅·萨姆松诺芙娜住在这儿吗?"

"是在这儿,"一个年轻的女仆答道,"你找她有什么事儿?"

驿站长没有吭声,径自走进了客厅。

"不能进!不能进!"女仆在他身后喊了起来,"阿芙朵季娅·萨姆松诺芙娜正有客人。"

驿站长根本不理她这一套,还是一直往里走。头两间屋子里很暗,第三个房间里灯火通明。他走到敞着的门口停住了脚步。房间里陈设豪华,明斯基正坐在那儿想心事。杜尼娅全身上下珠光宝气,闪光耀眼,侧着身子坐在明斯基的靠背椅的扶手上,犹如一位女骑士坐在英国马的鞍子上。她柔情脉脉地望着明斯基,把他的一绺黑发绕在自己珠光闪闪的纤指上。可怜的老站长啊!从来不曾见过女儿竟如此的美丽娇艳。他情不自禁地观赏着女儿。

"是谁呀?"她依然垂着头问道。

老站长仍然没作声。杜尼娅没有听到回答,这才抬起头来……

她一声惊叫,一下子跌倒在地毯上。明斯基吓了一跳,立即弯下身去把她抱起来,蓦然看到老站长站在门口。他立刻放下杜尼娅,便气急败坏地向老人冲了过来,全身直打战。

"你到底要怎样?"他咬牙切齿地冲老站长嚷道,"你干吗老是缠着我?你这个强盗!想要置我于死地吗?给我出去!滚开!"用手使劲揪住老人的衣领,连推带搡地把他赶到楼梯上。

老人回到自己临时落脚的住处。他那位朋友要他去告状。但是,老头儿想了想,摆摆手,决心就此罢了,只好忍气吞声。两天以后他从彼得堡回到了自己的驿站,又干起原来的老本行。

"我失去了杜尼娅,独自过日子,"他最后说道,"至今已经三年了,可是没有得到她的一点儿消息,音讯皆无。也不知道她是死是活,只有上帝才知道!像她这样受过路浪子诱骗的姑娘,过去有过,将来还会有。被拐去以后,养一阵子,玩腻了再把她甩掉就算万事大吉了。在彼得堡,像她这样的傻姑娘多得很,今天穿绫罗绸缎,戴金挂银,可是转眼工夫就跟穷光蛋一起扫马路去了[①]。我有时想,我的杜尼娅也

[①] 指在普希金生活的时代,警察在巡夜的时候,十点钟以后抓到的酒鬼、轻浮放荡的女人、打架斗殴的人,都要受到这种惩罚。

许已经堕落了,一想到这儿,我只好把心一横,但愿她死了倒也干净利索……"

这就是我的朋友,老站长给我讲的故事。他在叙述的过程中,几次因泣不成声的哽咽而中断。他常常用上衣的下摆凄怆地擦着泪水,恰像德米特里耶夫的叙事诗① 中那个热心肠的杰连季奇一样。他凄然泪下,一部分原因是由果露酒引起的,他足足喝下去了五杯。但是,无论如何,他那一滴滴辛酸的眼泪却使我深受感动,使我久久不能忘怀这位老站长,使我久久悬念着可怜的杜尼娅……

不久前,我又途经某某地方,我想起了我这位朋友。我打听到他所管辖的那个驿站已经撤销了。我问道:"老站长还健在吗?"没有人能够给以肯定的答案。于是,我决心去重访那个我熟悉的地方,便租了一辆马车前往该村。

那时正值深秋时节。天空中布满灰蒙蒙的阴云。冷风从收割过的田野上迎面吹来,枝头上的黄叶和红叶迎风飘舞、纷纷落地。来到村里的时候,太阳已经落山了。我在原来驿站小屋旁边停下车来。从门厅里(当年可怜的杜尼娅就是在这儿吻我的)走出来一个胖女人,她对我的发问回答说:老站长去世快一年了,他原先住的房子,如今住着一个酿酒师傅,此人便是她的丈夫。我感到真是徒劳往返,并且惋惜白白花掉了七个卢布。

"他是怎么死的?"我问酿酒师傅的妻子。

"灌酒灌得太多了,醉死的,老爷!"

"把他葬在了什么地方?"

"就埋在了村子边上,紧挨着他老伴儿的坟墓。"

"能不能带我到他的坟上去看看?"

"为什么不能?喂,万卡!你跟小猫玩的时间也不短了,过来!领

---

① 指ии 德米特里耶夫的叙事诗《退伍的骑兵司务长》(1791)。

这位老爷到坟地去一趟,把站长的坟指给他看看。"

她的话音刚落,一个衣衫褴褛的小男孩跑到我的面前,立刻就带我去墓地。这个小家伙长着满头红发,还是个独眼龙。

"你认识去世的老站长吗?"我在路上问万卡。

"怎么不认识?他教我削树条做的哨子。有的时候他从酒馆里走出来(愿他早升天堂),我们一群孩子便跟在他的身后,口里喊着:'老爷爷!老爷爷!给我们几个榛子吧!'他便把榛子分给我们大家吃。他总是逗着我们大家玩儿。"

"过路的旅客还记得他吗?"

"现在旅客少了。陪审官有时倒是来这儿转一转,可是他从来也没有提起过他。夏天的时候,曾经来过一位年轻的太太,她问起过老站长,还到她的坟上来过。"

"什么样子的一位太太?"我好奇地追问道。

"一位长得很漂亮的太太,"小万卡回答说,"她坐了一辆六匹马拉的车,还带着三个小少爷,一个奶妈,一只狮子狗。人家告诉她,老站长已经死了,她就哭了起来,对她的孩子们说道:'你们老老实实地坐在这儿,要听话,我到坟上去一趟,一会儿就回来。'我打算给她带路,可是太太却说:'不用了,我自己认得路。'她还赏给了我一个五戈比的银币呢!——心肠多好的一位太太呀!……"

我们来到了坟地,那是一块光秃秃的不毛之地,周围没有一点儿遮拦,东倒西歪的十字架,却见不到一棵树。我有生以来还从未见到过如此凄凉的墓地。

"这就是站长爷爷的坟。"小孩儿对我说完这句话,就跳上了一个砂石堆,砂石堆上竖着一个黑十字架,上面还镶着一个铜制的圣像。

"那位太太也到这儿来过吗?"我问道。

"来过,"万卡答道,"我在远处望着她,她扑倒在地上,躺了很久。回到村子里以后,叫来了神父,给了他一些钱,然后就坐车走了。

又给了我一个五戈比的银币——真是一位好心肠的太太！"

　　我也给了小万卡五个戈比，不再后悔这次寻访是徒劳往返了，也不再可惜为此而花掉的七个卢布了。

巧扮村姑的小姐

> 杜申卡，你无论怎样梳妆打扮，
> 都是那么美丽，都是那么好看。
> ——波格丹诺维奇[①]

在我国一个边远的省份里有一座田庄，田庄的主人叫彼得·彼得罗维奇·别列斯托夫。此人年轻的时候曾在近卫军中服过役，1797年初解甲还乡，回到了自己乡下的田庄，从此再也不曾离开此地。他与当地的一位穷贵族家的小姐结成金玉良缘，本应比翼双飞，百年好合，但不幸的是，一次他正在很远的猎场上游猎，他的妻子因难产而早逝。整天忙于经管田产，使他解脱了丧妻之哀愁，很快得到了宽慰。他按着自己的设计建起了一幢新房子，创办了一个织呢工厂，效益颇佳，收入增加了两倍。于是，他便有些飘飘然了，认为自己是这一带最善于经营、最有头脑的人了。左邻右舍对这一点也不曾提出异议，因为他们经常携家带口并领着一群狗到他家里来做客。他平时只穿一件绵绒短大衣，逢年过节时，便穿上自家制呢厂出产的呢料制作的礼服。他亲自料理账目，除了一份《参政院公报》以外，什么闲杂书籍都不看。尽管他为人有些傲慢，但人缘尚可，大家对他还都没有什么

[①] 波格丹诺维奇(1743—1830)，俄国诗人，所引诗句出自长诗《杜申卡》(1775)。

反感。只有一个近邻和他有些不和睦,有些和不来,此人的名字叫戈利高里·伊凡诺维奇·穆罗纳斯基,是一位地地道道的俄国绅士。他把大部分家产都挥霍在莫斯科了,又加上妻子过世,他只好回到自己最后一座田庄上来栖身。但是回来之后,依然没有改掉他好奢侈的恶习,只不过是来个花样翻新继续挥霍罢了。他修起了一座英国式的花园,在这上面差不多花掉他余下来的全部家产。他的马夫也全都打扮成英国骑手的样子,为女儿请了一位家庭教师也是英国小姐。管理田庄、耕种土地更是照搬英国的方法:

> 生搬硬套外国的方法,
> 地里长不出俄国庄稼。①

尽管戈利高里大幅度地压缩了开支,但是收入却未见增加,即使在乡下,他也想出了借贷新债的办法。大家都认为他的头脑还算灵活,因为他在省里的地主中间,是头一个破天荒地把产业押给监护院②的人。这个办法当时在一般凡夫俗子看来,是一项极为复杂而又冒险的举措。

别列斯托夫当然也批评他了,而且激烈程度同别人相比,有过之而无不及。他性格中的一个突出特点,就是厌憎新生事物和新的举措。每当说起他的邻居,也就是这个英国迷,他总是无法心平气和,总是要找碴进行指责。每当他带着客人去参观他的田庄,客人都夸耀他经营得法,管理有方时,他便扬扬得意而又狡猾地冷笑着说道:"是啊,先生!我的经营方法可不用我的邻居戈利高里的那一套。照搬英国人的那一套方法,不搞得倾家荡产那才是怪事儿了!我们用俄国的老办

---

① 所引诗句出自剧作家、诗人沙霍夫斯科依(1777—1846)的《讽喻诗》。
② 监护院,类似后来的福利院,当时沙皇俄国管理和照顾私生子、孤儿和寡妇的机构。

法，照样没有饿肚皮。"这样一些或类似的笑语言谈。由于邻居们的过分热心，再添枝加叶，绘声绘色的一传扬，难免不传到戈利高里·伊凡诺维奇的耳朵里。那位英国迷对于这种批评，就像我国记者那样沉不住气，于是乎大发雷霆，把这位吹毛求疵而又尖刻的左伊尔[①]称之为笨狗熊和土老帽。

当别列斯托夫的儿子回到乡下父亲这里的时候，这两位地主之间的关系就已经到了水火不相容的地步。这位公子哥儿是在××大学攻读的学业，毕业后打算到军界效力，但是他父亲却不赞成。年轻人觉得自己完全不适合搞文职工作。于是，父子俩各持己见，互不相让，年轻的阿列克赛便优哉游哉地在乡下混起日子，还留了唇髭，以备不时之需。[②]

阿列克赛是个能干而又英俊的小伙子。如果不让他那匀称的身材穿一穿紧绷在身上的军服，如果不让他骑在马上抖一抖威风，反而要他躬身驼背地俯案去抄抄写写公文来消磨青春年华，那就实在太屈才了！他狩猎时总是跃马扬鞭冲在最前面，不辨道路地横冲直撞，邻居们目睹他这副莽撞英姿，便异口同声地说道，这小伙子永远造就不成一个文职官员。姑娘们却很赏识他，百看不厌，有时甚至看得发痴发呆。但是，阿列克赛对她们却不是那么感兴趣。因此，她们认定他如此薄情寡义，一定是他在谈恋爱。事实上，不知是哪一位小姐从他的一封信上抄下一个地址，便在大家中间传开了。这个地址及收信人是："莫斯科，阿列克谢耶夫修道院对面，铁匠萨维里耶夫家，阿库琳娜·阿列克谢耶芙娜·库罗契金娜收，恳请务将此信交 A.H.P.。"

我的读者，如果你未在农村待过，便不可能想象，县城里的小姐们有多么漂亮！她们是在清新的空气中，是在自己家的花园里的苹果

[①] 左伊尔，古希腊的批评家，曾百般挑剔和批评《荷马史诗》，因此便成为尖刻批评家的代名词。
[②] 当时在俄国部队服役的军官都要留唇髭。

树的树荫下成长起来的。她们在小小的书本里畅游，吸取有关世界和人生的知识，孤寂、自由、读书这三者很早就启迪了她们心中的感情，以及我们那些事事都漫不经心的美人们所不能理解的情感和热情。一声车铃响①，对于外省乡下的小姐们，就相当于一次奇遇和冒险；坐车进城逛一次，就好比在人生中发生一个重大的转折。客人的来访则会留下长久的，有时甚是终生难以磨灭的回忆。当然，哪一个人都可以随意讥笑她们的某些奇行怪癖。但是，不了解真情的观察者的嘲笑并不能抹杀她们真正的美德，其中最主要的是：性情独特、独具一格的个性。按让·保尔②的说法，没有个性和性格特点，人类社会的宏伟浩大和千差万别也就不复存在了。两个京城的妇女们可能受到更好的教育，但是，上流社会的世俗恶习就会将她们性格上的棱角磨平，把她们的灵魂铸造成一个样式，就好像监制出一批又一批同一种的金钿银钗一般。我这样说，并不是有意非难和指责两个京城女士们的短处，不过"我们的评论继续有效"③，正如一位古代诠注家所说的那样。

因此，不难想象得到这位年轻英俊的阿列克赛会在我们的小姐们的圈子里引起什么样的反响。他是第一个在她们面前表露出郁郁不乐和因不得志而悲观厌世的人，他是第一个向她们抱怨人生的欢乐已逝的人，他是第一个向她们吐露出青春的花朵已经凋残的人。而且他的手上还戴着一枚刻着骷髅头的黑戒指。他的这一切举止和言行，在那个省份里是非常新奇的，非同一般的。各家的闺秀们怎么能不对他着迷发疯呢！

不过，对他最着迷的要算我们那位英国迷的千金小姐莉莎了，(或者按戈利高里·伊凡诺维奇的叫法：把她叫作蓓姬)。两家的老子闹得很僵，互不来往。此时左邻右舍的女孩子们正起劲儿地谈论阿列

---

① 隐喻有外地客人来访或路过。关于此类情节的描写，请参阅普希金的长诗《努林伯爵》。
② 让·保尔(1763—1825)，德国作家。
③ 原文为拉丁文。

克赛呢，可是她还不曾见过此人的庐山真面目呢！莉莎正值豆蔻年华，年方十六七，生着一双又黑又大滴溜圆的眼睛，灵活有神，把她那张黝黑的小脸装扮得更加美丽动人了。她是个独生女，父亲爱若掌上明珠，因而也就把娇宠坏了。她天性活泼，再加上层出不穷的调皮任性，更使她的父亲乐不自胜了，但却把她的家庭教师杰克逊小姐弄得狼狈不堪和无可奈何。这位女教师是个四十岁的老处女，拘泥礼节又很古板，脸上只是扑扑粉、画画眉而已，一年要读上两遍《帕米拉》①，薪金为两千卢布，并且总是抱怨在这野蛮的俄罗斯真是寂寞无聊！

服侍莉莎的侍女叫娜斯嘉。她虽然年岁稍大一点儿，但是为人和她的小姐一样，也是轻率好动。由于性情相投，所以莉莎非常喜欢她，把她当成唯一的知心人，把心中的秘密毫无保留地全都告诉给她，遇事总是和她一起谋划和想办法。总而言之，娜斯嘉在普鲁琴诺村里是一个举足轻重的人物，比法国悲剧中任何一个贴心女仆的地位都要高得多。

"今天让我去做客吧。"有一次娜斯嘉一边给小姐穿衣服，一边说道。

"好哇，到什么地方去做客呢？"

"去图吉洛沃村，上别列斯托夫家去。今天是他们家厨子的老婆的命名日，昨天她来邀请我去吃饭。"

"瞧！"莉莎说，"两家的主人在闹别扭吵架，仆人却相互请客。"

"老爷们之间的事儿跟我们有什么相干？"娜斯嘉不服气地说道，"况且，我是您的侍女，又不是你爸爸的。您又没有跟别列斯托夫少爷闹别扭，两个老爷子只要高兴，就让他们折腾去好了！"

"娜斯嘉，那你想办法去看看阿列克赛·别列斯托夫去吧！回来以后好好讲给我听，告诉我他长相如何，为人怎么样。"

---

① 《帕米拉》，英国作家塞缪尔·理查逊(1689—1761)的书信体小说。

娜斯嘉爽快地答应了，莉莎这一整天都焦急不安地盼着她快点儿回来。傍晚时分，娜斯嘉回来了。她刚一进门就说道："啊！莉莎维塔·戈利高里耶芙娜！我看到了别列斯托夫少爷了，而且还看了个够。今天我们整天都待在一起。"

"这怎么可能呢？快讲讲，要一五一十地说清楚！"

"好吧！我们是好几个人一起去的，有我、有阿克西尼娅·叶戈罗芙娜、有涅尼拉、有杜尼卡……"

"好了，好了！我都知道了。那么后来呢？"

"您别着急，听我给您说呀，我全都讲给您听，我要原原本本地讲。我们到了那里的时候，正赶上酒筵开始。屋子里挤满了人。有科尔宾诺村的人，有扎哈列夫斯克村的人，女管家还带着好几个女儿，还有赫鲁宾诺村的……"

"好了！那么，看到别列斯托夫没有呢？"

"您先别着急！我们一去就入了席，女管家坐首位，我挨着她入座，可把她的女儿气坏了，我才不理她们这一套呢！"

"哎呀！娜斯嘉！你怎么尽是唠叨这些无关紧要的鸡毛蒜皮哪，真是烦死人！"

"瞧！您可真是没耐性，我的小姐！等到我们散席的时候……我们足足吃了三个钟头，酒席丰盛极了！有油煎馅饼、夹心牛奶杏仁冻，蓝的、红的、花花绿绿的……我们吃过饭后，我起身到花园去玩捉迷藏，这时别列斯托夫少爷来了。"

"怎么样？听说他长得很漂亮，是真的吗？"

"非常漂亮，可以说是个真正的美男子！身材匀称，个头很高，脸蛋儿红扑扑的……"

"真的吗？可是我还以为，他是个小白脸呢！你觉得他怎么样？总是郁郁寡欢、愁眉不展，不大爱说话吧？"

"您怎么能这样说呢？像他这样爱疯爱闹的人，我有生以来还不曾见到过！他竟然想和我们一块儿捉迷藏。"

"想和你们一起捉迷藏？绝对不可能！"

"偏偏就可能。您想象不出，他还想出了什么鬼把戏！抓到谁，就得和谁亲吻！"

"随便你去说！娜斯嘉，你是在胡扯！"

"随您怎么说！反正我没扯谎。我好不容易才从他手里脱身。他就是这样跟我们在一起折腾了一整天。"

"那为什么人家都说他正在谈恋爱，无论对哪个姑娘都不看上一眼呢？"

"那我可就不知道了，小姐！他倒是把我看了个够，对达尼娅，对女管家的女儿，也是盯着看。还有，对柯尔宾诺村的巴莎，也是一样，说起来真是罪过，他哪一个都不放过，真是一个调皮鬼！"

"这可就怪了！可是你听到没有，家里人都怎么说他？"

"家里人都说，少爷为人特别好、为人和善，是个乐天派，整天乐呵呵的。就是有一点儿不好，总是喜欢追逐女孩子；不过，照我看，这也算不上是什么过错，过一段时间就会变得老成的。"

"我也很想见见他哩！"莉莎叹气地说道。

"这又何必为难呢？图吉洛沃村离咱们这儿很近，只有三俄里。您就去那边散散步，或者骑马去也行，你准会碰上他。他每天早晨都带着枪出来打猎。"

"不行，这样可不好。他还以为我要追求他呢！而且我们两家的父亲又不和睦，我无论如何不能和他结识……啊，有了！娜斯嘉！你猜怎么着？我有了个好主意：我可以打扮成一个农家姑娘。"

"这个主意不错！你可以穿上一身粗布褂子，再罩上一件又长又大的袍子，放心大胆地到图吉洛沃村去，我敢保证别列斯托夫不会放过你。"

"我说本地的土话说得也不错。哎呀！娜斯嘉，我的好娜斯嘉！这

巧扮村姑的小姐 69

个主意太妙了!"两个人聊到这儿,莉莎便上床去睡觉,心里盘算着立刻就去实现那个令人快活的闹剧。

第二天莉莎便着手按自己的计划行动起来,打发人到市场上买回了粗麻布、几颗铜纽扣和蓝色棉布。由娜斯嘉来帮忙,动手裁好了一件褂子、一件长袍,叫来所有的侍女帮着缝纫,到了傍晚,便一切都准备就绪了。莉莎试穿自己的新装,在大镜前一面照一面思量,发觉自己从来没有像现在这样楚楚动人。她一遍又一遍地操练自己要扮演的角色,走上前去深深鞠一躬,然后自己又不住地摇头,活像一只泥塑的小猫;接着再用当地农民的腔调说几句话,笑的时候,也模仿乡下丫头那副样子,用衣袖把脸遮起来。经过这么一番苦心排练,终于得到娜斯嘉十分满意的称赞。只有一件事使她很为难:就是要光着脚走路,她试着赤脚在院子里走一走,可是一双娇嫩的小脚,让草根刺得受不了,走在砂粒和碎石上,就更硌得无法忍受了。娜斯嘉又来帮忙出点子,她量了一下小姐的脚,然后跑到野地里去找牧人特罗菲姆,请他按尺寸给做一双树皮鞋。第二天早晨,天还没亮,莉莎就从床上爬了起来。全家上下还都在梦里。娜斯嘉早就站在大门口等牧人来送鞋。起床的号角吹响了,村里的牲畜挤挤搓搓地从老爷的宅前走过去。特罗菲姆来到了娜斯嘉面前,把一双小巧的、五颜六色的树皮鞋交给了她,娜斯嘉给了他半个卢布作为酬劳。莉莎悄悄地把自己打扮成一个村姑,又在娜斯嘉耳边嘀咕了一小会儿,告诉她怎样瞒过杰克逊小姐,然后踏上后门的台阶,穿过菜园子到了野地里。

朝霞在东方泼洒着耀眼的光辉,一片片金色的云朵排列成辉煌的队列,好似在恭候太阳的圣驾,宛如文武百官在恭候天子临朝一般。天气晴朗,早晨空气清新,露珠闪闪,微风习习,鸟儿鸣啭,这一切使得莉沙心荡神摇,心中充满了孩童般的欢乐。她生怕碰上熟人,因此迈开脚步快走疾奔,那副样子看上去不是在走,而是在凌空飞翔。当她走到父亲领地边界上的那片小树林的时候,才放慢了脚步。她应该在这儿等候阿列克赛的来临。她的心跳得很厉害，自己也搞不清究竟是为什么。不过，这种情景我们年轻的时候都经历过：调皮或搞什么恶作剧时那种忐忑不安的心情，正好具有这种诱人的魅力。莉莎走进树荫处，树林以枝叶那一阵阵低沉的沙沙声来欢迎这位姑娘的到来。春情萌动而又快乐的心情略微平静下来一些，她渐渐沉醉于甜蜜的幻想之中。她在想……但是，一个十七岁的妙龄小姐，在春日早晨六点钟，一个人独自待在树林里，能够精确地描述出她此刻心里在想些什么吗？她一边朝前走着，心里一边沉思冥想，无暇去观赏道路两旁遮天蔽日的参天大树。突然，钻出来一只漂亮的猎犬，朝着她吠叫起来。莉莎吓了一大跳，立刻惊叫起来，恰在这时有人喊了一声：

"站住，斯波加尔！到这儿来……"① 随着话音从灌木丛中走出一个年轻的猎人。"别怕，亲爱的！"他对莉莎说道，"我的狗不咬人。"

莉莎从惊恐中恢复了常态，镇静下来以便见机行事。

"不是的，少爷！"她假装又害怕又怕羞的样子说道，"我真怕！您瞧它那副凶猛的样子，又要扑过来了！"

阿列克赛（读者大概已经认出他了）这时对年轻的村姑仔细地上下打量了一番。

"你要是真的害怕，那我就来送你走吧！"他对莉莎说道，"请允许我靠近你，行吗？"

"谁说不行？"莉莎答道，"怎么走，随你的便，反正路是大家走的。"

"你从哪儿来？"

"从普里鲁奇诺村来。我是铁匠瓦西里的女儿，来采蘑菇。"（莉莎手里提着一只用绳子吊着的小篮子。）"少爷，你可是图吉洛沃村的人，对吧！"

---

① 原文为法语。

巧扮村姑的小姐　71

"一点儿也不错。"阿列克赛答道,"我是少爷的跟班。"

阿列克赛想把他们的关系拉到平等的地位,因此才故意这么说。可是莉莎望着他笑了起来。

"你在扯谎,"她说道,"不要把我当成傻瓜。看得出来,你就是少爷本人。"

"你凭什么要这样想?"

"凭各个方面的印象。"

"怎么见得呢?"

"难道连少爷和仆人都分辨不出来吗?穿着打扮不一样,说话的腔调也不一样,就连叫狗都和我们的叫法不一样。"

两人越交谈,阿列克赛就越喜欢上莉莎了。他跟漂亮的农家姑娘不拘礼节地厮混惯了,上来就想搂抱她,但是莉莎立刻从他身边一跳就躲闪开了,并且马上做出一副庄重而不可侵犯的样子。这样一来,虽然把阿列克赛逗乐,但是却制止了他想再动手动脚的企图。

"如果您愿意我们今后做朋友的话,"她郑重其事地说道,"那么,就请您放尊重点儿。"

"是谁教你这么聪明伶俐的?"阿列克赛哈哈大笑地说道,"莫不是我的朋友,你家小姐的侍女娜斯嘉教你的吗?文化知识却原来是如此传播的!"

此时莉莎觉得,要尽快打住,否则自己扮演的角色就会露馅的。

"看你这是想到哪儿去了,"她说道,"难道我从来就没有去过老爷的宅院吗?你也不必大惊小怪:我见到的很多,听到过的也很多。不过嘛!"她接着说,"光是跟你在这儿唠叨,忘记了采蘑菇。好了,少爷,我们该走了,你走那边,我走这边,请你原谅……"

莉莎说完刚要走,阿列克赛却一把抓住了她的手。

"你叫什么名字,我的小心肝儿?"

"我叫阿库琳娜,"莉莎回答道,一边使劲把手从他的手里挣脱出来,"放我走,少爷,我该回家了。"

"哦,我的好朋友阿库琳娜!我一定要去拜会你的爸爸铁匠瓦西里,到你家里去做客。"

"您这是干什么?"莉莎慌忙阻止地说道,"不要去!看在基督的分儿上,千万不要去!万一让我家里人知道我单独一个人在林子里跟少爷聊天的话,那我可要倒霉了!我父亲瓦西里不把我打死才怪哪!"

"可是我一定要和你再会面。"

"好吧,我有时间再来采蘑菇。"

"什么时候呢?"

"明天也行。"

"亲爱的阿库琳娜,我真想吻你一下,可我又不敢。那么明天,就在这个时候,是不是?"

"是的,是的。"

"你不会骗我吧?"

"不会的。"

"那你就发个誓。"

"好吧!我对上帝发誓,我一定来。"

一对年轻人就此分手了。莉莎走出树林,穿过田野,悄悄地溜进花园,慌里慌张地跑进了牲口棚,娜斯嘉正在那儿等着她。她在那儿更换了衣服,心不在焉地回答性急的侍女的问话,随后就去客厅了。餐桌已经摆好,早餐也已经备齐了。杰克逊小姐脸上扑过粉,腰肢束得像个高脚杯,正拿着刀子把夹肉面包切成小块。父亲赞扬女儿起得早,出去散散步很好。

"没有什么比天一亮就起床更能有益于健康了。"父亲说道。

接着他就举出几个从英国杂志上读到的长寿的例子。他说道,凡是能活到一百岁的人,一定都滴酒不沾,并且不论冬夏天一亮就起床。莉莎根本没有听进去,她依然心猿意马,还在重温今天早晨相会时的一幕幕情景，回想着阿库琳娜和年轻猎人的整个谈话过程。想啊，想啊，良心开始有些不安了。她企图说服自己：他们的谈话并无有失体统之处，这次顽皮的举止也绝不会引起不良的后果。虽然这样想，然而，良心却战胜了理智，站出来表示异议。她已经答应了明天还去，这件事尤其使她很不安。她本来完全可以违背自己庄重的誓言。可是，万一阿列克赛白白地等她一阵，他必定会到村子里来找铁匠的女儿——那个真正的阿库琳娜，那个胖墩墩的麻脸姑娘。要真是这样，那可就糟糕了——她那轻率的鬼把戏就被识破了。想到这里，莉莎可真有点慌神了，她只好下决心，明天早晨硬着头皮再假扮阿库琳娜到树林里去赴约。

从阿列克赛这方面来讲，他简直欣喜若狂，喜不自胜，心里一整天只想着那个新结识的姑娘。夜里在梦中，都看到那个皮肤黝黑的美人的倩影一直在他的身边。天刚一放亮，他就连忙起来穿好衣服，没顾得上给猎枪上好子弹，就匆匆忙忙地跑到田野上，身边还带着那只忠实的猎犬斯波加尔，飞一般地跑到了约会地点。他等了大约有半个小时，只急得抓耳挠腮。他终于看到灌木丛中蓝色长袍一闪，于是拔腿就朝着阿库琳娜飞奔过去。她嫣然一笑，以回报他那种狂喜之情。但是，阿列克赛立刻就发现她的脸上有忧虑和不安的神情。他想了解是什么原因。莉莎只好向他自白，道出内心的苦衷：她认为自己的举止是轻率的，她对自己的言行感到懊悔，今天她不想违背誓言，所以来了，但是这次相会是最后一次，她请求他断绝这种对他们绝不会有任何好处的往来。这一番话，她当然是用乡下的土话表达出来的了。但是她所表露的那种思想感情，对于一个普普通通的农家少女来说，实在太不一般了，因而使得阿列克赛大吃一惊。他鼓起如簧之舌，尽量发挥出自己能言善辩的才能，苦口婆心地来劝说阿库琳娜能够回心转意。他说阿库琳娜的愿望是无可非议的，许诺她永远不会因为与他结识而后悔，保证对她一切都言听计从，再三再四地恳求她不要剥夺他这唯一的快乐：每天都能够单独与她会面，或者降低要求，即使是隔一天一次，甚至一周见两次面也好。他这一番感情真挚的表白与恳求，说明了他此时此刻确实是爱上了她。在他倾诉的过程中，莉莎一直默默地听着。

"那你要保证信守诺言，"她终于开口说道，"你得答应我永远不到村里去找我，也不要去打听我的情况，除了我指定的时间以外，不找其他机会来和我见面。"

阿列克赛向上帝发誓，但她笑着阻止了他。

"我不要你发誓，"莉莎说，"你保证信守诺言就行了。"

经过这一番波折后，他们又一边友好地交谈着，一边在森林里散步，直到莉莎最后说：到时候了，他们这才分手。阿列克赛一个人留了下来，在那里苦苦地思索，想了很久也没弄明白，为什么一个普普通通的农家姑娘竟有如此之大的魅力，只见了两次面，就能把他搞得俯首帖耳地听从她的指挥。跟阿库琳娜的交往对他来说具有一种无法抗拒的新奇魔力。虽然这个古怪的乡下姑娘的命令使他感到痛苦难熬，但是他从来没有想到过不去履行自己的诺言。阿列克赛虽然戴上了祛邪驱魔的戒指[①]，虽然跟别的姑娘有过情书往来，虽然有过阴郁不快和失望的情绪，但他实际上是个热情善良的好小伙子，他有一颗纯洁的心灵，一颗能够感受纯真喜悦的心灵。

假如放任我的笔，任凭它无限制地写下去，那么我一定会大显身手，详详细细地描述一番：这一对年轻人如何约会，他们相互倾慕之情和彼此信赖之感如何与日俱增，他们都做了哪些相互倾爱的事情，他们又是如何谈情说爱的，他们都说了些什么情意绵绵的话语，他们彼此又是如何山盟海誓的……然而我知道，我的读者是绝对分享不到

[①] 俄国自古流传的一种迷信说法，即戴上一种戒指可以"祛邪驱魔"，或者把这种戒指叫作"戒指魔"。据说夏伯阳就戴过这样的戒指。

巧扮村姑的小姐

我的这一番乐趣。一般地说来，这类不厌其烦的描述未免使人感到过分甜蜜，过分艳腻了。于是乎，我就从略了。因此，我只好采取单刀直入的办法，闲言少叙，言归正传。且说，不到两个月的时间，我的阿列克赛已经深陷情网，爱得神魂颠倒，如痴如狂。我们那位莉莎更是有过之而无不及，只是比他略微沉稳一点儿罢了。他们俩只迷恋眼前的快乐，却很少顾及将来。

他们两人的脑子里都经常闪现过彼此永不分离的想法，不过他们只是没有把这个问题挑明说破罢了。原因很明显：阿列克赛无论如何眷恋可爱的阿库琳娜，但是他总是忘不掉自己与这位贫寒的农家少女之间存在着难以逾越的鸿沟；那么莉莎呢，她看到他们父亲之间旷日持久的恩恩怨怨，不敢奢望他们有朝一日会握手言欢、和睦相处。此外，她的自尊心还暗中作怪，捉弄着她存有一个模糊而又浪漫的愿望，盼望图吉洛沃村的少东家能拜倒在普里鲁奇诺村铁匠女儿的面前倾吐求爱的心曲。突然发生了一件重大的事件，几乎彻底改变了他们的关系。

那是一个清朗而又严寒凛冽的早晨（我们俄罗斯的秋天这种日子是常有的），伊凡·彼得罗维奇·别列斯托夫骑马出游，还带着三条猎狗，一名马夫和几个手拿响板的僮仆。恰在此时，戈利高里·伊凡诺维奇·穆罗姆斯基也受到好天气的驱使，吩咐家人备好那匹秃尾巴的牡马，骑上它想在自己英国化的领地上纵马漫游一番。他骑马驰骋到森林的边上，突然看到自己的邻居也在那里。只见他身穿狐狸皮里子的高加索外套，神气十足地骑在马上，正在等候打兔子。仆人们大喊大叫，敲打着响板，从灌木丛中把野兔轰了出来。如果戈利高里能够预略到这个不期而遇的情景，那他肯定会调转马头走另一条路。能碰上别列斯托夫，完全出乎意料，而且两人之间的距离不超过手枪的射程，要想回避已经来不及了。穆罗姆斯基作为一个有教养的欧洲人，只得首先骑马走到自己死对头面前，彬彬有礼地向他寒暄问候。别列斯托夫同样礼貌周全地还礼，就像一头被链子锁着的狗熊，按着驯兽人的命令向先生们行礼一样。

正在这时，一只兔子从树林里蹦了出来，在田野里奔跑。别列斯托夫和马夫一起放开嗓门儿大喊大叫起来，还放出几条狗，自己则纵马全速追击。穆罗姆斯基骑的那匹马从来没有到过猎场，受了惊便四蹄腾空地狂奔起来。穆罗姆斯基平素总吹嘘自己是个了不起的骑手，这时放马奔驰，心里暗自庆幸，可以借此机会溜之大吉，以摆脱这个令人不愉快的对头。但是他在坐骑上却没有发现前面有一道深沟，突然间猛地往旁边一拐，这一下不要紧，穆罗姆斯基怎么也坐不稳了，一个倒栽葱，从马上重重地摔到了冰冻的地上。只摔得疼痛难忍，只得躺在地上，嘴里还不停地咒骂那个该死的秃尾巴畜生。那匹马发觉骑手已经不在背上，才明白过来，站住了脚步。伊凡·彼得罗维奇策马走到他的跟前，赶忙问询摔伤了没有。马夫抓住笼头，把那匹闯祸的马牵了过来，并搀扶着穆罗姆斯基跨上马鞍。这时别列斯托夫热情邀请他到自己家里去略事歇息。穆罗姆斯基则盛情难却，不便推辞，因为他觉得自己已经承受了人家的恩惠，如此一来，别列斯托夫便胜利而归；打着了一只兔子，把自己受伤的敌人，几乎当作俘虏一样带回家中。

两位邻人一面共进早餐，一面十分友好地交谈。穆罗姆斯基向别列斯托夫借了一辆马车，因为他感觉摔了这一跤，已无法骑马回家了。别列斯托夫把客人一直送到台阶下，而穆罗姆斯基则发出热情的邀请，请他明天一定到普里鲁奇诺村去吃午饭（而且要同公子阿列克赛·彼得罗维奇一起来），并且一定要等到别列斯托夫慨然应允后才肯离去。经过这次意外的事件，两个积恨已久的对头之间的宿怨，由于这匹秃尾巴牡马的闯祸而雪化冰消。

莉莎跑出来迎接父亲戈利高里·伊凡诺维奇。

"这是怎么回事，爸爸？"莉莎惊讶地问道，"您的脚怎么瘸了？您的马哪儿去了？这辆车是谁家的？"

"这回你可猜不着了！我的亲爱的①。"戈利高里·伊凡诺维奇回答说，然后把发生的事情详详细细对她讲了一遍。

莉莎简直不敢相信自己的耳朵，没等她搞清楚是怎么回事呢，父亲接着便宣布说：别列斯托夫父子明天要来吃午饭。

"您说什么？"她说道，脸色变得煞白，"别列斯托夫父子！明天要到我家来吃午饭？不，爸爸！随您怎么办，反正我是不会出来接待他们！"

"为什么？你发疯了？"父亲不以为然地说道，"你从什么时候起居然如此怕羞了，或许，难道你对他们父子还抱着世传的深仇大恨吗？你倒是很像浪漫小说里的女主人公了！算了，别再任性……"

"不行，爸爸！你就是把世界上所有的好东西，把许多奇珍异宝给我，反正我也不会在别列斯托夫父子跟前抛头露面。"

戈利高里·伊凡诺维奇只好耸耸肩膀，不再跟女儿枉自争论，因为他知道，跟她争是争不出什么名堂来的，于是回自己的房间中休息，在这次值得纪念的游猎之后也该养养神了。

莉莎维塔·戈利高里耶芙娜回到自己的闺房中，立即把娜斯嘉叫来商量对策。两个人把明天别列斯托夫父子要来做客的事情商议了好久。倘若假扮村姑的事情露了馅——阿列克赛认出受过良好教育的小姐就是自己的阿库琳娜，那他会怎么想呢？对她的行为举止及对她的品格与智慧将会有什么看法呢？从另一个方面来说，莉莎倒是很想瞧一瞧，这次意想不到、突如其来的会面，会对他产生什么的影响……一个锦囊妙计又出现在她的脑子里。她立刻告诉了娜斯嘉，这两个爱淘气的姑娘如获至宝一样地高兴，并且决定按锦囊妙计行事。

第二天吃早饭的时候，戈利高里·伊凡诺维奇问女儿，她是否还坚持回避别列斯托夫父子而不肯露面。

---

① 原文为英语。

"爸爸！"莉莎回答道，"如果您觉得既方便又有必要的话，那我就出来接待他们，不过，得答应我一个条件：不管我怎样出来接待他们，也不管我做什么，您可不要责骂我，也不要露出一点儿表示惊讶和不满意的样子。"

"你又在搞什么恶作剧？"戈利高里·伊凡诺维奇笑着说道，"嗯，好吧！好吧！我同意，任凭你怎么去搞，你这个黑眼珠子的淘气鬼！"

下午两点整，一辆六匹马拉的家用马车驶进院子，走到绿草如茵的圆形草坪边上停了下来，老别列斯托夫举步登上台阶，两边有穆罗姆斯基家里的两个穿制服的仆人搀扶着。小别列斯托夫跟在后面，一同步入餐厅，那儿酒席已经摆好。穆罗姆斯基对邻居的接待极为殷勤备至，热情真挚，简直无以复加。他向客人提议在饭前去参观一下花园和养兽场，客人应邀欣然前往。于是穆罗姆斯基亲自陪同，沿着打扫得干干净净、铺了细沙的道路走去。老别列斯托夫心里暗自惋惜，为了这毫无益处的癖好竟然花费如此之多的劳动和时间。但是出于礼貌，他却只字未提。他的儿子小别列斯托夫既不赞同于精打细算的地主那种爱计较的小家子气，也不欣赏自以为高明的英国迷这种奢华浮夸的作风。他正在焦急地等待主人的女儿展露玉容，甚至有些望眼欲穿。他已经听到不少有关这位小姐的传言，诚然，正如我们所知道的，他的心中已另有他心爱的偶像，但是年轻的美人对他却永远具有不可抗拒的魅力，而且总能打动他的心。

回到客厅里，宾主三人一起落座。两位老人一起回忆往事和自己在担负公职时的逸闻趣事，但是阿列克赛却一直在考虑，莉莎出场后，他应该扮演什么样的角色才算适度。他觉得，表现出一副冷漠和漫不经心的样子，在任何情况下都是最明智之举，他这么想的，也决心这么去做。这时门开了，他转过脸去，做出一副神情冷漠、不可一世的傲慢姿态，那种气势即使是惯于卖弄风情的女子观之也会不寒而栗。可惜的是，进来的不是莉莎，而是年老的杰克逊小姐。只见她满面擦得雪白，束着腰，双目低垂，微微屈膝行礼。这样一来，阿列克赛做出的那副优美的军人英姿，算是白花心思了。在他还未来得及重新打起精神以迎接小姐到来之际，屋门又打开了，莉莎走了进来。大家都站起身来，她父亲刚想向客人介绍，但是突然愣住了，赶紧欲言又止地咬住嘴唇……莉莎，他的皮肤黝黑的莉莎，把白粉一直擦到耳根，眉毛描得比杰克逊小姐还要浓；戴着一束卷曲的假发，颜色比她本人的真发浅得多，蓬松高耸，恰似路易十四戴的那种扑了粉的假发，"古怪式"①的袖肩高高的，犹如蓬帕夫人②式的肥大的筒裙；腰肢束得紧绷绷的，就像字母×形；全身上下光彩夺目，把她母亲留下来尚未典当的钻石首饰全都戴在手指上，脖子上和耳垂下面。阿列克赛已无法认出这个可笑而又珠光宝气的小姐就是他的阿库琳娜。他的父亲走上前去吻了她的手，他也不得不跟着走过去，当他接触到她那雪白的纤指时，他感到她的手在发抖。同时他还注意到她那双故意伸出来摆弄的玉足，展示出一种极其动人的娇柔之态。这双玉足反而略微减轻了他对她的装束所引起的厌恶之感。由于他心地质朴，对于她那雪白的皮肤以及乌黑的眉毛，看了一眼实在无法发现其中的奥妙，以致后来也不曾怀疑。戈利高里谨记着自己的诺言，尽力不表露出惊讶的神情。但是女儿的恶作剧确实使他感到十分有趣，费了好大劲儿才忍住而未发笑。而那位谨守礼仪绝不越轨的英国小姐却没心思发笑。但她已经猜想到了，莉莎用的香粉和眉笔是从她的抽屉里偷出来的。因此，气得粉白的脸加上了一层红晕。她对这个年轻调皮的姑娘投去愤怒的目光。而那个调皮鬼却佯装着没有看见，但是心里却想事后要找个机会向她详细加以解释。

宾主一同在席前入座。阿列克赛继续扮演漫不经心而又若有所思

---

① 原文为法语。
② 蓬帕夫人（1721—1765），法国国王路易十五的情妇。

的角色。莉莎则装腔作势，故作忸怩之态，甚至连说话也不张口启齿，透过牙缝就好似在唱小调，而且说的是法语。她父亲时时出神地望着她，琢磨不出来，她究竟在搞什么鬼把戏，但是却觉得她折腾得很有意思。英国小姐一直是怒气冲冲，而且从头到尾都保持沉默。唯有伊凡·彼得罗维奇像在自己家里一样：无拘无束地大吃大嚼，足足顶两个人的饭量，酒也是照喝不误，喝的也很多，而且是一边吃喝一边说笑打趣，说笑话说得自己也笑了起来，越说越亲热，常常伴着哈哈大笑。

终于吃饱喝足起身散席，客人也打道回府。戈利高里·伊凡诺维奇这才放声开怀大笑，而且向女儿提出一大堆问题。

"你怎么想到要捉弄他们一番呢？"他向莉莎问道，"你可知道，你擦些香粉倒是很不错。我对女人化妆的秘密可是一窍不通，不过要是我处于你的地位，我也要擦粉的，当然，不要擦得太多，只是薄薄的一层就行了。"

莉莎此时心花怒放、正在庆幸自己的妙计的大捷。她一边拥抱爸爸一边向他保证：接受他的建议，然后又跑去安慰满肚子怒火的杰克逊小姐。那位女教师勉强同意给她打开自己的房门，并且听取了她所做的解释。莉莎向她解释说，她要以那么黑的皮肤出现在陌生的客人面前，实在是丢丑和怕羞，可是她又不敢当面去求杰克逊小姐……但是，她深信杰克逊小姐有副菩萨心肠，一定会原谅她的……经过她这一番情辞恳切的解释，杰克逊小姐的气全消了。她吻了吻莉莎，还给她一小盒英国香粉，以释前嫌，表示和解。莉莎欣然接受了她的馈赠，并向她表示了衷心的谢意。

读者应该想得到，莉莎绝不会忘记了第二天早晨到树林去赴约。

"少爷，你昨天去我们东家的府上做客了吧？"见面后她立刻向阿列克赛发问，"你觉得我们家的小姐怎么样？"

阿列克赛回答说，他不曾留意。

巧扮村姑的小姐　　81

"太可惜了。"莉莎说道。

"为什么可惜?"阿列克赛问道。

"因为我想问问你,别人说的话是不是真的"

"都说了些什么?"

"都说我很像我家小姐,你看是真的吗?"

"瞎胡说!她跟你一比,简直是个丑八怪!"

"哎哟,少爷!你说这种话可是罪过!我家小姐长得白白净净、细皮嫩肉,穿得也那么漂亮,我怎么能和她相比呢?"

阿列克赛对她指天发誓,说她长得比所有又白又娇嫩的小姐都好看,为了使她完全放心,他便把她家小姐的滑稽可笑之处诉说了一通,说得有声有色、活灵活现,结果把莉莎逗得放声大笑。

"不过嘛,"她叹了一口气说道,"就算我家小姐有些滑稽可笑,可是人家毕竟是有教养的小姐,我终归是不识字的傻丫头。"

"嗯!"阿列克赛说道,"这件事倒不必发愁!只要你愿意的话,我马上就可以教你认字。"

"你说这话是真的吗?"莉莎说道,"那我就真的要来试试看,好吗?"

"来吧!亲爱的!咱们这就开始。"

他们两个坐了下来。阿列克赛从兜里掏出一支铅笔和一个小本子,阿库琳娜学起字母来,速度惊人地快。阿列克赛不能不为她的理解能力感到惊奇。第二天早晨,莉莎就已经想要动笔试着写字了,刚开始时,铅笔还有点儿不听使唤,可是没过几分钟,她照猫画虎描画出来的字就相当工整了。

"真是奇迹!"阿列克赛赞叹地说道,"我的教授方法真比伦康斯特[①]主张互教互学的教学法见效还要快。"

---

① 伦康斯特(1771—1838),英国教育家。

上到第三课的时候，阿库琳娜竟然能够按着音节慢慢读出《贵族之女娜塔丽亚》①来了，并且还能一边读着，一边不停地谈出心得体会。阿列克赛确实感到十分惊奇。而且她还能从这本小说里摘录出一些好句子，密密麻麻地写满了一整张纸。

过了一个星期，他们便开始通信，邮寄的地点设在一株老橡树的树洞，娜斯嘉当传书递笺的秘密邮差。阿列克赛往那儿寄出用粗大字体写成的信，又从那儿收到自己恋人的信，那是用歪歪斜斜的字体写在普通蓝色信纸上的，阿库琳娜显然是在刻苦地学习优美的文体，她的智力也很明显地在发展和形成。

与此同时，伊凡·彼得罗维奇·别列斯托夫和戈利高里·伊凡诺维奇·穆罗姆斯基之间的交往越来越频繁，交情越来越稳固，很快就发展出了友谊。之所以这么顺利，自然有原因。穆罗姆斯基常常想到，在伊凡·彼得罗维奇过世之后，他的全部财产必将转到阿列克赛·伊凡诺维奇的手里，到那时阿列克赛·伊凡诺维奇必将成为本省最富有的地主之一，而他又没有任何理由不和莉莎结婚。至于从老别列斯托夫的方面来说，虽然在他身边邻居的身上看出行为有点乖张（或者按照他的说法，叫作英国式的愚蠢），但他并不否认此人有许多一般人无法比拟的长处。例如，此人具有罕见的随机应变的能力，而且戈利高里·伊凡诺维奇又是普龙斯基伯爵的近亲，这位伯爵既有权又有势，是位名声显赫的达官贵人。他对阿列克赛的前程可能大有益处，那么穆罗姆斯基大概也很高兴借此有利可图的良机进行联姻把女儿嫁出去（伊凡·彼得罗维奇正是这样想的）。起初，两个老头儿都只是在各自心中打着如意的算盘，后来互相一交换想法，结果是人同此心，心同此理，因此一拍即合。于是拥抱握手，并约好按程序来操办此事，两人从各自的方面立即着手促使这件美事早日成功。穆罗姆斯基面临着

---

① 《贵族之女娜塔丽亚》，俄国作家卡拉姆津(1766—1828)的小说。

一个大难题:必须得费尽口舌苦口婆心地说服自己的女儿,要莉莎尽快地去与阿列克赛交往和混熟,自从那次值得纪念的共进午餐之后,女儿还一次没有见到小别列斯托夫呢!看样子,他们两人相互之间不是十分感兴趣,阿列克赛自那次来访后,再也未曾来过普里鲁奇诺村,而当伊凡·彼得罗维奇每次屈驾前来拜访时,莉莎总是借故躲在自己的闺房里,不肯出来见客。戈利高里·伊凡诺维奇心想:"不过,若是阿列克赛每天都能到我家来,那么,莉莎肯定会爱上他的。世间万物各得其所,时间会使一切井然就序。

伊凡·彼得罗维奇却不太担心自己的计划能否得以实现。当天晚上,他把儿子叫到书房里,他抽着烟斗,沉默一小会儿便说道:"阿廖沙!①你怎么好久没有提起要去军队服役的事情了呢?也许是骠骑兵的军服已经不那么叫你动心了吧?……"

"不,爸爸!"阿列克赛恭恭敬敬地回答道,"我看到你不大愿意让我去当骠骑兵,而服从你的意志就是我的天职。"

"很好!"伊凡·彼得罗维奇说道,"我看得出来你是个孝顺的儿子,这使我得到很大的宽慰。我不想强迫你,我也不强制你目前就去……谋个文官差事,我现在要你成家立业,早点娶亲。"

"跟谁结婚呢?爸爸。"阿列克赛吃惊地问道。

"跟莉莎维塔·戈利高里耶芙娜·穆罗姆斯卡娅结婚,"伊凡·彼得罗维奇答道,"她做你的妻子再好不过了,不是吗?"

"爸爸,我还没想过要结婚成家。"

"你没想过,我可是替你想过了,而且是思虑再三。"

"随便您怎么想,可是我一点儿也不喜欢莉莎维塔·穆罗姆斯卡娅。"

"以后会喜欢的。接触多了,就会相互习惯,相亲相爱,就会棒打

---

① 阿列克赛的爱称。

不散。"

"我觉得我不会使她得到幸福。"

"她的幸福用不着你操心。怎么,你原来就是这样遵从父亲的意志啊?真是好样的!"

"随便你怎么办,反正我是不想结婚,也绝不结婚。"

"你得给我结婚!不然的话,我可要诅咒你,上帝做证!我要把家产全都卖光,花光,不让你捞到一分钱。我给你三天时间,好好考虑考虑,没想好之前,不要在我跟前露面!"

阿列克赛心里清楚,如果爸爸心里想出来什么主意,那么,按照塔拉斯·斯科季宁①的说法,就是用钉子也顶不出来。但是,阿列克赛的脾气和他父亲的一样又犟又倔,要说服他同样不好办。他回到自己的房间里冥思苦想地琢磨起来:想到了父亲的威权,想到了莉莎维塔·戈利高里耶芙娜,想到了他父亲所说的要把他变成叫花子的话语,可不是随便说着玩的,最后也想到了阿库琳娜。此刻,他才第一次清清楚楚地察觉:他如痴如狂地爱上了他的阿库琳娜。跟一个农家姑娘结婚,自食其力——他的头脑中产生了这个罗曼蒂克的想法,这个毅然决然的行动越是经过周详地考虑,就越发感到它合情合理。森林中的幽会由于阴雨连绵,已经中断了一段时间。他只好拿起笔来给阿库琳娜写信,信中字迹清晰,语言热情而又奔放,并且告知那威胁着他们的灾难,郑重地向她提出缔结良缘的请求。写完立刻就把信投到老橡树洞里,然后心爽神畅地回家睡觉,而且睡得很坦然。

第二天一大早,拿定了主意的阿列克赛起身便向穆罗姆斯基的家中奔去,想要跟穆罗姆斯基当面开诚布公地谈一谈。他希望能够打动这位老人的慈悲心肠,并希求得到他的赞许和支持。

"戈利高里·伊凡诺维奇在家吗?"他把马勒住,刚在普里鲁奇诺

---

① 塔拉斯·斯科季宁,俄国戏剧家冯维辛的喜剧《纨绔少年》中的人物。

村主人的宅前的台阶边停下来，立刻就问道。

"不在家，"仆人回答说，"戈利高里·伊凡诺维奇一大早就出去了。"

"真不凑巧！"阿列克赛心里想着，接着问道，"那么，至少，莉莎维塔·戈利高里耶芙娜在家吧？"

"小姐在家。"

阿列克赛飞身下马，把缰绳交给仆人，没有经过通报，便自己迈步走了进去。"这回来个快刀斩乱麻，一下子就解决了，"他一边想着，一边朝客厅走去，"我要当面锣对面鼓地向她本人解释清楚。"

他闯进了客厅……一下子愣住了！莉莎……不！是他的阿库琳娜，是他心爱的黑眼睛丫头阿库琳娜，她没有穿长袍，倒是穿了一件雪白的晨衣，正坐在窗前读他的信。她读得非常专心，竟然没有发觉他走了进来。阿列克赛情不自禁地欢呼起来。莉莎一惊，抬起头来一看，惊叫着拔腿就要跑，他飞一般地扑过去，一把将她抱住。

"阿库琳娜！我的阿库琳娜！"

莉莎一边拼命使劲想挣脱开，一边大声说道："放开我！先生！你发疯了？"①

"阿库琳娜！我的好朋友阿库琳娜！"他一个劲儿地叫着，又不停地吻着她的手。

老小姐杰克逊在一旁目睹这一幕，她不知道如何办才好。恰在此时，客厅的门被打开，戈利高里·伊凡诺维奇走了进来。

"啊哈！"穆罗姆斯基说道，"原来如此！看来你们俩的事儿完全搞好了……"

恳请读者见谅，我就无须再多费笔墨来描写结局了吧！

---

① 原文为法语。

杜勃罗夫斯基

第一部

第一章

数年前,一位古老的俄罗斯名门贵族基里拉·彼得罗维奇·特罗耶库罗夫,居住在自己的一座庄园里。此人有很多庄园,财大气粗,门第显赫,交游甚广,为人刁钻,飞扬跋扈,这就使得他在有其庄园坐落的几个省份中,成为一个叱咤风云的人物了。远亲近朋、左邻右舍皆极尽阿谀逢迎之能事,竭力投其所好,满足他最小的怪癖和要求;省里大小官吏一听到他的大名,犹如谈虎色变,无不吓得瑟瑟发抖。基里拉·彼得罗维奇把别人的逢迎拍马视作理所当然的恭维,就好似收下一件件贡品一般地受之无愧。他的府邸门庭总是车水马龙,家中总是高朋满座,借以装点和炫耀他那种大老爷式悠闲而又无聊的生活,借以分享他那种嬉闹喧天,有时甚至是乖戾任性的寻欢作乐。谁都是有邀必至,谁也不敢违拗他的盛情,逢年过节谁也不敢不到波克罗夫斯克村他的府邸前去拜望和请安问候,以表示对他的孝敬之意。在日常的家庭生活中,基里拉·彼得罗维奇则把一个没有教养之人的一切缺陷暴露得淋漓尽致。他被环境娇宠坏了,动不动就放纵自己火爆的性情而大发雷霆,动不动就放纵他那智力极其有限的头脑搞出来一些异想天开的恶作剧。他虽然身强力壮,胃肠康健,可是每个礼拜总得有那么两三次因暴饮狂食而撑得肚皮受罪,每天晚上都喝得酩酊大醉。他府邸的一所厢房里与其说住着，不如说囚禁着十六名侍女，她们每天只做做女人常做的针线活。这所厢房中的窗户都装上了木栏杆，门总是锁着的，基里拉·彼得罗维奇亲自掌管钥匙。这些年轻的女囚犯没有行动自由，只是在规定的时刻由两名老婆子监管着到花园里去放风，即散散步。每隔一段时间，基里拉·彼得罗维奇就从她们中间挑出来几名，许配男人，打发出府，再找几个新的来补缺。他对家奴和农户非常苛刻和任性。尽管如此，他们仍然对他感恩戴德而矢志不渝，因为他们可以拿东家的财富和名声到处炫耀，也可依仗着主人的权势作为虎皮，欺压邻里，为所欲为。

　　特罗耶库罗夫平时所做之事，不外乎是骑马出游，到自己辽阔的领地上巡行游乐，夜以继日地挥霍：大摆宴席，或者天天搞出一些花样翻新的恶作剧。每搞一次恶作剧，总要抓住某个新来的客人作为戏弄的对象，有时，常来的座上客也难以幸免——只有安德烈·加夫里洛维奇·杜勃罗夫斯基一人例外。这位退伍的近卫军中尉杜勃罗夫斯基是他的一位近邻，虽然家境不富，地位卑微，却也拥有七十多个农奴。他们曾在部队里一起共事。因此，特罗耶库罗夫凭经验深知他性情急躁，为人耿直。不同境遇使他们分别了很久。由于家道中落，杜勃罗夫斯基只好解甲归田，迁到自家仅存的一个田庄上来居住。基里拉·彼得罗维奇得知这种情况之后，自告奋勇出面为之提供庇护。然而，杜勃罗夫斯基却婉言谢绝，宁肯仍然清贫度日，而不愿寄人篱下。又过了几年，特罗耶库罗夫荣获陆军大将的军衔而衣锦还乡，归隐到自己领地。两位朋友再度相逢，彼此都很高兴，从此，他们便天天相聚在一起。虽然基里拉·特罗耶库罗夫生平从不拜访别人，有时却不拘礼节地屈尊到这位老朋友简陋的家中去做客。他们年龄相同，出身相同，所受的教育也相同，甚至性情和爱好也不无相同之处。两个人的遭遇也有几点相似之处：两人都是恋爱结婚，都是早年丧偶，两人膝下又都只有一个孩子。杜勃罗夫斯之子在彼得堡攻读学业；基里拉·彼得罗维奇的千金未曾离开过父亲的护佑。特罗耶库罗夫经常对杜勃罗夫斯基说:"听我说,老兄,安德烈·加夫里洛维奇!要是你的瓦洛佳将来出息成才,我就把我的女儿玛莎许配给他,哪怕他穷得像只秃鹰。"安德烈·加夫里洛维奇总是摇摇头回答说:"不,基里拉·彼得罗维奇,我的瓦洛佳可是高攀不上 他不配做玛利亚·基里洛芙娜的丈夫,像他那样贫穷的贵族青年,最好是娶一个贫穷的贵族姑娘为妻,这样的女孩才会操持家务,可比做一个娇生惯养阔婆娘的受气包要好得多!"

飞扬跋扈的特罗耶库罗夫和穷邻居之间这种融洽的关系,使得大家都很羡慕,看到杜勃罗夫斯基在基里拉·彼得罗维奇的餐桌上享有殊荣:他可以直言不讳地发表见解,不必顾忌和主人的意见是否相悖。大家对他的胆量感到吃惊,有的人想模仿他的样子,也试图超越应有的尊卑的界限,可是只要基里拉·彼得罗维奇眉头一皱,吓得这些人只好忍气吞声了。因而,杜勃罗夫斯基独自处于共同规律之外。但是,一个意外的事件破坏和改变了这一切。

初秋的一天,基里拉·彼得罗维奇想要到离庄园比较远的田野去游猎。头一天晚上就给养狗人和马夫下达了命令,明日清晨五点整装出发。已经事先把野营的帐篷和野餐厨房运到了基里拉·彼得罗维奇要用餐的地点。主人陪同宾客们先到狗舍去参观了一番,那儿养着五百条逐兽犬和灵缇①,全都享受着温饱康乐的生活,一条条狗都猹猹吠叫着,用狗的语言向基里拉·彼得罗维奇感恩致谢,颂扬主人的大恩大德。那儿还专门为病狗开设了医院,由校级兽医吉莫什主管。医院里还特设了妇产科,专供高贵的母狗临产和哺乳之用。基里拉·彼得罗维奇把这些美妙的狗舍和医院引以为傲,绝不放过任何一次机会在客人们面前来炫耀一番,尽管这些客人光顾此地已不下二十次之多。

---

① 灵缇,一种极善于奔跑的猎犬。

狗舍和狗医院里宾客如云，前呼后拥，狗医吉莫什和数名养狗人追随左右，以示基里拉·彼得罗维奇正在举行狗宫巡礼！走到有的狗舍门口，他便停了下来，或者探询病狗的康复情况，或者下达宽严不等的一贯正确的指示，或者把老相识的狗友召唤到跟前，百般宠爱地与之倾心谈话。宾客们竞相赞美狗舍之豪华，自认这该是义不容辞的责任。

只有杜勃罗夫斯基一人例外，只见他紧锁着眉头，赞美之词只字未说。本来他也是个迷恋狩猎之人，但他的家境只允许他豢养两只逐兽犬和一对灵缇。见到如此豪华的狗舍，心中不免有些妒忌了。"老兄！你干吗皱着眉头？"基里拉·彼得罗维奇问道，"你不喜欢我的狗舍吗？""不敢！"杜勃罗夫斯基板着面孔回答说，"你的狗舍真是好得不得了啦，你手下的用人也未必能过得上你的狗这样的生活。"一个养狗的奴才听了这话伤心了："衷心感谢上帝和主人，"他应声说道，"我们过的日子实在没有什么可以抱怨的。说实在的，有的贵族老爷要是能把自己的庄园换成这儿随便哪一个狗窝，那倒也不坏。他在这儿会睡得更舒适，吃得更饱。"听到自己的奴才如此放肆地说这样不三不四的挖苦话，基里拉·彼得罗维奇非但不加斥责，反而纵声大笑，宾客们也跟着打哈哈逢场作戏，虽然他们也觉察到，这个挖苦人的玩笑对他们也挺合适。杜勃罗夫斯基气得满脸煞白，但是却没有吭声。这时给基里拉·彼得罗维奇提来一篮子刚生下来的狗崽子，他抚弄了一阵，只挑出两只来，便吩咐把其余的通通淹死。就在这个时候，安德烈·加夫里洛维奇已不知去向，谁也不曾在意。

基里拉·彼得罗维奇跟宾客们从狗舍归来，坐下进晚餐时，不见杜勃罗夫斯基在座，此时才想起他来。仆人来禀报，说安德烈·加夫里洛维奇已经回家去了。特罗耶库罗夫吩咐立即去追，一定要把他请回来。他每次外出打猎，一定少不了杜勃罗夫斯基作陪，因为杜勃罗夫斯基是一位十分精明老练的相狗专家，如果遇到各种狩猎纠纷时，他尚能准确无误地进行裁判。宾主还没用完晚餐，派去追赶的人就回来了，禀告老爷说，安德烈·加夫里洛维奇不听劝告，执意不归。和往常一样，因灌饱各种黄汤烈酒的基里拉·彼得罗维奇，心火浮躁，突然雷霆大作，再次指派一个奴仆去找安德烈·加夫里洛维奇，并宣称如果他不来波克罗夫斯克村住宿的话，那么他特罗耶库罗夫就要跟他永远断交。仆人只好再次去请，基里拉·彼得罗维奇离开餐桌，放走客人，大家不欢而散，各自睡觉去了。

第二天早晨，基里拉·彼得罗维奇首先问起的事情就是安德烈·加夫里洛维奇可曾回来。仆人只是交给他一封叠成三角的信代替回话。基里拉·彼得罗维奇吩咐文书大声念给他听，于是他便听到了如下一番话：

尊贵的大人阁下：

我不会再去波克罗夫斯克村，除非您责令养狗人巴拉莫什卡前来登门谢罪，责罚任我发落；我绝不能容忍您的奴才出言不逊，也不能忍受您本人的嘲笑，我不是任人嘲弄的小丑，而是一个古老的名门贵族。

仍旧是您恭顺的仆人
安德烈·杜勃罗夫斯基

按照现在的礼节，这封信确实是非常失礼的，但并不是信的古怪言辞和口吻使基里拉·彼得罗维奇大发雷霆，而仅仅是由于信的内容。特罗耶库罗夫大吼一声，光着脚从床上一跃而起，说道："让我打发手下人去向他请罪？责罚任他发落？真是岂有此理！他想得倒美！他可要放聪明点，他是在跟谁打交道？看他能跳出老子的手掌心才怪呢……我让他哭都来不及，让他知道知道跟我特罗耶库罗夫作对，他会得到什么苦果子吃！"

基里拉·彼得罗维奇洗漱完毕，穿好衣服，便又出去打猎。和往常一样地讲究排场,可是这次狩猎却是两手空空一无所获。整整跑了一天,只碰到一只兔子,还没有打着。帐篷里的野餐也不如意,至少不合基里拉·彼得罗维奇的口味。他又打厨子,又骂客人。回家时他带领大队人马故意寻衅找碴,在杜勃罗夫斯基的庄稼地里践踏过去。

过了几天,两位邻居的僵局依然没有和缓,安德烈·加夫里洛维奇依然没有去波克罗夫斯克村。基里拉·彼得罗维奇没有他在场就心里发闷,他大声咒骂,出语伤人,借以发泄满腔的怨恨。再加上本地贵族们添油加醋、煽风点火,这些话传到杜勃罗夫斯基耳朵里早就大大走样了,更是火上浇油。一种新的情况彻底割断了最后一线和解的希望。

有一天杜勃罗夫斯基巡视自己的小田庄,快要走到白桦林时,他听到了叮叮咚咚的伐木声,过了一会儿,又听到树干倒地的声音。他挥鞭打马冲进树林中,立刻见到几个波克罗夫斯克村的农民正胆大妄为地偷盗他的树木。见他飞奔而来,那几个农民拔腿仓皇逃走。杜勃罗夫斯基和他的车夫追上去抓住两个,五花大绑地带回家去,并且把敌方的三匹马也作为战利品一并缴获。此事使杜勃罗夫斯非常气愤,在此之前,特罗耶库罗夫手下这伙出了名的强盗,从来还不敢在他的领地上胡作非为,因为他们都知道他跟主人的关系很融洽。杜勃罗夫斯基看出来了,这些奴才乘两家反目便出来仗势欺人,趁火打劫——他不惜违反战争法规的一切概念,下定决心惩罚这两个俘虏,就用这片林中的桦树条把他们狠狠抽了一顿,把几匹马匹也没收,牵到自己的牲口群中去干活。

这件事当天就传到了基里拉·彼得罗维奇的耳朵里,他气得暴跳如雷,在勃然大怒的时候,他恨不得亲自出马并驱使全体家奴去攻打基斯杰涅夫卡(这是他邻居杜勃罗夫斯基田庄的名字),把它砸个稀巴烂,闹个天翻地覆,把杜勃罗夫斯基也抓过来,把他关押在自己的庄园里,以解心头之恨。如此这般地大打出手,他并非做不出来,可是他的思路很快又打别的鬼主意了。

他拖着沉重的脚步在客厅里来回踱步，偶然往窗外瞟了一眼，只见门外停着一辆三套马车，一个人从车上下来朝管家的厢房走去。此人是个矮个子，头戴一顶皮帽，身穿厚呢子大衣。特罗耶库罗夫立刻认出这个人就是陪审员沙巴什金，便吩咐仆人把他叫来。不一小会儿，沙巴什金就已经站在基里拉·彼得罗维奇的面前了，一个劲儿地鞠躬，频频点头哈腰，诚惶诚恐，恭候命令。

"好哇，你叫什么名字来着？我一时想不起来了，"特罗耶库罗夫对他说道，"你来此干什么？"

"我要进城去，大人！"沙巴什金回答说，"我是顺便来找伊凡·杰米扬诺夫，打听一下，您大人有何吩咐。"

"你来得真巧！你叫什么名字，我正好要你办件事情。来！喝杯酒，好好听着。"

如此亲切地接待，不禁令陪审员受宠若惊。他焉敢喝酒，立即竖起耳朵聚精会神地听基里拉·彼得罗维奇的吩咐。

"我有个邻居，"特罗耶库罗夫说道，"是个顽固不化、蛮不讲理的小地主，我想把他的田产夺过来——这事儿你看该怎么办？"

"大人！假若有文契在手，或者……"

"瞎扯淡！老弟，哪有什么文契？只有老子的命令。要排除一切法律根据，把田产夺过来，就这么办！让我想一想。这份产业原本属于我家，后来一个姓斯庇岑的人买了去，他又转手卖给了杜勃罗夫斯基的父亲。能不能从这儿钻个空子？"

"不太好办，最尊敬的大人！大概，这次买卖完全符合法律程序。"

"仔细琢磨一下，老弟，好好想想办法。"

"比如说，如果大人能够想个办法，把您的邻人占有产业的凭据或地契搞到手，那么……"

"我明白了，不过糟糕得很——所有的文件在一场大火中完全烧掉了。"

"真的么,大人,文件全烧掉了?那对您来说就再好不过了!在这种情况下,请一切按着法律程序办事,毫无疑问,保管大人稳操胜券。"

"此话当真?好,看你的了,我全指望你尽力经办了,至于我对你的酬劳,你尽管放心好了。"

沙巴什金几乎一躬到地,然后走了,从这天起,他便为这件预谋的案子四处奔波。由于他善耍权术,善用计谋,大约过了两个礼拜,杜勃罗夫斯基就从城里接到了一张通知,令他立即呈上关于他领有基斯杰涅夫卡村产权的一切应有的说明书和文契。

安德烈·加夫里洛维奇被这突如其来的查询弄得莫名其妙,他当天就写了一封回信,口吻十分粗暴,在信中宣称,基斯杰涅夫卡是他先父的遗产,他占有这份遗产是根据遗产继承权,与特罗耶库罗夫没有任何瓜葛,任何外人想强占他这份产业都是痴心妄想,都是一种诬告和敲诈行为。

这封信使陪审员沙巴什金窃喜于怀,心里产生极好的印象。他看得出,第一,杜勃罗夫斯基知之甚少,不太懂得打官司的奥妙;第二,性情如此暴躁和轻率毛糙之人,是不难让他吃亏上当的。

安德烈·加夫里洛维奇又冷静地研读了陪审员的质问,认为必须详尽地加以回答为佳。于是,他写了一份条理清晰的状子,可是后来却暴露出它的说服力仍然不够充分。

这件案子一直在拖。安德烈·加夫里洛维奇自认理直气壮,因此对这件案子并未十分在意。他不愿意,而且也不可能大把撒钱去疏通,尽管他常常嘲笑讼棍出卖良心,但是他从来也没有想到自己居然也会成为诬告的牺牲品。另外一方面,特罗耶库罗夫也很少关心这桩预谋的讼案输赢,因为有沙巴什金伪虎作伥地为他奔忙,打着他的招牌作虎皮,恐吓和收买法官,肆意曲解一切与此案有关的法律条文。

且不管沙巴什金玩的什么鬼把戏，其结果是18××年2月9日，杜勃罗夫斯基收到了县检察院的一张传票，命令他立刻前往××县法庭出庭候审，听取有关他本人，即杜勃罗夫斯基中尉与陆军大将特罗耶库罗夫之间田产诉讼的判决，并且签字表示服从判决或者不服从判决。开庭的前一天，杜勃罗夫斯基便进城去了，路上特罗耶库罗夫赶上了他。两人彼此傲慢地怒目相视，杜勃罗夫斯基在自己对手的脸上看出了居心叵测的微笑。

第二章

来到城里，安德烈·加夫里洛维奇在一个熟悉的商人家中落脚，借宿了一夜，第二天早晨去县法院出庭。没有一个人理睬他。紧随其后，基里拉·彼得罗维奇也趾高气扬地来到了法院。书记员们纷纷起立，将鹅翎笔夹在耳朵上，迎接他的大驾光临。法庭的官员们则殷勤备至，一个个毕恭毕敬，唯恐迎奉礼节之不足，还特意为他搬过一张靠背椅，以表示对他官衔、地位、年岁以至胖大身躯由衷的敬仰。他在大敞四开的大门边神气十足地坐了下来，而安德烈·加夫里洛维奇则只能紧贴墙根站立。法庭内鸦雀无声。一个书记员便尖声尖气地宣读判决书。

我们兹将此判决书全文照录如下，相信任何人都会乐于有幸看到。在俄罗斯居然有许多可以剥夺他人财产的手段，即剥夺我们本来毫无争议具有全权的产业，此案便是实例之一。

18××年10月7日，××县法院兹审理一案，即近卫军中尉安德烈·加夫里洛维奇·杜勃罗夫斯基非法强占本该属于基里拉·彼得罗维奇·特罗耶库罗夫大将之产业一处。经查核证实，该产业坐落于××省基斯杰涅夫卡村，计有男性农奴××名,草场及农耕用地××俄亩。兹立案原因如下:原告特罗耶库罗夫大将于去年,即18××年6月9日向本院呈递一份诉状,称其先父八品文官、勋章荣获者彼得·叶菲莫维奇·特罗耶库罗夫任总督府秘书之时,于17××年8月14日,曾从出身贵族之办事员法杰伊·叶戈罗维奇·斯庇岑手中购得田产一处,坐落于××县之上述基斯杰涅夫卡村(据当时人口普查,该村名曰基斯杰涅夫斯卡移民新村),据第四次人口普查,该村计领有私人财产之男性农奴××名,以及庄院耕地、荒地、森林、草场,以及名曰基斯杰涅夫卡河河上之渔场,凡属该田庄所有农耕用地连同主人之房屋一幢,总之,凡从其父贵族出身之县警官叶戈尔·特连杰耶维奇·斯庇岑处继承之财产全部包括在内,未曾保留农奴一名,田地一角,尽皆卖出,地价计2500卢布。当日于××县民事庭备案,书写地契已毕,而特罗耶库罗夫之父于同年8月26日呈报××县法院办妥一切过户手续。17××年9月6日,其父告别人世,长眠归天,其子,即特罗耶库罗夫大将自17××年几乎尚属少年之时即从军远征,大部分军旅生涯连年在国外征战,故此对其父逝世及身后所遗之产业多处均一无所知。如今他已解甲归田,于其父逝后所遗之散布于××省,××县共有三千名农奴之各处田庄中,发现尚有农奴××之田庄一处(据此次人口普查,该村实有农奴××名),连同土地及各项农耕用地竟为近卫军中尉杜勃罗夫斯基所强占,而此人并无片言只字之文件足以证明其所有权,特因上述情由,原告奉此将卖主斯庇岑出具其父之原地契正本一份附于诉状之中呈递本院,请求将被告杜勃罗夫斯基所非法占有之上项田产之所有权判归原告,以究奸究,以正法典云云。至于被告非法占有期间从此田庄所获之各项收益，原告特罗耶库罗夫亦请求本院依法判处被告杜勃罗夫斯基如数归还。

经××县地方法院据状调查审理得悉，该争讼中之田庄现时占有人，即近卫军中尉杜勃罗夫斯基已向当地贵族陪审员呈递辩诉状一分在案。辩诉状称，被告所占有之田庄一处，坐落于基斯杰涅夫卡村，拥有农奴××名并连同其土地及各项农耕用地，乃系继承其父炮兵少尉加夫里拉·叶夫格拉弗维奇·杜布罗斯基之遗产。此项田产又系其父于原告之父——其时为总督府文书，后晋升为八品文官之特罗耶库罗夫——之手中购得。成交之日，即17××年8月30日，原告之父曾付予九品文官格利高里·华西里耶维奇·索波列夫委托书一份。该委托书曾在××县法院备案，被告之父应从索波列夫手中取得地契，因该委托书内声称，特罗耶库罗夫将本人购自文书斯庇岑之田庄一处，计有农奴××名，连同其余全部土地均已出让与杜勃罗夫斯基，议定地价3200卢布已如数付清，兹委托代理人索波列夫代立卖地契约。被告之父依照委托书付清地价之日，亦即占有所购田庄之时，并从此成为合法之业主，从此，该田庄与卖主特罗耶库罗夫以及其他人等永无任何干系。然而，地契究于何时何地经何署衙核实经代理人索波列夫签署交付被告之父——则安德烈·杜勃罗夫斯基全然不知，因其时彼尚处年幼时期，而其父去世之后，该地契亦无处寻得。故此他佯称，17××年庄园失火，该地契或者与其他文件一同化为灰烬，关于此次火灾，该村人人皆知。总之，该田庄自特罗耶库罗夫卖出之日，或自索列波夫受权获委托书之日算起，即从17××年开始，至被告之父亡故之日，即至17××年止，其父死后至今，确系杜勃罗夫斯基父子掌管，此事当地居民皆可做证，证人共52名，皆具结证词。他们回忆，杜勃罗夫斯基父子拥有上述争讼中之田产已七十余载，其间从未发生纠葛，至于业主根据何种契约或法令行使其所有权，他们亦一概不知。至于前业主八品文官彼得·特罗耶库罗夫是否领有该处田产，他们已无从记忆。杜勃罗夫斯基住宅三十年前夜间失火，确系实情。此外，据非当事人估计上项争讼之田庄之收益，自当年算起，平均每亩不少于2000卢布。

为据理驳斥被告上述诉状，陆军大将基里拉·彼得罗维奇·特罗耶库罗夫于今年1月3日向本院呈递答辩诉状称：被告近卫军中尉安德烈·杜勃罗夫斯基虽则提出被告之先父曾委托九品文官索波列夫代买上项田庄之委托书一份，但不唯不能出示契约真本，且不能依民法十九章及1752年1月29日法令提出该地契签署之确切日期之任何有力证据。故此依据1818年5月×日法令规定，由于委托人原告之父业已亡故，委托书则自然随之失效。据理：

发生争讼之田庄之所有权之归属：有契约者以约为准，无地契者从速查找证据。

原告基里拉·特罗耶库罗夫业已出示契约，足资证实上项田产实乃其父所有，依法判断此案，理应剥夺被告杜勃罗夫斯基之非法所有权，并根据继承权判归原告。至于被告非法占有他人产业期间所获之非法所得收益，应于查明数额之后如数归还原告。

××县法院审理此案已毕，兹依据法律诸条款，特判决如下：

此案经调查证实：基里拉·彼得罗维奇·特罗耶库罗夫大将声称目前归近卫军中尉安德烈·加夫里洛维奇·杜勃罗夫斯

基所占有的争讼中之田庄，坐落于基斯杰涅夫卡村，据最近第七次人口普查男性农奴共计××名，连同土地及各项农耕用地，本为其产业，并出示原本地契，足以证明确为其父——原为总督府秘书，后晋升为八品文官——于17××年从贵族出身之办事员法杰伊·斯庇岑手中购得。此契约明文记载，买主特罗耶库罗夫于同年××地方法院已将该田产转移过户，获得业主权。虽然被告安德烈·杜勃罗夫斯基曾出示原告之父给九品文官索波列夫之委托书一份，委托后者与被告之父签立地契，以为反证，然而，此件委托书不唯不能视为不动产地契，按××法令，甚至临时占有亦属违法，况且此项委托书因委托人已亡故，已根本失效。再者被告杜勃罗夫斯基自本案起诉之日，即18××年×月×日起，迄今未能向法院提交任何有力证据，足以证明何时何地依据委托书签订之地契。故此本院认定上项田庄计农奴××名，连同土地及各项农耕用地一如现状，根据地契实系特罗耶库罗夫大将之产业。故此判决如下：剥夺近卫军中尉杜勃罗夫斯基对该产业之所有权，特准特罗耶库罗夫大将大人办理过户手续，根据继承法，确认其所有权，于××地方法院备案。至于特罗耶库罗夫大将呈请本院向近卫军中尉杜勃罗夫斯基索赔非法占有上项田产历年所得收益之一节，兹根据当地老住户证实，该田庄确系杜勃罗夫斯基多年来无争讼占有，特罗耶库罗夫大人亦长期未曾对此提出诉讼，故此根据法律规定：

凡在他人土地上耕种或围筑庄院，一经起诉在案，且查获真凭实据者，则被占之土地及其上所生长之谷物或围筑之庄院，连同其间一切建筑物一律判归原主。

据此，原告特罗耶库罗夫大将呈请向杜勃罗夫斯基中尉索赔历年之收益一节予以驳回，盖因判归原告田庄已属全部，并无任何保留,倘于执法转移过户之际,发现被告如有财产隐匿,而原告特罗耶库罗夫如有合法与确凿之证据,应准予另行起诉。本判决依法遵循诉讼程序,应向原告与被告预先宣读,兹特经警察局将双方传讯到庭听取本院宣读并签字,以示服判与不服判。

出席本院双方于本判决书主文签字画押。

书记员宣读完毕之后,陪审员起立走到特罗耶库罗夫面前,向他深深鞠了一躬,捧递判决书请他签字。特罗耶库罗夫神采飞扬而又盛气凌人地拿起鹅翎笔,在法院的判决书上签了字,表示完全服从判决。

轮到杜勃罗夫斯基签字了,书记员把文本递给了他。但是,杜勃罗夫垂着头一动未动。

书记员再次请他签字,并对他说,他可以表示完全的毫无保留地服从判决,或者,也可以签字明确表示不服从判决,如果凭良心认为自己有理,并且打算于法定日期内提出上诉。

杜勃罗夫斯基依然没有吭声……突然,他猛地抬起头来,两只眼睛闪射出愤怒的光芒,一跺脚,一巴掌猛扇了过去。书记员被猛力一击应声摔倒。接着,杜勃罗夫斯基一把操起墨水瓶,朝陪审员砸了过去。这样一来,可把在场的人都吓坏了。他大声吼道:"反了!竟敢亵渎上帝的教堂!滚开!下流坯!"然后,他冲着基里拉·彼得罗维奇嚷道:"从来没听说过,大人!养狗人居然把一群癞皮狗赶入教堂!居然让一群狗在教堂里乱跑乱窜,狂吠乱叫。老子要好好教训教训你……"卫兵听到吵闹声,跑了进来,费了好大劲儿才把杜勃罗夫斯基制止住了,并把他拖出去塞进了雪橇。特罗耶库罗夫随后也走了。法院上下大小官员全体都出来送行。杜勃罗夫斯突然爆发的疯狂之举,使特罗耶库罗夫受了强烈刺激,给他因打赢官司而洋洋自得的兴致来了当头一棒。

那伙法官一心想邀功取宠——得到他的感谢的，但是却没有听到特罗耶库罗夫一句感谢的话。他当天便回波克罗夫斯克村去了。此时，杜勃罗夫斯基已病倒在床。幸好县里的医生并非完全不学无术的蠢货，用蚂蟥和斑蝥给他放了血。将近黄昏时，病人才恢复知觉，心里好受了一点。第二天把他送回基斯杰涅夫卡村，但该处田产几乎不属于他了。

第三章

过了一段时间，可怜的杜勃罗夫斯基的病情依然很沉重。说真的，疯颠倒是没有再次发作，可是体力却已明显衰弱了。他已经忘掉从前每天要做的事情了，几乎足不出户，无论白天晚上一直呆坐在那里发愣。叶戈罗芙娜是位菩萨心肠的老太婆，从前曾服侍过他的儿子，现在却成了他的保姆。她像呵护小孩一样地照顾着他，按时提醒他吃饭睡觉，喂他吃饭，安顿他睡觉。安德烈·加夫里洛维奇总是乖乖地听从她的服侍，除了她之外，不再跟任何人往来。他已经没有能力思考自己的事情和经管田产了，因而，叶戈罗芙娜已经看出来，一定要把这一切情况通知他的儿子小杜勃罗夫斯基，当时他正在近卫军步兵团服役，部队驻扎地点是彼得堡。老太太从账本上扯下一页纸来，向基斯杰涅夫卡唯一有点儿文化的厨子口授了一封信，并于当天就送进了城里的邮局。

故事讲到这里，是该把真正的主人公介绍给读者的时候了。

弗拉季米尔·杜勃罗夫斯基是在士官武备学校攻读的学业，毕业后就当上了骑兵少尉，加入了近卫军。为了使儿子能过上体面而优裕的生活，老父不惜倾囊相助，因此这个年轻人从家里收到的钱比他预期的要多得多。因此，他染上了挥霍钱财、图慕虚荣、追求奢侈的恶习，还经常赌牌，又因牌运不佳，只好欠一屁股债，不大为前程着想和谋划,一心想迟早讨一个富有的姑娘做新娘——这便是一个穷困的年轻人的美梦。

一天晚上,有几个军官正坐在他房间里的沙发上,一个个口叼琥珀烟斗喷云吐雾,弄得满屋烟雾腾腾。这时,他的勤务兵戈里沙递给他一封信,他一看信封上的签字和邮戳,立刻大吃一惊,他慌忙打开信,读到下述内容:

> 我们的少爷,弗拉季米尔·安德烈伊奇!我,你的老奶娘,下了决心向你报告你爸爸的身体状况。他病得很重,有时说胡话,整天呆坐着像个傻孩子,生死难料,听凭上帝的旨意了。你快点儿回来吧!我亲爱的小雄鹰!我们会派车到彼索奇诺村去接你,听说,县法院要把我们移交给基里拉·彼得罗维奇·特罗耶库罗夫,胡说我们是属于他家的,可是我们从来都是属于你们家的——从生下来就没有听到过这种怪事。因为你住在彼得堡,应该把这件事奏明皇上,他是不会让我们受欺侮的。我还是你的忠实奴仆和奶娘。
>
> 阿琳娜·叶戈罗芙娜·布茨列娃
>
> 又及:我给格里沙附上妈妈的祝福,他侍候你侍候得好吧?我们这儿已经下一个多礼拜的雨了,牧人罗季亚在尼古拉圣徒升天节前去世了。

弗拉季米尔·杜勃罗夫斯基把几行半通不通的词句读了一篇又一遍,心中异常激动和不安。他幼年丧母,八岁就被送到彼得堡,几乎达不认识自己的父亲。他对父亲总是怀着浪漫主义的亲情,平静的家庭生活之欢乐享受得越少,他就越加向往这种家庭生活。

一想到要失去父亲,他便心如刀绞。他从奶娘的信中猜想得出,可怜的父亲的病势一定很重,他感到十分惊恐。他想象着父亲身居偏僻的农村,只由一个笨拙的老太婆和家奴侍奉,预示着要大难临头,而且没有谁会伸出救援之手,病人只好忍受心灵和肉体两个方面的折磨,在悲哀之中慢慢死去。

弗拉季米尔责备自己太粗心大意了,太不知道关心老父亲了,这简直就是犯罪。他很久没有收到父亲的来信了,但是却没有写信去问询一下,而误认为父亲出门旅行或者忙于料理家中事务。

他决心立刻回家去探望父亲,假若因父亲病势严重要求他留下侍奉,他甚至打算退伍。他的同事发现他心神不安,便纷纷告退。屋里只剩弗拉季米尔一个人的时候,赶忙写了一份请假报告,然后便抽起了烟,陷入思潮翻滚之中。

他当天就忙着去请假,三天后便奔驰在回家的大路之上了。

弗拉季米尔·安德烈耶维奇很快就要到达转车去基斯杰涅夫卡的驿站。他心中充满了哀伤的预感,他非常害怕不能在父亲临终之前赶到家中。他再想象着等待他的一切:忧郁的乡下生活、荒凉、孤独、穷困,以及他完全不熟悉的家务,而且要为之费心劳力,四处奔波。到了驿站,他走进去找站长要马匹。站长问清楚他要去哪里之后,便告诉他,从基斯杰涅夫卡村派来的马匹已经在这儿等四天了。接着,老车夫安东立刻出现在他的面前,他还记得小时候就是这个安东经常带他去马厩玩耍,照料过他的小马。安东一见到他便老泪纵横,一躬到地,告诉他主人还在世,说完便立即跑去套马。弗拉季米尔·安德烈耶维奇连早饭也没顾得上吃,便匆匆忙忙出发了。安东赶车抄小路走着,主仆二人便开始了交谈。

"请你告诉我,安东,我父亲和特罗耶库罗夫之间到底是怎么回事?"

"天晓得,弗拉季米尔·安德烈耶维奇少爷!听说老爷跟基里拉·彼得罗维奇有点不睦,那个人便到法院去告了一状——可是他自己就好像是法官似的。我们做仆人的本来不应当议论主人的事情,你爸爸当初真不该跟基里拉·彼得罗维奇闹僵了,鸡蛋怎么能碰过石头呢!"

"这么说,这个基里拉·彼得罗维奇真的横行霸道,无法无天了?"

"那还用说,少爷!他根本就不把陪审员放在眼里,县警察局长也听他随意使唤。财主老爷们全都上他家里去当孝子贤孙。有句话说得好:敲响猪食盆,猪崽挤破门!"

"他要谋夺我家的田产,是真的吗?"

"唉!少爷!我也听说了。前些日子波克罗夫斯克村的教堂执事,在我们村长家里喝洗礼酒时说道:'你们也逍遥够了,快要被基里拉·彼得罗维奇抓到手掌中去了。'铁匠尼基塔对他说:'得了!萨威里奇!别让亲家伤心,也别让客人犯愁。基里拉·彼得罗维奇他不能为所欲为,可是我们都是上帝和沙皇的子民。'反正你不能把别人的嘴巴给缝上。"

"这么说,你们是不愿意到特罗耶库罗夫的手下去听使唤了?"

"谁愿意受基里拉·彼得罗维奇的驱使!上帝大发慈悲救救我们吧!饶了我们吧!连他自己手下人日子都不好过,更何况外人落到他手心里该是怎么样了,不剥掉一层皮才怪呢,弄不好还会把你搞得粉身碎骨,肉泥乱酱呢!不!求上帝保佑安德烈·加夫里洛维奇健康长寿!假若上帝非要他升天,那么,我的小主人,除了你,我们谁都不要。只求你不要不管我们,我们要永远跟着你。"说完这番话以后,安东挥起鞭子,抖抖缰绳,马儿便扬起四蹄飞奔向前。

听了忠心耿耿的老车夫这番暖人肺腑的话,小杜勃罗夫斯基深受感动,但是他却没有吭声,又沉思冥想起来。大约过了一个多小时,格里沙忽然大叫一声:"波克罗夫斯克村到了!"小杜勃罗夫斯基被惊醒了,抬头一望,他们是在一条开阔的湖面的堤岸上飞马疾驰,一条小河从这儿倾泻出去,隐没于远处的山冈之间;一座山坡上,树木参天,郁郁葱葱,一座屋顶碧绿的教堂和巨大石头房子尖突的望楼,高高耸立掩映于树木之间;另一个山坡上,矗立着五个圆拱形屋顶的教堂和一座古老的钟楼,四周是一些木屋农舍,围着篱笆,门前有个水井。小杜勃罗夫斯基认出了这个地方。他想起来了,就是在这个山坡上,他曾与小玛莎·特罗耶库罗娃一道玩耍嬉戏;小玛莎比他小两岁,当时就可以看得出,她一定会出落成为一个美人儿。他想向安东打听一下她的情况,但是一种由衷的羞怯心理使得他难以开口。

驶近主人宅院时,他看见了一件洁白的连衣裙在花园的树荫之间隐约飘拂。这时,安东猛抽了几鞭子,他被城里和乡下的车把式所共有的逞强斗狠的心情所诱惑,赶车全速飞驶过桥,村庄也一闪即逝。出了村子,马车便爬上了一座山坡,弗拉季米尔看到了一片白桦林,其左侧空地上有一栋红屋顶的灰色小房子,他的心里直扑腾,基斯杰涅夫卡和他父亲简陋的屋子便出现在他的眼前。

十分钟后,他便走进了自家的庭院。他怀着一种难以倾诉的激动心情环顾一下四周,他和故居分别至今已经十二年了!当年在篱笆旁栽下的小白桦,如今已经长成了枝叶繁茂的参天大树了。以前在庭院里砌了三个整整齐齐的方花圃,中间还有一条一直打扫得干干净净的宽阔的甬道,如今已经杂草丛生,一匹上了绊索的马正在那儿吃草。几只狗汪汪吠叫了几声,一看到安东,就不再叫了,摇起了毛茸茸的尾巴。一群仆人从厢房里涌了出来,把年轻的主人团团围住,吵闹喧天地表达他们的喜悦心情。弗拉季米尔好不容易才挤过热情洋溢的人群,登上了破败的台阶。叶戈洛芙娜在前厅里迎接他的归来,一把抱住他哭了起来。"你好啊,你好啊,奶娘!"他连连地说,把善良的老太婆抱得紧紧的,"爸爸在哪儿,他怎么样了?"

这时,一个身材高大的老头走进了客厅,他面色苍白,身体消瘦,身穿长袍,头戴睡帽,迈着艰难的步履。

"你好!沃洛奇卡!"他说话的声音很虚弱,弗拉季米尔激情满怀而热烈地抱住了父亲。相逢的欢乐使病人受到很大的震动,他气力不支,双腿直打战,要不是儿子搀扶着他,难免要摔倒在地。

"你起床干什么?"叶戈罗芙娜问道,"连站都站不稳了,可还是哪儿人多硬要往哪儿挤,何必逞强呢。"

老人被搀进卧室。他用尽气力跟儿子说话,但是他的思绪如同一团乱麻,说出话来颠三倒四的。不一会儿他便不再吭声了,沉沉睡去。他的病势使弗拉季米尔感到震惊,他就在这间卧室里安顿下来,要一个人留在这儿守护着老父亲。仆人只得依从,这时他们又都去找戈里沙,并把他带到仆人下屋里,招待他饱餐了一顿乡下丰盛的饭菜,真是亲热异常,殷勤备至,问长问短,体贴入微,反而弄得他疲惫不堪。

第四章

> 桌上原该摆着美酒佳肴,
> 如今却停放着灵柩祭吊。①

回家来过了几天之后,年轻的杜勃罗夫斯基就想着处理一下家中事务,但是他父亲已无法向他作必要的说明,而且安德烈·加夫里洛维奇又没有委托代理人。儿子在清理文件的时候,只发现了陪审员的第一封来信和答复这封信所拟的草稿,从这里也得不到有关这场官司的要领。他相信自己有理,但也只好坐等结果,希望能有一个公道的判决。

与此同时,安德烈·加夫里洛维奇的健康状况越来越不妙。弗拉季米尔预见到父亲归天之日即将降临,于是便寸步不离地守护在这个

---

① 所引诗句出自俄国诗人杰尔查文(1743—1816)的颂诗《悼梅谢尔斯基公爵》(1779)。

完全像个孩子的老人身边。

　　这期间，判决生效的法定日期到了，杜勃罗夫斯基没有提出上诉，基斯杰涅夫卡就这样被特罗耶库罗夫夺走了。沙巴什金来到这位夺得人家田庄的大人家里，一个劲儿地向他鞠躬道贺，请示这位大人老爷何时接收这块新产业，是他自己亲自出马呢，还是委托别人去经办。这一下，基里拉·彼得罗维奇倒有点慌神了。他并不是一个生性贪得无厌之人，他这样干只不过是为了报复，但是做得太过分了，他的良心有点不安了。他心里明白，他的对头，他青年时代的老友如今的处境该有多么狼狈了——这一次的胜诉使他心里并不愉快。他恶狠狠地瞪了沙巴什金一眼，想找个碴儿把他大骂一通，但一时又找不到足够的理由为借口，只好气势汹汹地对沙巴什金说道："给我滚！谁听你的胡说八道！"

　　沙巴什金碰了一鼻子灰，看到他的气儿很不顺，行个礼便赶紧灰溜溜地溜走了。只剩下基里拉·彼得罗维奇一个人了，他不耐烦地在屋子里踱来踱去，打口哨吹着《轰鸣吧！凯旋的雷霆！》这支歌。每每遇到这种情况，就说明他心烦意乱。

　　最后，他吩咐套上轻便马车，又加上点儿衣服（这时已是九月末），他自己驾车走出了家门。

　　不一小会儿，他便看到安德烈·加夫里洛维奇的小屋了，这时他的心里感到很矛盾。图报复以泄心头之恨与仗势欺人的心理多少压抑了较为高尚的情感，然而，后一种情感最终还是占了上风。他下定决心要跟自己的老朋友言归于好，忘掉不愉快的争吵，把田产归还给老朋友。这个要和好的主意使基里拉·彼得罗维奇心里轻松多了，他放开马飞快地向邻居田庄驶去，马车一直驶进院子里。

　　这时，大病中的杜勃罗夫斯基正坐在卧室的窗前。他认出来基里拉·彼得罗维奇，脸上立刻露出惊惧的表情，热血沸腾，平时惨白的脸，立时气得通红，两眼喷着怒火，口里说着含糊不清的话语。儿子正坐在他身边查着账本,抬头一看,见到父亲这副样子大吃一惊。病人惊恐而又愤怒地指指院子,他慌慌张张提起长袍下摆,打算从椅子上站起来,但是刚要起身……突然跌倒。儿子立刻扑了过去,老人失去了知觉,停止了呼吸,他中风了。"快!快!快到城里去请医生!"弗拉季米尔喊道。

"基里拉·彼得罗维奇要见您。"一个仆人进来通报。弗拉季米尔愤怒地向他看了一眼。

"告诉基里拉·彼得罗维奇,叫他赶紧滚开,否则,我会下命令把他赶出去……滚!"那个仆人高高兴兴地去转达主人的命令。叶戈罗芙娜举起双手一拍:"我的少爷呀!"她尖声细气地说道,"你不要脑袋了!基里拉·彼得罗维奇会把我们生吞活咽了的。""别说了,奶娘!"弗拉季米尔怒气冲冲地说道,"立即派安东进城去请医生。"叶戈罗芙娜走了出去。

前厅里没有一个人,下人们都跑到院子里去看基里拉·彼得罗维奇去了。叶戈罗芙娜走到台阶上,听到那个仆人正在传达小主人的回话。基里拉·彼得罗维奇坐在马车里听完了回话,他的脸色变得阴沉沉的,比黑天还要阴沉。他轻蔑地一笑,心怀叵测地向仆人们扫视了一番,赶着马车慢慢腾腾地从院子里驶了出去。他望了望窗子,安德烈·加夫里洛维奇刚才还坐在那儿,这时又不见了。奶娘还呆呆地站在台阶上,已经忘记了主人吩咐的事情。仆人们议论纷纷,谈着刚发生的事情。弗拉季米尔突然来到了仆人中间,泣不成声地说道:"用不着去请医生了,爸爸已经咽气了。"

所有在场的人一阵惊慌和忙乱,全都冲进了老主人的房间里,只见他斜倚在圈椅里,是弗拉季米尔把他抱上去的。右手垂向地板,脑袋垂到胸前——这具身躯已经完全失去了生命的气息,尽管暂时还没僵冷,但是已经魂飞天国,完全变了形。叶戈罗芙娜号啕痛哭,仆人在交给他们照料的遗体周围忙碌着:给他净洗,穿上1797年就准备好的寿衣，然后把他停放在桌子上①，他们就是在这张桌子旁侍候自己的老主人有许多年了。

第五章

葬礼定在第三天举行。把这位可怜的老人的遗体停放在桌子上，上面盖着白色寿单（或殓布），四周点着蜡烛。餐厅里挤满了仆人。就要出殡了。弗拉季米尔和三个仆人抬起了灵柩，由神父引路，教堂执事唱起了出殡的祷词。基斯杰涅夫卡田产的主人最后一次迈过自己家宅的门槛儿。送葬的队伍抬着灵柩穿过一片树林。教堂就在林子的另一边。天气晴朗，但是却很冷，秋天的黄叶纷纷飘零。

走出了树林，便可看到基斯杰涅夫卡那座木头教堂和几株老菩提树庇荫的墓地。弗拉季米尔的母亲便安葬在这里，昨天在她的墓旁挖了一个新的墓穴。

教堂里挤满了基斯杰涅夫卡的农民，他们是来向自己的主人最后一次敬礼和与遗体诀别。年轻的杜勃罗夫斯基站在唱诗台旁边，他没有哭，也不曾祈祷，但是他那一张阴沉的面孔却令人感到可怕。哀悼仪式完毕。弗拉季米尔首先走上前去跟遗体告别，随后全体仆人也一个接着一个地同遗体道别，然后盖上棺盖，钉好了钉子。妇女们全都号啕大哭，男人们不时地用拳头擦眼泪。弗拉季米尔和原来那三个人抬着灵柩去墓地，全村的人跟在后面。灵柩被安放到墓穴里，来参加葬礼的人每个人都撒了一把土，把墓穴填平以后，每个人一鞠躬，然后人们便都离开了墓地。弗拉季米尔走得脚步匆匆，赶到了大伙的最前面，到了基斯杰涅夫卡森林，就再看不到他的人影了。

叶戈罗芙娜代表少东家邀请神父和教堂全体人员赴葬礼宴会，并

---

① 此为俄国人的一种风俗习惯，人死后要把遗体停放在桌子上。

声明少主人不能出席奉陪。于是，神父安东、神父太太费多托芙娜连同教堂执事步行到主人宅子去赴宴。神父一路上和叶戈罗芙娜谈论着去世的主人一贯慷慨解囊、乐善好施等，又说到他的继承人将来恐怕凶多吉少（特罗耶库罗夫来访，以及如何接待了他的情况，已经四邻皆知，本地政界人士预料会有一场好戏让大家看，也就是说会有一场恶斗）。

"这就叫在劫难逃哇！"神父太太说道，"要是弗拉季米尔不做我们的主人，那就太遗憾了！多好的一个小伙子，真是没说的。"

"不是他做我们的主人，还有谁呢？"叶戈罗芙娜抢着说道，"基里拉·彼得罗维奇大发雷霆也是白搭。他的对手可不是那么好惹的。我的小鹰会捍卫自己的，谢天谢地，而且他还有一批至亲好友会来帮忙。看他基里拉·彼得罗维奇还敢怎样横行霸道！到那时，我的格里沙也敢骂他：'滚蛋，你这条老狗！从院子里滚出去！'他不也得夹着尾巴溜掉了！"

"哎呀！叶戈罗芙娜！"教堂执事说道，"那是你的格里沙说走嘴了，我万般无奈，也只能骂大主教几声，可是绝不敢正眼看基里拉·彼得罗维奇一下，只要一见到他，我就胆战心惊，全身冒冷汗，两腿筛糠，脊梁骨冒凉气，自动弯下腰去……"

"一辈子争名夺利，到头来还不是大梦一场，万事皆空！"神父开口说道，"将来有朝一日也得给基里拉·彼得罗维奇去唱挽歌，就像今天给安德烈·加夫里洛维奇唱的一样，只不过丧事办得更气派一些，客人请得再多一些就是了。上帝可不会厚此薄彼、有偏有向！"

"唉！老爷子，我们本来也想把四邻八舍都请来，可是弗拉季米尔·安德烈伊奇不想这么搞。我们家一切倒还充足，请客还是请得起的，但是主人不高兴，我们有什么办法呢？现在客人请的不多，保证让你们酒足饭饱，亲爱的贵客们！"

听完这一番话语，再加上引人馋涎欲滴的油煎包子等着他们去吃，这几位聊天的人，不由地加快了脚步，就这样连说带聊地走进主人的家里，那儿已经摆好餐桌，酒菜齐备。

与此同时，弗拉季米尔却钻到树林深处，一路奔走，想把自己弄个疲惫不堪，借以压制内心的悲哀。他不管有路还是无路，一个劲儿地往前走啊走啊，时时被树枝挂住，脸也被刺伤，深一脚浅一脚地在泥塘里向前跋涉，有时陷在泥里，他也毫不介意，最后，他走到了一片水洼旁边，周围长满了树，一条小溪静静地从此流过，到处都是飘落下来的树叶。弗拉季米尔这才停住了脚步，坐在一个冰冰凉的土包上，他心里乱纷纷的，一个比一个更可怕的念头接踵而至……他深深地感到自己孤立无援。他感到未来的日子被翻滚的阴云笼罩和吞食，让人感到恐怖。与特罗耶库罗夫为敌，必然会带来新的灾难和不幸，就连他这一点少得可怜的产业也会被剥夺而落入他人的手中——这样一来，他会变得一贫如洗，一无所有。他在那儿坐了很久，一动不动，眼睛直瞪瞪地看着小溪静静地流淌着，带走了些残枝败叶，不觉黯然伤神。使他仿佛领悟到人生亦是如此——也是如此无声无息地流逝而去。最后，他才发觉天已经黑了，便站起身来寻路回家。但是，他还不熟悉这片树林，在里面兜了好多圈，终于找到了一条直通家门的小路。

小杜勃罗夫斯基迎面碰上了神父和教堂里的人。他想这可能是个不祥之兆①赶紧闪过一旁，躲到了一株大树之后。他们正在热烈地交谈，因而没有发现他，从他身边走过。

"你要懂得避祸保身为佳！"神父对老伴说，"我们待在这儿干什么？不论结果如何，都和你无关。"神父太太回答了一句什么话，弗拉季米尔没有听清楚。

快到家时，弗拉季米尔看到了一大堆人——一群农民和仆人挤在

---

① 俄国人有一种迷信的说法，夜里在路上碰见神父是一种不祥之兆。

主人的院子里。他从老远老远的地方就听到非同一般的喧闹声，人们的吵嚷声。棚子旁边停了两辆马车。台阶上站着几个穿制服的人，看样子，他们在议论着什么事情。

"这是怎么回事？"他怒气冲冲地向迎面跑来的安东问道，"他们是些什么人？要干什么？"

"哎呀！弗拉季米尔·安德烈伊奇少爷！"安东上气不接下气地回答道，"法院来人了。要强迫我们离开你，交给特罗耶库罗夫去……"

弗拉季米尔低下了头，仆人们迎着不幸的主人围拢过来。"你是我们的衣食父母和主人，"他们吻着他的手大声喊道，"除了你，我们不要什么别的主人。少爷，你下命令吧！让我们跟法院的人拼了！宁肯死，我们也绝不出卖自己。"弗拉季米尔望着他们，一种奇异的感情激荡在他的心中。"老老实实地站着别动，"他对仆人们说道，"我去跟那些衙门里的人去交涉。""快去交涉吧，少爷！"人群中一些人喊道，"叫这帮不要脸皮的坏蛋无处藏身。"

弗拉季米尔走到几个县衙来的人的面前。沙巴什金头上戴着顶便帽，双手叉着腰，一双眼睛盛气凌人地左右叽里咕噜乱转。县警察局长是个膀大腰圆的大块头儿，五十岁左右，面孔红红的，留着两撇小胡子。他见到小杜勃罗夫斯基走过来，咳嗽了一声，以沙哑的公鸭嗓子说道："就这么办，我向你们把方才说过的话再重复一次：根据县法院的判决，你们从现在起全都归基里拉·特罗耶库罗夫掌管了。这位沙巴什金先生就是他的代理人。你们全都要听他的吩咐，娘们儿要好好疼他和关照他，对付女人嘛，他可是个老手。"开了这句下流的玩笑以后，县警察局长哈哈大笑起来，沙巴什金和其他随从，也跟着笑起来。弗拉季米尔可是气得火冒三丈："请问，这是怎么回事？"他故作冷漠地问那个得意忘形的警察局长。"是这么回事，"这个自鸣得意的警察局长话里有话地答道，"我们代表基里拉·彼得罗维奇前来接收田产，要求没有瓜葛的人立即滚蛋！""可是，我认为你们不必向我的农民讲,倒是应该先来对我说,向地主本人宣布剥夺他的所有权……""你是何许人?"沙巴什金不可一世而又粗野地上下打量着他说道,"原来的地主安德烈·加夫里洛维奇·杜勃罗夫斯基已经蹬腿了,去见上帝去了,我们不知道您是什么人,也不想知道您是什么人。"

"弗拉季米尔·安德烈耶维奇是我们的少东家。"人群里有人说道。

"是谁这么大胆,敢瞎胡说,"警察局长蛮横地说道,"他算什么主人?这个弗拉季米尔·安德烈伊奇是个什么人?你们的主人是基里拉·彼得罗维奇·特罗耶库罗夫。听懂了吗,傻瓜笨蛋!"

"没那回儿事。"有一个人回答道。

"简直要造反!"警察局长大声吼道,"喂,村长,过来!"

村长走到他的跟前。

"马上给我搜查,看看是谁吃了熊心豹子胆,竟敢和老子顶嘴,看老子怎么收拾他!"

村长向群众发问:"是谁说的?"可是大家都没吭声,靠后几排的人叽叽咕咕地说了起来,而且声音越来越大,一下子变成令人惊魂丧胆的喧闹声。这时,警察局长压低嗓门想来进行安抚。"干吗老是干瞪着眼睛看着他们,"几个家奴喊道,"弟兄们!动手狠狠地揍他们一顿!"众人都动了起来。沙巴什金和其他官员仓皇地藏进前厅里,而且把门闩了起来。

"弟兄们,把他们捆起来!"方才发话的那个人又喊道。众人怒火冲天,一拥而上……"住手!"小杜勃罗夫斯基大吼一声,"傻瓜!你们要干什么?这样干会毁了你们自己,也会毁了我。赶紧都回家去,让我清静一会儿。不要怕,皇上仁慈宽厚,我会去求他的,他会为咱们申冤雪恨的。我们全是他的子民,要是你们无法无天地闹事和瞎折腾,他怎么能够保护你们呢?"

年轻的杜勃罗夫斯基的话语,那洪亮的声音,那庄重的神态产生了预期的作用。人们静了下来，接着一个个都走了，院子里的人都走空了。衙门里来的人都乖乖地坐在前厅里，最后，沙巴什金轻手轻脚地推开房门，走上台阶，低声下气地向杜勃罗夫斯基又是鞠躬又是点头哈腰地，感激他的慈悲和关照。弗拉季米尔轻蔑地听他说完，一句话也不屑于回答。"我们打算，"陪审员接着说道，"恳求阁下允许我们在这里住一夜。因为天色已晚，您的农民可能在路上袭击我们。求您行行好！吩咐在客厅里铺些干草也行，明天一大早，我们就回去。"

"随你便，"杜勃罗夫斯基冷冰冰地答道，"我可不是这儿的主人了。"说完之后，他便走进父亲的房间，随手把门闩上。

第六章

"这么一来，全完了！"小杜勃罗夫斯基自言自语地说，"今天早晨我尚有一席安身之地和一块面包。明天，我就得告别这块出生的家乡故土，就要告别父亲去世的老宅旧院，而且要把它交给逼死我父亲的凶手，交给弄得我扫地出门和一贫如洗的强盗。"他的一双眼睛目不转睛地盯着母亲的画像。画家描绘她双肘凭栏而立，身穿洁白的晨装，发际间插着一朵火红的玫瑰。"这幅画也会落到我家仇人的手里。"弗拉季米尔心里想道，"会把它与破旧的桌椅板凳一起丢到库房里，或者把它挂于前厅，让他的养狗人去肆意嘲笑和品头论足，而在母亲的卧室和父亲归天的那个房间里，会住进来仇人的管家和他的一群姘居的骚货。不行！绝对不行！他想把我从这幢房子里赶走，他也甭想得到它。"弗拉季米尔恨得咬牙切齿，从心底里接连涌出一个个可怕的念头。衙门里的官吏们发号施令的声音传到他的耳朵里，他们一会儿要这，一会儿要那，令他十分厌烦，搅扰着他悲惨的思绪。最后，一切都又无声无息了。

弗拉季米尔翻箱倒柜，动手清理先父的各种文件。这些文件多数都是账簿和一些来往信件。弗拉季米尔连看也没看就撕毁了。他在里面还发现了一个纸包，上面写着"吾妻之信札"。弗拉季米尔一见，心中便涌起一股深情的暖流，拿起来埋头就读。这些信是在俄土战争期间写的，一封封都是由基斯杰涅夫卡寄往军队的。母亲在信中描述了她独守闺房的寂寞生活和操持家务的劳碌，柔情脉脉地倾诉了离别之苦，呼唤戎马倥偬的亲人赶快回家投入爱妻的怀抱。在一封信中，母亲说她对小弗拉季米尔的身体健康状况十分担心，在另一封信中她又为小儿子的年幼聪慧感到高兴，还写到她预料小儿子会前程远大、生活幸福。弗拉季米尔读着读着，忘记了世间的一切，整个身心都沉浸到母爱的圣境和幸福家庭的温暖天地之中，因此没有发觉时间流逝。墙上的挂钟敲了十一下，弗拉季米尔把这些信装进了衣兜，拿着蜡烛走出了书房。衙门里那些官吏们睡在客厅里的地板上，桌子上放着几个喝干的酒杯，整个房间里酒气冲天，直呛鼻子，令弗拉季米尔很厌恶。从他们身边走过去来到前厅，但是门被锁。他没带钥匙，只得又回到客厅，发现钥匙放在桌子上。他打开门，迎面撞上一个人，原来那个人躲在墙角里，手里还拿着一把斧子，寒光闪闪。弗拉季米尔拿灯一照，原来是小铁匠阿尔希普。"你在这儿干什么？"他问道。"哎呀！弗拉季米尔·安德烈伊奇，是您呀！"阿尔希普低声答道，"上帝保佑，多亏您拿着蜡烛！要不可就糟了。"弗拉季米尔惊疑地望着他。"你躲在这儿干什么？"他问小铁匠。

"我想……我是来……看看他们是不是还待在屋子里。"阿尔希普吞吞吐吐地答道。

"干吗拿着斧子？"

"拿着斧子干吗？如今走路不拿着斧子可不行啊！您看，这伙衙门的官儿可都不是好东西，非得给他们点厉害……"

"你喝醉了，把斧子扔掉，回去睡觉吧！"

"醉了？弗拉季米尔·安德烈耶维奇，上帝做证，我一滴酒也没喝，听到出事了，哪还有心思喝酒。这帮当官儿的还想卡我们的脖子，要把主人赶出自己的家门……听！他们睡得倒挺香，还打着呼噜，这些该死的畜生！趁这个机会一不做二不休，神不知鬼不觉地把他们宰了算了！"

弗拉季米尔眉头紧皱。他沉默一会儿，然后说道："听着！阿尔希普！你的想法不对头，不能怪这些当官的。把灯笼点着，跟我来。"

阿尔希普从主人手里接过蜡烛，从炉子后面找出灯笼点着了，两个人便悄悄地从台阶上走了下来，沿着院子墙根走了过去。打更人敲着铁板，狗发出吠叫声。"是谁打更？"杜布罗斯基问道。"是我们，少爷！"一个女人回答说，"是瓦西丽莎和鲁凯里娅。""回去吧！"杜勃罗夫斯基说道，"你们女人用不着守夜。""下班了。"阿尔希普说。"谢谢，老爷！"两个女人一起答话，然后立刻回家去了。

杜勃罗夫斯基继续往前走着。有两个人朝他走来，他们在叫他。杜勃罗夫斯基听出来是安东和戈里沙的声音。"你们干吗还没有睡觉？"他问道。"哪有心思睡觉啊！"安东答道，"谁会想到，我们竟然会落到这种地步……"

"轻点！"杜勃罗夫斯基打断他的话说道，"叶戈罗芙娜在哪儿？"

"在楼上她那间小屋子里。"戈里沙答道。

"去！把她叫到这儿来。还有，把我们的人统统都从屋里叫出来，除开那几个衙门里当官儿的，屋子里一个人也别剩下。安东，你快去套车！"

戈里沙走了，过一小会儿同他母亲一道来了。老太太一晚上也没脱衣服。除了那几个衙门里的官儿，屋子里没有一个能合上眼睡觉。

"全都到了吗？"杜勃罗夫斯基问道，"屋子里没落下一个人吗？"

"除了衙门里的人，一个也没剩下。"戈里沙答道。

"拿些干草和麦秸来。"杜勃罗夫斯基吩咐道。

大伙跑进马厩抱来干草。

"放到台阶上。就这样,好!弟兄们,点火!"

阿尔希普打开灯笼,杜勃罗夫斯基点着了松明子。

"等一下!"他对阿尔希普说道,"我方才匆匆忙忙走出来,好像把前厅的门给锁上了,快去打开。"

阿尔希普跑进前厅,门没有上锁,阿尔希普反倒把门关上并上了锁,嘴里还嘀嘀咕咕地说:"不上锁?那怎么成!"然后回到杜勃罗夫斯基身边。

杜勃罗夫斯基把松明子凑近草堆,干草立刻就着了,一下子火舌飞卷,不一会儿大火把整个院子照得通明。

"哎呀!"叶戈罗芙娜伤心地喊道,"弗拉季米尔·安德烈耶维奇!你这是干什么呀?"

"别说了!"杜勃罗夫斯基说道,"好!乡亲们!再见了!我要走了,按照上帝的指引,天涯海角,听天由命。祝你们跟新主人一起过幸福日子吧。"

"恩人!我们的主人!"大伙儿喊道,"我们死也不离开你,让我们跟你一起走吧。"

马已经套好。杜布罗斯基坐上了马车,跟他们约好以后在基斯杰涅夫卡丛林里相会。安东挥鞭打马,他们便驶出了院子。

起风了,转眼之间,大火吞没了整幢房子。屋顶上空烟尘滚滚,烈火飞腾。玻璃窗烧得噼啪乱响,哐啷哐啷掉下来摔得粉碎。房檩子也烧得通红,一根根往下掉。只听得里面传出来一声声可怜的号啕与惨叫:"我们要烧死了!救命啊!救命啊!""谁也别去救!"阿尔希普幸灾乐祸地笑着说道,一边观赏着熊熊大火。"好阿尔希普!"叶戈罗芙娜对他说道,"去救救那帮坏蛋吧,上帝会有好报的。"

"我才不去呢!"铁匠答道。

这时,那些当官儿的出现在窗口,想用劲扳断双层的窗户框。但是,就在这时,整个房顶哗啦砸了下来,再也听不到惨叫声。

杜勃罗夫斯基 119

不一会儿，全部仆人又都来到院子里。女人们哭哭啼啼地东奔西跑，忙着抢救自己的家什、破烂，小孩子们又蹦又跳地观赏火景。火星飞迸，火舌飞舞，火势就像旋风般地蔓延，附近的一幢幢小农舍也烧着了。

"如今万事大吉！"阿尔希普说道，"烧得太好了，对吧？也许从波克罗夫斯克村那边往这边儿望，那才叫好看呢！"

这时出现了一个新的情况，引起了他的注意：一只小猫正在起火的棚子上乱跑乱窜，不知从哪儿往下跳才好，因为四周全是大火。这只可怜的小猫喵呜喵呜地惨叫着，显然是在喊救命。孩子们看着它那副绝望的样子，笑得肚皮痛。"笑什么，鬼东西！"铁匠生气地说道，"你们不怕上帝惩罚吗？上帝创造的生灵正在遭难，要被烧死了，可你们反而傻笑！"于是，他搬过一个梯子，搭在起火的棚子屋檐上，爬上去救那只小猫。小猫似乎懂得了他的心思，表示感恩不尽的样子，慌忙一下子抓住他的袖子。铁匠虽然身上几处着了火，但还是抱着他搭救的生灵爬下梯子，"好了！弟兄们！再见吧！"他对困惑不解的仆人们说道，"我在这儿没有什么事儿可干了。祝你们幸福，忘记我的短处吧，有什么对不起的地方，请多多原谅了！"

铁匠走了，大火继续烧了一段时间，终于熄灭了。一堆堆木炭虽然不窜火苗了，但在黑夜里烧得通红通红的，一些东西被烧得精光的基斯杰涅夫卡的居民，在火场四周急得团团乱转。

第七章

翌日，失火的消息就传遍了四邻八村，人们议论纷纷，各自做着不同的猜测和假设。有的人说，是杜勃罗夫斯基的仆人在葬礼宴席上喝得酩酊大醉，不小心烧着了房子；又有的人责怪衙门里来的那些官吏，说他们不该在刚接收的宅子里饮酒作乐；更多的人认为，是房子着了天火，连同地方法院法官以及所有的仆人全部葬身火海。只有几个人猜到事情的真相，断言这次可怕的灾难的罪魁祸首正是杜勃罗夫斯基本人，说他孤注一掷以泄胸中的深仇大恨。第二天，特罗耶库罗夫便亲自驱车前往火场去察看。经查证，警察局长、地方法院陪审员、诉讼代理人、书记员下落不明，此外还有弗拉季米尔·杜勃罗夫斯基、奶娘叶戈罗芙娜、仆人戈利高里、车夫安东以及铁匠阿尔希普也不知去向。仆人都一致证实，衙门里的官吏在房顶塌下来的时候被活活烧死了。挖出来烧焦的骨头也证实了这一点。农妇瓦西丽莎和鲁凯利娅说，失火前几分钟，她们曾经见到过杜勃罗夫斯基和铁匠阿尔希普。根据众人的一致看法，铁匠阿尔希普还活着，如果说他不是唯一的纵火犯，至少也是一名主要案犯。杜勃罗夫斯基有很大的嫌疑。基里拉·彼得罗维奇向省长写了一份有关这场大火的报告，又开始追查这桩新的案子。

过了没多久，传来的新消息更加激起了人们的好奇心，也给嘴大舌长爱议论的人们提供了新的资料。在××地方出现了一伙强盗，那一带的居民无不闻风丧胆，惶惶不可终日。看来，政府当局的清剿措施很不得力，抢劫案一起接着一起，而且一次比一次干得干净利落。无论是闭门家中坐，还是在路上行走都很不安全，村村寨寨，条条大路都常遭劫掠。那伙强盗驾着几辆三套马车竟在光天化日之下，在全省纵横出没，拦截过路行人和邮车，闯进村庄，打劫地主庄园，然后放一把大火便扬长而去。强盗的首领机智勇敢，宽宏大量而又慷慨大方，威震四方，人们都说强盗们神出鬼没，来无影去无踪。人人嘴上都挂着杜勃罗夫斯基这个名字，人们全都深信，只有他才能统率得了这伙胆大包天的匪徒，别人可没有这么大的本事。有一件事令人有些迷惑不解：他对特罗耶库罗夫那些田庄往往都手下留情，匪徒们不曾打劫过他的一个草棚，没有劫过他的一辆车子。一向都鼻孔朝天，妄自尊大的特罗耶库罗夫把这种例外视作理所当然，因为全省没有人不怕

杜勃罗夫斯基

他，况且他的庄园里戒备森严。最初，邻居们都私下里嘲笑特罗耶库罗夫未免有点太狂妄太自大了，并且每天每日都眼巴巴地盼着那伙不速之客来洗劫波克罗夫斯克村，因为这里最有油水可捞。然而，到了后来，他们都不得不同意特罗耶库罗夫的看法，并且不得不承认，强盗对他怀有某种不可理解的敬畏之感……这样一来，特罗耶库罗夫便更加飞扬跋扈了，每当传来杜勃罗夫斯基新的抢劫消息时，他便肆意地嘲笑省长、警察局长、清剿队长，说杜勃罗夫斯基就从他们鼻子底下神出鬼没地溜走，而且不伤一根毫毛。

不久，到了十月一日——这一天是特罗耶库罗夫的村子里教堂的命名日，这件事儿暂且不表。在描述这个节日的盛况和以后发生的事情之前，我得向读者介绍几个新的人物，或者说，在本书开头曾提到过他们。

第八章

读者也许已经猜到了，前面我只是顺便提过基里拉·彼得罗维奇的女儿，她可是我们这篇故事的女主人公。在我所描述的那个年代，她才十七岁，长得美若天仙，犹似一朵怒放的奇葩。父亲非常宠爱她，简直到了发狂的地步，但是对她的态度十分任性而又反复无常，高兴的时候对她则是有求必应，不高兴的时候对她又很粗暴无理甚至是残酷无情，想以此来震慑住她。他深信女儿对他的依恋和孝顺，但是从不曾得到她的信赖。她从来不对他披露自己内心深处的真实的思想和感情，因为她永远也无法知道，父亲对她这些思想和感情会做出什么样的反应。她没有一个知心好友，她离群索居，在孤寂中长大。左邻右舍的妻室和女儿很少来拜望基里拉·彼得罗维奇，因为他平日里嬉笑言谈和饮酒作乐只需要男人奉陪，而不需要女人来做伴。因此，我们这位美妙佳人很少出席他父亲举办的宴会，更很少有机会能在客人面前一展风采。她家里有一间很大的图书室,里面收藏的书籍大部分都是十八世纪法国作家的作品,整个图书室全归她自由支配。她父亲除了一本《技艺超群的女厨师》之外,从不读书,因而也就不可能指导她选择读物了。于是,这个玛莎便不分良莠地把各式各样的书籍拿过来就读,结果她自然而然地就喜欢上了读小说。如此这般,她便完成了自己的学业。想当初,她是在家庭女教师法国小姐咪咪的熏陶下接受的启蒙教育,可是,后来基里拉·彼得罗维奇对这位小姐言听计从,并且十分宠爱她,结果不得不把她偷偷地安置到另一个庄园里去,因为宠幸的后果已经无法掩饰了。咪咪小姐给人们留下的印象相当好。她是一位心地善良的姑娘,她同那些基里拉·彼得罗维奇经常要更换的宠姬和情妇可是大不一样,她从不利用自己对他的权威而去为非作歹,欺压别人。基里拉·彼得罗维奇似乎对她也情有独钟,较之对其他女奴爱之更甚。因此,那个一眼便可以看出长相与咪咪小姐完全相同的小男孩一直在他膝下长大,被他认作儿子。这个小家伙有一对黑眼睛,南方人的长相,如今九岁了,是一个小淘气。但是,另外有一群小家伙,长相与基里拉·彼得罗维奇惟妙惟肖,却只能整天光着脚在他的窗下跑来跑去,却被看作奴婢崽子。基里拉·彼得罗维奇非常疼爱自己黑眼睛的小萨沙,还专门从莫斯科为他聘请来一位法国教师。这位先生在我们描写的那件事情发生之时来到了波克罗夫斯克村。

  基里拉·彼得罗维奇对这位先生很满意,因为他仪表堂堂很招人喜爱,待人接物坦率自然,他把自己的各种服务证书和在另一家工作了四年的主人写的一封信,一并交给了基里拉·彼得罗维奇,这家主人是特罗耶库罗夫的一门亲戚。基里拉·彼得罗维奇一一查证过了以后,对这位教师只有一点不太满意,这个法国佬太年轻了——倒不是因为这个可爱的缺点跟当一名教师不相称,也就是说不是怕他没有耐心或者经验不足,而是另有别的顾虑,因而,决定当即向这位先生事前交代清楚为佳,为此,他吩咐把玛莎叫来(因为基里拉·彼得罗维奇不会法语,要玛莎来当翻译)。

"过来,玛莎!告诉这位先生,就这么定了——我决定聘请他。不过有一条要他切记,就是不准他追逐小妞们,否则,我会让他这狗崽子知道老子的厉害……翻译给他听,玛莎!"

玛莎羞得满脸通红,转向这位先生,用法语对他说,他父亲希望他要谦逊谨慎,行为要检点。

法国人对她鞠了一躬,回答说,他希望,如果不能讨得他们的欢心,至少也要赢得他们的尊重。

玛莎逐字逐句翻译了他的答话。

"好!好!"基里拉·彼得罗维奇说道,"对他谈不上什么欢心和尊重,他要做的事情就是照管好萨沙,教他法语和地理,翻译给他听。"

玛利亚·基里洛芙娜翻译时,尽力把父亲粗鲁的话减略一些,于是,基里拉·彼拉罗维奇让这个法国人住进给他指定的一间厢房。

玛莎对这个年轻的法国佬不屑一顾,因为她是在贵族偏见的熏陶下长大的,教师在她眼里只不过是奴仆,和玩手艺的人是一路货色,而奴仆和手艺人,在她看来根本算不上是真正的男人。她却没有注意到她给杰福日先生留下了什么样的印象,也没注意到他见到她时那种心慌意乱的样子,情不自禁地颤抖,嗓音也变了。她对这一切一概都不曾留意。自此以后过了好多天,她倒是经常见到他,但是依然不曾引起她的青睐。一个突然的事件使得她完全改变了对他的看法。

基里拉·彼得罗维奇宅院里平时总是养着几只小熊崽子,它们是波克罗夫斯克地主的主要娱乐项目之一。这些小熊崽子在幼小的时候,每天都被牵到客厅里。基里拉·彼得罗维奇总要和它们厮混好几个钟头,逗弄着它们跟猫儿和狗儿一起打架。等到它们长大了,便用铁链子锁住,以待名副其实的厮杀,有时也把它们牵到主人的窗下滚空桶玩耍。桶上钉满钉子,狗熊伸出鼻子闻一闻,然后轻轻地去碰一碰,钉子扎了它的脚掌,它一怒之下便使劲去推,越推越痛,越痛就越推,结果把它搞得发狂了,它便大声咆哮着全力猛攻上去,直到有人把那徒然惹得这可怜的畜生发怒发狂的圆桶拿开为止。有时又把两只狗熊套在马车上,再逮住客人,不管三七二十一地硬塞到马车上,然后驱赶着狗熊驾车出游。车子究竟跑到什么地方去,那就只好遵从上帝的旨意了。然而,最令基里拉·彼得罗维奇开心的还是下面要讲的恶作剧。

把一只狗熊关到一间空房子里,把锁着它的那条铁链子系到钉死在墙上的铁环上,几天不给它吃的,让它饿得直翻白眼。铁链子的长度和房间一样长,只留下屋子对面的一个小角落,待在那里才能躲过那只可怕的野兽的攻击。通常都是把一位新来的客人带到这间房子跟前转,乘其不备,出其不意,一下子把客人猛推进去,然后砰的一声把门关上,丢下这位倒霉的客人当作牺牲品,让他单独和那个毛茸茸的隐士面对面地待在一起。那个可怜的客人,衣服被扯得稀巴烂,全身被抓得鲜血淋漓,在绝望之中很快就找到那块安全岛。可是,他有时不得不在这个屋角站上两三个小时,把身子紧紧贴到墙上,瞪着惊恐的眼睛,目不转睛地看着那个野兽在两步之外的地方张牙舞爪,不停地咆哮着,不停地跳跃着,像人一样地直立起来,使劲向他猛扑……这就是俄国大老爷们高尚的娱乐!这位法国教师来后不几天,特罗耶库罗夫便想起了他,打算请他也到"狗熊公寓"去尝尝风味。因此,有一天早晨把他叫来,领他走进阴暗的过道里,突然打开了一扇旁门,两个仆人把法国佬一下子推到那间屋子里去,并且立刻把门锁上。法国教师猛然醒悟过来,只见一只锁着的狗熊唿哧唿哧地开始咆哮起来,从远处伸出鼻子嗅嗅新来的贵客,它突然抬起前爪直立起来,准备对他发起进攻了……这个法国佬既没有慌张,也没有奔逃,静待它的袭击。狗熊走近了,杰福日从兜里掏出一只小手枪,对准它的耳朵打了一枪。狗熊应声倒在地上。大家跑了过来,把门打开,基里拉·彼得罗维奇也走进屋来,对自己的恶作剧最终的结局感到惊讶。基里拉·彼得罗维想立刻将这件事情弄个水落石出:查问清楚是谁事先向杰福日透露了风声,或者要弄清为什么他兜里藏着一支实弹的手枪。他派人去找玛莎。玛莎跑来,把父亲的问题翻译给法国佬听了。

"我从来未曾听到过有关狗熊的事儿,"杰福日答道,"可是我总是随身带着手枪,因为我不能忍受侮辱。我的地位卑微,又无法提出决斗。"

玛莎举目惊异地望着他,把他的话翻译给基里拉·彼得罗维奇听。基里拉·彼得罗维奇什么也没说,吩咐把狗熊弄出去剥皮,然后,转向众人说道:"倒是一条好汉!他没害怕,的确没害怕。"从这时起,他喜欢上了杰福日,也不想再考验他了。

然而,这次偶然事件给玛利亚·基里洛芙娜留下的印象更为深刻。她的头脑被震动了,她亲眼看见那只被打死的狗熊,而杰福日站在一旁,神色镇定自若,跟她谈起话来,也是从容自如。她发现勇敢和自尊并非只是贵族阶层才具有的品德。从此之后,她开始另眼看待这位年轻教师,开始尊敬他了,而且这种肃然起敬的感情与时俱增,变得越来越明显了。他俩之间有了一些交往。玛莎有一副好嗓子和音乐方面的天赋,杰福日便毛遂自荐给她上课。说了这么多,读者便不难猜想,玛莎爱上他了,不过暂时还没有勇气自我承认罢了。

第二部

第九章

　　节日前夕，特罗耶库罗夫府邸车水马龙，门庭若市，人声鼎沸。客人们陆陆续续地从四面八方赶来，有地位有身份的住在主人府第的正房和厢房，次一等的住在总管家里，再次一等的住到神父家里，末等的住进富裕的农户家里。马厩里挤满了客人的马匹，院子里和棚子里排满各式各样的马车。早晨九点钟，做礼拜的钟声敲响了，参加节日盛会的人们慢慢地向新建的石砌教堂走去。这座教堂是基里拉·彼得罗维奇捐资建造起来的，而且每年他都用新的捐赠把它装饰一新。这么一大群高贵的善男信女聚集在这座教堂里，结果使普通平民百姓被挤得在里面无处容身，只得站在门口的台阶上或院墙内。礼拜还没开始，大家在恭候基里拉·彼得罗维奇的大驾。他乘坐一辆六匹马拉的轿车光临，下了车，趾高气扬地走到自己的座位上。玛利亚·基里洛芙娜陪伴在他的身边。大家把目光都集中在她的身上，男人大饱眼福，女人则对她羡慕不已。礼拜开始了，自备的唱诗班高声唱起了赞美诗，基里拉·彼得罗维奇也开口跟着唱起来，专心祈祷着，目不斜视。当助祭高声赞颂这座教堂的创建者时，他便做出一副俨然神圣不可侵犯而又异常虔诚的样子，深深地鞠了一躬。

　　礼拜结束了，基里拉·彼得罗维奇第一个走上前去吻十字架。人们紧跟着他走过来照做一遍。然后,四邻八舍的人纷纷走到他的面前来鞠躬致意。女士们把玛莎团团围住。基里拉·彼得罗维奇从教堂里走了出来,邀请大家去他家赴宴,便登上马车回家去了。客人们也乘上马车跟着尾随而来。一间间房子里都宾客满座,新来的客人依然络绎不绝,他们要费好大劲儿才能挤到主人面前去问候。闺秀小姐们彬彬有礼地坐成一个半圆形,她们一个个全都珠光宝气,都穿着华贵衣衫,但是都已半新不旧,而且式样都是跟不上潮流的时髦货色。男人们全都挤在鱼子酱和白酒周围,扯着嗓门高谈阔论。客厅里餐桌上摆了八十份餐具。仆人们出出入入,摆上高脚杯和酒瓶,整理好桌布,忙得不可开交。一切齐备,管家终于开口吆喝一声:"请入席了!"基里拉·彼得罗维奇第一个走上去就座。接着,太太们缓缓移动脚步,保持着尊卑有序的古风,依次肃然落座。小姐们则簇拥着走了过来,就好似一群胆怯的羔羊,一个挨着一个纷纷就座。男人坐在他们的对面,桌子另一端坐的是家庭教师,旁边是小萨沙。

  仆人们按地位的尊卑先后有序地分送菜碟,碰到疑难时,则按拉瓦特①的骨相学行事,保管十拿九稳或几乎万无一失。碟勺相碰发出清脆的响声,叮叮当当响成一片,与宾客们的高谈阔论此起彼伏竞相争鸣。基里拉·彼得罗维奇显出一副得意扬扬的样子,举目扫视了一下餐桌上琳琅满目的美酒佳肴,以及宾朋满座的盛况,便禁不住有些自我陶醉了,有些飘飘然了,把整个身心都投入到欣赏自己阔佬式殷勤好客的慷慨壮举中去了。这时,又有一辆六匹马拉的马车驶进庭院。"谁来了?"东道主问道。"安东·帕夫努季依奇。"几个人同时答道。开门迎客,安东·帕夫努季依奇·斯庞钦走了进来。此人是个大胖子,五十来岁,圆圆的脸上布满了大麻子,肉叠三层的肥下巴。一进

---

① 拉瓦特(1741—1801),瑞士作家。在其著作《相面术种种》中曾介绍,根据人的头盖骨和面部特征可以确定人的身份尊卑和性格。

餐厅就来了一鞠躬,满脸堆笑,正要开口请罪……"拿餐具来,"基里拉·彼得罗维奇吩咐道,"欢迎!安东·帕夫努季依奇,请告诉我,这是怎么回事:你既不来参加礼拜,吃饭又姗姗来迟。这可不像你平时的为人,你本来是个敬畏神明而又愿大饱口福的人嘛!""请原谅!"安东·帕夫努季依奇一边答话,一边把餐巾系到豌豆色长袍的扣眼里,"请原谅!基里拉·彼得罗维奇大人,我本来很早就动身了,但是,还没走上十几里路,突然车子前轮裂成两半儿——我有什么办法呢?多亏离村子不远,只好把车子拖到那里去。找了个铁匠,总算马马虎虎地把车子修好了。整整花了三个小时,实在没有办法。想抄近路走吧,但是得穿过基斯杰涅夫卡森林,那我可是不敢,又只得绕道走……"

"啊哈!"基里拉·彼得罗维奇抢着说道,"你老兄当然算不上勇士,可是你有什么可怕的呢?"

"没什么可怕的?基里拉·彼得罗维奇大人,怕那个杜勃罗夫斯基嘛!万一不走运,落到他的魔掌里可不是闹着玩的。这小子机灵得很哪!谁也不放过,尤其是我,一旦落到他的手里,非得给剥去两层皮!"

"老兄,他干吗特别看中了你呢?"

"这还用说为什么,基里拉·彼得罗维奇大人?就是为了去世的安德烈·加夫里洛维奇那场官司。我办这件案子不是为了讨您的欢心,就是说,我是凭天理良心秉公执法办事,证实了杜勃罗夫斯基父子占有基斯杰涅夫卡田庄是没有任何法律根据的,只不过是承蒙您的恩典。那个死去之人(愿他早升天国)曾赌咒发誓要和我算总账,他儿子大概会来兑现他父亲的话。时至今日,蒙上帝开恩,我算是躲过来了,只不过只抢劫了我一间谷仓,但是说不定哪一天,他就要来袭击我的庄园了。"

"到了你的庄园,他就会肆无忌惮地大干一场了,"基里拉·彼得罗维奇说道,"我看到,你那个红匣子装满了……"

"您说到哪儿去了,基里拉·彼得罗维奇!过去倒是装得满满的,可是如今已经空空如也了!"

"别再瞎胡扯了,安东·帕夫努季依奇!我们都知道你这个人。你是个守财奴,一分钱也舍不得花,你家里的日子过得猪狗不如,你从来都不请客,可是却从自己农民身上刮油剥皮,你一心要攒钱发财,别的什么也不管了。"

"您尽是拿我开心,基里拉·彼得罗维奇大人!"安东·帕夫努季依奇嬉皮笑脸而又含糊不清地低声说道,"我嘛,实不相瞒,真的破产了。"于是,安东·帕夫努季依奇赶紧又起一个油炸包子塞进嘴里,连同特罗耶库罗夫挖苦的话语一齐吞到肚子里。基里拉·彼得罗维奇大发慈悲饶了他,转过脸去和新上任的警察局长聊了起来。这位长官还是第一次来他家做客,坐在桌子的另一端,紧挨着家庭教师。

"怎么样,局长先生!您能抓到杜勃罗夫斯基吗?"

警察局长被弄得很尴尬,起身鞠躬,不好意思地笑了笑,话到嘴边又吞了回去,后来还是说出来了:

"尽力而为吧,大人!"

"嘿!尽力而为?很早,很早就在尽力而为了,可是就是毫无结果。不错,抓住他干吗?杜勃罗夫斯基打家劫舍,警察局长正好可以趁机捞外快嘛!什么出差费、侦缉费、车马费,反正把钞票捞满了腰包,得到实惠才是真格的!这么好的大恩人干吗要把他除掉呢?局长先生,你说这是不是大实话?"

"是大实话,一点也不错,大人!"警察局长狼狈不堪地回答道。

客人们全都哈哈大笑。

"我就喜欢说老实话的好汉,"基里拉·彼得罗维奇说道,"可惜的是警察局长塔拉斯·阿列克谢耶维奇去世了,如果他没被烧死的话,那这一带一定会安宁得多了,是否听到有关杜勃罗夫斯基的消息?最近有谁在哪儿碰到过他?"

"我碰到过他,基里拉·彼得罗维奇!"一位胖太太尖声尖气地回答说,"上个星期二他还在我家吃了一顿午饭……"

在座所有的人目光都集中到安娜·萨维什娜·格洛波娃的身上。她是个寡妇,只是头脑简单,但性格善良而又快活,因此人人都很喜欢她。大家都怀着好奇心竖起耳朵来听她讲故事。

"是这么回事,三个星期以前,我打发管家到邮局去给我的万纽沙汇一笔钱。我倒是不娇惯儿子,即便有这份心思,也没有这份能力。可是诸位也都知道,他当上了近卫军军官,日子总该过得称心一些,体面一点,因此,我尽可能地把进项分一些给他。这次我就汇去了两千卢布。虽说我的脑子里不止一次地闪过杜勃罗夫斯基的影子,但是我又一想,我家离城很近,只有六七俄里,或许出不了什么问题吧!可是,到了晚上,管家跑了回来,我一看,他满脸煞白,衣服撕得稀巴烂,马车也没了——天哪,我忙问他怎么回事?你这是怎么了?他回答说:'安娜·萨维什娜太太!被强盗抢了,我差点儿被杀掉。碰到了杜勃罗夫斯基本人了,他要把我吊死,后来看我实在可怜,就把我给放了,但是被抢得精光,连马匹和车子都给抢走了。'我一听便晕了过去。我的老天爷,我的万纽沙可怎么过呀!想来想去没办法,只得给儿子写了一封信,把这件事的经过原原本本地告诉了他,信中只有空头的祝福,一个子儿也没给他寄去。

"过了一个星期,又过了一个星期,一天,一辆马车突然跑进了我家院子里,来了一位将军想要见我。我说,欢迎!欢迎!走进来一条大汉,三十五岁左右,黝黑的脸膛,满头黑发,满脸大胡子,相貌不凡,就好似库里涅夫将军[1]。他自我介绍说,他是我过世的丈夫伊凡·安德烈伊奇的朋友和同事。他正好从这儿路过,知道我住在这里,不能不来看望看望老朋友的遗孀。我热情款待了他一番,把家

---

[1] 库里涅夫(1763—1812),俄国中将,反抗拿破仑卫国战争中的英雄,1812年壮烈牺牲。

杜勃罗夫斯基

中好东西都拿出来请他吃。我们相互交谈着,天南地北地神聊了一通,最后把话题扯到杜勃罗夫斯基身上。我把我那件倒霉事儿也跟他说了。这位将军皱起了眉头。'这就怪了,'他说道,'我听说杜勃罗夫斯基并不是见人就抢,倒是专找名声大的阔佬下手,即便如此,也不是洗劫一空,总还是要留下一些东西,至于说杀人之事,谁也没有听说过。您说的这件事儿,里面可能有诈。请吩咐把您家的管家叫来!'我便派了人去找管家,他就来了。管家一见将军的面就吓傻了。'告诉我,老兄,杜勃罗夫斯基是怎样抢劫了你的?又是怎样要把你吊死的?'我的管家全身发抖,扑通一声跪倒在地:'大人!我罪该万死,鬼迷心窍,我扯谎了。''真的吗?'将军答道,'那你就老老实实地对太太讲一讲,事情是怎样发生的和具体的经过吧,我也来听一听。'管家吓昏了,还没清醒过来。'喂!怎么啦?'将军接着说,'快告诉她,你在什么地方碰到了杜勃罗夫斯基?''在两株松树旁边,大人!''他对你都说了些什么?''他问我:你是什么人?到那里去?去干什么?''好!那么后来呢?''后来嘛,他要信和钱。''说下去!''我就把信和钱给了他。''他又怎么样了?说!''大人!我罪该万死。''我得跟你算这笔账,亲爱的!'将军威风凛凛地说道,'那么你哪,太太!请吩咐人快去搜查这个骗子的箱子,请把他交到我的手里,让我来好好教训教训他。您知道,杜勃罗夫斯基本人也是一名近卫军军官,他是不会欺压他的同事的。'这一下,我就猜出这位大人是谁了,我没什么可以跟他讨论的了。几个车夫抓到了管家,把他绑在车座上。钱也找到了,将军在我家吃了一顿午饭,用餐后马上就走了,还带走了管家。第二天在树林子里找到了我那个管家。他被绑在一棵橡树上,身上被剥得一丝不挂。"

大家都一声不响地听着萨维什娜讲故事,尤其是那群小姐听得更是津津有味。她们之中有许多人心中暗暗地向往这个强盗,把他看作是一位浪漫主义式的英雄,特别是玛利亚·基里洛芙娜,她可是一个极其爱幻想的女性,因为她一直是在拉德克莉芙①神秘主义惊险小说的熏陶下长大的。

"安娜·萨维什娜!那么你以为,你见到之人就是杜勃罗夫斯基本人了?"基里拉·彼得罗维奇问她道,"那你就错了,我不知道在你家里做客究竟是什么人,可是反正那不是杜勃罗夫斯基。"

"怎么,老爷子,你不信?不是杜勃罗夫斯基,又能是谁呢?要不是他,有谁敢在大路之上拦截行人进行搜查呢?"

"那我就不知道了,不过,你说的那个人绝不是杜勃罗夫斯基。我还记得他小时候的样子,不知他的头发如今可否变黑了,但是那个时候他可是一个满头黄鬈毛的小家伙。我记得,他大概比我的玛莎大五岁,所以他现在不是三十五岁,顶多不过二十三岁左右。"

"一点不错,大人!"警察局长又开了口,"我兜里正揣着一张他的长相的说明书。里面确实明文写着他是二十三岁。"

"啊!"基里拉·彼得罗维奇说道,"好极了!你快念一念,让我们听一听。让我们知道他的相貌特征有好处。万一碰到,也好把他逮住。"

警察局长从兜里掏出一张弄得脏里吧唧的纸条,煞有介事地展开,就像朗诵一样大声地念了起来:

"兹据弗拉季米尔·杜勃罗夫斯基昔日家奴之供述,确定其相貌如下:

该人现年二十三岁,中等身材,面庞白净而清秀,没留胡子,眼睛灰色,头发褐黄,直鼻梁。相貌无特殊之处。"

"就这些?"基里拉·彼得罗维奇问道。

"就是这些。"警察局长答道,然后把那纸张叠好。

---

① 拉德克莉芙(1764—1823),英国作家,擅长写惊险小说。其著作中的恶棍和强盗属于浪漫主义的英雄人物。

"祝贺你，局长先生，好一张说明书！照着这张说明书去找，保准你不难抓到杜勃罗夫斯基。哪个人不是中等身材，哪个人不是黄头发，直鼻梁，灰眼睛呢？我敢打赌，你就是跟杜勃罗夫斯本人面对面聊天聊上三个钟头，包你还弄不清楚是和谁在一起呢。没什么可说的了！我真佩服，你们这帮官老爷的脑袋瓜真机灵，真是太聪明了！"

局长乖乖而又低三下四地把纸条装进衣兜里，显出一副有苦难言的样子，只好不声不响地往嘴里塞鹅脯烧团菜。与此同时，仆人忙着给客人往杯子里斟酒。已经酒过数巡，一瓶瓶的高加索山地酒和齐姆良葡萄酒都已喝光，还以为是喝的是大名鼎鼎的香槟酒呢。一个个都喝得满脸通红，话也多了，声音也越来越大，更加语无伦次，但是却更加开心。

"不！"基里拉·彼得罗维奇又打开话匣子，"咱们再也找不到像已故的塔拉斯·亚历克谢耶维奇那样的好局长了！他办事儿从不失算，从来都是十拿九稳，精明得很。真可惜，这样一条好汉居然给烧死了！否则，半个强盗也难以逃掉。他会把他们一网打尽，就是杜勃罗夫斯基本人也难逃出他的掌心。塔拉斯·亚历克谢耶维奇从他手里拿钱倒是会拿的，但是还会照样去逮他。他平生干事，一贯都是如此。实在没办法，看起来，非得我亲自出马不可了，我只带领一群家丁就能把那伙强盗捉拿归案。我采取的第一项措施，先派二十条大汉去把强盗在森林里的老巢给他捣毁了。我的人一个个都是彪形大汉，一个个都勇猛大胆，每一个人可以对付一头狗熊，见了土匪只能奋勇向前，绝不会后退半步。"

"您那头狗熊还好吗，基里拉·彼得罗维奇大人？"安东·帕夫努季依奇说道，一提起狗熊之事，他便想起了那只毛茸茸的老相识，便忆起了拿他当作被戏弄对象的那几次恶作剧。

"我的狗熊米沙，魂归天国了，"基里拉·彼得罗维奇答道，"它死得很光彩，牺牲在它的敌人手里。看！那一位就是战胜米沙的英雄。"

基里拉·彼得罗维奇一面说着,一面用手指一指杰福日,"请你感谢这位法国人吧!他替你报了仇……恕我直言不讳……那件事儿……你还记得吗?"

"怎么能不记得哪!"安东·帕夫努季依奇说道,抬起手搔了搔头皮,"当然不会忘了。这么说,米沙死了。可惜,可惜呀!多逗人喜爱的家伙!多机灵的淘气鬼呀!再也找不到这么乖巧的狗熊了。可是,法国先生干吗要把它打死呢?"

基里拉·彼得罗维奇显出一副神采飞扬的样子,开始讲述法国人的功绩,因为他一贯爱炫耀他身边一切可以令人羡慕的东西,借以来满足自己的虚荣心。宾客们全都聚精会神地听着他讲述狗熊被打死的经过,全都十分惊奇地望着杰福日,可是这个法国佬却不知道别人在议论他的勇敢行为。他不动声色地静静坐在那里,并且在给自己调皮的学生上道德教育课。

午宴一直折腾了三个小时终于宣告散席。主人把餐具往桌上一丢,大家便纷纷跟着起立离座,随后又陆陆续续地走进客厅。那里有咖啡等着他们喝,有纸牌等着他们玩儿,以及在餐厅吃的那些美味佳肴,让他们在客厅里继续去消受。

第十章

已经快到晚上七点钟了,有几个人想要告辞回家。但是喝得醉意朦胧、面红耳赤的主人却下令紧闭大门,并且宣布,不到明天早晨,谁也不准离开此地一步。很快就奏响了乐曲,通向大厅的门全都打开了,舞会算是正式开始,东道主和他的几个亲信、至亲好友坐在一个角落里,一边一杯接着一杯地喝酒,一边观赏着年轻人舞步飞旋、娱乐狂欢。老太婆们在玩纸牌。同所有没有驻扎枪骑兵的地方一样,男舞伴总是要比女士们少得可怜,因而凡是能跳上几步的男人,统统都被驱赶上阵。法国教师在这群男人中，成了鹤立鸡群的风云人物。他一场接着一场地跳，比谁跳得都多。小姐们都爱找他一起跳，发现他华尔兹舞跳得非常出色——舞姿翩翩、潇洒自如。他同玛利亚·基里洛芙娜一连跳了几轮，其他小姐们不禁产生醋意，心存不满地盯着他们二人。快到午夜了，主人疲倦了，终于中止了舞会，并下令摆上晚宴，他自己却睡觉去了。

基里拉·彼得罗维奇一退场，大伙儿就更加自由、更加随便了，劲头也就更足了。男舞伴们也都大着胆子坐到女士身边；小姐们则喜笑颜开，跟邻座的人唧唧咕咕地窃窃私语；太太们则隔着桌子同对面的人放开嗓门儿谈笑起来。男士们则开怀畅饮，天南地北地高谈阔论，谈笑风生地打哈哈——总之，一句话，晚宴妙不可言：美味佳肴大饱口福，谈话自若，气氛异常热烈，因而给每一个人都留下了许多愉快的回忆。

只有一个人没有来共享这种欢乐，安东·帕尔努季依奇呆呆坐在那里眉头双锁，不笑不语，连喝酒都懒洋洋的，显得心事重重。那一番有关强盗的议论把他脑袋搅得乱纷纷的。看看下文，我们便会知道，他之所以害怕强盗，是有充足理由的。

安东·帕夫努季依奇呼吁上帝为他做证，一再宣称他那只红匣是空的，此话一点儿不假，他并没有扯谎，也没有犯罪。那只匣子的的确确是空了：因为那里面所装的钱不知什么时候都被转移到一个皮夹子里，而这个皮夹子又被藏在胸前贴肉的衬衣下面。在采取这个措施以前，他一直惶惶不可终日，心里总是有驱赶不掉的恐惧；在采取这个防患于未然的措施之后，心里才多少踏实了一些。可是，今天晚上他被迫要在别人家里过夜，一直担心把他安置到一间偏僻的房间里，而且只让他一个人去睡。这样一来，就很容易溜进来小偷。因而，他那一双眼睛一直叽里轱辘地转来转去，想找到一个可靠的同伴，终于看中了杰福日了。这个法国人强悍有力的体魄，跟狗熊搏斗时所表现出的大智大勇(一想到那头狗熊,可怜的安东·帕夫努季依奇不免就有些心惊肉跳),这便是他选定那个法国佬的原因。当大家吃罢晚宴起身要离去的时候,安东·帕夫努季依奇便走到了年轻的法国人身旁,来来去去转了一会儿,最后干咳两声,清清喉咙,终于向他表达了自己的意图。

"喂,喂,先生,我想到您的房间里借宿一夜,不知可否?因为您要知道……"

"有何吩咐?"① 杰福日问道,同时彬彬有礼地鞠了一躬。

"真糟糕!先生还没有学会俄语。热——维,穆阿,谢——乌——库舍② 懂了吗?"

"敬请光临,阁下,请您作相应的安排。"③ 杰福日回答说。

安东·帕夫努季依奇对自己的法语知识颇为满意,立即去做安排。

宾客们互相道过晚安后,各自到指定的房间去安歇。安东·帕夫努季依奇随同法国教师去了厢房。夜色很黑,杰福日提着灯笼带路,安东·帕夫努季依奇紧随其后。他走起路来精神抖擞,还不时地用手摸一摸藏在胸前的那个皮钱包,为的是证实一下,钱是不是已经不翼而飞。

进了厢房,法国教师点上了蜡烛,两人动手宽衣解带准备安歇。这时,安东·帕夫努季依奇在房间里各处查看了一番,检查窗户和门锁。他对检查结果并不十分满意,只得摇摇头。房门只有一条门闩,窗户也是单层的,他本想和杰福日发发牢骚,可是他的法语知识实在有限,无法随意交谈,更难做出复杂的解释——法国佬会听不懂,因而,安东·帕夫努季依奇也只好不说了,只得把牢骚话憋在肚子里。两张床迎面摆着,两人躺下安歇,法国教师吹熄了蜡烛。

---

① 原文为法语。
② 俄国化的法语,意为:我想睡在您的房间里。
③ 原文为法语。

"普鲁苦阿——乌——土——舍？普鲁苦阿——乌——土——舍？"[1]安东·帕夫努季依奇大声说道，他按法语变位法生搬硬套，来套用俄话动词"熄灭"一词。我黑着灯不能'多尔米尔'[2]。杰福日听不懂他在叫喊什么，道了一声晚安便睡去。

"该死的邪教徒！"安东·帕夫努季依奇一面嘟嘟囔囔地抱怨着，一面搂紧了被子，"他吹了灯干吗？对他也不方便嘛。不点灯，我睡不着，喂！先生！先生！"他又说道，"热——维——阿维克——乌——巴尔勒。"[3]但是法国人没理睬他，立刻打起了呼噜。

"这个法国鬼子打呼噜了，"安东·帕夫努季依奇心中暗想，"可是我一点儿也不想睡，稍一疏忽，小偷就会推开没有上锁的门进来，或者从窗户爬进来，可是这个骗子，就是用大炮都轰不醒。"他再一次喊道："喂！先生！先生！这家伙见鬼去了！"

安东·帕夫努季依奇不再吭声了，他疲倦了，再加上酒的后劲儿，逐渐冲淡了他提心吊胆的心理，他也开始打瞌睡了，不久便酣然入梦。

他在睡梦中懵懵懂懂，似乎觉得非常古怪。仿佛是在梦中，有人悄悄地揪住他的衬衣领子。安东·帕夫努季依奇睁开了眼睛，借着朦胧的晨光，看到了杰福日站在他的面前。这个法国佬一只手握着手枪，用另一只手解开他珍藏的钱包。安东·帕夫努季依奇吓得魂飞天外。

"凯希——凯——谢，默肖，凯希——凯——谢。"[4]他声音发抖地说道。

"轻点，不准叫！"教师这一次用纯正的俄语说道，"不准叫！不然，我就要你的命。我就是杜勃罗夫斯基。"

---

① 俄国化的法语，意为：你干吗熄灯？你干吗熄灯？
② 俄国化的法语，意为：睡觉。
③ 俄国化的法语，意为：我要和你说话。
④ 俄国化的法语，意为：干吗？先生！这是干吗？

第十一章

现在,恳请读者允许我来说明一下,在这部中篇小说刚才所描述的情节之前还有一些情况,我还尚未来得及交代清楚。

我在前面曾经提到过那个××驿站的站长室中,有一位旅客坐在屋角里。看到他那副平和老实而又耐心等待的样子,便不难看出,他一定是个平头百姓或者是个外国佬,也就是说,是一个在驿站上说话无足轻重的人物。他的马车停在院子里,等着给车轴上油。车上仅仅放了一只小箱子,就足以证明此人经济状况不佳。他既没有要茶,也没有喝咖啡,只是两眼望着窗外,不住地打着口哨,吹得坐在隔壁房间的站长太太很不耐烦。

"上帝派来一个爱吹口哨的讨厌鬼,"站长太太低声说道,"看他吹得还蛮起劲儿!挨千刀的邪教徒,让他见鬼去吧!"

"关你什么事儿?"站长说道,"这有什么关系!让他去吹好了。"

"这有什么关系?"太太气呼呼地反问道,"你不知道吹口哨不吉利吗?"

"什么吉利不吉利的?吹口哨又不会把钱吹跑了。唉!帕霍莫芙娜!吹口哨也罢,不吹口哨也罢,和我们有什么关系,反正咱们家没有钱。"

"那你就快点打发他走不就完了,西多雷奇!干吗非得扣着他不放呢?给他马,让他快点滚。"

"那可不行,还得等一等,帕霍莫芙娜!马厩里就剩下九匹马了,另外三匹要歇歇脚。说不定会有达官贵人从此路过。我可不想为一个法国佬让别人来卡我的脖子。听!说要来人,就来人了!马车奔跑的声音,哎呀!跑得真快。莫不是一位将军大驾光临?"

一辆轻便的弹簧马车停在了台阶下,侍从跳下了车台,打开门,一个年轻人走下了车,他身披军大衣,头带白色制帽,走到站长跟前。侍从跟在后面,手里提一只小箱子,把它放在了窗台上。

"给我搞几匹马。"来的这位军官以下命令的口气说道。

"立刻就把马牵来。"站长答道,"请出示驿马使用证。"

"我没有驿马使用证。我平时不走大道……莫非你不认识我吗?"

站长有点慌了,赶忙去催车夫。年轻军官在屋子里踱来踱去,顺脚走到了隔壁房间,悄悄地问站长太太:"屋角里坐的那个旅客是什么人?"

"天晓得!"站长太太答道,"一个法国佬。他坐在这儿等马,足足等了五个钟头了,不停地吹口哨,吹个没够,该死的!"

年轻人便用法语跟那个法国佬交谈起来。

"请问,您到哪儿去?"年轻人问道。

"去附近这个城市,"法国人回答说,"从那儿再去一个地主的家里,他托人聘请我去当家庭教师。我本想今天就赶去上任,但是站长先生却另有打算。在这个国家里,要弄到马匹实在太难了!军官先生!"

"您到本地哪一个地主家去教书呢?"军官问道。

"去特罗耶库罗夫先生家。"法国人答道。

"特罗耶库罗夫?这个特罗耶库罗是个什么人?"

"是的,军官先生,①……关于他,我很少听到人们说他的好话。人家都告诉我,他是个飞扬跋扈、为所欲为的大老爷,对待手下人非常残暴,所以谁也跟他合不来,一听他的名字人人都要发抖,对家庭教师也是蛮横无理,已经把两位老师赶走了,打得半死不活。"

"这不是无法无天了吗!那你为什么还要到这个怪物家里去教书呢?"

"没办法呀!军官先生,他给的薪水可不少啊,每年三千卢布,食

---

① 原文为法语。

宿在外。或许，我会比前两任教师要走运一些。我家中有老母，我得把一半薪水寄给她去过日子，其余的就得积蓄起来，过了五年，就是一小笔数目可观的资本了，足够我以后独立过日子了。到那时，说声'再见'，我就回巴黎做买卖去了。"

"您在特罗耶库罗夫家里有熟人吗？"军官问道。

"没有。"教师回答道，"他是通过他的一位朋友把我从莫斯科聘请来的，因为他的那个朋友家的厨师是我的同乡，是这个同乡引荐了我。不瞒您说，我本来不想当教师，一直想做个糕点师傅，可是，人家都跟我说，在你们国家做教师很吃得开……"

这位军官想了一下。

"请听我说，"军官打断他的话说道，"假如有人愿意给您一万卢布的现款，让他来顶替你这项工作，而让你马上返回巴黎，您同意不同意呢？"

法国人有些迷惑不解地望着军官，笑了一笑，摇摇头。

"马匹备好了！"驿站站长进来说道，侍仆也如此说。

"就来！"年轻军官答道，"你们先出去，等我一小会儿。"站长和侍仆走了出去。"我可不是跟您说着玩儿的。"他接着用法语说，"我可以马上就给您一万卢布，但是需要一个交换条件：你得马上离开此地，并且要交出证明文件……"把话说到这儿的时候，他打开了小箱子，取出了几沓抄票。

法国人惊奇地把眼睛睁得嘀溜圆，他真不知道该如何是好。

"要我马上离开此地……交出证明文件？"他惊疑地重复说，"这就是我的文件……你是开玩笑吧？你要我的证明文件干吗？"

"这就跟你无关了。我只是问你，你同意，还是不同意？"

法国人还是不敢相信自己的耳朵，迷惑莫解，把自己的文件递给年轻的军官。年轻军官接过文件，并立即进行查看。

"您的护照……好。推荐信，让我来看看。还有出生证，太好了。

好吧，这是给您的钱，请收下，请原路返回吧！再见……"

法国人懵懵懂懂地傻站在那里，呆若木鸡。

军官转身又走了回来。

"我差点儿忘了一件最重要的事情：您要向我发誓，这件事除了你我二人，不能让任何人知道。你敢发誓吗？"

"我发誓，"法国人答道，"不过，我的证明文件怎么搞呢？没有文件，我该怎么办呢？"

"您到了附近这座城市就赶紧去报告，说你遭到了杜勃罗夫斯基的抢劫。他们会相信您的，会给您补开必要的证件。再见！愿上帝保佑你，让您一路顺风地返回巴黎，见到身康体健的高堂老母。"

杜勃罗夫斯基说完后走出了房间，坐上车，挥鞭打马，扬长而去。

站长望着窗外，看到马车已经飞驶而去，他转身向他老婆喊道："帕霍莫芙娜！你知道吗？走的那个人就是杜勃罗夫斯基！"

站长太太赶紧冲到窗前，但是已经来不及了，杜勃罗夫斯基已经走远了，她气得大骂他的老公：

"你这个不敬上帝的家伙！西多雷奇！你干吗不早说呢？也让我好好看一看杜勃罗夫斯基嘛！如今，要等到他下一次再来，不知要等到哪年哪月了。你这个没良心的家伙！真的，真没良心！"

法国人呆呆地站在那里，犹如钉在那里一样。跟那位军官的交谈，以及这一大笔钱——简直就像做了一场大梦。然而，钞票却一叠一叠地放在衣兜里。这活生生的事实，不容置疑，足以证实这场离奇的交易确实发生过了。

他决心花钱租几匹马进城。车夫不慌不忙地赶着车，直到天黑才到了城边。

马车快走到城门口的时候，那儿只有一个倒塌的岗亭，而且也没有岗警值班。法国人吩咐把车停下来，便下车步行，并打着手势告诉车夫，把马车和箱子都送给他去买酒喝。车夫看到法国佬如此慷慨大方，心中不禁又惊又喜。这一幕情景，正如法国佬接受杜勃罗夫斯基的提议时的情景，完全一样。不过，车夫由此得出结论：这个外国佬发疯了。他毕恭毕敬地给法国佬深深地鞠了一躬。他觉得还是不进城为佳，于是去找了一个他熟悉的地方寻欢作乐去了，他认识那儿的老板。他在那儿厮混了一个通宵，第二天一早骑着一匹马，牵着两匹马回去了。马车不见了，箱子也没有了，满脸浮肿，两眼熬得通红。

杜勃罗夫斯基有了法国佬的证件，便放心大胆地去见特罗耶库罗夫（像我们前面已叙述过的那样），并且在他家住下来教书。不管他的不便告人的动机如何（这一点往后我们便会清楚），但是他神色自若，毫无一点形迹可疑之处。不错，他很少为小萨沙操心劳神，放任自流地让他自己去调皮捣蛋，也不抓紧给他授课，只不过是走走过场罢了。然而，为了提高那个女学生的音乐水平，他却绞尽脑汁，费尽心血。常常在钢琴前一坐就是几个钟头，不厌其烦地教她。全家上上下下的人都很喜欢这位年轻的法国教师，基里拉·彼得罗维奇喜欢他，因为他在打猎时，表现得异常勇敢和机智；玛利亚·基里洛芙娜喜欢他，因为他热情殷勤、体贴入微，明目顾盼，哀戚动人；萨沙喜欢他，因为他对待人宽容仁厚，任其玩耍调皮；仆人们喜欢他，因为他善良敦厚，并且为人慷慨豪爽——不过这一点，和他的地位似乎有些不大相称。他自己对这一家人似乎也感到休戚相关，把自己看成是这个家庭中的一员了。

自从他做了家庭教师之日起，直到庆祝那个节日盛典，差不多过了一个月，谁也没有怀疑过这个彬彬有礼的法国人有什么图谋不轨之处，更不曾怀疑他就是令这一带地主豪绅们日夜惊魂丧胆的可怕的强盗。在这段时间里，杜勃罗夫斯基从未离开过波克罗夫斯克村半步，然而，有关他打家劫舍的传闻一直未曾停止过。这一点倒应该归功于乡下居民具有添枝加叶的丰富想象力，同时，或许即使首领不在，他的部下仍然继续进行抢劫活动。

他同那个大胖子同在一个房间里夜宿,他理所当然地认定了此人就是他的仇人,是给他带来深重灾难的罪魁祸首之一,因而,杜勃罗夫斯基不可能压制住要报仇雪恨的心理。他知道这个家伙身藏钱包,下决心要把它夺过来。我们已经看到了,他是怎样由一个教师而摇身一变成为强盗的,又是怎样把可怜的安东·帕夫努季依奇吓得屁滚尿流,灵魂出窍的。

上午九点钟,在波克罗夫斯克住了一夜的宾客们又陆陆续续重又聚到客厅里。那儿,茶炊正在沸腾,玛利亚·基里洛芙娜身穿晨装端坐在茶炊前。基里拉·彼得罗维奇也坐在那里,他身穿一件厚绒常礼服,脚着便鞋,正用像漱口缸模样的大杯子喝茶。安东·帕夫努季依奇仍然姗姗来迟,最后一个到场。他面色苍白,看上去,有点失魂落魄的样子。他那副尊容确实令大家吃惊,因而基里拉·彼得罗维奇一见面便问他是不是贵体欠佳。他吞吞吐吐地说不出个所以然,只是提心吊胆地盯着法国教师,可是这位法国教师却泰然自若地坐在那里。过了一小会儿,仆人进来向安东·帕夫努季依奇禀告,说车子已经备好。安东·帕夫努季依奇便慌忙起身告辞,尽管主人一再挽留,他还是慌慌张张地走出客厅,立刻坐车逃之夭夭了。在座的人都搞不清他究竟是怎么了。基里拉·彼得罗维奇断定他可能因为吃得太饱撑得不舒服所致。喝完茶,用罢告别的早餐,其他客人也纷纷乘车离去。波克罗夫斯克村很快就清静下来,一切又复旧如初。

第十二章

过了数日,没有发生什么值得一提的事儿。波克罗夫斯克的居民们的日常生活依然如故——千篇一律而又简单乏味。基里拉·彼得罗维奇还是天天出去游猎;玛利亚·基里洛芙娜还是天天读书、散步和上音乐课,她尤其要耗费许多精力上音乐课。她开始明白了,自己也有一颗多愁善感的心,而且怀着不由自主的苦恼扪心自问,她对那个年青的法国人的人品才华并非无动于衷。而在他那方面,从来都是谨遵礼节,严守尊卑的界限。这反而冲淡了她的矜持和疑虑的心理,她对他越来越心悦诚服,越来越迷恋难舍。一会儿不见杰福日,她心中就烦闷,总是没着没落的;一见到他,就有说不完的话要和他倾心交谈,无论什么事,都要听听他的意见,并且总是和他情投意合,心心相印。或许,她还没有心迷神醉地爱上他,可是,若是经历一次磨难,或者遭到命运意想不到的突然打击,那么,爱情之火必定会在她的心中熊熊燃烧起来。

有一次,玛利亚·基里洛芙娜走进大厅,教师早已在那里等候她了。她看到他的脸上露出惶惑的神情,心中不免有些吃惊。她掀开了钢琴盖子,弹了几段乐谱。但是杜勃罗夫斯基却借口说他头疼,请求她原谅,中断了上课,合上了乐谱,偷偷递给她一张字条。玛利亚·基里洛芙娜还没来得及思考,便收下了,但立刻又感到后悔,这时杜勃罗夫斯基已经离开了大厅。玛利亚·基里洛芙娜赶紧回到了自己的闺房,打开纸条一看,上面写着如下字句:

今晚七时在溪边凉亭等我。我有话必须跟您谈谈。

这一下,引起了她强烈的好奇心,她早就期待着他的表白,又想听,但又害怕听。能够亲耳聆听到她的猜想而且确信为事实,她心中当然很高兴,但是她又觉得,从这样一个身份与她不相称的男人的口里听到他倾诉爱情的表白,对她来说又是有失身份、有失体面的,因为按社会地位来说,他是没有资格也没有希望赢得她的爱情的。她还是决心去赴约,但是有一点又让她犹豫不决:该采取什么样的方式来接受这位教师的表白呢?是摆出一副贵族的架子表示义愤呢?是进行友好的规劝呢?还是高高兴兴地嘲笑一通呢?或者是默然无语地表示同情和接受呢？在思索的过程中，她几乎每分钟都要看一下时钟。终于盼到了天黑，掌灯时分。基里拉·彼得罗维奇和几个来访的邻居坐下来玩波士顿牌。餐厅里的时钟敲响了六点三刻，玛利亚·基里洛芙娜便悄悄地走出房间，迈步来到台阶上，先往四处环视了一番，然后快步跑进了花园。

夜色很黑，天空中布满了乌云。两步之外，便什么也看不清楚。但是，玛利亚·基里洛芙娜沿着一条熟悉的小路在黑暗中往前走去，一小会儿就来到了凉亭边。她停下来吐了一口气舒展一下，以便见到杰福日时能够做出不动声色而又从容不迫的样子。但是，没想到，杰福日已经站在她的面前了。

"谢谢您！"他说道，声音低沉而又哀伤，"谢谢您没有拒绝我的请求。如果您不来，我会痛苦绝望的。"

玛利亚·基里洛芙娜回答了他一句早已深思熟虑的活：

"希望您不要使我对我这次赴约的宽容态度感到失望。"

他没有作声，看样子，是在鼓足勇气。

"情况紧急，要求我……必须离开您，"他终于开口说道，"很可能，您很快就会听到……但是在分别之前，我必须得亲自向您解释一下……"

玛利亚·基里洛芙娜什么也没有说。她认为这几句话不过是她所期待的，将要开始吐露心曲的开场白。

"我不是您所想象的那种人，"他低着头又说道，"我不是什么法国人杰福日，我是杜勃罗夫斯基。"

玛利亚·基里洛芙娜听完惊叫了一声。

"您别怕！看在上帝的分儿上，你无须害怕我的名字。是的，我就是那个不幸之人。是您的父亲剥夺了我最后一块面包，是您的父亲逼得我走投无路，把我赶出了祖居的家宅，弄得我无家可归，逼得我只能到大路上去抢劫。然而，您不必怕我，我不会伤害您，也不会伤害您父亲。一切全都成为往事。我宽恕了他。听我说,是您拯救了我。本来,我的第一个复仇行动应该是找您的父亲报仇雪恨。我早已在他的家宅四周打探好了,早已找好了放火的地点,走哪条路冲进他的卧室,以及如何截断他的一切退路——这时,恰好你从我的眼前走过,宛如仙女下凡,于是,我的心肠变软。我明白了,您住的房子是神圣不可侵犯的,凡是跟您有血缘关系的任何人,都不该受到我的伤害。我放弃了复仇的行动,就好似鄙弃一种愚妄的举动一样。我曾一连数日在波克罗夫斯克村的花园附近徘徊,盼望能够从远处看一眼您那穿着洁白衣裙的倩影。您出来散步的时候,不曾注意到,我一直紧紧跟在您的身后,从一个灌木丛藏到另一个灌木丛,心里一直洋溢着一个幸福的念头:我正在守护着您呢!您的安全万无一失,因为我在暗暗地为您保驾。终于,遇到了一个难得的良机,我便住到了您的家里。这三个星期是我有生以来幸福的时光。对这一段时日的回忆,将是我悲惨的一生中的欢乐……今天我得到了一个消息,我不能再在这儿继续待下去了。我今天就得和您分手告别……我现在就要走……但我在临走之前必须向您公开我的身份,免得您鄙视我,诅咒我。请您有时也能想起杜勃罗夫斯基!您要知道,他生来本该负有另外一种使命,他的心灵是能够爱您的,然而,永远也不会……"

传来了轻轻的口哨声——杜勃罗夫斯基不再说话了。他握住她的一只手,紧紧地贴在他那滚烫的双唇上。又传来了一声口哨。

"实在对不起,别了!"杜勃罗夫斯基说道,"他们在叫我,再耽搁一分钟,我就可能丧命。"他走开了,玛利亚·基里洛芙娜呆呆地站在那里一动未动。杜勃罗夫斯基走了几步又转了回来,再次握住她的手。"假如有那么一天,"他对她说道,声调异常温柔而又凄婉动人,"假如有那么一天,您遭到不幸,而没有人保护您,没有人救援您,您能答应,那时,就请您来找我,为了救援您,我会为您赴汤蹈火,万死不辞。您能答应不拒绝我为您效劳竭力吗?"

玛利亚·基里洛芙娜在默默地流着热泪。第三次传来口哨声。

"您会毁了我的！"杜布罗斯基叫了起来，"您若不回答我，那我就不走！答不答应？"

"我答应您。"可怜的美人声音非常低地说道。

跟杜勃罗夫斯基这次会面，使得她激动不安，柔肠寸断。玛利亚·基里洛芙娜从花园里回来。她觉得人们都在走东奔西地乱跑，整幢房子里都是乱糟糟的，院子里挤着一大群人，台阶下面停着一辆马车。她从很远的地方就听到了基里拉·彼得罗维奇的说话声，她慌忙地走进屋，担心人们见不到她会引起怀疑。她在大厅里见到了基里拉·彼得罗维奇，宾客们都围在我们熟悉的那位警察局长身边，你一言我一语地向他提出了一大串问题。局长穿着外出执行公务的服装，从头到脚全副武装，一面回答人们的提问，一面露出异常神秘和十万火急的样子回答众人的问题。

"您到哪儿去了，玛莎？"基里拉·彼得罗维奇问道，"你看到杰福日先生了吗？"

玛莎好不容易才挤出一句："没看到。"

"你好好想一想，"基里拉·彼得罗维奇说道，"局长抓他来了，非说他就是杜勃罗夫斯基。"

"大人！相貌特征与他完全相符。"局长毕恭毕敬地答道。

"嘿！嘿！老弟。"基里拉·彼得罗维奇打断了他的话，说道，"收起你那套相貌特征吧！你给我走开，爱到哪儿就去哪儿吧！在我没有弄清楚之前，我是不会把法国人交给你的。怎么能相信安东·帕夫努季依奇的话呢！他是个胆小鬼，纯粹是当面扯谎：简直是胡说八道，非说家庭教师想要抢劫他。那么，当天早晨他为什么只字未提，根本就没有跟我说起这件事儿呢？"

"法国人威胁他，大人！"局长说道，"逼着他发誓不要说出去……"

"胡说八道！"基里拉·彼得罗维奇说道，"先让我把事情弄个水落石出。"

"教师在哪儿？"他向进来的仆人问道。

"哪儿也没找到，大人！"仆人答道。

"那么就仔细地去搜查搜查。"他不禁也有点起疑心了，"把你那张了不起的特征说明书给我看看。"他对局长说道，局长立刻把那张纸递给了他。"嗯！二十三岁……这倒是对，但这又能证明什么呢，找到教师了吗？"

"没找到，大人！"还是同样的回答。基里拉·彼得罗维奇开始有些心神不安了，玛利亚·基里洛芙娜也被吓得失魂落魄，半死不活的。

"您脸色这么苍白，玛莎！"父亲对她说道，"把你吓坏了吧？"

"没有，我的好爸爸！"玛莎回答说，"我头疼。"

"那你就走吧，玛莎！回自己房间去吧，用不着担心。"玛莎吻了吻他的手，然后飞快地跑回自己的房间。一下子扑到床上，放声号啕痛哭，女仆们闻声跑了进来，忙着给她脱衣服，又是洒冷水，又是擦酒精，费了好大劲儿才使她安静下来，安顿她躺好。她才蒙蒙眬眬地睡着了。

到这时，还没有找到法国人的人影。基里拉·彼得罗维奇在大厅里焦急地来回踱步。嘴里打着口哨，威然地吹着《轰鸣吧！胜利的雷霆》这支曲子。客人们都在那里交头接耳、窃窃私语，警察局长好似落在一群傻瓜中间被嘲弄，法国人依然踪影皆无。看样子，杜勃罗夫斯基事先听到了风声，所以才逃之夭夭。可是，谁告诉他的呢？用什么办法通知的呢？仍然是个谜。

时钟敲响了夜里十一点，谁也没心思去睡觉。最后，基里拉·彼得罗维奇气冲冲地对警察局长说道：

"怎么啦？你非得在这儿泡到天亮吗？我的家可不是酒馆客栈。你来抓杜勃罗夫斯基，抓哪儿去了？如果他真的是杜勃罗夫斯基，恕我直言不讳,那你们手脚也太不麻利了。最好还是打道回府吧,不过以后干事儿可要机灵一点儿。"他又转向客人们说道,"你们也该回家了。吩咐套车吧,我可要去睡觉了。"

特罗耶库罗夫就这样毫不客气地跟客人告辞睡觉去了。

第十三章

又过了一段时间,没有发生什么惊扰人们的特殊事情。可是到了第二年夏,基里拉·彼得罗维奇的家庭生活却发生了很多变化。

在离基里拉·彼得罗维奇庄园三十俄里之处,是威列伊斯基公爵富庶的庄园。公爵本人曾长期侨居国外,他的庄园则由一个退伍少校管理,波克罗斯克和阿尔巴图夫两村之间素无任何交往。但在五月末,公爵从国外归来,回到了出生以来还从未见到的庄园。此君历来自在逍遥,忍受不了寂寞的生活,回来后第三天就去特罗耶库罗夫家里与主人共进午餐,他们二人曾经有过一面之交。

公爵大约五十岁左右,但看上去要老得多。由于在生活上荒唐惯了,各方面都放纵无度,结果身体被掏空了,而且打上了抹不掉的印记。尽管如此,他的外表还令人愉快,颇为潇洒,由于他长期混迹于社交界,养成了一种讨人喜欢的亲切风度,尤其对女人更是如此。他要不断地寻欢作乐,同时又不断地感到厌倦。基里拉·彼得罗维奇对他的来访很是高兴,认为这是一个见多识广的人对自己的一种尊敬的表示。他仍然按照老习惯请客人去参观各项设施,请他去参观狗舍。但是,狗舍的腥臭味差点儿把公爵给熏死过去。他拿着洒过香水的手帕梧住鼻子,慌忙地走出狗舍。老式花园里的菩提树剪得整整齐齐,池塘筑得方方正正,林荫路修得笔直笔直的,但这些都不符合他的口味儿。他比较喜欢英国式的花园和所谓的天然之美,但他对花园里的一切还是赞不绝口。仆人跑来报告,酒宴已经摆好。他们便一同回去吃午饭,公爵走起路来一瘸一拐的,他有些累了,心里在后悔不该来此访问。

可是,玛利亚·基里洛芙娜早在餐厅迎候他们的大驾了。这个风流老手为她的美貌所倾倒。特罗耶库罗夫请他坐到她的身边。有她在座,他异常活跃,使出全身解数,谈笑风生,讲些离奇的故事,竟然有好几次吸引了她的青睐。饭后,基里拉·彼得罗维奇提议骑马出游,可是公爵却婉言谢绝,表示歉意,指了指自己的天鹅绒靴子,并拿自己的关节炎打趣了一番。他想乘敞篷马车出去兜兜风,其实是想乘机陪伴美人坐在一起。敞篷马车套好了,两个老头儿和一个美人儿上了车,马车启动了。谈话仍在继续,玛利亚·基里洛芙娜欣然地听着。这个一贯浪迹上流社会的人喋喋不休地讲着,不时还恭维她几句。突然,威列伊斯基转过脸来向基里拉·彼得罗维奇问道:"那边遭了火灾的建筑物是不是你的?"基里拉·彼得罗维奇皱了皱眉头,因为庄园的废墟勾起了不愉快的回忆。他回答说:"这片土地如今已经属于我了,但原先是杜勃罗夫斯基的。"

"杜勃罗夫斯基!怎么,就是那个远近驰名的强盗吗?"威列伊斯基问道。

"是属于他父亲的,"特罗耶库罗夫回答道,"他的父亲也是个不折不扣的强盗。"

"我们这位利纳里多[①]现在跑哪儿去了?他是不是还活着?他被抓住了没有?"

"他还没死,并且逍遥法外,只要我们的警察局长们跟盗匪们还穿连裆裤,那就不会抓到他。公爵,顺便问一下,杜勃罗夫斯基到过您的阿尔巴托夫村吗?"

"来过,那是去年的事儿了,他好像放过火还抢走了一些东西……

---

① 利纳里多,德国作家乌利比乌斯(1762—1867)的小说《强盗头子利纳里多·利纳尔蒂尼》的主人公。

玛利亚·基里洛芙娜！要是能够结识一下这位浪漫式的英雄倒也很有趣，您说对不对呢？"

"有什么趣！"特罗耶库罗夫说道，"她认识那个强盗，他整整教了她三个星期的音乐，可是，上帝保佑，他没有要到一分钱的学费。"于是，基里拉·彼得罗维奇便把有关法国家庭教师的事儿讲了一遍。玛利亚·基里洛芙娜有些惶惶不安，威列伊斯基倒是听得津津有味，他认为这件事情有些疑惑莫解，赶快转移了话题。回到特罗耶库罗夫的家之后，他便吩咐立刻备马准备告辞。虽然基里拉·彼得罗维奇一再挽留他在此过夜，但是，他还是喝完茶就回去了。同时，也预先邀请了基里拉·彼得罗维奇携同他的千金玛利亚·基里洛芙娜到他家去做客——傲慢的特罗耶库罗夫还是欣然接受了邀请，因为，他很看重公爵的爵位、两枚星星勋章以及世袭庄园的三千名农奴，他认为公爵在某种程度上与他的地位是旗鼓相当之人。

公爵拜访的两天之后，基里拉·彼得罗维奇带着女儿到威列伊斯基公爵家去回访。快到阿尔巴托夫村的时候，他便看到了一幢幢清洁而又令人悦目的农舍，又看到了主人按英国城堡式的风格用石头建造的府邸。正厅前面，有一片翠绿如茵的草地，几头瑞士奶牛在吃草，脖子上都拴着叮当悦耳的铃铛。房子四周是一个宽敞的大花园。主人在台阶下迎候客人，并把手臂伸给了年轻的美人儿。宾主一起走进一间金碧辉煌的大厅，那儿的餐桌上已经摆好三套餐具。公爵把两位客人领到窗前去欣赏景色，举目眺望，风景如画。伏尔加河从窗前流过，一艘艘满载的驳船拉起满帆在河上乘风破浪地前进，一叶叶的打鱼的小船在搏涛击浪，这种小渔船有个惟妙惟肖的雅号，叫作"浪里飞的独木小舟"。河对岸是一眼望不到边的丘陵和田野，有几处农舍疏疏落落点缀其间。然后，宾主三人又去观赏画廊，那些画都是公爵从国外购置回来的。公爵向玛利亚·基里洛芙娜讲解每幅画的含义，及其作者们的生平，并且一一指出画上的优劣之处。

他谈论画,不是用文绉绉的专业术语,反而说得绘声绘色,显得妙趣横生,想象力十分丰富,使得玛利亚·基里洛芙娜听得着迷。然后宾主三人落座就餐。特罗耶库罗夫对安菲特律翁①的美酒佳肴和厨师的烹饪手艺发表了极为公正的评论,而玛利亚·基里洛芙娜跟这位平生只见过两次面的人交谈,却没有感到丝毫的拘束与惶惑不安。吃完饭,主人请客人去花园里观赏和消遣。他们三人坐在一个凉亭喝着咖啡欣赏着湖光山色:脚下便是一片水面开阔的大湖,湖上有小岛星罗棋布。突然,传来了吹奏乐的声音,一条六叶桨的小船靠拢凉亭。三人离岸登船,泛舟湖上,穿行于岛屿之间,并登上了其中的两三个小岛。一个岛有一尊云石雕像,另一个岛上别有洞天,第三个岛上立有一块石碑,上有神秘的铭文,这引起了玛利亚·基里洛芙娜少女的好奇心,但公爵解释时又故意闪烁其词,令她听了不得其解。时间不知不觉地过去,夜幕即将降临。公爵借口天凉和淋着露水,便急忙回到客厅,茶炊早已备好,只待宾主归来品茗。公爵请玛利亚·基里洛芙娜在他这个老单身汉家中暂行家庭主妇之职。她一面斟着茶,一面静静地听着这位可爱的夸夸其谈的大师讲着层出不穷的故事。突然之间,一声炮响,爆竹飞升,照彻天空。公爵给玛利亚·基里洛芙娜披上了披肩,在屋子前面,各种各样的礼花在黑暗中犹如火树银花般腾空而起。有的在空中飞快地打着旋子;有的金光闪闪呈麦穗状纷纷飘落下来;有的如喷泉飞瀑喷珠吐玉,有的如棕榈树的繁枝密叶横空婆娑;有的如火雨银星,明灭闪烁,遍地泼金珠洒玉翠。玛利亚·基里洛芙娜高兴得手舞足蹈,像个小孩子一样。威列伊斯基公爵见她如此陶醉着迷,心中亦喜不自胜,而特罗耶库罗夫受到如此盛情款待,对公爵非常满意,因为他认为公爵这一番精心安排②只

---

① 安菲特律翁,古希腊神话中的国王,非常殷勤好客,后来泛指好客之人。
② 原文为法语。

不过是为了讨得他的欢心和对他表示的一种敬意。

晚宴上的美味佳肴与午宴相比，有过之而无不及。客人被安置到专门为他们准备的房间里安歇，第二天早晨他们同殷勤好客的主人道别，互相许诺不久以后再次欢聚。

第十四章

玛利亚·基里洛芙娜在自己的闺房里，坐在打开的窗子前面，正伏在绣架上刺绣。她可没像康拉德[①]的情妇那样，由于恋爱而神魂颠倒，结果把丝线用错了，用绿色丝线去绣一朵红玫瑰。她坐在那里飞针走线，虽然思想早已经出去云游，远在天涯海角，但是绣出来的图案，竟和绣布上的描样毫无差别。

突然，一只手悄悄地从窗外伸进来，不知是谁把一封信放在绣架之上，玛利亚·基里洛芙娜尚未弄清是怎么一回事，那个人就无影无踪了。恰在此时，进来一个仆人传达父亲的吩咐，叫她立刻去见基里拉·彼得罗维奇。她颤颤抖抖地把那封信藏到围巾里，便急急忙忙地向父亲的书房走去。

不只是基里拉·彼得罗维奇一个人在书房里，威列伊斯基公爵也在那里。玛利亚·基里洛芙娜一露面，公爵便立即起身不声不响地向她鞠躬致敬，而且异乎寻常地表现出一副惶惑不安的窘态。

"过来，玛莎！"基里拉·彼得罗维奇说道，"告诉你一个大喜讯儿，我想你听了一定会非常高兴的。他就是你的未婚夫。公爵向你求婚来了。"

玛莎犹如被晴天霹雳震傻了，面色苍白得吓人，什么话也没说。公爵走到她的面前，握住她的手，以神经分分的神情向她发问，她是

[①] 康拉德，波兰诗人密茨凯维支（1798—1855）的长诗《康拉德·瓦连罗德》中的主人公。

否同意给他这种幸福,玛莎依然什么也没说。

"同意,当然同意啦!"基里拉·彼得罗维奇说道,"公爵,你可要知道:这种话姑娘家是很难说出口的。好了,孩子们,你们相互亲吻吧!祝你们百年好合,终生幸福。"

玛莎依然呆呆地站在那里,老公爵吻了吻她的手。突然,她满腹辛酸,泪如泉涌,顺着苍白的脸奔流而下。公爵微微皱了皱眉头。

"去吧!去吧!去吧!"基里拉·彼得罗维奇说道,"快把眼泪擦干,然后再高高兴兴地到我们这儿来。她们这些姑娘家一到订婚的时候,总得要哭哭啼啼的。"他转过脸来对威列伊斯基公爵说道,"这是她们的老规矩了……公爵,此刻我们应该言归正传,谈一谈有关嫁妆的事儿吧!"

玛利亚·基里洛芙娜趁允许她离去的机会,赶紧溜走了。她奔回自己的闺房,闩上门,任凭泪水自由地奔泻,一想到要做老公爵的妻子,心中便有倾诉不尽的辛酸和流不尽的热泪。那个老家伙在她眼里突然变得面目可憎而又令人作呕……和他结婚,比杀头,比逼命还要可怕……"不能嫁给他!不能嫁给他!"她绝望地一遍又一遍重复道,"宁可去死,宁可进修道院,宁可嫁给杜勃罗夫斯基。"这时她急中生智,想起了那封信,如获至宝,打开来就读,心里不言自明,肯定是他写来的,那封信确实是他写来的,信中只有一句话:

晚上十点钟,地点如旧。

第十五章

一轮明月在天空中倾泻着银辉,七月的夜晚静悄悄的。一阵阵清风从花园里飘掠而过,树叶发出簌簌的响声,惊走了夜晚的静寂。

年轻的美人好似一片轻影,飘然飞到幽会的地点。那儿还没有看到一点儿杜勃罗夫斯基的身影,突然间,他从凉亭后面闪身走了出来,站到她的面前。

"我全都知道了,"他轻轻地说道,声音十分忧伤,"请不要忘记了您的诺言。"

"您曾提出过要保护我,"玛莎回答道,"但是请您不要生气,但是您的许诺使我担忧。您能用什么方法来救助我呢?"

"我能够把您从那个可恶的家伙手中解救出来。"

"看在上帝的分儿上,别去伤害他。如果您真的爱我,那就不要伤害他——我不想成为一场恐怖行动的罪魁祸首。"

"那我就不去伤害他,您的意志对我来说是神圣不可侵犯的,他能保留下一条狗命,他该感谢您!我永远不会打着您的旗号去杀人害命,也绝不会以您的名义去干不正当之事。我虽然罪行累累,但绝不会沾污你的清白,您永远是纯洁无瑕的。然而,怎样才能把您从您那残酷的父亲手里救出来呢?"

"还有一线希望。我想用我悲伤的眼泪和我绝望的心情去打动他的心。他虽然很固执,但是毕竟还是非常疼爱我的。"

"你这是白日做梦!哪怕你流的眼泪再多,在他看来,那只不过是一种司空见惯的现象,即年轻姑娘的胆怯心理和厌恶结婚的一种表现而已;如果她们出嫁不是出于爱情,而是出于利害关系的打算的话,那么,姑娘们总会是那样的。如果他根本不考虑您的意愿,硬要一手毁掉你的幸福;如果他采取强制的办法硬要拉着你去举行婚礼,硬要把您的终生的幸福交到一个老不死的丈夫手里,任他去蹂躏……那么,您该怎么办?"

"那就,那就没有办法可想了。那您就赶快来接我,我就做您的妻子。"

杜勃罗夫斯基听完这几句话以后,全身不住地颤抖,苍白的脸上立刻泛起了红晕,但转瞬就消失了,脸色变得比原来还要苍白,他低垂着头,久久说不出话来。

"鼓起勇气来,尽一切努力去说服你的爸爸!去哀求他,跪在他的脚下,要让他知道,假若是嫁给那个糟老头子,你的一生将处于难以忍受的绝境,你的青春年华将受到这个衰朽不堪和荒淫无度的老头子的摧残和践踏,你的青春之花会在他的怀里凋零萎谢。你得下决心跟他做出残酷的决断:告诉他,如果他仍然顽固不化,一意孤行,那么……那么,您就会找一个令他感到恐惧的人来保护您……告诉他,万贯家财不会给你带来一分钟的幸福,穷奢极侈的生活只能造成精神的空虚,只能安抚穷困之人,而且那也只不过是过眼云烟。不要怕他生气,不要怕他大发雷霆,不要怕他的各种威胁,只要还有一线希望,您就不要放弃,您就要对他死缠烂打,看在上帝的分儿上,您去求求他吧!既然找不到别的解脱办法……"

说到这里,杜勃罗夫斯基用双手捂住了脸,看样子,他是强忍悲恸,伤心得喘不过气来。玛莎哭了起来……

"真倒霉!我的命运怎么会这么苦,这么悲惨!"他大声叹息着说道,"只要我能在远处看着您的倩影,让我赴汤蹈火、献出生命,我也会在所不惜。若再能抚摸一下您的手,对我来说是一种无上的欢乐。可是当我把您搂入我的火热的怀抱中,并且我会说道:'我的心肝,让我们死也死在一起吧!'的时刻,我这苦命之人,却不得不放弃这种幸福,不得不下狠心离开您而奔走他乡……我没有勇气扑倒在您的脚下,我不敢领受和感谢这难以理解的天降的洪福。啊,我恨透了那个人!——可是我又感到,此时,我的心中已经没有'仇恨'二字的容身之地了。"

他轻轻地把她那轻盈的玉体揽在自己怀中。她满怀信赖的心情,把头偎依在这个年轻的强盗的肩头。两个人都沉默无语。时间飞逝。"该分手了。"玛莎终于开口说道。杜勃罗夫斯基一惊,仿佛大梦初醒。他握住她的一只手,往指头上带了一枚戒指。

"如果您下定决心需要我来救援，"他说道，"就请把这枚戒指拿到这儿来，放到这株橡树洞里，那我就知道该怎么办了。"

杜勃罗夫斯基亲了亲她的手，立刻隐没在树丛中不见人影了。

第十六章

威列伊斯基公爵求婚之事，远亲近邻已尽人皆知了。基里拉·彼得罗维奇接受一个又一个恭贺，婚礼也在筹办之中。玛莎一天一天地拖了下来，尚未表示坚决的抗拒。在此期间，她对年老的未婚夫的态度既冷淡而又不自然。公爵对此倒是满不在乎。他倒没有先操心费力地去追求爱情，能够得到玛莎的默许他已经算是对天磕头了。

然而，时间一天天地流逝，玛莎终于下定决心付诸行动了——她提起笔来给威列伊斯基公爵写了一封信。她在信里想尽力唤起他心中仁慈宽厚的情感，她真诚坦率地向他表明，她对他根本没有一点爱恋之情，恳求他解除婚约，并且亲自出面把她从父亲的威权下解救出来。她悄悄地把这封情辞恳切的信交给了威列伊斯基公爵。这个老家伙看完了这封信，对未婚妻的开诚布公的倾诉，毫无半点儿感动之情。恰恰相反，他看出来必须提前结婚，而且认为十分有必要把这封信交给他未来的老丈人过目为妙。

基里拉·彼得罗维奇气得雷霆大作。公爵费了好大劲儿才劝住了他，而且劝他不要让玛莎知道他看过了这封信。基里拉·彼得罗维奇同意不向她提起此事，但是为了不再拖时间，免得节外生枝，便当机立断第二天就举行婚礼。公爵也认为这是个明智的办法。于是，他来到了自己未婚妻的面前，假惺惺地说那封信使他很难过，他希望日后能逐渐赢得她的芳心和爱情；说他一想到会失去她，他的心情就非常难过；说他要他同意对自己死刑的判决，他无论如何也是做不到的。向她说完这番话之后，他殷勤备至而毕恭毕敬地吻了吻她的手，他便离去了。但是，关于基里拉·彼得罗维奇的决定，却一个字儿也没提。

公爵的马车刚刚驶出院子，她父亲就走了进来，直截了当地命令她，明天把一切准备妥当以便迎接要举行的婚礼。玛利亚·基里洛芙娜刚才听了威列伊斯基公爵的一番辩解，已经心乱如麻，这时不禁热泪泉涌，一下子扑倒在父亲的脚下。

"我的好爸爸！"她以撕心裂肺的悲伤声调喊道，"我的好爸爸，千万不要毁了我！我不爱公爵，我不愿做他的妻子……"

"这是什么意思？"基里拉·彼得罗维奇声色俱厉地问道，"你一直都一声不吭，都同意了。时至今日，你又来瞎胡闹，又想变卦，又想反悔。绝对办不到！你给我放明白点！跟我作对，看你能有多大的本事！"

"不要毁了我！"可怜的玛莎又说道，"您干吗非得要把我从您的身边赶走，非要把我嫁给一个我不爱的人呢？莫非你讨厌我了吗？我甘愿留在您的身边，像过去一样跟您一起生活，我的好爸爸，没有我在您的身边，您会伤心的，会难过的。如果您再想到我很不幸，那您会更加难过，更加伤心的，我的好爸爸，请不要逼迫我，我不愿意嫁人……"

基里拉·彼得罗维奇被感动了，但是他竭力掩饰自己内心的慌乱，推开了女儿，铁石心肠而又蛮不讲理地说道：

"胡说！你听到了没有？您应该得到什么样的幸福，我比你要清楚得多。你流再多的眼泪也无济于事，你后天就要举行婚礼。"

"后天！"玛莎叫了起来，"天哪！不！不行！绝对不行！不要那么办！我的好爸爸！您听我说，如果您非要害死我，那我就自己去寻找保护人，这是您想象不到的一个保护人，到那时，会令您胆战心惊的。您干吗要把我逼到这种地步呢？"

"你说什么？你说什么？"特罗耶库罗夫说道，"威胁我吗？你竟敢来威胁我！你这大逆不道的毛丫头！你可要搞清楚，老子会干出来让你难以想象的事情来制服你。你竟敢搬出来什么保护人来恐吓我。走着瞧，看看你的保护人是个什么样三头六臂的人物！"

"我的保护人是弗拉季米尔·杜勃罗夫斯基。"玛莎绝望地回答道。

基里拉·彼得罗维奇心想，她一定是发疯了，吃惊地看着她。

"好！"他沉思片刻后对她说道，"你随便去找谁来做你的保护人，可是眼下你得老老实实地给我待在屋子里，直到举行婚礼，哪儿也不准去！"他边说着边往外走，随手把门反锁上。

这个可怜的姑娘痛哭了好长时间，一边想象着即将发生的一切。但是，经过方才这一番犹如暴风骤雨般激烈的辩解之后，她的心情反而感到轻松了一些，因此她才能够更冷静地思考自己的处境，以及怎样来应付的办法。她的当务之急是要挣脱可憎的婚姻。她觉得，即使做强盗的妻子，跟那已为她安排好了的命运相比，简直是升了天堂。她看了看杜勃罗夫斯基给她的戒指，非常渴望能够再见到他，在这命运攸关的时刻，再跟他一块儿商议商议。她有一个预感，她今晚可以在花园里的凉亭旁找到杜勃罗夫斯基。因此她下定决心，只要天一黑，她就到那儿去等他。夜幕降临了。玛莎准备出门，但是房门已经上锁。她要求开门，可是侍女们在门外回答说，基里拉·彼得罗维奇已经下了命令，不准放她出去。她被监禁起来了，她深深地感到自己被凌辱，坐在了窗前，一直呆呆地坐到深夜，整夜未曾宽衣解带，整夜不曾入睡，一动不动地凝视着黑沉沉的夜空。拂晓前，她开始有些困倦之意，但在瞌睡中的梦境中却总是惊魂不定，悲哀的幻想层出不穷，旭日的光芒早已将她惊醒。

第十七章

她醒了，但首先想到的是：她的处境十分可怕。她摇了摇铃，侍女走了进来，对她的问题回答道，基里拉·彼得罗维奇昨晚到阿尔巴托沃村去了一趟,很晚才回来,并且命令对她要严加监视,不准任何人跟她说话。此外,看不出婚礼有什么特殊安排,只吩咐神父不得以任何借口离开村子。告诉了这些消息之后,侍女便离开了玛利亚·基里洛芙娜,随后再次把门锁上。

听了侍女的话,更促使这位年轻的女囚犯横下心来,使得她头脑发热,热血上涌,毅然决然、下定决心把她的近况全部告诉杜勃罗夫斯基。她开始苦思苦想,寻求把戒指放到约好的橡树洞里去的办法。这时一颗小石子打在了窗户上,玻璃当的一声响。玛利亚·基里洛芙娜向院里一望,看到原来是小萨沙,正向她暗暗打着手势。她知道小萨沙一向很喜欢她,一见是他,她真是喜出望外。于是,她推开了窗子。

"你好啊!萨沙!"她说道,"你叫我干吗?"

"姐姐,我是来问一问,您要不要我帮忙。爸爸生气了,吩咐全家上下都不要理您。不过,您有什么事要我做,尽管吩咐,我都能帮您办到。"

"谢谢你,我的萨申卡!听着:你知道凉亭旁边有一株有个窟窿的老橡树吗?"

"知道,姐姐。"

"那好,如果你真的爱我,那就赶快跑到那儿去,把这枚戒指丢进树洞里,可千万要小心,不要让任何人看见。"

说完这几句话之后,她把戒指扔给了小萨沙,立刻关上了窗子。

小萨沙拾起了戒指,拔起腿来拼命地跑,三分钟就跑到了那棵让姐姐牵肠挂肚的橡树旁。他停住了脚步,喘了几口气,向四外张望了一下,然后把戒指放到了树洞里。事情办得很顺利,他正想马上回去告诉玛利亚·基里洛芙娜。没想到这时突然从亭子后面钻出来一个小男孩,全身上下穿得破破烂烂,眼睛有点斜,一头红发。只见他直奔树洞而去,正把手伸进树洞。萨沙向他扑了过去,比松鼠还敏捷,一下子用双手揪住了他。

"你在这儿干什么？"萨沙气势汹汹地问道。

"你管得着吗？"红头发小孩一面回答，一面使劲挣脱。

"把戒指放回去，红毛兔崽子！"萨沙大声叫道，"要不，看我怎样收拾你！"

那个小孩根本不答话，对准萨沙的脸猛击了一拳，但是萨沙还是死死揪住他不放，并且放开嗓门大声喊叫："抓小偷呀！快来人哪！来人……"

那个小孩还一个劲儿地想挣脱掉。看样子他要比萨沙大两岁，力气也很大，但是没有萨沙那么灵活。他们俩在一起扭打了几分钟，红发小孩终于占了上风，他把萨沙摔倒在地，一把掐住了他的脖子。

正在打得不可开交的时候，一只有力的大手揪住了他那头又粗又硬红头发。原来是花匠斯捷潘把他提了起来，离地一尺来高……

"啊哈！你这红毛淘气鬼！"花匠说道，"你竟敢打少爷……"

萨沙立即从地上爬起来，拍打着衣裳。

"你抱住了我的胳肢窝"萨沙说道，"要不然，你永远也甭想摔倒我。快把戒指交给我，然后滚蛋！"

"想得倒美！"红头发小孩答道，把他头突然使劲一扭，便从斯捷潘的手中溜掉。他拔起脚来就跑，但是萨沙却追上了他，从背后狠狠给他一拳，他一下子扑倒在地，花匠又把他抓住，并且解下腰带把他捆绑了起来。

"把戒指拿出来！"萨沙叫道。

"别忙，少爷！"斯捷潘说道，"我们把他交给管家去发落。"

花匠带着俘虏去主人的院子，萨沙跟在后面，他忐忑不安地望着自己的裤子，因为裤子已经被扯破，而且上面染上了斑斑点点的草绿色。三人往前走着，迎面碰上了正在巡视马厩的基里拉·彼得罗维奇。

"这是怎么回事？"他向斯捷潘问道。

斯捷潘简要地叙述了刚才发生的事情。基里拉·彼得罗维奇用心地听着他说。

"你这个捣蛋鬼，"他冲着萨沙说道，"你干吗跟他去纠缠？"

"爸爸，他从树洞里偷走了戒指！命令他交出来。"

"什么戒指？什么树洞？"

"是玛利亚·基里洛芙娜叫我……就是那枚戒指……"

萨沙有点慌神了，说话也吞吞吐吐的。基里拉·彼得罗维奇眉头双锁，摇摇头说道：

"这事儿跟玛利亚·基里洛芙娜有关。给我老老实实地说清楚，不然，看我不拿桦树条子狠狠抽你一顿才怪，叫你知道知道厉害！"

"爸爸，我，爸爸！……我没说假话，玛利亚·基里洛芙娜没叫我干什么事儿，爸爸！"

"斯捷潘！快去给我砍些桦树枝子来，要新鲜的，顶用的……"

"等一下，爸爸！我全都告诉您。今天我跑到院子里玩儿，正赶上姐姐玛利亚·基里洛芙娜打开窗子，我就跑了过去，姐姐不小心掉下来一枚戒指，我就把它藏到树洞里去了，可是……这个红头发小孩想偷走这枚戒指。"

"不小心把戒指掉了下来，你又想把它藏起来……斯捷潘快去砍桦树条子。"

"爸爸！别着急，我都告诉您。玛利亚·基里洛芙娜姐姐叫我去橡树那儿，把这枚戒指放进树洞里，我就跑到那里把戒指放进去了，但这个可耻的小孩……"

基里拉·彼得罗维奇转过脸来，对着那个可耻的小家伙厌烦地喝问："你是谁家的孩子？"

"我是杜勃罗夫斯基老爷家里的仆人。"红头发小孩答道。

基里拉·彼得罗维奇一听立即沉下脸来。

"看样子，你不承认我是你的主人，好！"他回答道，"那你到我花园来干什么呢?"

"来偷摘马林果①小孩以无所谓的态度答道。

"好家伙!真是有其主,必有其仆,仆人学主人的样子,莫非说马林果是长在我花园里的橡树上?"

小孩什么也没回答。

"爸爸!叫他把戒指还给我。"萨沙说道。

"闭嘴!亚历山大!"基里拉·彼得罗维奇说道,"你别忘了,我还没跟你算账呢!快回到你自己的房间里去。那么你这个斜眼家伙,我看你倒是个机灵鬼。把戒指交给我,回家去吧!"

小家伙把拳头松开,手里面什么东西也没有。

"要是你把一切全都老老实实地告诉我,我不但不打你,还要给你五个戈比去买核桃吃。要是撒谎的话,看我怎样收拾你,你想也不会想到。怎么样?"

那个小孩只字不答,低头站在那里,活像个十足的小傻瓜。

"好!"基里拉·彼得罗维奇对斯捷潘吩咐道,"找个地方把他关起来,给我看住了,别让他跑了,出了差错,看我给你剥掉一层皮。"

斯捷潘把小孩带到了鸽子棚,把他关了起来,派了养鸽子的老太婆阿加菲娅看守着。"马上进城去叫警察局长来,"眼看把红毛小孩带走了,基里拉·彼得罗维奇吩咐道,"要赶快去!"

"现在看起来是毫无疑问了。她和那个十恶不赦的杜勃罗夫斯基真的有来往。但是,难道她真的会向他求救吗?"基里拉·彼得罗维奇在屋子里一边来回踱步,一面心里想着,怒气冲冲地打着口哨,吹着《胜利的雷霆》。"这一下子,我很可能找到他的踪迹,那他就甭想逃出我的手心。不能坐失良机,我们必须赶快下手。听,车铃响了,

---

① 马林果,一种灌木结的果实,又名悬钩子,模样类似草莓。我国黑龙江省的某些地方也产此果。

谢天谢地,是警察局长来了。"

"喂!把逮住的那个小孩带上来!"

这时,马车驶进了院子,那位我们已经熟悉的警察局长风尘仆仆地走进屋来。

"好消息!"基里拉·彼得罗维奇对局长说道,"我逮住了杜勃罗夫斯基。"

"谢天谢地!大人!"局长以欣喜若狂的神情说道,"他在哪儿?"

"还不是杜勃罗夫斯基本人,我抓住的不过是他的党羽。马上就会把他带上来。他会协助我们逮住他的首领,看!他来了。"

警察局长以为会抓住一个彪形大汉似的强盗,可是,看到的却是一个又瘦又小的小孩,才十三岁,他不禁感到大失所望。他困惑不解地看着基里拉·彼得罗维奇,看他会怎么说。基里拉·彼得罗维奇便把早晨发生的事情讲述了一遍,却只字没有提到玛利亚·基里洛芙娜。

警察局长专心地听着他讲,不时地望望那个小坏蛋,但是那个小坏蛋像傻瓜装得特别像,似乎对四周正在发生的一切都感到无所谓。

"大人!请允许我和你单独谈一谈。"局长无可奈何地说道。

基里拉·彼得罗维奇把局长带到另一个房间里,然后把门闩上。

过了半个小时,他们又来到了大厅,小囚犯正在那儿等待着自己命运的发落。

"老爷本想把你送进城里去坐牢,抽你一顿鞭子,然后再把你永远流放。"局长对小孩说,"可是,我很可怜你,求老爷开恩。给他松绑。"

给小孩松了绑。

"你得谢谢老爷。"局长说,小孩走到基里拉·彼得罗维奇的面前,吻了吻他的手。

"回家去吧!"基里拉·彼得罗维奇对他说道,"以后可不要再到树洞里去偷马林果了。"

杜勃罗夫斯基

这个小孩走了出来，高高兴兴地跳下台阶，飞一般地跑走了，连头也没回。他啥也不顾地往前奔，穿过野地朝着基斯杰涅夫卡跑去。一直跑到村头，在村边上的一间东倒西歪的破茅屋旁边停了下来，敲敲窗子。窗子推开了，一个老太婆把头伸了出来。

"奶奶！我要面包，"小孩说道，"从早晨到现在什么也没吃呢，快要饿死了。"

"唉！是你呀，米佳。你到哪儿去了？小调皮鬼！"老太婆说道。

"以后再告诉你，奶奶！看在上帝的分儿上，给我块面包。"

"进屋子来拿吧！"

"来不及了，我还有急事儿，奶奶，我还要去一个地方。快给块面包吧，看在上帝的分儿上，给快面包吧！"

"你就是个坐不住的猴子！"老太婆唠唠叨叨地说，"拿着，给你一块。"她从窗口递出一块黑面包。小孩狼吞虎咽地吃了起来，一面大口吃着，一面飞快地赶路。

天色已经有些昏暗。他溜过了谷物干燥房和菜园子，向基斯杰涅夫卡森林走去。他走到森林边上有两株像哨兵似的松树前，停住了脚步，往四周看了一下，然后吹出一声短短的口哨，震颤着夜空，接着仔细谛听，传来了一声回应他的轻微而拖长的哨音。一个人从密林中走来，向他靠近。

第十八章

基里拉·彼得罗维奇焦急地在大厅里走来走去，嘴里不停地打着口哨，吹着那一贯爱吹的那支歌，但是比以往任何时候都吹得更响。全家上上下下的人都显出惶恐不安的样子，仆人们穿梭般地奔来跑去，侍女们一个个也都忙得四脚朝天。车夫在棚子里忙着套车，院里挤满一大堆人。在小姐的梳妆室里一群侍女簇拥着一位老太太在大镜子前面,正忙着给玛利亚·基里洛芙娜梳妆打扮。这位小姐面色苍白得吓人,举止痴痴呆呆的,头上戴满了沉甸甸的钻石,压得她懒洋洋地垂着头。当别人的手不经心碰了她一下时,她只是轻轻颤抖一下,却一声不响,呆傻地照着镜子。

"快打扮好了吗?"门外传来了基里拉·彼得罗维奇的问话声。

"马上就好了。"那位老太婆回答道,"玛利亚·基里洛芙娜,请站起来,您自己看一下是否可以了?"

玛利亚·基里洛芙娜站了起来,但只字未答。两扇门大敞开。

"新娘打扮好了。"那位老太婆向基里拉·彼得罗维奇报告说,"请吩咐上车吧!"

"上帝保佑!"基里拉·彼得罗维奇回答说,并从桌子上捧起了圣像。"走过来吧,玛莎!"他对女儿说道,一副慈爱动人的样子,"我祝福你……"可怜的姑娘跪倒在他的面前,失声痛哭起来。

"爸爸!……爸爸!……"她眼泪汪汪地叫着,话到喉咙便哽咽住了。

基里拉·彼得罗维奇慌忙为她祝福,别人把她搀扶起来,几乎是架着她上了车。跟她一道坐上车的有伴娘,还有一个侍女。车子启动去了教堂,新郎早就等在那里了。他走上前来迎接新娘,可是见到她面色苍白得吓人,精神也有些恍惚古怪,他不免有些吃惊。新郎和新娘并肩走进了冷冷清清、空空荡荡的教堂里。他们一进来,教堂大门便锁上了。神父从祭坛上走下来,立即就开始举行仪式。玛利亚·基里洛芙娜对什么东西都是视而不见,听而不闻,心里只想着一件事:从早晨她就一直在等待着杜勃罗夫斯基,每分每秒都盼望着他来,从未曾放弃希望。但是当神父例行公事一遍又一遍地向她提问的时候,她全身一阵阵颤抖,茫然无措,只是拖延着一声不答,她还在等待。神父不等她回答,便迫不及待地说出那无法追悔的誓词。

仪式举行完毕。她感到了她不爱的那个丈夫冷冰冰的一吻,她听到了参加婚礼的人们一片高高兴兴的祝贺声。就是到了此刻,她还是不肯相信,她的一生从此便像披枷带锁一样被禁锢,被葬送了。因为杜勃罗夫斯基没有及时赶来救她。公爵向她说了几句柔情脉脉的话语,她糊里糊涂的,也未听懂他说了些什么,他们走出了教堂。大门口聚集了一大群从波克罗夫斯克村来的农民。她飞快地向他们瞥了一眼,重新又恢复到原来那种痴呆麻木的状态。一对新人一同坐上马车奔向阿尔巴托沃村。基里拉·彼得罗维奇早就在那里等候,以便迎接新郎和新娘,公爵单独和年轻的妻子在一起时,他丝毫也不为新娘冷若冰霜的态度而不安。一路上,他没有说一些甜言蜜语,没有虚情假意地献殷勤,只说了些不需要她来回答的言简意赅的话。就是如此这般地向前走着,一路驱车行进,将近十俄里的路程,几匹马在坎坷的路上飞奔。但是马车却一点也不颠簸,因为车上装了英国弹簧。猛然间传来嘈杂声,车后面有人在追赶。马车只好停住。一伙手握凶器的人把他们团团包围。一个脸上戴着半截面罩的人从年轻公爵夫人坐的那边把车门打开。对她说道:

"您自由了,请下车吧!"

"这是怎么回事?"公爵大叫起来,"你是什么人?"

"他就是杜勃罗夫斯基。"公爵夫人说道。

公爵并没有张皇失措,他从兜里掏出一支旅行用的手枪,对准了戴面罩的强盗开了一枪。公爵夫人一声惊叫,用双手捂住了面孔。杜勃罗夫斯基肩头中弹,血流了出来。公爵立即掏出另一支手枪,但他还未来得及射击,车门被打开了,几只有力的大手按住了他,并把他从车上拖了下来,夺去了他的手枪,几把寒光闪闪的尖刀在他头上直晃。

"不要伤害他!"杜勃罗夫斯基喊道,那群威风凛凛的同伙住了手。

"您得救了。"杜勃罗夫斯基转过脸来对面色惨白的公爵夫人说道。

'不!"她回答道,"为时已晚了,我已经结婚了,我是威列伊斯基公爵的妻子了。"

"您说什么?"杜勃罗夫斯基绝望地叫起来,"不,您不是他的妻子,您是被迫的并非出于自愿,您永远不可能同意……"

"我同意了,我宣过誓了,"她毫不含糊地说道,"公爵是我的丈夫,请您下命令放开他,让我和他在一起。我没有欺骗您,我一直在等您,一直等到最后一分钟……可是现在晚了,生米已经做成了熟饭,我告诉您,现在晚了。请放了我们吧!"

然而,杜勃罗夫斯基已经听不到了,他已昏迷过去,伤口的剧烈疼痛和强烈的精神震撼使他失去了气力。他扑倒在车轮子旁边,那伙强盗围着他。他竭力挣扎着,又说了几句话,他的同伙把他扶上马,两个人扶着他,另一个手牵着马笼头,他们穿过大路向另一个方向走去,把马车丢在了大路当中。公爵方面的人全部被捆绑起来,马匹也卸下来。但是那伙强盗并没抢劫任何东西,虽然他们的首领受了伤,他们却没有动刀动枪,没有让俘虏流一滴血进行报复。

第十九章

在繁茂浓密的森林中间,有一块面积不大的草地,用泥土修筑起来一道不大的工事。由一些深沟和土垒组成,工事里有几间棚子和泥屋。

院子当中支起来一口大锅,许多人围在四周吃饭,全都没戴帽子,身上穿着五花八门的衣服,但是人人都带着武器,一看便知道这是一伙强盗。土垒上有一门小炮,一名警卫盘脚坐在旁边。他正给自己衣服破了的地方打补丁,飞针走线相当熟练。看样子,他是个精通此道的裁缝出身。他还不时地向四面瞭望。

虽然只有一只装酒的瓦罐,但是大家在手中传来传去,已经传了几个来回，没有一个人说话，全都保持沉默。吃完饭后，便一个接一个地站了起来，先向上帝祈祷一番，然后走开，有的走进屋子，有的钻进树林里，或者席地而卧，按着俄国人的老习惯，打打瞌睡养养神。

警卫打完了补丁，把破烂上衣抖了一抖，仔细欣赏自己的绝活，把那根针别在袖口上，便骑上大炮放开喉咙唱了起来，唱的是一首愁肠百结的古老民歌：

> 老桦树呀，不要喧闹啦——我的妈妈，
> 不要喧闹了，我的绿色的橡树妈妈，
> 别来打扰我，我的心中正乱得七上八下。
> ……

这时，一间棚子的门被打开，一个老太婆出现在门口。她头带一顶白帽，一身老式打扮。"斯乔普卡，别唱了！"老太太怒气冲冲地说道，"老爷正在睡觉呢，可是你却扯着嗓子拼命号叫。你真是一点儿也没良心，只顾你自己。"

"是我不对，叶戈罗芙娜！"斯乔普卡回答说，"得了，我不唱了，让我们的主人好好休息休息，养养身子。"老太婆走开了，斯乔普卡在土垒上来回溜达着。

老太婆走出来的那间棚子里，受伤的杜勃罗夫斯基便躺在隔板后面的行军床上。他面前摆着一张小桌，在桌子上面放着几支手枪，床头挂着一把军刀。在这间泥屋里，地上铺着名贵的地毯，墙上挂着壁毯，屋角里摆着一座镶银的女人用的梳妆台，上面有一块大镜子。杜勃罗夫斯基手里捧着一本打开的书，但他的眼睛却闭着。老太太从隔板外面看了看他，见他闭着眼睛，不知是睡着了，还是在养神。

杜勃罗夫斯基突然震颤了一下，因为他听到工事里发出了警报。斯乔普卡把脑袋从窗口伸了进来，并大声喊道："少爷，弗拉季米尔·安德烈伊奇！我们的人发出了信号，敌人来搜查了。"

杜勃罗夫斯基腾地跳下了床，操起武器便走出棚子，强盗们吵吵嚷嚷地在院子里集合。一见首领出来，一个个立即鸦雀无声。

"都到齐了吗？"杜勃罗夫斯基问道。

"除了放哨的以外，全都到齐了。"几个人同时回答道。

"各就各位！"杜勃罗夫斯基喊了一声口令。

于是，强盗们各自坚守在指定的岗位上。这时三个哨兵来到了门口，杜勃罗夫斯基迎上前去。

"怎么回事？"他向他们问道。

"官兵进森林了，"他们回答说，"我们被包围了。"

杜勃罗夫斯基下令关紧大门，并亲自去检查那门小炮。森林里传来几个人的说话声，声音越来越近，强盗们都屏息静气地等待着。突然，有三四名官兵钻了出来，但立即又缩了回去，给同伴们发了几个信号弹。"准备战斗！"杜勃罗夫斯基命令道。强盗中间发出簌簌的响声，接着又静了下来。这时，传来了部队渐渐走近的脚步声，武器在树林间一闪一闪的，一下子拥出来一百五十多个官兵，大喊大叫地向土堡冲了过来。杜勃罗夫斯基立刻点燃了大炮的引线，轰的一声打出一炮，正好打中了：一个敌人被轰掉了脑袋，两个人受重伤。官兵们一阵大乱，但是那个指挥官却冲了上来，士兵也跟在他的后面冲过来，一个个跳进了壕沟。强盗们便用长枪和手枪进行射击，有的挥起斧头来保卫土堡。有些胆大的士兵，不顾壕沟里已有二十几个同伴受伤，冲着往土堡上爬。肉搏战开始了，士兵们已经冲上土堡，强盗们开始向后撤退。但是杜勃罗夫斯基向官兵的指挥官冲了过去，手枪对准的他胸口开了一枪，指挥官便仰面朝天地摔倒在地上，几个士兵跑过来架住他胳膊拖进了树林。别的士兵没人指挥，成了没有头羊的羊群，乱哄哄地停了下来。这样一来，强盗们士气大振，趁敌人慌乱的时机，把他们打得七零八落，士兵们彻底失败了，被逼进了壕沟，其余的围攻者全都吓跑了。强盗们呐喊助威，飞快地乘胜追击。胜负大局已定。杜勃罗夫斯基看到敌人完全被击溃，便阻止自己的人继续追击。下令抬回伤员，紧闭上大门，加派了两倍岗哨，下令不准任何人擅自离开。

最近发生的这些事件引起了政府当局的严重关注，再不能坐视杜勃罗夫斯基这样肆无忌惮地进行抢劫。搜集了有关杜勃罗夫斯基出没和行踪的情报。派出了一个连的兵力，不论死活，一定要把他捉拿归案。官方抓住了他的几个党羽，从他们的口供中得知，杜勃罗夫斯基已经离开了他们。那次战斗几天之后，①杜勃罗夫斯基把全体部下召集在一起，向他们宣布，他要永远离开他们，远走他乡，并劝说他们改邪归正，改变生活方式。"你们在我的手下都发了财，每个人都有一张身份证，带着它远走高飞吧，到遥远的省份去谋生吧，去从事正当的劳动，过不愁吃不少穿的日子，安安稳稳地度过余生吧！不过，你们都抢劫惯了，也许不想放弃老行当。"

说完这番话之后，他便离开了他们，只带走××一个人。谁也不清楚他到哪儿去了。官方当初还不相信他的党羽的招供，因为强盗个个对他们的首领赤胆忠心，这件事是尽人皆知的，人们还认为，他们是在竭力地为杜勃罗夫斯开脱呢。但谁知结果证明他们的招供是事实。此后再也没发生过打家劫舍、放火烧屋的事情了，再也没发生拦路抢劫的事儿了，条条大路都平安了，都畅通了。根据其他方面传来的消息得知，杜勃罗夫斯基已经出国隐居起来了。

---

① 以下文字在作者手稿中原是没有的，于1833年补写。——俄文版全集编者注

黑桃皇后

黑桃皇后居心叵测,
预示必遭灭顶之灾。
　　——《最新卜书大全》

一

> 一遇到阴雨连绵的天气,
> 他们经常在一起聚赌,
> 一个个全都赤膊上阵,
> 大显身手——上帝宽恕!
> 开盘下注,赌上几局,
> 赌注从五十到一百卢布。
> 赢家开心,精神抖擞,
> 粉笔一挥,记上数目。
> 如此这般,拼战厮杀,
> 输耶!赢耶?有何良策预卜!
> 一遇到阴雨连绵的天气,
> 他们经常在一起聚赌,
> 赤膊上阵,拼个你死我活,
> 这就是他们操劳的正当事务。①

有一天,一帮人聚集在近卫军骑兵军官纳鲁莫夫家里赌牌。严冬时节的漫漫长夜,不知不觉地便在牌桌上消磨过去了。赌棍们坐下来

---

① 此诗为普希金1812年所写。

吃晚饭的时候,已经是凌晨五点钟了。几个赢家胃口大开,吃得津津有味;其余的人一个个筋疲力尽,失魂落魄,望着面前的空餐具呆坐发愣。但是香槟酒一上餐桌,大家又都兴奋起来,一个个都谈笑风生地神聊起来。

"你的手气如何,苏林?"主人问道。

"输了,跟以前一样——学究搬家总是'书',只能承认,我的时运不佳。我并没有随便加注,一直稳扎稳打,从不发急。不管出现什么情况,也从不发懵胡来,可就是总输!"

"你一次也不曾走火入魔吗?你一次也没押过一张红吗?①……你的倔劲儿真实在令我吃惊!"

"你瞧瞧赫尔曼,那才叫有本事!"一位客人用手指着年轻的工程兵军官说道,"他从来也没摸过牌,从来也没下过注,从来也没喊过加倍,可是愣愣地陪着我们坐到早晨五点钟,眼睛瞪得滴溜圆,一直看着咱们赌!"

"我非常喜欢看赌博,"赫尔曼接过话茬说道,"可是不能为了捞取更多的钱财,把我仅够衣食糊口的钱拿去下赌注啊。"

"赫尔曼是德国佬,德国佬都会精打细算,这才是他们的处事之道!"托姆斯基说道,"如果说还有谁让我琢磨不透的话,那就是我的祖母,伯爵夫人安娜·费多托芙娜。"

"怎么一回事?为什么?"

"我真搞不明白,"托姆斯基说道,"我祖母为什么金盆洗手②不再赌钱了呢?"

"这有什么值得大惊小怪的!"纳鲁莫夫说道,"一个八十多岁的老太太怎么还会赌博呢?"

---

① 赌牌用语,即总是盯着一张牌下注。
② 黑社会或赌徒们用的黑话,意为"洗手不干"。

"这么说,您一点没有听到过有关她的事儿吗?"

"没有,真的,我一点也不了解。"

"噢,那我就说给您听听吧!

"要知道,我祖母六十年前去过巴黎,在那里她可是一个风流人物,红极一时。好多人都追逐她,目的就是为了看看这位'莫斯科的维纳斯的丽影华姿',就连黎塞留①都形影不离地缠着她。我祖母肯定地说,由于她当时对他心肠太狠,断然拒绝,弄得那位元帅险些开枪自杀。

"那时贵妇仕女们都时兴玩法拉翁②。有一次在宫廷里,和奥尔良大公打赌,一下子输了很多钱。祖母回到家里,从脸上揭下她美容面膜③,脱下箍骨裙,然后向我祖父说了她输钱的事儿,吩咐他按数付款。

"我记得,先祖父是我祖母家总管的后人,他就像老鼠见到猫一样地怕我祖母。可是一听她输了这么一笔惊人的数目,一反常态,不禁发怒。他拿过账簿向她指出,仅仅半年的光景,他们就已经花掉了五十万。祖父还说道,他们在巴黎坐吃山空,没有像在莫斯科近郊和萨拉托夫省乡下有那么多田产,因此干脆拒绝替她还债。祖母给他一个大耳光,一个人气呼呼地去睡觉,打算用这种办法来表示不再喜欢他了。

"第二天,祖母吩咐把祖父叫来,指望这种家中的处罚能使他回心转意,结果发现他仍然不让步。她有生以来破天荒第一次心虚地和他再三说明和解释,费尽口舌地开导他,和颜悦色地向他证明,欠的债务也是各不相同的,欠王公贵族的和欠车夫的债可是有天壤之别。说了一大堆根本就没用!祖父说死说活不肯答应:'不行!没有商量的余

---

① 黎塞留(1699—1788),法国元帅。
② 法拉翁,一种牌戏。
③ 美容面膜,又称美人痣、美人膏,当时上流社会妇女用来美容的装饰品。

地!就是不给.'祖母简直走投无路了。

"她有一个很要好的朋友,此人是个相当了不起的人物。你们总该听说过圣热尔曼①伯爵吧!有关他的奇闻逸事多着啦,沸沸扬扬,都在传说。你们都知道,他自诩是一个到处流浪和见多识广的犹太人,长寿药水和点金石的发明家,以及诸如此类的知名人士等。大家都讥笑他,说他是一个江湖术士,到处招摇撞骗,卡扎诺瓦在其札记中甚至说他是个奸细。不过,圣热尔曼虽然是个莫测高深的神秘人物,却仪表非凡,在社交界很有名气,很讨人们的欢心。祖母至今还倾慕着他,如果有谁对他说三道四,她就会极其不悦,乃至生气。祖母知道圣热尔曼会有办法帮助她还清那一大笔赌债。她决心去求他帮忙,便写了一张便条,请他务必立即到她这儿来一趟。

"那个老怪物立刻就来了,他发现我祖母愁容满面,十分难过。她用最难听的语言把丈夫不可理喻倔强脾气描绘了一通,最后对他说,她把全部希望都寄托在他们的友谊上面,并且请求他务必慷慨解囊相助。

"圣热尔曼沉吟了一会儿。

"'我可以为您筹措这笔债款,'他说,'可是,我知道,您在没有还清我这笔款子以前,您的心中不会踏实的。我也不想让您又去奔波,愁上加愁。我有一个万全之策,可以让您把输掉的全部赢回来。'

"'但是,亲爱的伯爵,'我祖母答道,'我跟您说,我现在分文皆无。'

"'根本用不着钱'圣热尔曼说,'您听我告诉您。'这时他便向我祖母传授了一个诀窍。我们中间每一个人为了弄清这个诀窍,绝对会心甘情愿地付出最高的代价……"

---

① 圣热尔曼,18世纪著名的冒险家和神秘主义者,曾于1760年访俄。

年轻的赌棍们听得更起劲儿了。托姆斯基深深地吸了一口烟,故意卖关子地停了一会,然后又说下去。

"当天晚上,我祖母就去了凡尔赛宫,在皇后那儿打牌[①]。奥尔良公爵坐庄。祖母悄悄地向他表示歉意,告诉他没有把欠的账带来,为此还编造了一个小小的故事,总算蒙混过去了。她挑选了三张牌,一张一张地去出。结果,三张牌全都出师告捷,这样一来,祖母把输掉的钱全都赢回来了。"

"这是撞大运——瞎猫碰到死耗子了!"一个客人说。

"海外奇闻!"赫尔曼说。

"说不准,用这三张牌捣了鬼?"又一个人接着帮腔。

"我可不这么想。"托姆斯基一本正经地答道。

"真奇妙!"纳鲁莫夫说道,"既然你有这么一个神机妙算的好祖母,她能一连猜中三张牌,那你为什么至今没有学会她的诀窍呢?"

"得了,这是两码事儿!"托姆斯基答道,"算上我父亲,她一共有四个儿子,四个儿子都是不要命的赌徒,可是她没有向哪一个儿子泄露过天机;这样做,无论对他们,还是对我,都只有好处,而没什么坏处。我伯父伊凡·伊里奇曾告诉过我一件事。已故的恰普利茨基,就是那个赌光了万贯家产,死的时候穷困潦倒,竟然身无分文的人。年轻的时候,记得有一次输给了佐里奇,大约输了三十万。他完全绝望了。我祖母对年轻人的胡闹历来都是恨之入骨的。这次不知为什么对恰普利茨基却法外开恩、大发善心。她告诉了他三张牌,让他一张一张地出,并要他发誓以后永远戒赌。恰普利茨基找到了赢家。两个人坐下就赌起来。恰普利茨基的第一张牌就赢了五万,第二张、第三张又都喊了加倍,结果是大获全胜,不仅捞回了本钱,反倒成了赢家……"

---

① 原文为法语。

"好了,该睡觉了,差一刻就六点了。"

确实,已经天光大亮。这群年轻的赌棍把杯子里的酒喝光,便各自回家去了。

二

"看起来,您好像更喜欢那些侍女。"
"有什么办法呢?她们更娇艳迷人。"①
——社交界的闲侃

××老伯爵夫人坐在梳妆室里,正在对镜梳妆。身边有三名侍女在伺候着她。一个拿着胭脂盒,一个端着发针匣,还有一个捧着一顶高高的压发帽,上面还飘着火红色的绸带。伯爵夫人早已人老珠黄,本来已经没有一点儿心思再梳妆打扮了,但是,却不肯丢弃年轻貌美时所养成的习惯。她仍然生搬硬套上个世纪七十年代的老模式,因此要花很长很长的时间对镜梳妆,而且总是不厌其烦,非得要打扮成六十年前的那副模样。窗前有一位小姐在绣架旁刺绣,那便是她的养女。

"您好!祖母②,"一位年轻的军官走进来说道,"您好!丽莎小姐③。祖母,我有一件事要求您。"

"什么事,保罗④?"

---

① 原文为法语。
② 原文为法语。
③ 原文为法语。
④ 原文为法语。保罗,巴维尔的法语名字;巴维尔,托姆斯基的名字。

"请答应我把一位朋友介绍给您,我想在礼拜五的舞会上,把他带来见您。"

"好吧!你就把他直接带到舞会上来见我,到时候你就可以给我介绍了。你昨天晚上去过××人的家吗?"

"当然去了!玩得痛快极了!一个劲儿地跳舞,一直跳到早晨五点钟——叶列茨卡娅太漂亮了!"

"咳!我的乖孩子,她有什么漂亮的?她像她的祖母达丽亚·彼得罗芙娜的模样吗?……不过,顺便说一句,我想,达丽亚·彼得罗芙娜年纪够大的了,已经老态龙钟了吧?"

"还说什么老不老的呢?"托姆斯基心不在焉地答道,"她已经死了七年了!"

窗前那位小姐抬起头来,向这位年轻人使了个眼色。他才知道自己说走嘴了。因为他们不在老伯爵夫人面前说起她这位同龄女友之死的事,因此他只得咬了咬嘴唇以示失言。然而,老伯爵夫人听到这个消息后,倒是没有引起什么惊恐的反应,显得若无其事一样。

"她死了!"她说,"我可一点儿也不知道!想当年,我们一起被封为御前女官,两人一起进宫觐见时,而女皇陛下……"

于是,伯爵夫人又给孙儿讲起自己当年的宫廷趣闻,这个故事大概讲了上百次了。

"好了,保罗[①],"后来她说,"来!现在你扶我站起来。丽桑卡[②],我的鼻烟壶在哪儿?"

随后,伯爵夫人由侍女们簇拥着到屏风后面去更衣——化妆到此才算告一段落。托姆斯基同丽莎小姐留在房间里。

"您要介绍给我的人是谁呢?"丽莎维塔·伊凡诺芙娜悄声问道。

---

① 原文为法语。
② 丽桑卡,即丽莎维塔。本名为"伊丽莎白",丽莎的爱称。

"纳鲁莫夫,您认识他吗?"

"不认识!他是军人吗?"

"是军人。"

"是个军事工程师吗?"

"不是!是个骑兵。您为什么以为他是个工程兵军官呢?"

丽莎小姐笑了一笑,一个字儿也没回答。

"保罗!"伯爵夫人在屏风后面大声说道,"给我找一本新小说来看看,不过,千万不要现代赶时髦的。"

"那究竟要什么样的呢,祖母?"

"找一本,里面的主人公不是害父杀母的,没有溺死鬼的,我最怕落水淹死的人了。"

"如今可找不到这样的小说。俄国的小说可不可以?"

"莫非说现在俄国也有了小说?送来吧,亲爱的,拿来我看看。"

"再见,祖母!我有点急事儿……再见!丽莎维塔·伊凡诺芙娜!您为什么认为纳鲁莫夫是个工程兵军官呢?"

托姆斯基走出了梳妆室。

房间里就剩下丽莎维塔·伊凡诺芙娜一个人了。她放下手中的绣针,望着窗外。不一会儿,从街对面的屋角走出来一个年轻的军官,她的脸上立刻泛起红晕。她又赶快拿起绣针,低垂着头,伏在绣布上。这时,伯爵夫人更衣完毕从屏风后走了出来。

"丽桑卡,"她说,"吩咐套车,我们出去溜一溜。"

丽莎从绣架前站起身来,把针线活收拾好。

"你怎么啦?我的妈呀,你是不是聋了?"伯爵夫人提高嗓门说道,"快点儿去吩咐套车。"

"马上就去!"小姐轻声答道,立即向前厅跑去。

一个仆人走了进来,把巴维尔·亚历山大罗维奇公爵送来的几本书呈给伯爵夫人。

黑桃皇后

"很好，谢谢！"伯爵夫人说，"丽桑卡！丽桑卡！你究竟跑哪儿去了？"

"我在换衣服。"

"别急，还来得及，我的妈呀！坐在这儿。打开第一卷，大声读给我听……"

小姐拿起一本书，读了几行。

"大点儿声音！"伯爵夫人说，"怎么啦，我的妈呀！怎么嗓子哑了……等一下，把脚凳拿给我，近一点儿……好了！"

丽莎维塔·伊凡诺芙娜读了两页。伯爵夫人打了个呵欠。

"别读了，"她说，"全是瞎胡扯！把它还给巴维尔公爵，要谢谢他……马车备好了吗？"

"马车已经准备好了。"丽莎维塔·伊凡诺芙娜探头向窗外望了一眼，回答道。

"你怎么还没换好衣服？"伯爵夫人说，"老是叫人家等你，我的妈呀，这可叫人受不了！"

丽莎赶紧又跑回自己的房间。可是还没过两分钟，伯爵夫人又使劲儿摇起铃来。三个侍女一起从一扇门跑进来，一名男仆也从另一扇门冲进来。

"你们耳朵都聋了，怎么不答应一声？"伯爵夫人对他们说，"快去告诉丽莎维塔·伊凡诺芙娜，就说我在等她。"

丽莎维塔·伊凡诺芙娜穿着一身晨装，戴顶帽子走了进来。

"你总算是来了，我的妈呀！"伯爵夫人说，"怎么穿这一身衣服！这是干吗……向谁卖俏呢……今天天气怎么样——好像起风了？"

"一点风丝也没有，夫人！天气很好！"男仆答道。

"你们总是爱瞎说！把通风窗打开。你们看，就是有风！而且吹得很冷！把马车卸了吧！丽桑卡，我们不出去溜了，也用不着再更衣打扮了。"

"这就是我过的日子!"丽莎维塔·伊凡诺芙娜心里想道。

丽莎维塔·伊凡诺芙娜的的确确是个非常不幸之人。但丁曾说过,别人施舍的面包是苦的,寄人篱下的台阶是难登的。又有谁能知道这个显贵的老太婆的养女命有多么苦,寄人篱下的日子又是何等痛苦而又艰辛呢?××伯爵夫人的心肠并不坏,这自然不必多说,但是,她的脾气却特别古怪,和社交界那些养尊处优的女人一样的任性、飞扬跋扈,又吝啬又冷酷,一切都以自我为中心,从来不知道关照别人,恰似那些只知迷恋往日青春年华,而又和现时的一切格格不入的老古董们一样。上流社会的一切交往都少不了她,舞会也是每场必到。可是在舞会上,她只是躲在一个角落里呆坐,再看那张皱纹纵横的脸上又涂胭脂又擦粉,身穿过了时的服装,就像舞厅内一件丑陋不堪而又不可缺少的装饰品一样。走进舞厅的客人,人人都要走到她的面前,毕恭毕敬地鞠上一躬,如同例行公事一般,然后扬长而去,再也不理睬她了。她在自己府上,接待全城的达官贵人,可是她又认不出任何一张面孔,却要严格地遵守繁文缛节。她家中养着一大群仆役,在她的前厅和下房里游手好闲,养尊处优,一个个养得肥头大耳,膀阔腰圆,而且为所欲为,把这个行将就木的老太婆的家产能偷即偷,能抄即抄,彼此较劲地大显神通。而那位丽莎维塔·伊凡诺芙娜则是这个家中的倒霉蛋儿,受气包儿。给伯爵夫人斟茶倒水,往往因多放了一小块糖而遭到斥责;她要给伯爵夫人朗读左一本右一本的长篇小说,凡是作者的失误,也都要责怪她读错;她还要陪这个老太婆散步或者坐车出去遛弯,遇到天气不佳,或者道路坎坷不平,也是她的罪过。照章规定要给她薪水,却从来不曾如数拿到手;然而对她的穿着打扮也是百般挑剔,要求她和极少数的阔太太、富小姐的穿戴一样。在交际场所中,她在扮演着一个极其可怜的角色。人人都认识她,可是却没有一个人正眼看她;在舞会上,她也只是充当一个替补舞伴,即只有舞伴不够的时候,才有人把她拉去充数。但是,如果有哪个女士要到梳妆室里去整理一下衣饰时,每次都要挽着她的胳膊生拉硬拖着去帮忙。她也有自尊心,深知自己的地位卑微,因此总是左顾右盼而又焦急地期待着能有个救星来帮她解脱困境。但是,那一群风流浪子,只知追欢逐乐、逢场作戏、图慕虚荣,又有谁能对她表示怜悯与同情呢?尽管丽莎维塔·伊凡诺芙娜比起那群被他们死缠硬泡的娇妞浪女们要可爱一百倍,别看她们一个个表面上冷若冰霜,其实骨子里则厚颜无耻之极。不知有多少次,她悄悄地离开富丽堂皇而又令人窒息的客厅,躲进自己简陋的小房间里痛哭。她的房间里陈设极其寒酸:有一扇用花纸裱糊的小屏风,一个小柜子,一面小镜子,一张油漆过的小床,铜烛台燃着一支光线幽暗的小蜡烛。

有一次——在这部小说开头所描写的那个晚上的后两天发生了一件事,我们刚才描述的那一幕情景之前一个星期——有一天,丽莎维塔·伊凡诺芙娜坐在窗前刺绣,无意之中抬眼朝街上望了一下,只见一位年轻的工程兵军官呆呆地站在街对面,目不转睛地盯着她的窗口。她低下头来,重新又忙着刺绣。五分钟之后她再度举目一望,看到那个年轻的军官依旧站在那里未动。她从来不与过往行人眉目传情,因此便不再往街上看,只是埋头刺绣,一忙就是两个钟头。到吃午饭的时间了,她站起身来收拾绣架,无意中又往街上瞥了一眼,又看见了那个军官。她觉得这事有些蹊跷。午饭后,她怀着惴惴不安的心情走到了窗口,但是那个军官已经踪影皆无,于是她也就把此事丢到脑后……

大约过了两天,丽莎维塔·伊凡诺芙娜和伯爵夫人一起出门,刚要上车,又看到了那个年轻的军官。他就站在大门口的台阶下面,竖着海龙皮大衣领子,遮住了面孔,一双黑眼睛在帽檐下面犹如两团烈火闪光发亮。她一见吓了一跳,不知如何是好,赶紧上了马车,心中有一种莫名其妙的恐惧感。

回到家里,她又跑到窗口,看到那个军官又站在原来站的地方,依然目不转睛地盯着她。她从窗口走开，心中感到十分好奇，一种从未经历过的感情激荡着她的心怀。从此没有一天间断过，这个年轻的军官每天都在固定的时刻，准时来到丽莎维塔·伊凡诺芙娜的窗下，他们二人之间无形中达成了一种默契。她一坐下做女工，就感到他似乎近在咫尺，于是便抬起头来看看他，凝视他的时间，一天比一天更长了。为此，这个年轻人似乎对她很感激：当他们的目光每次相遇时，她那双锐利的少女明眸，一瞥之下便可看到他那苍白的面孔立即羞得通红，又过了一个星期，她开始对他莞尔一笑……

当托姆斯基请求伯爵夫人，允许他把自己的朋友带来拜访她时，这个可怜的姑娘的心便不由自主地猛烈跳动起来。可是当她得知纳鲁莫夫不是工程兵军官，而是近卫军骑兵军官之后，她后悔自己失言了，因为她提了一个不恰当的问题，生怕把自己心中的秘密泄露给轻浮的托姆斯基了。

赫尔曼是个被俄罗斯人同化了的一个德国佬的儿子，他父亲给他留下了一笔为数不多的钱财。赫尔曼坚信要独自立身处世，故此从未动用父亲所遗留下来的遗产，只靠自己的薪水过活，一点儿也不敢随意花钱或挥霍。同时，此人性格内向，而且图慕虚荣，所以同事们都不愿意嘲弄他过于节俭和吝啬。他具有强烈的欲望和烈火般的想象能力，但是坚强的意志使他很有自制力，这样就使他避免了年轻人常有的那种轻率或荒唐之举。比如说，他是个嗜赌如狂之人，但是他却从来都不打牌下注，因为他早已胸有成竹，他的经济条件不允许（或正如他自己所说的）他为了捞取更多的钱财，而把仅够衣食糊口的钱拿去下赌注。——然而，他却可以通宵达旦地守在牌桌旁，两只眼睛瞪得溜圆，如痴如狂地关注着变幻莫测的牌局。

有关三张牌的奇闻激发起他强烈的想象力，整整一夜都在他的脑袋里面周旋。第二天傍晚，他在彼得堡大街上一边逛，心里一边想："假如老伯爵夫人肯向我公开这个秘密的话，或者，告诉我那三张出师必胜的纸牌，那就再好不过了！为什么我不去碰一碰运气呢……到她那儿去，做个自我介绍，想方设法博得她的欢心，即使做她的情夫也未尝不可，不过，那要花好长时间才行。如今她已经八十七岁了，活一天少一天，也许再过一个星期就会呜呼哀哉了……有关那三张纸牌之事靠得住吗……确信无疑吗……不！精打细算，节衣缩食，埋头苦干，这才是我的三张必胜的王牌，它们可以使我的资本增加两倍、增加六倍，我就可以安康自主，立于不败之地了。"

他一路盘算着，不知不觉地走到了彼得堡的一条主要大街之上，迎面是一座老式建筑物。街上车水马龙、络绎不绝，马车一辆接一辆地向着这座灯火辉煌建筑物的大门口驶去。从这些马车里一会儿露出妙龄少女的秀足，一会儿冒出一双嚓嚓作响的高统马靴，一会儿又伸出一只外交官的尖头皮鞋还穿着花条袜子，一个个穿大衣或披风之人，在盛气凌人的看门人面前掠过，真是让人看得眼花缭乱、目不暇接。赫尔曼停住了脚步。

"这是谁家的公馆？"他向一个站在街角的巡警问道。

"是××伯爵夫人的公馆。"巡警答道。

赫尔曼听罢浑身为之一阵震颤。那个令人惊疑的奇闻又浮现在他的脑海里，于是围着这家公馆转起来，心里想着这座公馆女主人和她那神奇的诀窍。他转啊转啊，转了很久，回到他那简陋的居室时已经很晚了。躺在床上翻来覆去久久却不能入睡，刚一睡着，便梦见铺着绿呢子的牌桌。一张张纸牌，一打打钞票，一堆堆金币。他一张接一张地出牌，一次又一次地下注，一回又一回折角加倍，一个劲儿地赢，一个劲儿地把金币搂到自己的面前，一个劲儿地把钞票往兜里塞。他醒来的时候，早已日上三竿，发出一声长叹，为梦中的钞票和金币不知去向而惋惜。接着又走上大街去闲逛，走着走着，不知不觉又来到××伯爵夫人公馆门前。仿佛有一种神秘而又说不清的力量把他吸引到这里一样。他停住了脚步，举目望着公馆的一扇扇窗户。在一个窗口里，他望到一头黑色秀发的人坐在窗前，低垂着头，大概是看书或者在干活，过一会，那个人把头抬了起来。赫尔曼看见一张艳丽的脸庞和一对黑黑的眼睛。这一瞥的瞬间便使他劫运难逃……

三

> 我的天使！真是惊人，
> 我读你的四页情书，
> 还不如你写得快呢！[①]
> ——摘自通信录

丽莎维塔·伊凡诺芙娜刚刚摘掉帽子、脱掉大衣，伯爵夫人就打发人来叫她，又再次吩咐仆人备车。她们两人走出来上了车。就在两名仆人把老太太扶上马车，坐进车门的那一瞬，丽莎维塔·伊凡诺芙娜在车轮旁发现了那个工程兵军官。他突如其来地抓住了她的手，把她给吓呆了。可是这个年轻人转眼之间便踪影皆无，他把一封信塞在她的手里。她赶紧把信藏在手套里，一路上失魂落魄，对街道两旁的东西和街上的嘈杂声，仿佛听而不闻，视而不见似的。伯爵夫人本来就有一个老习惯，屁股一沾车座便咿哩哇啦提出一大堆问题。她们刚才碰到什么人了？路过的桥叫什么名字呀？招牌上写了些什么呀？这一次丽莎维塔·伊凡诺芙娜却是信口胡诌，总是风马牛不相及，因此惹得伯爵夫人大发雷霆。

"你这是怎么回事，我的妈呀？你昏了头了还是怎的了？怎么总

---
① 原文为法语。

是驴唇不对马嘴！你没听到我的问话，还是听不懂……感谢上帝！我说的话一清二楚，又没有颠三倒四地老糊涂！"

丽莎维塔·伊凡诺芙娜还是没有把她的话听进去。刚一回到家里，她立刻就奔回自己的房间，从手套里把信取了出来：信没有封口。丽莎维塔·伊凡诺芙娜一口气把这封信看完。这是一封向她倾吐心声的情书，写得情意缠绵，仰慕之至，但字字句句都是从德国谈情说爱的小说中照搬过来的，由于丽莎维塔不懂德语，因此捧着信如醉如痴了。

然而，这封信却使她坐立不安了。她平生第一次和一个青年男子秘密交往并收到情书。那个人的这种胆大妄为之举使她感到很害怕，同时也责备自己不够持重和有失检点，因此不知如何是好：是不是不再临窗而坐？是不是对他应该置之不理？是不是应该对他表示冷淡？用这些办法是否能使这个年轻的军官不再追逐她，不再纠缠她呢？或者，是不是干脆把信退还给他呢？或者也回他一封信，冷冰冰地表示断然拒绝呢？她找不到一个人来商量一下解决的办法。因为她既没有女友，也没有可以给她忠告或出谋划策的人。想来想去，最后丽莎维塔·伊凡诺芙娜还是下决心给他写一封回信。

她在书桌前坐了下来，摆好纸，拿起笔，但是心中却思潮翻滚，一时还理不清思路。她一次又一次地开了头，又撕了；又开头，又撕了。一连搞了好几次，不是感到语气太温和、宽容，就是又感到笔调太冷酷、生硬。折腾来，折腾去，最后还是写出了几句，自己觉得还算满意。她在信中写道："我相信您的心意是真诚而友好的，并且不想以轻率的举止来伤害我，使我蒙受耻辱。但是，我们要结识的话，不应该采取这种方式。现将您的原信退回，并且殷切希望今后不要由于您对我的不够尊重引起我的反感而让我责备您。"

第二天，丽莎维塔·伊凡诺芙娜看到赫尔曼走了过来，赶紧从绣架旁站起身来，快步走进前厅，打开小窗把信丢到街上，但愿那位年轻的军官能够迅速地把信捡走。赫尔曼果然跑了过来，拾起信便走进一家食品店里去了。他匆匆把信拆开，看到里面装着自己的信和丽莎维塔·伊凡诺芙娜的回函。他早就预料到这一点了，因此并未感到意外。回家之后，便再度一头扎进他调情求爱的鬼把戏中去了。

三天以后，一个年岁很轻的、长着一双水灵灵大眼睛的姑娘，从时装店里给丽莎维塔·伊凡诺芙娜送来一张信笺。她以为是来讨债的，提心吊胆地打开一看，一下子就认出是赫尔曼写来的信。

"亲爱的您送错了。"她说道，"这张信笺不是写给我的。"

"不，没错儿，是写给您的！"这个姑娘大胆地回答说，并且毫不掩饰地讪笑着，"请您再仔细看一遍。"

丽莎维塔·伊凡诺芙娜只好把来函匆匆地看了一遍。赫尔曼在信中要求和她约会。

"不可能！"丽莎维塔·伊凡诺芙娜说。赫尔曼居然迫不及待地提出这种要求，又是采用这种传递方式，这使丽莎大吃一惊。"这封信真的不是写给我的！"她一边说着把信撕得粉碎。

"既然这封信不是写给您的，那您干吗把信撕掉？"送信的女裁缝说，"我可以把它送还给写信的人嘛！"

"您请便，好姑娘！"丽莎维塔·伊凡诺芙娜说，由于送信的姑娘说穿了她的秘密，她立刻面红耳赤，"请您以后不要再给我送这种便笺来。请对那个打发您来送信的人说，他应该对此感到羞愧……"

然而，赫尔曼并未就此罢休。丽莎维塔·伊凡诺芙娜每天都收到赫尔曼的信，传递信件采取了各种方式和办法。信的内容也不是从德语爱情小说中直接照抄的了，他在信中倾诉满腔的热情，而且所使用的语言也具有其独特的风格。他一再申明不达目的绝不罢休的决心，发疯似的倾泻着那种难以遏制的胡言乱语和幻想。丽莎维塔·伊凡诺芙娜不再把信退回去了；这些信使她陶醉忘情，于是乎，她也动笔给他回信了。而且一封又一封，越写越长，越来越真情实感了，情意越

来越缠绵了。有一天,她终于从窗口扔下去一封信,内容如下:

> 今天××公使将举办舞会。伯爵夫人到时必然前往。我们将在那里待到两点钟左右。那时您便有机会和我单独会面了。只要伯爵夫人一离开府邸,仆人们肯定会各自走散,各行其是去了;门廊里只留一个人看门,但他有时也会躲进自己的小屋里去。您可以在十一点半时到这儿来,来到后直接上楼即可。如果在前厅里碰到人的话,您就问伯爵夫人是否在家,他就会回答您说不在家——那就自认倒霉,只好向后转,别无他法。但是,我估计,大概不会遇到任何人。侍女们都会待在自己的房间里。您从前厅向左走,一直走到伯爵夫人的卧室。您在卧室的屏风后面,可以看到两扇小门:左边的一扇通书房,伯爵夫人从来不到那儿去;右边的一扇门通向走廊,那里有一座螺旋梯,爬上去就到了我的房间。

赫尔曼像饿虎扑食那样,全身颤抖着,焦急地等待着约定时间的到来。晚上十点钟,他就早早地来到公爵夫人的公馆前。天气糟糕极了:冷风呼啸,湿漉漉的大雪纷纷扬扬地飘落下来;街灯昏昏暗暗,街上也空空荡荡。偶尔有车夫赶着瘦骨嶙峋的驽马走过,时而探头张望,看不到再有晚归的乘客,便挥鞭打马驶去。赫尔曼虽然只穿了一套礼服,但既没感到狂风怒吼,也没察觉大雪纷飞。伯爵夫人的马车终于赶到了门口。赫尔曼看到几个仆人搀扶着一个裹着裘皮大衣弯腰驼背的老太太,伺候她上了马车。接着,他又看到她的养女身披一件单薄的斗篷,头上戴着鲜花,一闪而过。砰的一声关上了车门。马车顶风冒雪吃力地从松软的雪地上驶去,看门人掩上大门,窗子内的灯光也熄灭了。赫尔曼在这座静悄悄的公馆旁走来走去。后来走到街灯下看了看表——指针已指到十一点二十分。于是他就原地未动,在街灯下一直盯着表的指针,等待着走过最后十分钟。刚一到十一点半,赫尔曼立即举步登上伯爵夫人公馆门前的台阶,走进灯火通明的门厅里。刚好看门的人不在,赫尔曼便大步流星地登上楼梯,打开通往前厅的门,看见一个仆人在灯下打瞌睡,坐在一把又旧又脏的安乐椅上。赫尔曼轻手轻脚但毫不迟疑地从他身边溜了过去。前厅和客厅里都没有灯光,只是从门厅里射进来一点微弱的光亮。赫尔曼走进了卧室。神龛里面供着一尊尊古色古香的圣像,神龛前面还点着一盏金子制成的小神灯。有几把已褪色的花缎安乐椅,几张镀金都已斑驳的沙发,上面还有松软的靠枕,成双成对摆在用中国壁纸裱糊过的墙边,色调显得很阴沉。墙上挂着两幅勒布朗夫人[①]在巴黎所绘的肖像画:一幅画的是个男人,四十岁左右,面色红润,体态丰满,身着草绿色的戎装,佩戴着星状勋章。另一幅画的是一个正值青春年华的绝色佳人,却长着一个鹰钩鼻子,双鬓后拢,扑了粉的头发上还戴着一朵火红的玫瑰花。屋角摆着瓷制牧童、著名的法国钟表匠勒鲁瓦[②]制造的大座钟。此外,还有各式各样的小匣子、小盒子、赌博用的轮盘、羽毛扇以及一些女人珍爱的小摆设。这些东西是同18世纪末蒙哥尔菲耶[③]气球、梅斯默[④]催眠术一起发明出来的。赫尔曼走到了屏风后面去,那儿摆着一张小铁床。右边一扇门通往书房,左边的一扇门通往走廊。赫尔曼推开左边这门,见到了一座狭小的螺旋梯,上了这道螺旋梯便可直达那可怜养女的房间……但是他却退了回来,转身溜进了没有灯光的书房。

赫尔曼觉得时间过得太慢了,屋子里死一般的沉寂。客厅里的钟敲了十二响,各个房间里的钟也都跟着敲了十二下。钟声响过以后,

---

① 原文为法语。勒布朗夫人(1755—1842),法国著名的肖像画家。
② 原文为法语。
③ 约瑟夫·蒙哥尔菲耶(1740—1810),法国发明家,发明了热气球。
④ 梅斯默(1739—1815),奥地利医生,发明了催眠术。

又都沉静下来。赫尔曼并未入座,而是依着没有生火的壁炉站在那里。他显得也很镇静,心跳得很平稳,恰似一个虽然知道很危险,但是又不能不下决心去铤而走险的人一样。时钟敲过一点,又敲了两点,这时他终于听到由远而渐近的马车的辚辚声。他的心情不禁激动起来。马车驶到大门口,停了下来。他听到了放脚踏板的声音。公馆里又忙乱了起来,仆役忙乱地奔跑着,一片人声嘈杂,房间里又都灯火通明。三个上了年纪的女仆跑进了卧室,伯爵夫人累得全身瘫软地走了进来,立刻瘫倒在安乐椅里。赫尔曼从缝隙朝外窥视,看到丽莎维塔·伊凡诺芙娜从他身边一闪而过。他也听到了她那登楼梯急匆匆的脚步声。这时他心中似乎产生某种良心上谴责和愧悔的心情,但是很快平静下来。他下定决心铤而走险地一搏。

伯爵夫人照着大镜子卸妆。侍女们从她头上摘下插着玫瑰花的帽子,又帮她取下扑了粉的假发,露出她那只剩几根白发的秃脑袋。发卡和别针一根根像下雨似的落到她的身旁。绣着银丝的黄色衣裙堆到她那已经浮肿的脚边。赫尔曼亲眼看见这位伯爵夫人被周身服饰所掩盖了的那令人作呕的躯体的秘密。最后,她穿上了一件睡衣,戴上了一顶压发帽。这一身打扮,倒是跟她那已经老朽不堪的肢体有些相称,因此,看起来就不那么丑陋,也不那么令人毛发倒竖了。

伯爵夫人也和一般的老年人一样,患有失眠症。卸了妆之后,她便坐到摆在窗前的安乐椅中,把侍女们都打发走了。蜡烛也拿走了,屋里只剩下一盏灯。伯爵夫人坐在那里,脸色蜡黄,因松弛而耷拉下来的嘴唇不住地颤抖着,全身也不断地前仰后合,左右摇晃着。一双混浊的眼睛显得呆滞无神。这就足以证明她的躯体内没有任何思维活动和想象能力了。只要看上她一眼,你就会想到,这个老太婆之所以前仰后合,左右摇晃,不是因为她已经没有控制肌体的能力了,而是因为她肌体濒于死亡挣扎时而放射出来的一种潜在的力量在起作用。

突然，这一张僵死的面孔莫名其妙地扭曲了。嘴唇不再痉挛发抖，眼睛里闪射出恐怖的光芒：原来是因为一个陌生的男人出现在伯爵夫人面前。

"请千万不要害怕！看在上帝的分儿上，请千万不要害怕！"赫尔曼的声音很低然而却很清楚地说道，"我绝没有伤害您的意思，我只是来恳求您大发慈悲的。"

老太婆吓呆了，默默地望着他，看样子根本没有听清他说了些什么。赫尔曼以为她是个聋子，因此弯下腰来俯在她的耳边，把刚才说过的话又重复了一遍。老太婆仍旧没吭声。

"您可以恩赐我终身幸福，"赫尔曼接着又说道，"这在您来说，不费吹灰之力，只是启齿之劳！我知道您能一下子连中三元一连猜中三张牌……"

说到这里赫尔曼不再说了，伯爵夫人这时似乎弄懂了他的要求，但是她并未立即开口，看来是在考虑如何来答复他。

"那只不过是个玩笑，"她终于开口说道，"我向您发誓！那的确是个玩笑。"

"那有什么可开玩笑的呢？"赫尔曼怒冲冲地反问道，"您该记得恰普利茨基吧？是您帮他反败为赢的。"

伯爵夫人显然乱了方寸，感到很尴尬。她那副神情反映出她内心强烈的震荡，但是，很快她又陷入方才那种麻木不仁的状态。

"您能不能告诉我那三张开局必胜的王牌？"赫尔曼又问道。

但是，伯爵夫人依旧一言不发。

赫尔曼又继续说道："您为谁保守这个秘密呢？为了您的子孙们吗？他们个个腰缠万贯，根本就不稀罕这个秘密，更何况他们因不了解金钱的价值而成为败家子。您用这三张牌也拯救不了他们的厄运，他们挥金如土而不珍惜祖传的家产，必然要死于穷困潦倒，就是妖魔鬼怪也帮不了他们的忙。我可不是挥金如土的败家子儿，我非常清楚金钱的价值。我不会白白糟蹋掉你的三张牌,它们会使我飞黄腾达而变成富翁。怎么样?还是告诉我吧!……"

他说到这里又不说了,浑身瑟瑟发抖地期待着她的回答。伯爵夫人还是死也不肯开口。于是,赫尔曼跪了下来苦苦地哀求。

他说道:"假如您的心曾品尝过爱的感情;假如您还未曾忘记爱所给予您的欢乐;假如您哪怕只有一次在听到婴儿来到人世时呱呱的哭声,您曾发自内心展现出欣慰的一笑;假如您的心中曾搏动过人的情感的话,那么我要以贤妻良母、无私奉献爱的情人的感情的名义,以人世间最为圣洁的感情来央求您,希望您不要拒绝我的恳求!——向我公开您的秘密吧!您死死地保守这个秘密有什么用呢?……也许,它会酿成弥天大罪;也许,它会驱走神灵的护佑;也许,它会剥夺一个人的终生幸福;也许,它会和魔鬼结成联盟而坠入罪孽的深渊……请您仔细想一想,您已经风烛残年,您已经站在生命的终点,您的大限还能有多远?——我甘愿用我的灵魂来赎回您一生的罪孽,使您得到解脱!我只求您向我公开那个秘密!您再仔细地想一想,我一生的幸福全都在您的掌握之中,不仅仅是我个人,就是我的子子孙孙,我家的万代千秋都会感激您的大恩大德,世世代代都会对您顶礼膜拜,都会把您当成至圣仙尊而供奉起来……"

老太婆还是只字不肯透露。

赫尔曼恼羞成怒地站了起来。

他咬牙切齿地说道:"老妖婆!真是不识抬举!那么我只好强迫你来说出……"

说着,他从兜里掏出一支手枪。

伯爵夫人一看到手枪,情绪再一次强烈地激动起来,只见她摇摇头,抬起一只手,犹如要挡住子弹的射击……紧接着便仰面朝天地倒下去……再也一动不动了。

"不要装死耍赖了!"赫尔曼一边抓住她的手,一边说道,"我最后再问您一次,您想不想把那三张牌的秘密告诉我?——说还是不说?"

但是伯爵夫人仍然没有回答。赫尔曼这才发现,她已经一命呜呼了!

四

> 18××年5月7日。
> 这是一个没有道德准则的人,
> 这是一个毫无圣洁情感之人![1]
> ——通信录

丽莎维塔·伊凡诺芙娜坐在自己的房间里,尚未脱掉去参加舞会穿的衣裙,疑虑重重,心神不安。她一回到家中,便慌忙把那个本来就不愿意服侍她,而且已经昏昏欲睡的侍女支走。她对侍女说,她可以自己更换衣服,提心吊胆地回到自己的房间,心中矛盾重重:既希望在房间里见到赫尔曼,但又希望他没来才好。进了房间,一看便知道他没有来,心中暗暗感谢命运之神为阻止他们的幽会而设置了障碍。未更换衣服,就坐下来,头脑里思潮翻滚,回想起他们两人相识以来的一切情景,在如此短的时间里竟然使她迷恋得如此之深,走得如此之远。自从她第一次在窗口见到那个年轻的军官以来,屈指算来,还不到三个星期,可是她竟然和他频繁地传书递笺了,而且她还答应了他的要求,同意在深夜里与之幽会!从前他们素昧平生,她从来没有跟他交往过,也从来不曾直接与他交谈过,从来也没有听到别人谈

---

[1] 原文为法语。

论过他；只是从他的几封来信中，看到他信中的签名才知道了他的名字……直到今天晚上竟来幽会！真是不可思议！就在这个夜晚的舞会上，托姆斯基与年轻的公爵小姐波琳娜闹了别扭，生了她的气。因为她一反常态，没有和他撒娇，没有和他亲热，因此托姆斯基才邀请了丽莎维塔·伊凡诺芙娜跳马祖卡舞，而且跳个没完没了，故意对波琳娜表示冷淡，以示对她的报复。在一场又一场的跳舞过程中，托姆斯基一直跟丽莎维塔·伊凡诺芙娜谈笑风生，嘲笑她对那个工程兵军官过于倾爱。而且一再对她宣称，他所知道的事情比她能够想象出来的还要多得多。他所开的玩笑中，有些话语正好击中她心中的秘密，因此令丽莎维塔·伊凡诺芙娜心中好几次狐疑和猜想，他已经看穿了她心中的秘密。

"这些事儿您是从谁那儿听来的？"她笑着问道。

"从您很熟的一位朋友那里得知的。"托姆斯基答道，"这个人可是个神通广大的人物！"

"这位神通广大的人物是谁呀？"

"他叫赫尔曼。"

丽莎维塔·伊凡诺芙娜听了后一句话也没说，但是她却感到自己手脚冰凉……

"这位赫尔曼，"托姆斯基继续说道，"倒是一个地地道道的浪漫而又传奇式的人物：从侧面看上去，简直同拿破仑惟妙惟肖，简直像一个模子铸出来的一样，可是他的灵魂和《浮士德》中魔鬼靡菲斯特一模一样。我认为，他起码犯有三桩谋杀罪。您的脸色怎么这么难看，这么白呀？……"

"我的头有些疼……赫尔曼到底和您说了些什么？您认为他这个人究竟怎么样？……"

"赫尔曼对他的一位朋友很不满。他说要是他处于他朋友那种地位，他绝不会这样干……我甚至认为，赫尔曼对您别有所图，至少，他听到自己的朋友对您所表达的倾慕之情时,他是很动心的。"

"可是他究竟在什么地方见过我呢?"

"或许在教堂里,或许是在您散步的时候!……天晓得究竟在哪里!也许是在您自己的房间里,那时您正在睡觉,他就……"

这时,有三位女士朝他们走过来,并且问道:"上场还是下场?"① 如此一来,便打断了丽莎维塔·伊凡诺芙娜极其关切的谈话。

托姆斯基选作舞伴的女士,正是那位公爵小姐××。她和他跳了好多圈,又在她的座椅前转了一圈,看来,他们已冰释前嫌重归于好了。托姆斯基回到自己座位时,早把赫尔曼和丽莎维塔·伊凡诺芙娜抛到九霄云外去了。可是丽莎维塔·伊凡诺芙娜非常想恢复刚才被打断的谈话,但是马祖卡舞已告结束,老伯爵夫人立刻就要打道回府了。

托姆斯基的话只不过是在跳马祖卡舞时信口闲谈罢了,但是那些话在这个爱幻想的年轻女孩子的心中,留下了极为深刻的印象。托姆斯基对赫尔曼生动描绘的那副形象,与她心目中构想的正好不谋而合。由于看了最新出版的一些小说,这个卑鄙的人物虽然使她感到可怕,但同时又牢牢地抓住了她的心灵。她坐在那里,两条赤裸的手臂交叉着放在膝上,插着鲜花的头垂向袒露的前胸……突然,门打开了,赫尔曼随之走进房间,她像触电一样地战栗起来……

"您刚才待在什么地方?"她惊恐地问道,声音很低。

"在老伯爵夫人的卧室里,"赫尔曼答道,"我刚从她那儿来,她已经过世了。"

"我的天!……您在瞎说什么?……"

"看样子,是我把她给吓死的。"赫尔曼继续说道。

丽莎维塔·伊凡诺芙娜瞥了他一眼,耳边不由回荡起托姆斯基说过的话:这个人起码犯有三桩谋杀罪!赫尔曼坐在她身边的窗台上,

---

① 原文为法语。舞场上选择舞伴时的用语。

把所发生的一切都一五一十地说给她听了。

丽莎维塔·伊凡诺芙娜怀着恐惧的心情听他说完。如此说来，那一封又一封热情奔放的情书，那如一团团烈火般爱的乞求，那种狂放不羁而又情意缠绵的追逐，却原来都是虚情假意，而不是爱情！金钱——才是他不择手段要达到的目的！能够填满他的欲壑，使他得到幸福的是钱，而不是她！这个可怜的养女盲目地充当了谋害她那风烛残年的大恩人的凶手和强盗的帮凶！……她追悔莫及，伤心地痛哭流涕，难过得撕肝裂肺。赫尔曼只是默默地望着她：他的心中虽然也有些不好受，但是，不管这位可怜的姑娘如何伤心落泪，也不管她难过时那副令人柔肠百转心痛欲裂的娇姿，全都打动不了他的铁石心肠。想到老太婆之死，也未曾唤醒他的良知——他并没有感到良心有愧。只有一点使他感到惊恐不安：他一心想靠它发横财的那个秘密弄不到手了，永远也弄不到手了。

"您是个魔鬼！"丽莎维塔·伊凡诺芙娜终于开口说道。

"我并没存心害死她，"赫尔曼说，"我的手枪根本就没装子弹。"

两个人都不说话了。

天已经亮了。丽莎维塔·伊凡诺芙娜熄灭了快要燃尽的蜡烛；微弱的曙光已射进了她的房间。她擦干了热泪盈眶的双眼，抬起头来望着赫尔曼：他仍旧坐在窗台上，抱拢双臂，紧锁着眉头，真像个凶神恶煞。这副样子，真是和拿破仑的侧影一模一样，两个人竟如此惟妙惟肖，不禁使丽莎维塔·伊凡诺芙娜感到震惊。

"您如何才能走得出这座宅院呢？"丽莎维塔·伊凡诺芙娜最后说道，"我本打算带您从一条秘密的楼梯走出去，可是要经过伯爵夫人的卧室，我很害怕。"

"您告诉我怎样才能找到那条暗梯即可，我自己便可走出去。"

丽莎维塔·伊凡诺芙娜站起身来，从五斗橱里取出一把钥匙交给了赫尔曼，并且向他详细交代了走法。赫尔曼握了一下她那冰冷而又毫无反应的手,吻了吻她那低垂着的头,然后转身走了出去。

  他走下螺旋形楼梯,再次来到伯爵夫人的卧室。早已咽气了的老太婆依然坐在那里,可是全身已经僵硬;她的脸色及神态显得异常的安详。赫尔曼站在她的面前,仔仔细细地端详了一番,仿佛想证实一下:希望这件可怕的事情并非事实。后来,他又走进了书房,摸到了糊壁纸后面的暗门,于是走下了暗梯,脑袋里一种奇怪的感觉又使他激动起来。他心里想着,也许眼前便展示出活灵活现的一幕:在六十年前,也在此时此地,有那么个幸运儿,身着绣花男长袍,头发梳成帝王鸟式①,把一顶三角帽贴在胸口上,正鬼鬼祟祟地登上这座楼梯,然后溜进这间卧室。现在,这个来寻花问柳的年轻人已经成为坟墓中的朽骨,而这个已经老朽不堪、头秃牙落的情妇的心脏,也于今天凌晨不再跳动了……

  赫尔曼下了楼,找到了一扇门,用同一把钥匙打开,走进了一条通道,从这里走上大街。

---

① 原文为法语。

五

> 当天晚上,已故的男爵夫人冯·维××的幽灵来到我的面前。她全身穿着素衣白裙,对我说道:"您好,我的谋士先生!"
>
> ——施韦登博格①

在那个劫运难逃的夜晚之后的第三天,上午九点整,赫尔曼动身去××修道院,要在那儿为已去世的伯爵夫人的遗体举行安魂祈祷和安葬仪式。他心中虽然毫无愧悔之意,但又不可能完全制止住良心上反反复复地谴责声:你就是应该接受审判的凶手!你就是杀害这个老太婆的凶手!他虽然缺少虔诚的信仰,但却有很多迷信的戒律。他害怕已故的伯爵夫人不会与他善罢甘休,会给他的一生带来灾难,因此他才决定来参加她的葬礼,以求得到她的宽恕。

教堂里挤得水泄不通。赫尔曼费了九牛二虎之力才穿过人群,灵柩停放在富丽堂皇的灵台上,上面垂挂着一顶天鹅绒的棺盖。死者仰卧在棺木里,双手合十放在胸前,头上戴着一顶镶花边的帽子,身着素缎寿衣。家里上上下下的人侍立在四周:仆人一个个身穿黑袍,肩

---

① 施韦登博格(1688—1772),瑞典神秘主义作家、神智学者。

头垂着绣着族徽的绶带,手里举着长明蜡烛;合家四代人——儿子、孙子、曾孙子们身穿重孝。没有一个人痛哭流涕,大概是因为眼泪是一种虚情假意①的表现。伯爵夫人已经到了风烛残年的高龄,因此她的死并未使任何人感到意外,况且她的亲眷们早就把她当成活着的木乃伊了。一位很年轻的主教致了悼词。他以朴素而又生动的语言,赞扬了这位德高望重之人祥和辞世,说她在漫长的人生旅途中广施阴德,广结善缘,故而才修此功德,作为一个基督徒才得此善终。这位神父以演说家的口才说道:"专司死亡的天使已接受了这位善人的灵魂,她的灵魂将在天国圣界永垂不朽,基督将降福于斯,使之在大彻大悟中永生。"安魂祈祷仪式在一片哀伤肃穆的气氛中结束。直系亲眷和亲朋好友首先向遗体告别,然后是数之不尽的宾客以长幼尊卑依次完成同样的程序,他们是专程来向这位多年来就是他们追欢逐乐的宴席上的座上客和舞会的参加者表示哀悼。接下来便是全体仆人致哀送别,最后走上前来告别的是一位与死者同龄的老太婆。两个年轻的侍女搀扶着她。由于年事过高,她已无法行大礼,只是抛下几滴老泪以示哀伤之忱,又吻了吻死者已经冰冷的手。这位老太太走了之后,赫尔曼还是下决心走到灵柩前,深深地鞠了一躬,在冰冷的、撒满松枝的地板上俯首在地长达几分钟。他刚刚抬起身来,脸色煞白煞白,同那个死者的脸色一样。他举步登上灵台,又深深鞠了一躬……就在这一刹那,他似乎感到灵柩中的僵尸眯起一只眼睛,面带嘲笑的神情瞥了他一眼。赫尔曼一惊之下慌忙后退,一脚踩空,咕咚一声摔了个倒栽葱。人们将他扶了起来。恰在此时,丽莎维塔·伊凡诺芙娜也在教堂门口昏倒在地,被人搀扶着走出教堂。葬礼被这两件同时发生的事情搅乱了好一会儿。参加葬礼的人个个交头接耳、议论纷纷。死者的一位近亲,是个宫廷高级侍从官,长得很瘦,向身旁的一个英国佬低声耳语一阵,

---

① 原文为法语。

说这个摔倒的年轻军官是死去的伯爵夫人的私生子,英国人只是冷冷地回答了一声:"啊!"①

赫尔曼一整天都心绪不佳、郁闷心烦。他找了一家僻静的饭馆吃了顿饭,一反常规,喝了不少酒,想来借酒浇愁,消解心中的烦恼。没想到,酒入愁肠更添愁,反倒更加心烦意乱了。醉意朦胧地回到家里,往床上一躺,和衣而卧,便昏沉沉地进入了梦乡。

他醒来时已经是深更半夜。明月的清辉把他的房间照得通明。他看了看表:差一刻三点。他再也睡不着了,于是便坐在床边上,回想着老伯爵夫人的葬礼。

这时,有一个人在街上隔着窗户看了他一眼,随即又走开了。赫尔曼对此并未在意。过了一小会儿,就听到前厅有开门声。他心想,是他的勤务兵跟平时一样,喝得醉醺醺地夜游归来。但是他听到脚步声不对,是生人在走路。那个人穿的不是皮鞋,而是拖鞋发出嗒啦嗒啦的声音。门被打开了,走进来一个穿一身白色衣裙的老妇人。赫尔曼最初还以为是他的老乳娘呢,心里感到十分奇怪:三更半夜,她到这儿来干什么呢?但是那个全身缟素的女人却飘然而至,突然站在了他的面前——赫尔曼这才仔细一看,竟然是伯爵夫人!

"我并非出于自愿前来找你,"她用强硬的语气说道,"我是被迫来满足你的要求的。用三点、七点、爱司这三张牌,你便可以连续赌胜三局,但是得有个条件:一昼夜之内只能打一张牌,三张牌赌完之后,今生今世再也不要赌博,而且你要和我的养女丽莎维塔·伊凡诺芙娜结婚,我便可以饶恕你把我害死之罪行,否则……"

说完这番话之后,她悄然转过身子,走到门口就不见踪影了,只听到鞋子发出的声音。赫尔曼只听到砰的一声把前厅的门关上了,接着又看到有个人在外面隔着窗户看了他一眼。

---

① 原文为英语。

赫尔曼好半天缓不过神来。他走进了另一个房间。勤务兵在地板上席地而卧。赫尔曼千呼万唤,费了好大劲儿才把他弄醒了。勤务兵像往常一样喝得酩酊大醉,休想从他嘴里问清什么事情,通向门厅的门仍然锁得好好的。赫尔曼转身回到自己的房间,点燃蜡烛,赶紧把刚才令人惊奇的一幕记录下来。

六

"等一等再发牌!"

"您居然敢对我发号施令?"

"大人!我说了,等一等再发牌!"

两种想法不可能同时静止不动地存在于人的思维活动之中,正如两个物体不可能在物质世界中同时占据同一个空间位置一样。三点、七点、爱司这三张牌立刻把赫尔曼头脑中已故老太婆的形影给吞没。三点、七点、爱司这三张牌一直盘踞在他的头脑之中,并且一直念念不忘地挂在他的嘴边。看到一位年轻的少女,他马上会说:"身姿多么妖娆啊!恰似红心三点一样。"如果有人问他:"现在几点钟了?"他必然回答:"七点差五分。"每当他看到一个个大腹便便的男人时,他都觉得像个爱司。三点、七点、爱司这三张牌在梦中也一直纠缠着他,全都幻化成千奇百怪的幻象:三点在他面前开成一朵火红色娇艳的石榴花,七点幻化成一座哥特式的拱门,爱司变成一只硕大无比的蜘蛛。他思来想去,绞尽脑汁,集中到一点——赶紧利用这个秘密去大发一笔横财。为此,他都打算退役离职和筹划出远门去闯荡江湖。他想到巴黎公开的赌场去大干一番,凭借着迷人的命运女神的法力大发一笔横财。看来,也许是天赐良机,使他免于旅途的劳顿和玩命的周折。

莫斯科组织了一个富豪赌徒协会,由名声大噪的切卡林斯基出任主席。此人一生历尽赌场风云,赢了数百万的家产。他赢钱时收输家的期票,输钱时却支付现金。他多次来闯荡赌场,成了一个老谋深算的赌棍,因此颇得赌场同行们的信赖。他家大业大,广招天下赌客,家有技艺超群的厨师,他又殷勤好客,性情豪爽,因此博得人们的一致好评和敬重。这时他也来到了彼得堡。年轻人听说他大驾光临,全都蜂拥而至,想一睹他在赌场上的风采,为此他们宁肯抛下舞场,宁肯暂时不去和女人追欢逐乐,甘愿俯首在这位赌场泰斗的面前。纳鲁莫夫也带着赫尔曼前去拜会。

他们二人走过一间又一间富丽堂皇的厅堂,房间里有一群仆役,个个礼貌周全而又殷勤备至,有几位将军和枢密院三等文官在那儿玩惠斯特[①];一些年轻人斜着身子,半躺半卧地靠在花缎面的沙发上,吃着冰激凌,嘴里还吸着烟斗喷烟吐雾。客厅里摆着一张长方形桌子,有二十几个赌徒围坐在那里,主人居中而坐,正在坐庄发牌。此人看上去有六十岁左右,穿着很体面,外表令人肃然起敬,满头白发,脸形丰满,容光焕发,显得善良可亲,双目炯炯有神,目光机敏,闪烁着笑意。此人便是赌场上大名鼎鼎的切卡林斯基。纳鲁莫夫把赫尔曼介绍给他。切卡林斯基和赫尔曼友好地握了握手,请他不必拘泥礼节,随便一些,然后接着发牌。

这一局牌赌了很久。牌桌上摆着三十几张牌。

切卡林斯基每次发完牌都要等上一小会儿,以便让赌家理好自己的牌,他自己也趁这个间隙记下输掉的钱数,彬彬有礼地听取赌家的要求,而且仔细认真地把被赌家不经心而折起的牌角抚平,然后准备好下一局发牌。

"请发给我一张。"赫尔曼说道,从一位也在此下注的胖绅士背后,把手伸了过去。切卡林斯基冲着他微微一笑,又默默地点了点头,

[①] 惠斯特,一种纸牌打法。

黑桃皇后

以示遵命照办。纳鲁莫夫满面笑容向赫尔曼致贺,恭贺他终于破除了长期以来戒赌的清规,并祝愿他出师必捷,马到成功。

"就押这么多!"赫尔曼用粉笔把下注的钱数写在牌子上,然后说道。

"请问押多少?"庄家眯着眼睛问道,"对不起,我看不清数目。"

"四万七千!"赫尔曼应声答道。

一听这个数目,所有的人立刻都转过头来,所有的眼睛都直勾勾地盯着赫尔曼。

"他这是发疯了!"纳鲁莫夫心里想。

"请允许我告知您,"切卡林斯基依旧满面春风地说道,"您下注的数目太大了,我们这儿下注,还没有人超过二百七十五卢布的呢!"

"怎么!嫌太大了?"赫尔曼不以为然地反问道,"您敢不敢赢我的赌注呢?"

切卡林斯依旧点头示意,即是说:"恭敬不如从命。"

"不过,我有一事必需事先奉告:我虽然有幸得到诸君的信赖,但是我只赌现金。从我这方面来说,当然,我相信您会一诺千金,但是为了保持赌场的规则和计算起来方便,还是请您把现金押到您的牌上。"

赫尔曼从口袋里掏出来一张银行支票递给了切卡林斯基。切卡林斯基瞟了一眼,便把这张支票放到了赫尔曼的牌上。

他又开始分牌。右边是九点,左边是三点。

"赢了!"赫尔曼翻开自己的牌说道。

赌徒们立刻低声议论起来。切卡林斯基皱了皱眉头,脸上随即又出现了笑容。

"您要现款吗?"他向赫尔曼问道。

"劳您大驾了!"

切卡林斯基从兜里掏出几张银行支票当场把账付清。赫尔曼收到了钱,旋即离开牌桌,纳鲁莫夫还傻待在那里。赫尔曼喝了一杯柠檬水,就凯旋回府了。

第二天晚上,他又到切卡林斯基这里来赌。切卡林斯基正在发牌。赫尔曼走到牌桌旁,赌徒们马上给他让出一个位子,切卡林斯基亲切地向他点了点头。

赫尔曼等到新的一局开始,摸了一张牌。把他自己的四万七千卢布连同昨晚赢的钱一起都押在牌上。

切卡林斯基动手分牌。右边的是十一,左边是七点。

所有在场的人全都一声惊呼。切卡林斯基显得有些心慌意乱。他数了九万四千卢布递给赫尔曼。赫尔曼不动声色地收下了钱,随即离开赌场。第三天晚上,赫尔曼又来到了牌桌旁。赌客们都在等他。那几位将军和三等文官都放下了手中的牌,不再打惠斯特,都围拢过来看这场非同一般的赌博。年轻的军官们也都从沙发上跳了起来,所有的仆役都跑到客厅里来。大家都紧紧地围在赫尔曼的身边。正在赌牌的赌徒也暂时不赌了,一个个都焦急地等待着赫尔曼这场赌局的结果。赫尔曼站在牌桌旁边,单枪匹马上阵,打算和切卡林斯基决一死战。切卡林斯基这时面色煞白,但依然面带微笑以示镇静。两人同时动手,各自拆开一副新的纸牌。切卡林斯基在洗牌,赫尔曼抽出一张放在桌上,把一大摞钞票押在了上面。观此阵势,倒真像一场殊死决斗。大厅里一片寂静,没有半点儿声音。

切卡林斯基开始出牌,手在微微颤抖。右边是皇后Q,左边是爱司。

"爱司赢定了!"赫尔曼说着,翻开了自己的牌。

"您的皇后输了!"切卡林斯基语调客气地说道。

赫尔曼全身为之一震:果然,他翻开的牌不是爱司,而是黑桃皇后。他简直不相信自己的眼睛,他真没搞清楚,他怎么会押错一张牌呢。

这时他觉得，那张黑桃皇后正眯着眼睛对他冷笑，这个非同寻常的场面是何等的相似！他感到惊恐……

"鬼老太婆！"他惊恐万分地大叫一声。

切卡林斯基把赢的钞票拿了过来。赫尔曼呆呆地站在那里。待他清醒过来，离开牌桌时，厅里爆发出一阵喧闹声。赌徒们齐声说道："赌得真有水平！"切卡林斯基又重新洗牌，赌局依旧继续进行下去。

结局

赫尔曼疯了。他住进了奥布霍夫精神病医院，住在第十七号病房。不管问他什么问题，他一概都不回答，只是嘴里一个劲儿地念叨着："三点、七点、爱司！三点、七点、爱司！……"左一遍右一遍地嘟囔个没完没了，而且说得很快。

丽莎维塔·伊凡诺芙娜也结婚了，嫁给了一个非常可爱的青年人。这个小伙子在某个机关里任职，尚有一份相当丰厚的家产。他是老伯爵夫人生前就已去世的管家的儿子。丽莎维塔·伊凡诺芙娜还领养了一个小女孩，是她一门穷亲戚的女儿。

托姆斯基晋升为骑兵大尉，并且与波琳娜公爵小姐结为伉俪，成为一对伴侣。

上尉的女儿

爱护衣物要从新的时候开始,
爱惜名誉要从小的时候开始。

——谚语

第一章　近卫军中士

> "他要是加入近卫军，
> 明天就能当上尉。"
> "这么办可不妥当，
> 让他去当兵磨炼磨炼。"
> "俗话说得好：
> 让他先吃点苦再说……"
> ……
> 可是，他的老子是何许人呢？
> ——克尼亚什宁①

我父亲的名讳叫安德烈·彼得罗维奇·格里尼奥夫，年轻的时候曾在米尼赫②伯爵麾下供职，官衔晋升到中校，于17××年解甲归田。从此便在辛比尔斯克自己的田庄上住了下来，并与当地的破落贵族的女儿阿芙多吉娅·瓦西丽耶芙娜·尤结为夫妻。我们兄弟姊妹共有九个，但是他们都命短，很小便一个个夭折了。

在我尚未出生的时候，就在谢苗诺夫团注册当上了一名中士。经

---

① 克尼亚什宁（1742—1791），俄国诗人、剧作家，所引题词出自喜剧《牛皮大王》（1786）。
② 米尼赫（1683—1767），俄国元帅、伯爵，1735年到1739年指挥对土耳其的战争。

办此事承蒙近卫军少校 Б 公爵的关照,他是我家的一门近亲。倘若我妈妈不幸生下来一个女孩,我父亲就会当即宣告那个尚未报到的中士已经死了。那么这件事也就算不了了之。在我求学和结业这段时间里,就算是一个请长假的军人。那时我们的启蒙教育和受业方式,和现在可大不相同。从五岁起,就把我交到了马夫萨威里奇手里,委托他来做我的管教人,因为他没有喝酒的恶习。在他的监督下,我十二岁便学会了认俄罗斯文字,并且对判断猎犬的特性和优劣颇有两下子。这时父亲给我聘请来一位法国教师——波普勒先生,此人是与从莫斯科订购足够吃上一年的橄榄油和葡萄酒一起来的。他这一来,使萨威里奇很不高兴。

"谢天谢地!"萨威里奇自言自语发牢骚说,"看样子,孩子已经会洗脸、梳头、吃饭了,就用不着自己人了,自己人就不中用了,真是有钱没处花,干吗非得请个外国佬来呢!"

波普勒在他本国是个理发师,后来到普鲁士当过兵,再后来就到俄国来当教师①,至于"教师"这个词的含义他却不怎么十分清楚了。他这个人倒是不错,是个好小伙子,就是太风流、太放荡。他的主要毛病就是太好色了。由于对女人过于殷勤和多情过度,因而经常受到惩戒,挨了揍以后便白天黑夜地唉声叹气。另外,按照他的说法,他对酒瓶子并无恶感,按照俄国人的说法,即有点好酒贪杯。不过,看到我家平日里只在午餐时才喝点葡萄酒,而且仅限一小杯,再加上仆人倒酒的时候,有时竟忘记给他倒,因此我的波普勒很快就迷上了俄国露酒。甚至觉得这种酒比他本国的葡萄酒味道还美,何尝不可以用来过瘾呢,而且可以益脾健胃。就这样,我们俩很快就相处得很融洽。虽然按照合同,他应该教我学习法语、德语及其他各门功课,但他却认为最好是学会用俄语跟我闲扯几句家常才为上策,而且我们果

---

① 原文为法语。

然也如此照办了，扯完了以后，我们便各干各的去了。我们俩真是如鱼得水，别的老师再好我也不稀罕。但是没过多久，命运就把我们俩拆散了，原来是因为：

有一天不知为什么，胖乎乎而且一脸麻子的洗衣女仆巴拉什卡，伙同独眼的挤奶女仆阿库尔卡一齐跪倒在我妈妈的面前，痛哭流涕地控告我那位先生，责备自己年幼无知，意志薄弱，被他利用和诱骗。我母亲一听，火冒三丈，认为此事非同小可，便立刻把此事告诉了我的父亲。父亲办事历来干脆利落，当即差人去叫那个法国流氓。仆人回来报告，说先生正在给我上课。父亲便走进了我的房间。当时波普勒正在床上睡大觉，正在做着甜梦。我正埋头忙我自己的事呢。我还得说明一下，在此之前，父亲专门为我从莫斯科订购来一幅大地图。把它挂在墙上根本发挥不了任何作用，但是这幅图又长又宽，质地又好，我早就相中了，决定用它来做一只风筝，乘此刻先生正在睡觉，我便动手干了起来。父亲进屋的时候，我正在好望角处粘一条用树皮做的尾巴。父亲看到我竟是如此做我的地理功课，便伸手扭我的耳朵，然后冲到波普勒床前，很不客气地把他叫醒，接着劈头盖脸地把他呵斥了一通。波普勒吓得惊慌失措，挣扎着想要站起来，但是却站不起来，因为这个可怜的法国佬已经喝得烂醉如泥，浑身瘫软。他这是罪有应得。爸爸一把揪住他的领子，把他从床上拖了下来，推出门外，当天就把他赶走了。这一下可让萨威里奇高兴得不得了。我的启蒙教育也就此草草结束了。

于是，我便成了一个闲游闲荡的公子哥，整天无所事事，不是赶赶鸽子，就是玩玩跳马游戏①，整天跟仆役的孩子们厮闹。不知不觉就混过了十六岁。这时我的命运也发生了转折。

到了秋季，有一天，我妈妈正在客厅里熬蜜饯，我站在一边馋得

---

① 小孩子们的一种游戏，即一个孩子躬成跳马形状，另一些孩子像跳马一样从身上跳过去。

又吞口水又舔舌头,眼巴巴地盯着锅里沸腾翻滚的泡沫。父亲在窗前读他的《圣朝年鉴》①,那是他每年必能收到的,这部书对他一贯都产生巨大的影响。他总是如获至宝,百读不厌,而且每次捧读,必定感慨万千,读到最后必定会大发雷霆。妈妈早就看透了他的心事,摸准了他的性情与嗜好,总是千方百计地把那部倒霉的书给藏起来,让父亲尽可能找不到。因此这本《圣朝年鉴》有时一连几个月都不跟他照面。然而,一旦让他发现,那么,他捧着这本书一坐就是几个钟头。有一天,父亲正好又在读《圣朝年鉴》,他不时地耸耸肩膀,轻声细语地嘟囔着:"这家伙居然当上了陆军中将!……从前在我们连里不过是个小小的中士!……还得了两枚俄国勋章!……不久以前我们不是……"最后把年鉴往沙发上一摔,便坐在那儿出神发呆,这种样子可不是什么好兆头。

他突然转过头来对我母亲说:"阿芙多吉娅·瓦西丽耶夫娜!彼得鲁沙②今年十几了?"

"刚十七岁。"母亲回答说,"彼得出生那年,正赶上娜斯塔西娅·格拉西莫夫娜姑姑瞎了一只眼,那年还……"

"好了!"父亲打断她的话,"该是让他去服兵役的时候了!不该让他再去跟丫头们鬼混和捣鸽子窝去了。"

一想到很快就要和我伤心地离别,我母亲大吃一惊,竟然把勺子失手掉到锅里,眼泪一滴滴顺着她的脸颊往下流。跟她的心情截然相反,我听到以后,当时高兴得心情简直无法形容。一想到要去服兵役,我脑子里便想到了自由自在的生活,那便是彼得堡欢乐的生活。我设想自己当上了近卫军军官的情景,我认为,那便是人世间至高无上的幸福了。

---

① 《圣朝年鉴》,一种年刊,其中刊载高级文武官员的姓名。
② 彼得鲁沙,彼得的爱称。

父亲一向不喜欢改变他的主意，办事一向干脆利落，说办就办。于是，我离家上路的日子就定了下来。离开家的前一天，父亲说，他要写一封信带给我未来的长官，让人给他送来了纸和笔。

"安德烈·彼得罗维奇！"母亲说，"别忘了代我向 Б 公爵问候，你就说，我拜托他好好关照咱们的彼得鲁沙。"

"胡说什么呀！"父亲皱着眉头答道，"我干吗要给 Б 公爵写信？"

"你方才不是说，要给彼得鲁沙的长官写信吗？"

"是啊！写信又怎么了？"

"彼得鲁沙的长官不正是 Б 公爵吗？他不是登记进了谢苗诺夫团嘛！"

"登记了！登记倒是登记，可这跟我有什么关系呢？反正不能让彼得鲁沙去彼得堡。在彼得堡入伍，他能学到些什么玩意儿？只能学会胡乱花钱，学会做浪荡鬼、公子哥！那怎么成！得让他下部队去，吃吃苦，闻一闻火药味，当当大头兵，而不是去吊儿郎当混日子。登记人近卫军有什么用！他的证件在哪儿？去找来！"

母亲找来我的证件，那是跟我受洗礼时的汗衫一起放到她的箱子里的，她手里拿着直发抖，交给了父亲。父亲仔细地把证件看了一遍，放在桌子上，然后便动手写信。

我一心想知道究竟要去哪儿，急得像热锅上的蚂蚁：不去彼得堡，那么要把我发配到什么地方去呢？我的眼睛死死盯住爸爸的笔尖，可是这支笔移动得太慢了。他终于把信写完了，把我的证件和信一块儿放进信封里封好。这才摘下眼镜，把我叫到他的跟前，说："你把这封信当面交给安德烈·卡尔洛维奇·P，他是我的老同事和老朋友。你到奥伦堡去吧，就在他的部下服役。"

这一下子，我的一切光耀夺目的希望全破灭了，全完蛋了！向往彼得堡快乐生活的美梦也成了泡影，等着我的将是荒无人烟的边远地

上尉的女儿　　221

区和那里那种枯燥无味、烦闷死人的生活，一分钟前想到去服兵役，还心花怒放，喜不自胜呢，现在可倒好，真成了冷水浇头，怀抱冰了！但是，要去争辩也不会有什么好结果。第二天早上，把一辆暖篷雪橇拉到了台阶前，往雪橇里放了一只皮箱，装着茶具的食品盒，还有一包包的馅饼和糖糕，这些东西是表示家里最后一点恩宠了。父母二人一起为我祝福。父亲对我说："再见了！彼得！你要对得起你所宣过誓的人，要尽心尽职。要听长官的话，但不要去对长官逢迎讨好。不要逞能硬揽差事，该你做的事也不推诿塞责。要记住一句古语：爱护衣物要从新的时候开始，爱惜名誉要从小的时候开始。"母亲热泪满面地叮嘱我一定多多保重身体，又再三嘱咐萨威里奇要精心照看我。他们给我穿上一件兔皮短袄，外面又罩上了一件狐皮大衣。我挥着热泪坐上了雪橇，便跟萨威里奇启程上路了。

当天夜里我们赶到了辛比尔斯克，要在此停留一天一夜，以便在此地购买一些必需品，这是事先就交代好了让萨威里奇去办的。我一个人留在旅店里。萨威里奇一大早就去跑商店买东西了。我望着窗外那条脏了吧唧的小胡同，心里烦闷得要死，便信步走到旅店各个房间里去看一看。跨进了弹子房，我碰到了一位高个子先生，此人约莫三十五六岁，留着两撇黑黑的胡髭，身穿长袍，手里拿着一根台球杆，嘴里还叼着一支烟斗。他正和台球记分员打台球，记分员要是赢了，就喝一杯烧酒；如果输了，就得手脚着地爬着钻过球台。我一直看着他们玩。他们玩得越久，钻球台爬的洋相就出得越多，直到台球记分员瘫倒在球台下面爬不起来才算罢休。那位先生对着趴在地上的记分员叨咕了几句下葬时念的咒语，好不盛气凌人！随之又来邀请我和他赌上几局，我推辞说不会，这大概使他感到有些惊奇。他满不在乎地把我上上下下打量了一番；不过我们彼此还是交谈了起来。我得知他的名字叫伊凡·伊凡诺维奇·佐林，是个骠骑兵上尉，是为招募新兵来辛比尔斯克出差的，也住在这家旅店。佐林邀我共进午餐，并说按着大兵的吃法，有啥吃啥。我欣然接受了他的邀请。我们在餐桌旁落座。佐林喝了不少，也给我敬酒，并且一再说，应该习惯军人的应酬。他还向我披露了部队里的奇闻逸事，趣闻笑话，逗得我把肚皮都笑疼了。等到吃完饭后，我们便成了好朋友。他还主动提出教我打台球。他说："这玩意儿，对于咱们这些当兵的哥们儿，可是少不得的呀！比方说，在行军途中，你到了一个小地方——请问你怎样消磨时间呢？要知道，不能总是去打犹太人哪。没事儿可干，你会不自主地走进旅店，玩玩台球算了；要想玩，你就得先学会了才行啊！"

我被彻底说服了，于是便一心一意地学了起来，佐林有意一个劲儿地大声夸奖，对我飞速的进步佯装惊叹不止。练了几个回合以后，他便提出来跟我赌钱玩，每回赌一个铜板，目的不在于输赢，这样玩也比空手玩有意思，听他的口气，这是最不像样的玩法了。要赌钱，我也没反对。佐林便吩咐拿果酒来，劝我也品上几口，并一再开导说，要学会军人应酬的风度；不喝果酒的军人，那还算得上什么军人！我听信了他的话。这时，我们接着往下赌。我端起杯子一口一口地喝着，酒喝得越多，胆子也越来越壮。我打的球经常飞出球台。我再也按捺不住，发火了，责骂记分员不公平，天晓得他是怎么记的。我下的赌注也越来越大，一句话，我干起来好像一个无拘无束的野孩子了，时间不知不觉地过去了。佐林看了一下表，放下台球杆，然后对我说，我输给了他一百卢布。这一下弄得我十分狼狈，因为我的钱都放在萨威里奇那里。我只好请他原谅，佐林打断我的话，说道："别着急！请放心好了。我可以等，现在咱们去阿琳努什卡那儿去吧！"

有什么可以辩解的呢？这一天从早到晚，我都是这样又荒唐又糊里糊涂地混过去了。我们在阿琳努什卡家吃的晚饭，进餐时佐林不断地给我倒酒，又一而再地说，要学会军人的应酬。吃过饭起身的时候，我差点站不住了，折腾到半夜，佐林才把我送回了旅店。

萨威里奇在台阶上迎候着我们。他看到了我热衷于军人风度所取得的显著效果之后,长叹一声:"少爷,你这是怎么搞的?"他用十分可怜的抱怨语气说:"你这是在哪儿灌成这个样子?老天爷!真是造孽,从娘胎生下来也不曾干过这种蠢事啊!"

"给我闭嘴!老家伙!"我舌头直打转地说道,"看起来,是你自己喝醉了,别来烦我,快睡觉去……快安顿我躺下。"

第二天一醒来,我头痛得要命,模模糊糊地记起昨天发生的事情。这时,萨威里奇端着茶杯走了进来,打断了我的思路。"太早啦!彼得·安德烈伊奇!"他对我说,"你这样寻欢作乐有点太早啦!你看看你像谁?无论你父亲,还是你爷爷都不曾好酒贪杯,都不是酒鬼。你母亲,那就更不用说了,一辈子除了喝格瓦斯①,别的啥也不曾喝过。你这么早就胡闹,怪谁呢?只怪那个该死的法国佬。他时常跑到安吉别芙娜身边说:'太太,热乌普理,伏特卡②。'这回可倒好,给你个'热乌普理'!有什么可说的,这就是他干的好事!这个狗崽子!本来就不该请个邪教徒当教师,好像老爷府上的人都不管用似的!"

我感到羞愧。便转过身子对他说:"拿走吧,萨威里奇,我不想喝茶。"但是,只要萨威里奇开口说教,你就休想能让他闭上口。"你看,彼得·安德烈伊奇!你这么胡闹有啥好处!弄得脑袋又痛又晕,胃口也不好。如果喝酒喝上瘾,那就会成为一个废人……你就喝点儿加蜂蜜的酸黄瓜汁解解渴吧!最好喝半杯露酒醒醒酒,要不要?"

这时,一个小孩走进屋来,交给我佐林写的一张条子。我打开一看,写着如下几句话:

亲爱的彼得·安德烈伊奇!请把昨天输给我的一百卢布

---

① 格瓦斯,盛行于俄罗斯、乌克兰和其他东欧地区的低度数酒精饮料。
② 法语:"太太,请给我伏特加"的译音。

交给我派去的小家伙带回来。我急需钱用。

随时愿为您效劳的

伊凡·佐林

别无他法。我只好装得满不在乎的样子,扭过脸来望着萨威里奇,望着"我这位钱财、衣物、各项事物的总管"[1],命令他拿给这个小厮一百卢布。

"为啥要给他一百卢布?"萨威里奇大吃一惊地问道。

"我欠了他的钱。"我答道,语言和神情极为冷淡。

"欠了钱?"萨威里奇以反驳的口气反问道,而且感到越来越惊奇,"可是,少爷,你什么时候欠了他的钱?这件事情可有点不大对头。少爷!随你怎么样,反正我就是不付钱。"

我心想,在这个关键时刻,倘若我再不给这个犟老头一点儿厉害看看,不制服他,以后要想摆脱他的约束那就更困难了。于是,我神气十足而傲慢地瞪了他一眼,说道:"我是你的主人,你是我的奴仆。钱是我的,我输了钱,因为我愿意输,我奉劝你不要自作主张,妄自尊大,叫你干啥,你就给我干啥!"

听了我这番话,萨威里奇大吃一惊,两手一拍,愣住了。

"你干吗站在那儿发呆?"我大发雷霆地喊了起来。

萨威里奇哭了起来:"我的小少爷彼得·安德烈伊奇!"他声音颤抖嗫嚅地说,"你别让我伤心死了。你是我的天使!听听我这老头子的话吧!赶紧给那个强盗写封信,就说你是跟他逗着玩儿的,我们根本就没有带那么多的钱——一百卢布!你就发发慈悲吧,你就告诉他,你的父母坚决禁止你赌博,除非玩赢核桃的……"

"够了,别胡扯了!"我严厉地打断他的话,"把钱拿来,不然的

---

[1] 出自俄国戏剧家冯维辛的《献给我的仆人舒末洛夫·万卡和彼得鲁什卡的诗》。

话，我就掐着脖子把你轰出去！"

　　萨威里奇看了我一眼，伤心极了，只得去支付我的赌债了。我心里很可怜这位老人。但是我要想摆脱他的束缚，就得拿出点厉害，让他看看我已经不是一个小孩子了。把钱付给了佐林，萨威里奇赶紧带着我离开了这个倒霉的旅店。他来告知我说，马匹已经备好。我良心不安，怀着默默忏悔的心情，离开了辛比尔斯克，没有向我那位教师爷告别，也没有想今后是否还会遇到他。

第二章　向导

> 异乡啊！遥远的异乡，
> 我从未见到过的地方！
> 不是我自己要来这儿，
> 也不是骏马驮我来此游荡；
> 而是满腔热血和勇气，
> 而是贪欢痛饮的向往，
> 招引我这年轻的好汉
> 来游历这块异地他乡。
> ——《古民歌》[①]

　　我在旅途上的心境一直都不十分愉快。我输掉的钱，按当时的价值计算，数目相当不小。我心里不能不承认，我在辛比尔斯克旅店里的行为是荒唐而愚蠢的，觉得很对不起萨威里奇。这一切使我心里很不舒服。老人家一路上闷闷不乐地坐在赶车夫的车座上，背对着我，一声不吭，只是不时地干咳几声。我很想和他言归于好，可是又不知如何启齿。我终于对他说："喂！喂！萨威里奇，算了，我们和解吧！我错了，我承认，真的是我错了。昨天是我胡闹，又委屈了你。我保

[①] 出自楚尔科夫编选的《俄国民歌选》第三卷（1770—1774）。

证以后不再瞎胡闹,保证听你的话就是了。好了,别再生气了,我们就算言归于好了!"

"唉!我的小少爷彼得·安德烈伊奇!"他深深叹了一口气,回答道,"我在生我自己的气,全都怪我。怪我太愚蠢,我怎么能让你一个人待在旅店里呢!有啥办法呢?是我的罪过,是我一时糊涂,竟然心血来潮想顺路去看看教堂执事的老婆,想跟这位教亲见见面。哪里知道去看教亲,结果闯了大祸。岂止闯祸……我怎么有脸去见老爷和太太呢!他们会怎么说呢?要是知道了他们的儿子又喝酒又赌钱。"

为了安慰可怜的萨威里奇,我对他发誓,保证今后我不得到他的认可就一个铜板也不花。他渐渐放心了,虽然不时还摇摇头,一个人唠里唠叨地说:"一百个卢布!来得可不容易呀!"

我去服役的地点快要到了。放眼环顾四周,到处都是一望无际而又荒凉的草原,时而还看到一些纵横交错的沟壑和山丘。大地上覆盖着积雪。太阳落山了。暖篷雪橇在一条小路上向前滑行,更确切地说,那不是什么路,只不过是农民的雪橇留下的一条辙痕罢了。车夫突然抬眼专注地望着天边,最后摘下帽子,转过头来对我说道:

"少爷!你看是不是调头往回走啊?"

"干吗往回走?"

"天气靠不住,暴风雪马上要来了。看!已经刮起了雪花。"

"那又有什么值得大惊小怪的?"

"你看看那边是什么?"车夫用鞭子指了指东方。

"除了这白茫茫的雪原和晴朗的天空,我什么也没有看到。"

"看!快看,天边上有一朵云彩。"

我真的看到天的尽头有一朵小小的白云,乍一看,还以为是一个孤零零的小山包,车夫解释说,这朵云便预示着暴风雪要来临。

我听说过此地暴风雪的厉害,知道它一来能把整辆马车埋起来。萨威里奇同意车夫的看法,也说不如趁早往回走。但是,我觉得风还不大。我指望能及早赶到下一站,于是吩咐赶快走。

车夫扬鞭催马赶紧赶路,不过他的眼睛总是望着东方,马儿跑得挺欢,这时风渐渐大了起来。那朵小云彩变成了一堆白色的乌云,越来越浓,越来越大,渐渐地布满了苍穹。下小雪了,突然之间,大雪像撕棉扯絮般纷纷扬扬地下了起来。狂风呼啸,暴风雪真的来了!转眼间,黑沉沉的天空与铺天盖地的大雪搅在了一起,乾坤一片混沌,一切全都看不见了……

"哎呀,少爷!"车夫大声叫道,"糟了,暴风雪来了!"

我从暖篷里往外一看,可不是!一片漆黑。只听得风声呼啸,狂风怒吼,来势凶猛,气势汹汹,好似变成有灵性的狂暴的野兽一般。我和萨威里奇身上落满了大雪。马匹一步挨一步艰难地走着,很快就迈不动步,站住不动了。

"怎么不走了?"我焦急地问车夫。

"叫我怎么赶?"他回答道,一边从赶车座上爬了下来,"天晓得往哪儿走!周围一片漆黑,根本就看不见路。"

我张口大骂车夫,萨威里奇为他辩解:"你不听劝告嘛!"

他怒气冲冲地说道:"要是调转车头回到旅店该有多好,喝杯茶,一觉睡到大天亮,暴风雪也停了,然后再从从容容地赶路。现在急什么呢?急着去喝喜酒?"

萨威里奇说的是对的,可是后悔也来不及了,雪下得正起劲,雪橇周围眼看成了大雪堆。马儿站着,垂着头,冻得不时地打哆嗦。车夫在马匹周围来回地走动,因为无事可干便去整一整车马挽具。萨威里奇在那里发着牢骚。我遥望四周,但愿能看到一间房舍或道路,哪怕能看到一点影子也好。但是,只见风雪漫天飞舞,别的什么东西也分辨不出了……突然,我发现了一个黑点。

"喂,车夫!"我叫了起来,"你快看!那边有个黑点,是什么?"

车夫聚精会神地望了望。"天晓得!少爷!"他坐上了他的赶车

上尉的女儿　229

座,"车不像车,树不像树,看样子,还在动!可能是狼吧,要不然就是人。"

我吩咐他把马车朝那个不知道是啥玩意儿的东西的地方赶过去,那个东西也朝着我们迎面移动过来。过了两分钟我们碰头了,却原来是一个人。

"喂,老乡!"车夫对他喊道,"请告诉我,路在哪儿?"

"路就在这儿,我站的这个地方就是硬实的路面。"过路人回答说,"问这个干吗?"

"听我说,老乡!"我对他说,"这一带你熟悉吗?你能不能带着我们找个住宿的地方?"

"这个地方我很熟,"过路人答道,"谢天谢地!这一带无论什么地方,横穿竖过,我骑马走路都跑遍了。瞧!看这鬼天气,难怪你们迷了路。最好的办法,就是在这儿停下来等一等,兴许暴风雪会停下来,天也就云开雾散了。到那时,看着天上星星的方位,咱们才能赶路。"

他神色镇定,给我壮了胆。我决心听天由命,不妨就在这片草原过一夜。这时,过路人突然跳上驾车台,对车夫说道:"好了!老天保佑!村子就在附近。往右拐,走吧!"

"干吗往右拐?"车夫语调不快地问道,"你看到路了?你以为,马是人家的,套包不是自个的,拼命赶吧!瞎闯一通,是不是就是这么回事?"

我觉得车夫说得不无道理,我便接着说:"真的,你怎么知道村子就在附近呢?"

"因为风是那边刮过来的,"过路人回答说,"我闻到烟味,这就说明,村子就在附近"。

他头脑的机灵及嗅觉的敏锐令我十分佩服。我吩咐车夫向他所说的方向赶过去。马匹在深深的积雪里拔腿艰难地前进。篷车在缓缓地移动,时而碰上雪堆,时而陷进坑洼里,左右不停地来回颠簸,就好似一条小船在波涛汹涌的海上航行。萨威里奇不停唉声叹气,左摇右晃,不时撞到我的腰。我放下帘子,裹紧了皮大衣,闭目打盹。大家都不说话了。狂风呼呼直叫,马车缓缓地来回摇着,仿佛给我催眠似的。

我做了一个梦。这个梦我一辈子也不会忘掉,只要我把生活中的奇异的情节和这个梦相互对照,直到如今我依然觉得这个梦是个先兆。请读者原谅我,因为,凭经历大致都清楚,一个人多少总要有点迷信,尽管人们都对迷信有偏见而表示鄙夷。

当时我的心灵和幻觉还处在一种莫名其妙的状态,现实隐去,幻觉顿生,二者又若明若暗地交织在一起:杂然纷呈,浑为一境。我分明感觉到,暴风雪并未停息,我们正在雪原上……可是我又突然看到一扇大门,我们驶进了这家门庭高大的院落。我头脑中闪现出的第一个念头就是生怕父亲对我大发雷霆,生怕他责备我这次迫不得已又返回父母的保护伞之下,生怕他责备我故意将他们的教诲当成耳旁风。我心里七上八下,忐忑不安,跳下雪橇,抬头一看,母亲站在台阶上迎接我,但却是一副愁眉苦脸的样子。"轻点。"她对我说,"你爸爸病危,想跟你见最后一面。"我简直被吓昏了,跟她走进卧室。房间里很暗,床边站了好些人,一个个都满面愁容。我轻移脚步走到床前。母亲掀开帐子说道:"安德烈·彼得罗维奇!彼得鲁沙来了。他听说你生病的消息就拼命往回赶。你给他祝福吧!"我双膝跪倒,睁大眼睛注视病中的父亲。怎么回事……床上并没有我父亲,却躺着一个满脸黑胡子的人,他满面笑容地看着我。真把我弄得丈二和尚摸不着头脑,回过头来问母亲:"这是怎么回事?他不是我爸爸?那么凭什么要这个庄稼汉给我祝福?""反正一样,彼得鲁沙!"母亲回答说,"他是你的主婚人,快吻他的手吧!让他为你祝福……"我不同意。这时,那个人从床上一跃而起,从背后操起一把斧子来朝着四面乱砍乱剁。我想拔腿跑掉……但却抬不起腿来。屋子里面到处都是死尸,我磕磕绊绊地碰上了一具具尸体,在一摊摊血泊中间滑行了过去……那个令人可怕的汉子用爱抚的语调呼唤着我,说道:"别怕,快来接受我给的祝福!……"我被吓得魂不附体,感到一阵眩晕……突然把我惊醒了。恰在此时,马停住了,萨威里奇握住我的手说道:"少爷!请下车吧,我们已经到了。"

"到哪儿了?"我一边问,一边抬手揉揉眼睛。

"到了客栈啦。多亏上帝保佑!要不咱们准得撞到院子栅栏上。下车吧,少爷!快下来活动活动,暖和暖和吧。"

我下了马车。暴风雪虽然不那么来势汹汹了,但依然在继续刮着。周围一片漆黑,即便睁大眼睛也还是什么都看不见。这时店主在大门口迎接我们,手里提着一盏马灯在前面带路,领着我走进了正房。这个房间很小,点了一枝松明。墙上挂着一支长枪和一顶高高的哥萨克皮帽子。

店主是个亚伊克河①流域的哥萨克,看样子,六十来岁,身体健壮,气色很好。萨威里奇手捧着食品盒随后跟了进来,他向店主要火,以便烧茶。我从来没有像在此刻这样想喝茶了。店主出去张罗去了。

"我们的向导在哪儿?"我问萨威里奇。

"我在这儿,阁下!"一个声音从我的头上传来。我抬头一看,但只见他满脸大黑胡子和一双闪光发亮的眼睛。

"怎么样,老兄,冻坏了吧?"

"怎么能不冻坏呢?我只穿了一件又破又烂的庄稼汉穿的短上衣!本来还有一件皮袄子,可又何必要隐瞒真情呢?昨晚押给酒店老板了。原来以为不会这么冷呢。"

这时店主走了进来,捧来个热气腾腾的茶炊。我请向导也来喝一杯茶。那汉子从上铺爬了下来。他仪表堂堂,我觉得非常英武:四十

---

① 亚伊克河,乌拉尔河的旧称。

嘟当岁，中等身材，很瘦，宽肩阔背；一脸大黑胡子，偶尔看到几根银丝，一双大眼睛很灵活，而且炯炯有神。面部的表情，看上去很讨人喜欢，但又多少带点儿狡诈的味道。把头发剃成一个圆圈，穿了一件破旧庄稼汉穿的短褂子和鞑靼人那种肥腿灯笼裤。我端碗茶递给了他。他喝了一口，皱起了眉头说道：

"阁下！请发发慈悲做做好事，叫杯酒来吧！咱们哥萨克可喝不惯茶。"

我高高兴兴地满足了他的愿望，店主从橱柜里取出一大瓶酒和一只大杯子，走到向导的面前，盯着他的脸说道：

"哎嘿！你又到我们这边来了！是哪位神灵把你带来的？"

向导意味深长地使了个眼色，用顺口溜答道："飞进菜园子，啄啄大麻籽，老太太扔块小石子——偏偏没打死。得了！你们的伙计怎么样了？"

"我们的伙计又能怎么样呢？"店主也用不愿意让外人听懂的隐语说，"动手要敲晚祷钟，神父老婆不答应，神父做客尚未归，村里坟场在闹鬼。"

"甭说了，大叔！"我的流浪汉说，"天下毛毛雨，不愁没蘑菇，只要有蘑菇，不愁没筐子。而眼下（他又使了个眼色），斧头得藏到身后啰！因为守林人正在巡逻。大人！为你的健康，干杯！"他说完这番话，端起酒杯，画个十字便一饮而尽。然后向我鞠一躬，便爬上高铺去了。

那时，这种江湖黑话我一点也听不懂，但是我后来猜出来了。他们是在谈论雅伊克的军队，那时刚把1772年的暴动镇压下去不久。萨威里奇面带蔑视的神情听着他们的对话，他时而瞟一瞟店主，时而又瞟一瞟向导，心中不免有些疑惧。这家客店，或者按着他的说法，叫大车店，孤零零地坐落在大草原中，上不着村下不着店，离所有的村庄都很远，简直就像个强盗窝子。可是，我们已经没有办法可想了。

要想继续赶路,那是连想都不用想的了。我看到萨威里奇那副提心吊胆的样子,心里实在感到好笑。这时我想睡觉了,于是便往板凳上面一躺。萨威里奇决定爬到炕上去睡。店主睡在地板上。不一会儿,整个小屋子里鼾声大作。我也睡得像死人一样。

第二天早晨,我醒来时已经很晚了。我看到,风雪已经停了,阳光灿烂。一眼望不到头的草原上,到处都是皑皑的白雪,闪光耀目。马已经套好了。我跟店主结了账,他只要了很少一点儿店钱,正中萨威里奇下怀,他没有像往常那样争吵着讨价还价了,而且把昨天晚上的疑虑忘得一干二净。我叫来向导,感谢他对我们的帮助,并吩咐萨威里奇赏给他半个卢布买酒喝,萨威里奇一听眉头紧锁。

"半个卢布买酒喝!"他说道,"干吗?为了报答他把你带到客栈里这件事儿吗?少爷,随你吩咐,反正我们没有那么多的闲钱。见到人就赏酒钱,那还赏得起!照这样赏起来,我们自己很快就要饿肚子了!"

我不好再跟萨威里奇争执,因为我曾答应过他,银钱花销全由他掌管。我心里感到有些内疚,因为不能不感谢这个向导,即使不能说他是救苦救难,至少是他使我们摆脱了困境。

"算了!"我压着怒火说道,"你不给他酒钱,那就把我的衣服匀给他一件。他穿得太少了,就把那件兔皮皮袄给他吧。"

"别发善心了!彼得·安德烈伊奇少爷!"萨威里奇说,"他要你的兔皮皮袄有什么用?这条狗,一碰到酒馆就会换酒喝掉。"

"老家伙!我会不会换酒喝掉,那就不用你操心了,"我的流浪汉说道,"你家少爷愿意从身上脱下皮袄赏给我,这是他做主人的一番好意,你做奴才的,就应该遵命照办才对,用不着多啰唆。"

"你这个连上帝都敢骗的强盗!"萨威里奇气势汹汹地对他说,"你看到我家少爷年纪小,人老实,好欺侮,就存心趁火打劫!你要少爷的皮袄有啥用?你这个膀大腰圆的大块头,怎么能穿得上呢!"

"别再逞能了,"我对我的老仆人说道,"快去把皮袄拿来!"

"老天爷呀!"我的萨威里奇叹息着说,"兔皮袄差不多还是新的呢!要是给别人倒也情有可原,偏偏要给这么个穷光蛋酒鬼。"

不过,他还是把兔皮皮袄拿了过来。那个汉子当时拿过来就试着穿,确实,他很难穿得上,连我穿都嫌小了一点。但是,不管怎样,他折腾来折腾去,终归还是穿到身上了,不过,一道道线缝都让他给撑开了。听到皮袄被撑破的响声,萨威里奇差点没哭起来,流浪汉对我赠送的礼物很满意。他一直把我送上雪橇,对我深深鞠了一躬,说道:"大人!您做了一件善事,上帝会让咱一辈子不会忘记您的大恩大德。"说完他站到一旁,我便起程继续赶路,根本没去理睬萨威里奇,他一路上气鼓鼓的,我很快就把昨夜的暴风雪抛到脑后,也忘掉了向导和那件兔皮皮袄。

到了奥伦堡,我便直接去拜见将军。我看见一位大高个子男人,他已经上了年纪,有点驼背。满头长发如霜似雪,身上穿着一套褪色的老式军装,一看,便令人想起安娜·伊凡诺芙娜①时代的军人。他说话时,德国口音很重。我把父亲写给他的信当面呈上。一看到我父亲的名字,他飞快地望了我一眼。

"我的天!"他说道,"好像没多久以前,安德烈·彼得罗维奇还是你这么年少英俊呢!可是现在,你瞧,他的儿子都长这么大了!唉,真是岁月不饶人哪!"他拆开信,一边低声念着,一边大发感慨。

"'尊敬的安德烈·卡尔洛维奇大人阁下,卑职切望大人……'干吗要来这么一番客套话呢?唔!他这么搞,真不嫌害臊!当然,军纪严明,这是首要的。但是,给老同事②写信,何苦这样呢!'大人想必

---

① 安娜·伊凡诺芙娜(1693—1740),彼得大帝的侄女。自1730年成为俄国女皇,直到1740年去世。

② 原文为德语。

不会忘记'……嗯……'想当年已故元帅米宁①率军出征……还有卡拉林卡'……噢！他居然还记得当年我们在一起瞎胡闹的事儿哪！'兹有一事拜求……我把儿子托你庇荫'……嗯！……'请将我儿紧紧握在刺猬手套之中'②……'刺猬手套'是什么东西？看来这是一句俄罗斯俗语。什么叫'紧紧握在刺猬手套之中'？"他把这句话又重复了一次，然后转过脸向我发问。

"这句话的意思是，"我回答道，尽力装出一副老实而又天真的样子，"要态度仁厚，不要十分严厉，让他自由自在的，这就是'紧紧握在刺猬手套之中'之意。"

"嗯！我懂了……'不能让他放任自流'……不！看起来，刺猬手套并不是你说的那个意思……'他的证件随函附上'……证件在哪儿！啊！'已经注册加入谢苗诺夫团'……好！好！一切照办。'请允许我不拘官职的尊卑，以一个老同事，老朋友的身份拥抱你……'啊！他总算是想开了……等等，恕不多赘……好了，亲爱的！"他读完信后，把证件放到一边，说道，"一切照办。就把你分派到××团去当军官，立刻就去报到，明天你就去白山要塞。到那儿去，你要在米罗诺夫上尉手下服役，他是一个尽职尽责的人，是一个心地善良的好人。你要忠于职守，要学会遵纪守法。你在奥伦堡没有什么事情可干，懒散、放任对年轻人没什么好处。但是，今天请你在我家进餐。"

"给我念的紧箍咒可是越念越紧了！"我心中暗自嘀咕，"我在娘胎里就注册成为一名近卫军中士，这又有什么屁用？要把我弄到什么样的地方才算完呢？进××团，去吉尔吉斯——卡伊萨克大草原边界上的一个荒僻的要塞……"我在安德烈·卡尔洛维奇家里吃了顿饭，坐下进餐的除了将军本人，还有一个老副官。他款待的一餐饭也充分

---

① 指米尼赫伯爵。
② 即严加管束之意。

体现出德国人严格节俭的作风。我心里想,他是不想让我经常成为他这个单身汉餐桌上多余的座上客,因此才这么匆匆忙忙地打发我去边防军的吧!第二天,我向这位将军道别之后,便动身去那个我要服役的鬼地方去了。

第三章　要塞

> 我们驻守在碉堡里面，
> 清水解渴，面包当饭；
> 倘若敌人逞凶来偷袭，
> 来抢我们的馅饼解馋，
> 我们就犒赏他们一顿，
> 保管用炮轰它几霰弹。
> ——士兵之歌

> 都是一些老顽固！我的老爷！
> ——《纨绔子弟》①

白山要塞距离奥伦堡有四十俄里。一条道路沿着雅伊克河陡峭的河岸蜿蜒而去。河水尚未结冰，铅灰色的波浪在到处都覆盖着白雪的两岸之间，忧郁地汹涌奔腾，与白雪相比显得黑沉沉的。河对岸是一望无际的吉尔吉斯草原。我心潮翻滚，思绪万千，心情异常抑郁。我对边防军的生活不怎么感兴趣。路上我尽力想象我未来的顶头上司——米罗诺夫上尉该是一副什么模样。想来想去，认定他是一个严

---

① 出自俄国戏剧家冯维辛的喜剧《纨绔子弟》。

厉的爱发脾气的老头子,除了忙自己的公务之外,对别的事情一窍不通。可能为了鸡毛蒜皮的小事,就会惩罚我,关我的禁闭,只让我喝生水解渴,啃干面包充饥。这时,天色暗了下来,我们的马车跑得相当快。

"离要塞还远吗?"我向车夫问道。

"不远了,"他答道,"瞧!已经望得到了。"

我放眼往四周张望,想要发现一座座森严的碉堡,一个个塔楼和围墙。但是除了用园木头做的栅栏围着的小村子之外,再没有看到什么别的东西。道路一边有三四个被积雪覆盖一半的干草垛,另一边是一架风车,已经歪斜了,几片用树皮做的车翼,懒洋洋地耷拉在上面。

"要塞在哪儿?"我惊疑地问道。

"那不就是!"车夫用手指着一个小村落答道。他刚说完这句话,我们已经驶进村子。我一看,门口摆着一门老掉牙的大炮,是生铁铸的;街道很仄,而且是右弯右拐的;一座座低矮的小房,大多数都是用干草盖顶。我吩咐车夫,把马车赶到要塞司令部去,一分钟以后,马车便停在了一栋木头房子跟前,这栋房子建在高地上,旁边是一座木头造的教堂。

没有一个人出来迎接我。我走进穿堂,推开门进了前厅。一个伤残的老兵坐在桌子上,正往绿色军装的袖肘上缝一块蓝色的补丁。我要他去通报我来报到。

"请进吧!老爷!"伤残兵说道,"我们的人都在家。"于是我走进了房间,屋子里收拾得干干净净,屋内的陈设都是老式的,屋角摆着一个放家什的大柜子;墙上挂着放在玻璃镜框里的军官证书,证书旁边还装点了几张版画:"攻克吉斯特里[①]""攻克奥恰科夫[②]",还有"选

---

① 吉斯特里,普鲁士在奥得河上的要塞。七年战争期间俄军曾于1758年包围了此要塞。
② 奥恰科夫,土耳其的一座堡垒。米尼赫曾率俄军于1737年占领此堡垒。

新娘""老鼠葬猫①"。窗前坐着一位老太太,穿着一件棉坎肩,头上扎着一条头巾。她在缠线团。一个身穿军装的独眼龙老头子帮着缠线,伸着两只手绷着线。

"您有什么事儿,先生?"老太太问我,继续忙着手里的活计。我回答说,我是来当差的,按规矩前来晋谒我的上司上尉先生。说话中间,我转向那位独眼老人,想必他就是要塞司令了。但是老太太打断了我背得滚瓜烂熟的那套官腔。

"伊凡·库兹米奇不在家,"她说,"他到盖拉西姆神父家做客去了。但是没关系,先生!我就是她的老伴儿。承蒙关照和看得起,请坐,先生!"他叫来一个侍女,吩咐她去把军士长叫来。那个老头翻起一只独眼,好奇地打量着我。

"斗胆请问,"他说,"您曾在哪个团里高就?"我如实回答,满足了他的好奇心。"斗胆请问,"他又问,"你为何从近卫军调到边防军来呢?"我回答说,这是长官的旨意。

"由此看来,您也许做了一个近卫军军官不该做的事情吧!"这个老头子一个劲儿地追问,看样子非要打破砂锅问到底不成。

"够了,别扯这些没用的了!"上尉夫人对他说道,"你看,这个年轻人旅途劳顿,太累了,他还哪有工夫听你这一套……把手伸直……那么你,我亲爱的!"她转向我说道,"把你调动到我们这荒凉的地方,也不必伤心!调到这儿来的人,你不是头一个,也不是最后一个,学会忍耐,就会心情愉快,什瓦卜林·阿列克赛·伊凡内奇调到这儿已经四年多了,因为他行凶杀人。天知道,他怎么会犯这么大的罪。你看他跟一个中尉跑到城外去,两个人都带着剑,到城外便拔剑刺杀了起来。阿列克赛·伊凡内奇一剑刺了过去,一下子把中尉给刺死了,还有两个证人在场,你说该怎么办?哪有人生来就会犯

---

① 老鼠葬猫,18世纪流行于欧洲的一幅讽刺版画。

罪啊！"

正说着话，一名下士走了进来，他是一个哥萨克，是个小伙子，身材很漂亮。

"马克西梅奇！"上尉夫人吩咐道，"给这位军官先生找一套房子，挑干净一点的。"

"是！瓦西丽莎·叶戈罗芙娜！"下士回答道，"把这位先生安排到伊凡·巴列扎耶夫家，您看可不可以？"

"胡扯！马克西梅奇！"上尉夫人说，"伊凡·巴列扎耶夫家住得已经够挤的了。他还是我家的教亲呢！他也不会忘记我们是他的上司。你就领这位军官先生……请问您的尊称①，先生！彼得·安德烈伊奇？那么就领彼得·安德烈伊奇到谢苗·库佐夫家去吧。他是个骗子，爱占便宜，把马放到我家菜园子里，好！怎么样？马克西梅奇，一切都办得很顺利吧？"

"谢天谢地！一切都平安无事。"哥萨克回答说，"只有伍长普罗霍罗夫在澡堂子和乌斯季尼娅·涅古琳娜打了一架，听说是为了争盆热水。"

"伊凡·伊格纳季奇！"上尉夫人对独眼老头说道，"请你去调查一下普罗霍罗夫和乌斯季尼娅两人之间的争吵，看看谁有理，谁没理。但是，两个人都得整治一下。好了！马克西梅奇，去吧！彼得·安德烈伊奇！马克西梅奇这就带您到您的住所去。"

我告辞出来，军士长把我带到一家农舍。它坐落在陡峭的河岸上，在要塞的最边上。房子的一半住着谢苗·库佐夫，我住另一半。这里原来是一间整洁的正房，后来被隔成两个开间。萨威里奇一进来便动手收拾和清扫起来。我从小窗朝外望去。只见眼前是一片令人愁闷的草原，一眼望不到头。斜对面有几间小茅屋，街上冷冷清清，只有几

---

① 俄国人的姓氏和名字由三部分组成：姓氏、名字和父称。

只鸡走来走去。一个老太婆手里提着一只木盆,正在那儿叫猪,猪猡噜噜呜呜地叫着,仿佛在友好地回话一般。我竟落到了这步田地,命中注定,青春年华要在此地葬送了!我越想心中越难过,便离开小窗,往床上一躺,连晚饭也不想吃了,也不想听萨威里奇唠里唠叨安慰的话语。他苦口婆心地劝啊劝个没完,最后说:"老天保佑!啥也不想吃!这怎么行呢?要是让太太知道孩子病倒了,该会怎么说呢?"

第二天一大早,我刚起床穿衣服,房门便被推开了,一个年轻的军官走进屋子。他个子不高,黝黑的脸膛,长相有点儿难看,但是这人倒是满活跃的。他用法语说:"我不拘常礼冒昧地前来登门拜访,请多多包涵,昨天听说您的大驾光临,我想终于能够见到一个像个人样的人了。我实在按捺不住了,一心想见到您,于是就跑来了,您在此地住上一些时间,就会明白这是怎么回事了。"我一下子便猜到了,此人就是那个因决斗而从近卫军中被除名的军官。我们两人一见如故,什瓦卜林为人很精明,他的言辞锋利,尖酸刻薄,但也颇为妙趣横生。他一一向我描述了要塞司令一家人,与他交往的一些人物,以及我命中注定要待在这里的环境,讲得有声有色,引人入胜,以至逗得我开心地笑了。这时,昨天在司令部前厅补衣服的那个老伤兵走进屋来,来请我到要塞司令家吃饭。他是尊瓦西丽莎·叶戈罗芙娜之命前来的,什瓦卜林自告奋勇陪我同去。

走到要塞司令居住的房子附近的时候,我们看到大约有二十几个老弱残兵集合在小操场上,一个个都扛着长长的弯刀,头上戴着三角帽。他们排成了一列纵队,要塞司令站在队前。这是一个老头,个子高高的,神采焕发,头戴尖顶小帽,身上穿着一件棉布长衫。看到我们来了,他便走了过来,对我讲了几句亲切温和的话语,又继续指挥操练去了。我们站了一会儿,看看他们操练,但司令请我到瓦西丽莎·叶戈罗芙娜那儿去,并应许他自己随后就到。"这儿,"他补充道,"没有什么值得好看的。"

瓦西丽莎·叶戈罗芙娜非常纯朴实在而又高高兴兴地接待了我们，对待我就像老熟人一般。那个老伤残兵和巴拉莎忙着摆桌子，安排饭菜。

"我的伊凡·库兹米奇今日干吗操练起来没完没了啦？"上尉夫人说道，"巴拉莎！去叫老爷回来吃饭。喂！玛莎在哪儿？"

这时，一位十七八岁的姑娘走了进来。她有一张圆圆的脸庞，两颊绯红，一头淡褐色的头发，平平展展地，一直梳到耳根，两只耳朵红得像要着起火一样。头一次见面，我对她并未产生什么好感，因为我对她已抱有成见。什瓦卜林曾对我说了她不少坏话，这家伙把这位上尉女儿描绘成一个又蠢又笨的姑娘。玛利亚·伊凡诺芙娜在屋角坐下，并动手做针线活。这时，把菜汤端上桌子，瓦西丽莎·叶戈罗芙娜见到丈夫还没来，再次派巴拉莎去叫。

"告诉老爷，客人在等他，汤一会儿也要凉了。上帝慈悲，操练的事又跑不掉，以后的日子长着呢，够他喊叫的了。"

上尉很快就回来了，由那个独眼龙老头儿陪同。

"这是怎么搞的，我的大老爷？"老伴对上尉说，"菜早就上了，左请右叫，你就是不回来。"

"你听我说，瓦西丽莎·叶戈罗芙娜！"伊凡·库兹米奇回答说，"我在忙公务，在训练士兵。"

"唉，得了吧！"上尉夫人顶嘴说，"训练士兵，说得好听！说什么训练什么士兵，他们学不到怎样当差尽职，你也明明知道，不会有什么好处。还不如坐在家里祷告上帝，那样要好多了。亲爱的客人，请入座进餐吧！"

我们在桌旁就座，瓦西丽莎·叶戈罗芙娜一直唠唠叨叨说个没完。她像发连珠炮似的，接二连三地向我们发问：我父母是何许人？他们还健在吗？他们住在哪儿？家产有多少？一听到我父亲有三百个农奴，一下子就嘟囔起来："可真够阔的！"她说，"世上真有大富翁啊，先生！可我们家里只有一个侍女——农奴帕拉什卡①，谢天谢地！好歹对付着过呢。只有一件事总是让我操心，放心不下。玛莎，这个丫头该出嫁了，但是什么嫁妆都没有！只有一把梳子，一把笤帚，还有一枚三戈比的铜板（乞求上帝宽恕），只够去澡堂子洗个澡。如果能碰上个好人，那也是造化，不然，甭想出嫁，只能乖乖地坐在家里当老姑娘了。"

我向玛利亚·伊凡诺芙娜看了一眼，她羞得满脸通红，甚至眼泪也流了出来，一滴滴地掉在盘子里。我情不自禁地可怜起她来，于是连忙转移了话题。

"我听说，"我很不适宜地插言说道，"巴什基尔人要来攻打你们的要塞啦！"

"你听谁说的？先生？"伊凡·库兹米奇问道。

"在奥伦堡时，有人对我说过。"我回答说。

"不必大惊小怪！"要塞司令说，"我们这儿好久就听不到什么传闻了。巴什基尔人已经闻风丧胆，吉尔吉斯人也尝过苦头了。不必担心，他们不敢再兴风作浪，如果胆敢再来，老子就再给他们点厉害看一看，准保叫他们十年也缓不过气儿来。"

"那么您害怕不害怕呢？"我转过脸来向上尉夫人继续说道，"住在要塞里面，要担多大的风险哪，难道就不担惊受怕吗？"

"早就习以为常了，我的先生！"她答道，"二十年前，就把我们从团部调到这儿来，那个时候，可真吓死人！我对那些邪教徒，简直怕得要命！只要一看到猞猁皮帽子，只要一听他们的叫声，魂都要吓掉了，心都要跳出来了啦！信不信由你，亲爱的，可是现在呢，已经习惯了，要是有人跑来报告强盗就在要塞附近耀武扬威呢，我会稳如泰山，我连动也不会动一下。"

---

① 帕拉什卡，巴拉莎的昵称。

"瓦西丽莎·叶戈罗芙娜可是一位非常勇敢的太太，"什瓦卜林郑重其事地插话说，"关于这一点，伊凡·库兹米奇可以做证。"

"是的！你听我说，"伊凡·库兹米奇接茬说道，"这个老太婆可是个有胆有识的人。"

"玛利亚·伊凡诺芙娜怎么样？"我问道，"也和您一样勇敢吗？"

"玛莎勇敢不勇敢？"她母亲回答说，"不，玛莎胆子可小，直到现在还怕放炮。一听到炮声，就吓得浑身打哆嗦。两年前，我的命名日那天，伊凡·库兹米奇忽然心血来潮，独出心裁，要放几下大炮。玛莎，我的小鸽子差点儿给吓昏了，打那时起，我们再不放那门该死的大炮了。"

吃过饭后，我们起身告辞，上尉和上尉夫人去睡午觉了。我便到什瓦卜林那儿，跟他在一起待了整整一个晚上。

第四章　决斗

> "好吧，请摆好架势举剑，
> 看我一剑就能把你的身子刺穿！"
> ——克尼亚什宁[①]

几个礼拜过去了，我在白山要塞生活得还不错，对我来说非但没有感到度日如年，甚至过得还相当愉快。司令一家人对待我就像亲人一样，这对老夫妇原来却都是最可敬可爱的人。伊凡·库兹米奇是从娃娃兵晋升为军官，虽然没有受过教育，然而他坦率质朴，为人十分真诚正直，心地善良。一切事情都听从老伴的指挥，这正好适合他那懒散的脾气。瓦西丽莎·叶戈罗芙娜办理公务当成操持家务的私事一样，她指挥整个要塞就像管理自己小家那样精明。玛利亚·伊凡诺芙娜在我面前很快就不再认生了。我们彼此混熟了。我发觉她是一个通情达理而又多愁善感的姑娘。不知不觉之间，我竟然迷上了这善良的一家子，甚至对那个独眼龙边防军中尉伊凡·伊格纳季奇也产生了好感。什瓦卜林却故意造谣，胡说他与瓦西丽莎·叶戈罗芙娜似乎有暧昧关系，纯属捕风捉影，连一点影子也没有。然而，什瓦卜林对此竟然没有愧悔之意。

[①] 出自克尼亚什宁的喜剧《怪物》。

我被晋升为军官。我的公务并不繁忙，在这个靠神灵护佑的要塞里，没有检察巡视，没有军事科目的操练，也用不着站岗放哨。要塞司令根据个人的意愿，有时也教练教练士兵。不过，他还是无法使他们分清哪一边是左，哪一边是右。尽管他们有些人为了不转错，每次在转身之前总在胸口上画个十字。什瓦卜林有几本法语书，我便借来阅读，这使我对文学产生了兴趣。每天早晨我都看看书，练习搞搞翻译，有时还写一写诗。午饭基本上在司令家就餐，然后在那里消磨一天里剩下的时光。晚上，神父盖拉西姆和他太太阿库琳娜·潘非洛芙娜也到司令家里坐一坐。这位神父太太可是这一带天字一号的嘴大舌长之人。我同亚·伊·什瓦卜林几乎天天碰面。可是，他的言谈使我一天天越来越不愉快。他总是讽刺嘲笑司令一家，尤其对玛利亚讽刺挖苦的言辞更甚，这些话引起了我的反感。此外，要塞里再没有什么人可以往来，这对我来说则是求之不得。

虽然传来了一些谣言，但是巴什基尔人并没有发动叛乱。我们的要塞周围依然是平安无事，一片祥和。但是，突然爆发的内讧把和平的气氛给破坏了。

我们在前面已经说过，我在埋头搞文学习作。我的创作活动，在当时来说还是很不错的，几年之后，亚历山大·彼得罗维奇·苏马罗科夫[①]对我这些拙作还十分赞赏。有一天，我写了一首歌自己颇为得意。众所周知，有时作者佯装征求意见，实际上是希望得到别人的赞扬。因此，我把那首歌抄了一遍，拿去给什瓦卜林看，他是整个要塞里唯一有能力评价诗作的人了。经过简要说明以后，我便从兜里掏出笔记本并给他朗读了如下诗句：

　　我要斩断这爱情的思恋，

[①] 亚·彼·苏马罗科夫(1718—1777)，俄国诗人、剧作家。

我要迫使自己忘却她的倩影，
　　啊，玛莎！我必须挣断情网，
　　心儿才能恢复自由和宁静。
　　但那双眼睛将我俘获，
　　总是对我那般脉脉含情，
　　弄得我神魂颠倒，
　　夺走了我心中的安宁。
　　你明明知道我在忍受煎熬，
　　你明明看到了我今生的厄运，
　　玛莎！你就发发慈悲吧！
　　我做了你的俘虏，意笃情深！

　　"你看写得如何，有什么高见？"我问什瓦卜林，就好似等待必定会得到赏赐的礼品一样，等待他的赞赏。然而，令我极端懊恼和失望，什瓦卜林却一反常态，一扫平日宽容俯就之举，居然宣称，我这首诗写得很糟。

　　"为什么呢？"我问他，竭力掩饰失望的神情。

　　"因为，"他答道，"这类诗篇，只有我的老师瓦西里·季里罗维奇·特列佳科夫斯基①才会欣赏，这首诗使我想起了他的艳情诗。"

　　他立刻从我手里取过笔记本，接着便毫不留情地一字一句地进行批驳，对我尽情地嘲弄，尽情地挖苦。我实在难以忍受，便从他的手里夺回笔记本，并且对他说，从今以后，我再也不给他看我的作品了。什瓦卜林却满不在乎，对我的警告竟一笑置之。

　　"走着瞧吧！"他说道，"但愿你能信守自己的诺言：诗人总是希

----
① 瓦·季·特列佳科夫斯基(1703—1769)，俄国诗人，擅长写矫揉造作、晦涩难懂的艳情诗。

望别人听他的诗,就像伊凡·库兹米奇每顿午饭都要喝一瓶烧酒一样。可是,你向她倾吐衷情,宣泄爱情苦闷的这位玛莎又是谁呢?莫非就是玛利亚·伊凡诺芙娜?"

"这不干你的事!"我皱着眉头回答道,"不管这个玛莎是谁,我不愿再听你的高见,也用不着你瞎胡猜。"

"啊哈!好一个自鸣得意的诗人,却原来是个谨小慎微的情郎哪!"他接着往下说,我却越来越压不住怒火了,"不过,请听我的良言相劝,假若你想出奇制胜,那么我提醒你光靠写诗作歌是无济于事的。"

"这是什么意思?先生,请你解释清楚。"

"悉听遵命。意思就是:如果你想让玛莎·米罗诺娃在黄昏时同你幽会,那么,你就不用献上什么艳情诗,只要送给她一副耳环就能得手。"

我全身热血沸腾。

"你为什么如此蔑视她?"我问道,尽量压着满腔怒火。

"因为,"他像魔鬼似的冷笑着,回答道,"凭我个人的经验,我清楚她的爱好和性情。"

"你这是造谣中伤,下流坯!"我怒火万丈地大叫起来,"你扯谎,真是无耻之极!"

什瓦卜林立刻翻了脸。

"这件事我跟你没完!"他说着,一把抓住我的胳膊,"我要跟你决斗。"

"随你便,随时奉陪!"我答道,心里十分高兴。我真恨不得当时就宰了他。

我当即去找伊凡·伊格纳季奇,正赶上他手里拿着针线坐在那里。遵照司令夫人之命,他正忙着用针线穿蘑菇,吹干之后以备冬天食用。

"喂，彼得·安德烈伊奇！"他看到我之后说道，"欢迎光临！是什么风把您吹来了！有何贵干，斗胆请问。"

我三言两语简要地向他说明来意，说我跟阿列克赛·伊凡内奇闹翻了，特来请他，伊凡·伊格纳季奇给我作决斗的证人。伊凡·伊格纳季奇专心地听我讲话，独眼睁得大大的，死死盯着我。

"您是说，"他对我说道，"您想刺杀阿列克塞·伊凡内奇，您想让我到场做证，请问是这么回事吧？"

"正是如此。"

"行行好吧，彼得·安德烈伊奇！亏您想得出来！你不是跟阿列克赛·伊凡内奇闹翻了吗？有什么大不了的！骂一顿不就完事了，他骂你，你就骂他！他对着你的脸骂，你就对着他的耳朵骂，对准别的地方骂也可以——然后各自走开，我们再来给你调解调解，不就拉倒了。可是你却不是这么想，非要去刺杀自己身边的熟人。斗胆请问，这是件好事吗？若把他杀死倒也罢了，上帝与他同在，我对阿列克赛·伊凡内奇也没有什么好感。要是万一他一剑把你刺穿了呢？那又该怎么办呢？谁去当这个大傻瓜呢？斗胆请问？"

这个明白事理的中尉一番苦口婆心的劝告，并没有使我回心转意，我依然我行我素地坚持要决斗。

"悉听尊便！"伊凡·伊格纳季奇说道，"你认为该怎么干就怎么干吧！但是干吗非要我去做证人呢？根据哪一条章法？斗胆请问。打架斗殴的事儿，谁没见过？谢天谢地！我跟瑞典人和土耳其人都打过仗，这一套我早就看腻了！"

我好不容易地把证人的职责向他交代了一番，但是，伊凡·伊格纳季奇怎么也弄不明白我讲的意思。

"你爱咋办就咋办！"他说，"如果要我参与这件事，那我就要尽我的职责，我要去向伊凡·库兹米奇去报告，就说要塞里有人策划损害公家利益的罪行，请司令考虑采取必要的措施……"

我听了以后，吓了一大跳，并且请求他对司令只字都不要提。我费了九牛二虎的劲儿才说服了他。让他发誓以后，我才放心地离开他。

跟往常一样，当天晚上我还是在司令家里消磨过去的。我竭力装得高高兴兴、心平气和的样子，免得引起怀疑，省得被人啰里啰唆地盘问起来没完。有的人要是处在我这种地位，总是免不了要吹嘘一通，说自己如何如何镇定自若。可是，我坦白地说，我可没有那种本事。这一晚上我格外情意缠绵和心悸魄动。玛利亚·伊凡诺芙娜对我比平时更欢心。一想到今天晚上，可能是最后一次看到她了，她在我的心目中便显得格外动人。什瓦卜林也来了，我把他领到一旁，把我与伊凡·伊格纳季奇的谈话告诉了他。

"我们何必非要证人呢？"他不动声色地对我说，"没有证人，我们照样可以干！"

我们约好在要塞边上的干草垛后进行决斗，时间定在明天早晨六点到七点。我们交谈着，表面装得很友好，以致伊凡·伊格纳季奇一时高兴，说走了嘴。

"早该如此！"他喜形于色地对我说，"能和睦地相处总比舞刀弄枪好得多，虽然面子上不好看，但确保身体不受伤害。"

"怎么回事，伊凡·伊格纳季奇，"此刻正在屋里摆纸牌卜卦的司令夫人赶紧追问道，"怎么回事？我没听清楚。"

伊凡·伊格纳季奇发现我不满意的神色，同时又记起了自己的诺言，一时发窘，不知如何回答是好，这时，什瓦卜林走上前来给他打圆场。

"伊凡·伊格纳季奇是在表扬我们和解了。"
"可是你跟谁吵架啦，我的大少爷？"
"我跟彼得·安德烈伊奇大吵了一架。"
"为啥？"
"不值一提的小事：为了一首歌！瓦西丽莎·叶戈罗芙娜！"

"真是没事找事,为了一首歌吵架……那么事情是怎么引起的呢?"

"是这样:彼得·安德烈伊奇前些日子写了一首歌,今天他当着我的面唱了起来,我随即哼了一首心爱的歌:

> 上尉的女儿啊!要记住,
> 深更半夜可别出门闲逛!……①

就是因为这,我们就大吵了起来,彼得·安德烈伊奇起初大发雷霆,但是后来他也消气了,一想各人有各人唱歌的自由,随便他唱什么歌,就这样完事了。"

什瓦卜林真是无耻透顶,把我气得差点儿发疯。但是除了我,谁也听不懂他葫芦里卖的什么药,谁也没听懂他话里的旁敲侧击,至少谁也没留意。大伙又把话题从歌词扯到诗人。司令指出,文人一个个都轻浮放荡,并且都是一些不可救药的酒鬼。他友好地告诫我不要再写诗了,因为写诗会妨碍公务,而且绝不会有好下场。

有什瓦卜林在座,我感到实在难以忍受。不久,我就向司令和他的全家道了别。回到家里,我把佩剑检查了一遍,试了试剑锋,然后躺下睡觉,并吩咐萨威里奇明早六点钟准时叫醒我。

第二天在约定的时间,我站在干草垛后面等着我的对手。不久他也来了。

"可能会发觉我们,"他对我说,"最好赶快进行。"

我们脱掉了军服,只穿坎肩,拔剑在手。正在这时,伊凡·伊格纳季奇从草垛后面钻了出来,还有五六个残疾老兵。他要我们去见司令。我们只好快快不快地服从。士兵们把我们围在中间。我们只得乖

---

① 所引诗句出自《俄国民歌集》,由18世纪俄国民间文学专家普拉奇汇编。

乖地跟着伊凡·伊格纳季奇向要塞走去。伊格纳季奇扬扬得意地走在前面,显得神气十足。

我们走进司令部的房子。伊凡·伊格纳季奇打开了屋门,庄重地报告:"带来了!"瓦西丽莎·叶戈罗芙娜还向我们走了过来。

"哎呀!我的两位少爷。这像什么样子?像话吗?究竟为啥?在咱们的要塞里居然有人要行凶杀人!伊凡·库兹米奇!马上把他们关禁闭!彼得·安德烈伊奇!阿列克塞·伊凡内奇!把你们的剑交出来,交出来!巴拉莎!将这两把剑拿到仓库里封存起来。彼得·安德烈伊奇!我真没想到你居然也会这样胡来。你怎么不感到害臊呢?阿列克塞·伊凡内奇,根本不要管他,反正他本来就因为杀人罪,才从近卫军中被赶了出来,他连上帝都不信。可是你呢,你也要走这条路吗?"

伊凡·库兹米奇完全同意他老伴的看法,并且宣布说:"你听我说,瓦西丽莎·叶戈罗芙娜说得完全对。决斗在军事条例中是明文规定禁止的。"

这时帕拉莎从我们的身上把两把佩剑取了下来,送交仓库。我忍不住要发笑。什瓦卜林却一本正经地板着面孔。

"我虽然非常尊重您,"他对上尉夫人冷冷地说道,"但是我不能不指出,您审判我们完全是多管闲事。应该把这个案子交给伊凡·库兹米奇去办吧!这是他的职权范围之事。"

"嘿,我的少爷!"司令夫人反驳道,"难道丈夫与妻子不是同心同德,夫唱妇随天生的一对吗?伊凡·库兹米奇!你发什么呆?还不马上把他们两个关禁闭,就让他啃面包喝清水,看看能不能赶走他们身上的傻劲,再请盖拉西姆神父做一场宗教惩戒的法事,让他们祈求上帝宽恕,并且要当众忏悔。"

伊凡·库兹米奇不知道怎么惩戒才好,玛利亚·伊凡诺芙娜气得满脸熬白。一场风波逐渐平息下来。司令夫人的气也消了,逼使我们彼此亲吻一下。帕拉什卡又把剑交还给我们。我们从司令部走出来,表面上看起来已经和好。伊凡·伊格纳季奇陪我们一起走了出来。

"你怎么不害臊呢?"我气愤地对伊格纳季奇说道,"你不是对我发誓不去报告吗,怎么事后又去向司令报告呢?"

"老天有眼,我可没有去报告!"他回答说,"都是瓦西丽莎·叶戈罗芙娜从我嘴里套出去的。她并没通知司令,一切都是由她亲自安排的。不过,谢天谢地!这件事总算解决了。"

说完这番话他就回家去了。只剩我和什瓦卜林单独在一起。

"我们这件事情并没就此拉倒。"我对他说道。

"当然,"什瓦卜林回答说,"我要用你的血来偿付你对我的侮辱。不过,看样子,他们会监视我们的。这几天,我们要不动声色装装样子才行,再见!"我们装得没事儿人一样地分了手。

回到司令部里,我像平常一样,走到玛利亚·伊凡诺芙娜身旁坐了下来。伊凡·库兹米奇也在家。瓦西丽莎·叶戈罗芙娜正忙着家务。我们两人轻声细语地交谈着。玛利亚·伊凡诺芙娜满怀温存之情地向我诉说,因为我和什瓦卜林争吵打架,大家都感到很不安。

"当我们听说你们要用剑进行厮杀,真把我吓蒙了。"她说道,"你们这些男人真是怪人!为了一句一个礼拜就会忘得一干二净的话,居然就要舞枪弄剑砍杀起来,就要豁出性命、良心和亲人的幸福,那些亲人……不过我相信,这次争吵不是由您挑起来的。不用说,要怪阿列克赛·伊凡内奇。"

"您为什么会这么想呢,玛利亚·伊凡诺芙娜?"

"这是因为……他总是爱嘲弄别人!我不喜欢他这个人,我对他没有好感。可是真奇怪,不管怎么样,我不希望,他对我也会反感。这件事使我心中很不安。"

"那么,您觉得他喜欢您吗,玛利亚·伊凡诺芙娜?"

玛利亚·伊凡诺芙娜羞得满脸通红结结巴巴地说:"我觉得,我想,他喜欢我。"

"您为什么会这样想呢?"

"因为他曾向我求过婚。"

"求过婚?他向您求过婚?那是什么时候?"

"去年,您来到这儿的两个月以前。"

"您没有答应?"

"正如您亲眼所见。阿列克赛·伊凡内奇这个人当然很聪明,门第高贵,又有地位,又有家产。但是,我想,将来要戴着花冠在教堂举行婚礼,当众跟他接吻……我才不干呢!更谈不上会有什么幸福!"

玛利亚·伊凡诺芙娜这一番话使我茅塞顿开,犹如拨云见日,这一番话向我说明了许多东西。此刻我终于明白了,为什么什瓦卜林总是尖酸刻薄地说她坏话。大概他也看出来我和玛莎互相倾慕,因而处心积虑地要离间我们俩。他说的那些引起我们争吵的话语,现在我觉得更加卑鄙下流,那些话岂止是粗暴无礼和无耻下流的嘲笑,而且我看清楚了,那纯粹是他精心炮制的污蔑和诽谤。我渴望着惩罚这个像条疯狗一样的造谣污蔑的恶棍,而且这种心情越来越强烈,我焦急地等待着复仇的时机。

我没等多久。第二天,当我正坐下来写一首哀歌,当我正咬着笔杆寻求韵律的时候,什瓦卜林来敲我的小窗子。我便放下笔,取下佩剑走出屋去会他。

"干吗不趁早动手呢?"什瓦卜林对我说道,"现在正好没人监视我们。咱们到河边去,在那儿,不会再有人妨碍我们了。"

于是,我们便一声不响地出发了。我们顺着陡峭的小路往下走,走到紧挨着河边地方停了下来,两个人都抽出宝剑。论剑术,什瓦卜林比我要熟练,但是我比他强壮有力,也比他勇敢无畏,当过兵的波普勒先生曾经教过我几手剑术,谁知这回竟派上了用场。什瓦卜林不曾料到,我居然是个难对付的敌手。我们相互刺杀了好半天,两个人谁都无法伤害对手。最后,我发现,什瓦卜林渐渐没劲儿了,于是,我便开始勇猛地向他发起进攻，逼得他节节败退，差点儿掉到河里。这时，突然听到有人大声呼喊我的名字，我回头一看，见萨威里奇正沿着山间小路向我飞奔而来……正在这一瞬间，猛然一剑重重地刺中了我右肩偏下的胸膛之处。我翻身栽倒，并且失去了知觉。

第五章　爱情

> 啊，姑娘，美丽的姑娘，
> 你年岁还小，可别忙着嫁人；
> 你去问问爸爸和妈妈，
> 再去问问家里的骨肉至亲！
> 姑娘！你要学得聪明一点，
> 变得聪明点，有了嫁妆才嫁人。
> ——民歌[1]

> 如果你找个人比我好，就忘掉我；
> 如果你找个人比我差，就想起我。
> ——民歌[2]

　　我苏醒过来以后，好一阵子还迷迷糊糊，弄不清到底发生了什么事情。我躺在床上，在一间陌生的房间里，我感到全身瘫软，四肢无力。萨威里奇站在床前，手里捧着一支蜡烛。还有一个人，正小心翼翼地给我解开胸部和肩膀上的绷带。我的思路渐渐清晰了，想起来决

---

[1] 出自普拉奇汇编的《俄国民歌集》。
[2] 出自诺维科夫汇编的《新俄罗斯民歌全集》。

斗和我受伤的情景。这时,屋门咿呀响了一声。

"怎么样?他好些吗?"一声低低的耳语,我听了为之一震。

"还是老样子,"萨威里奇叹了一口气地回答道,"还是不省人事,已经过了四天四夜了。"

我想转过头去,但是做不到。

"我在哪儿?是谁在这儿?"我吃力地问道。

玛利亚·伊凡诺芙娜走到我的床边,俯下身子来看我。

"怎么样?您觉得如何?"

"谢天谢地!"我声音微弱地回答她,"是您吗?玛利亚·伊凡诺芙娜!请您告诉我……"我再没力气说下去了,只好沉默了。

萨威里奇一声长叹,脸上出现喜悦的神情。

"苏醒过来了!苏醒过来了!"他一遍又一遍地说道,"上帝大发慈悲!主啊!唉,彼得·安德烈伊奇少爷,你真把我吓掉魂了!真够受的!四天四夜!……"玛利亚·伊凡诺芙娜打断了他的话。

"不要和他多说话,萨威里奇,"她说,"他还很虚弱!"

她走了出去,轻轻地带上房门。我心潮澎湃。看样子,我是躺在司令家里了,玛利亚·伊凡诺芙娜经常来照看我,我想问萨威里奇好些话,但老头儿一个劲摇头,并用双手捂住自己的耳朵,我只得懊恼地合上眼睛,接着便迷迷糊糊地进入了梦乡。

睡醒之后,我便叫萨威里奇,他不在屋里,只见玛利亚·伊凡诺芙娜站在我的面前。她用天使般的温柔的声音向我问候。我无法表达那一刻洋溢在我心中难以描述的甜蜜的情感,我抓住她的手,把它紧紧地贴在我的腮边,我感动得泪如泉涌。玛莎并没有把手抽回……突然,她用双唇碰了碰我的面颊,我感到了这是火热灼人的一吻,令人心悸魄动的一吻。我顿时感到周身热血沸腾。

"亲爱的玛利亚·伊凡诺芙娜!善良的玛利亚·伊凡诺芙娜!"我对她说道,"做我的妻子吧!请答应赐给我这种幸福吧!"

她仿佛若有所思。

"看在上帝的分儿上,请不要激动。"她说着,把手抽了回去,"您还没有完全脱离危险,伤口可能会崩裂。就算为了我,你千万要保重身体。"她说完这句话就走开了。留下我一个人沉醉在狂喜之中。幸福真有起死回生使我复活的威力,她将属于我!她爱我!这个念头充满我全身所有的细胞。

从这个幸福的时刻之后,我的伤势日见好转。团里的一个理发师给我治疗,因为要塞里没有别的医生。谢天谢地,他并没卖乖弄巧。青春活力和天生的好体质促进了我康复的进程。司令一家子一直看护着我,一直为我操劳。玛利亚·伊凡诺芙娜更是时时刻刻守护在我的身边。不言而喻,我又抓到一个良机,我又再次倾诉上次没有倾吐完的满腹衷情。玛利亚·伊凡诺芙娜更加耐心地倾听着我的诉说。她没有一丝一毫的忸怩作态,坦诚地表白她衷心地爱我,并且说,她的父母知道也会非常高兴,乐于接受这种幸福。"但是,你可是要好好想一想,"她补充说,"从你父母那方面考虑会不会有什么障碍呢?"

我仔细地想了一下,对母亲的慈爱,我一点也不怀疑,但是,我深知父亲的脾气和思想方式,因此,我感到,我的爱情不大会打动他的心,他会把这种爱情看成是年轻人的瞎胡闹。我真诚坦率地向玛利亚·伊凡诺芙娜说明了这种情况。然而,我最后还是下决心给父亲写一封信,尽力写得感人肺腑,恳求父母的应允和祝福。我把信拿去给玛利亚·伊凡诺芙娜看了,她感到这封信写得很有说服力,很感动人,毫不怀疑这封信能起作用,因而,她满怀青春与爱情的坚强信念,全身心地陶醉于自己心灵的无限温柔情感之中了。

病体复原之后的头几天,我就与什瓦卜林和好如初了。伊凡·库兹米奇为决斗之事,把我斥责了一通,他对我说:"唉,彼得·安德烈伊奇!我本应该罚你蹲禁闭,但不关禁闭你就已经够受罪的了。但是阿列克赛·伊凡内奇却被关到粮仓里监禁起来,他的佩剑由瓦西丽莎·叶戈罗芙娜封存起来，得让他好好反省反省，好好忏悔忏悔。"我太幸福了，因此不愿再结恨记仇。于是，我便为什瓦卜林求情，而心地慈善的司令在征得夫人同意之后，便将他放了出来。什瓦卜林来到我这儿，对我们之间发生的不愉快之事深感遗憾和致歉。他承认，全是他的过错，请求我忘掉所发生的一切。我这个人生来就不爱结怨记仇，真心实意宽恕了他与我的争吵，宽恕了他对我的伤害。我觉得，他之所以要进行造谣诽谤，是因为他的自尊心受到损害，以及求爱遭到拒绝而恼羞成怒的结果。我则以酩酊大醉为怀，原谅了我这位不幸的情敌。

不久我便完全康复了，生活能自理，便搬回了自己的住处。我焦急地等待着我寄出之信的回音。我不敢奢望能如愿以偿，尽量压抑着不祥的预感。我还没有向瓦西丽莎·叶戈罗芙娜和她的夫君陈述详情；但是，我深信，我的求婚不会使他们感到意外和惊讶的，无论是我还是玛利亚·伊凡诺芙娜在他们二老面前，都不会掩饰自己的感情，他们一定会同意的，我们事先对此就深信不疑。

我一直期待着回音，终于，在一天早晨，萨威里奇手里拿着一封信走进了我的房间。我用颤抖的手把信接了过来。我一看信封上的地址，便知道是我父亲的字迹。这就使我预感到事情有点非同寻常，因为平时都是母亲给我写信，父亲只是在信的末尾附上几句。我好半天没有勇气拆开这封信，一遍又一遍地仔细端详那工工整整的手迹："寄奥伦堡省白山要塞。彼得·安德烈伊奇·格里尼奥夫吾儿亲拆。"我竭力想从字体的书写上来推测父亲在写这封信时的情绪。最后，我只得把信拆开，看了前面几行，我就明白此事没有希望了。信的内容如下：

　　彼得吾儿！本月十五日收到你的来信，详情已悉。你在信中恳求我们做父母双亲的为你祝福，并同意你跟米罗诺夫之女玛利亚·伊凡诺芙娜结婚一事。我既不会为你祝福,而且也不赞同此桩婚姻,非但如此,我还要好好地整治你!尽管你已获得军官的头衔,但由于你品行不检点,我还是要把你当成顽童一样严加管教。你的所作所为已经证实,你不配腰悬军官佩剑,此剑赏赐给你,是为了让你去保卫祖国,并非让你去跟一个像你一样的混蛋去决斗。我将即刻就给安德烈·卡尔罗维奇致函。请求他把你调离白山要塞,发落到更远一些的地方去,这样或许可以驱除你愚妄之邪念。你母亲得知你决斗并且受伤的消息之后,已忧伤成疾,至今依然卧病在床。你将来会有什么作为?我只得祷告上帝,切望你痛改前非,虽然我不敢奢望我主恩赐洪福大德。

汝父
安·格

读过这封信后,使我百感交集,心乱如麻。父亲如此严厉的训斥,对我丝毫不留情面,使我痛心疾首。他在谈到玛利亚·伊凡诺芙娜时,那种傲慢鄙视的语调,我觉得并非善意的,而且也是不公正的。他打算把我调离白山要塞一事使我感到恐惧,但是最令我痛彻肺腑和心神不安的是母亲生病的消息。关于决斗之事,我迁怒到萨威里奇身上,我深信不疑地断定一定是他告知我父母的,我急得在小屋里团团乱转,突然站在他的面前,恶狠狠地瞪了他一眼,没好气地说道:"亏你干的好事!看来,你害得我还嫌不解气!我受伤,在死亡线上整整挣扎了一个月,那多亏你呀!现在,你又想把我的母亲置于死地!"

萨威里奇犹如沉雷击顶一样,吓得不知所措。

"发发慈悲吧,少爷!"他说,几乎放声痛哭,"你怎么能这样说呢?你受伤,我倒成了祸根!老天有眼,那时我没命地跑过去,恨不得用胸膛来掩护你,想挡住阿列克赛·伊凡内奇刺过来的那一剑!都怪我年老体弱不中用了,哪承想我却给你帮了倒忙。可是我对你母亲做了什么坏事呢?"

"做了什么坏事?"我回答道,"谁让你写信去告密?难道是谁指使你到我身边来当奸细吗?"

"我?写信告密?"萨威里奇老泪纵横地答道,"老天做证!既然如此,就请看看老爷给我写的这封信吧!你会看到,我是怎样给你告密的。"他当即从兜里掏出一封信来,我看到了如下一些字句:

你这条老狗!真是不知羞耻,竟敢违背我的严厉命令,居然不向我报告我儿子彼得·安德烈伊奇的近况,以致有劳外人向我禀明他胡作非为。你就是这般履行自己的职责吗?你就是这般遵从主人的意志吗?我要把你这条老狗送去放猪,以惩戒你放纵少爷和对他的劣行知情不举之罪。我命令你,接到这封信之后立即写信向我报告,是否像别人写信告知的那样,告知他的健康状况如何:他的病体是否正在恢复,伤口在何部位,以及是否得到精心治疗。

萨威里奇在我面前显然是毫无过错的,然而我却平白无故地冤枉了他,用责骂和不信任的言语和举动侮辱他。我请求他原谅,但老头子非常伤心。"看我得到了什么好下场,"他反复地唠叨着说,"我为主人卖命效忠,就得到了这样的恩典!又是老狗,又是猪倌,又是让你受伤的罪魁祸首!不是这样的!彼得·安德烈伊奇少爷!不要怪我,全都要怪那个万恶不赦的法国佬。他总是教你舞刀弄剑,又蹦又跳的,好像学了这两下子,就能制服恶棍似的。非要雇一个法国佬,白白花了那么多的钱!"

不过,那个自愿效劳向我父亲密告我的言行的人是谁呢!是将军吗?看来,他对我并不十分关心。而伊凡·库兹米奇并不会不认为报告我决斗一事，对他来说是多此一举。我感到迷惑不解，猜不到是谁。最后，我终于怀疑到了什瓦卜林。他是唯一的可因告密而得利之人，因为告密的结果很可能把我调离要塞，而且会因此使我与司令一家人断绝往来。我去找玛利亚·伊凡诺芙娜，要告知她一切情况。她走到台阶上来欢迎我。

"您这是怎么了？"她一见到我便问道，"您的脸色怎么这样苍白！"

"彻底完了！"我回答道，并把我父亲的信递给了她，这回她的脸色也变得煞白。她把信读完退还给我，手瑟瑟发抖，用颤抖的声音说："看起来，我命很苦……你父母不愿意我做你家里的人。一切都只好听从上帝的安排啦！我们需要怎么办，上帝比我们清楚得多。没什么好法子，彼得·安德烈伊奇！祝您将来幸福……"

"那怎么行！"我一把抓住她的手，叫了起来，"只要你爱我，我一切都在所不惜。去！我们一起去跪倒在你父母的脚下，请求他们应允。他们二老为人真诚坦率，他们是心肠善良的人，他们不是傲慢无理的人……只要他们肯为我们祝福，我们就结婚……至于我父母那边，我深信，随着时间的流逝，我们会求得父亲回心转意的，母亲会支持我们的，父亲慢慢也会对我们发善心的……"

"不可能！彼得·安德烈伊奇！"玛莎答道，"如果没有你父母的祝福，我是不能嫁给你的。没有他们二老的祝福，你也不会得到幸福的。服从上帝的意旨吧！你将来会找到一个名正言顺的未婚妻，你也会爱上她的——愿上帝保佑你们，我为你们二人祝福……"说着说着，她哭了起来，并且马上离我而去。我想紧跟着她走进房间里去，随即一想，我此刻也无力控制自己，只好转身回家。

我坐在房间里百思不得其解，突然，萨威里奇打断了我的思路。

"您看，少爷！"他说着递给我一张写了字的纸，"您看看，是不是我告的密，是不是我想要挑拨你们父子不合。"

我从他手里接过那张纸一看，那是萨威里奇给我父亲写的回信。这封信字字句句是这样写的：

安德烈·彼得罗维奇老爷，我的慈悲的恩主：

您慈悲为怀的手谕我收到了，从信中得知您对我这个奴才发怒了。您责备我不曾执行您的命令，责骂我不知羞耻。我可不是一条老狗，而是您忠实的奴仆，我历来对主人的命令都是唯命是从，为您竭尽忠心，如今已经白发苍苍了。我没有向您报告彼得·安德烈伊奇的受伤情况，为的是不想让您枉受一场虚惊。得知主母阿芙多吉亚·瓦西里耶芙娜贵体欠安——因惊吓成疾而卧病在床，我要为她的健康而祈祷。彼得·安德烈伊奇的伤口在右肩下胸部的肋骨处，深约一俄寸半。他一直躺在司令家里养伤，是我们从河边把他抬到那里的，给他医病之人是本地的一位理发师斯捷潘·帕拉莫诺夫。谢天谢地！现在彼得·安德烈伊奇身体已经完全康复。至于有关他的情况，除了说万事均吉以外，再无什么可以禀告的了。听说上司都对他很满意，瓦西丽莎·叶戈罗芙娜，对待他就像亲儿子一般。再说他此次发生的意外不幸，那是因为年纪尚幼，不必过多责备：人非圣贤孰能无过，马有四条腿，尚且有失蹄之时呢。您在信中说，要派我去放猪，作为主子您有权这样做，全凭您的意志。我自应唯命是从。

您忠实的奴仆
阿尔西普·萨威里耶夫

读着这位善良的老人写的言辞，我有几次忍不住地笑了起来。我没有心绪给父亲写回信，况且，为了安慰母亲，我觉得萨威里奇的信就足以说明问题了。

从此我的状况就发生了变化。玛利亚·伊凡诺芙娜几乎不与我讲话，而且竭力回避我。司令的家对我来说已经没有吸引力了。我渐渐学会独自一人在家呆坐。瓦西丽莎·叶戈罗芙娜起初还曾为此事埋怨过我，但是见到我一直郁郁不乐，也就任我自便了。只是在有公务时，我才跟伊凡·库兹米奇碰碰面。跟什瓦卜林也很少见面，而且我也不愿意见到他，因为我发觉他对我包藏祸心，这一点就更证明了我对他的怀疑是对的。我的生活变得度日如年，难以忍受。孤独和无所事事，更加促使我堕进忧伤和疑虑之中。再也不想读书和从事文学创作了，精神萎靡不振。我真担心自己会发疯，或者会堕落。然而，突然发生了一系列对我一生有重大影响的事件，当时强烈地震撼了我的心灵并有益于涤荡我的心灵。

第六章　普加乔夫暴动

> 你们，这些毛头小伙子们，听着，
> 我们这些老年人，要开口说话了！
> ——民歌①

首先，在我叙述身历其境、亲眼看到的一连串奇异的事件之前，我需简略地谈一谈1773年底奥伦堡省的局势。

在这个幅员辽阔和物产丰富的省份里，聚居着很多不久前才归顺俄罗斯沙皇陛下的半开化的民族。他们经常骚动和叛乱，尚不习惯遵纪守法和安居乐业，他们天生就轻举妄动和生性残忍——这一切迫使政府不断地采取监管措施，从而强制他们归化。凡是险要之处，都筑起了要塞，而且要塞里都驻扎了屯军，大部分屯军是哥萨克人，他们很久以前就生息在雅伊克河的沿岸。虽然雅伊克哥萨克人负有维持地方治安的职责，但是，从某个时候以来，他们自己反而变成了不安分和时常动乱的居民。1772年，在他们居住的主要城镇里就曾发生过一场暴乱。这次事件的导火线是由于特劳宾贝格少将意欲使部下服从命令而采取了过于严厉的措施。暴乱的结果是特劳宾贝格本人惨遭杀害，暴乱的哥萨克人擅自改变了行政机构，最后，只得动用霰弹和残酷的

---

① 出自诺维科夫汇编的《新编俄国民歌全集》中一首关于伊凡雷帝攻打喀山时的歌谣。

惩罚才把这次叛乱镇压下去。

  这次暴乱是我到白山要塞不久之前发生的。现在的确一切都平安无事,或者表面上看来是平安无事了。政府当局和要塞的头头们过于轻信阴险狡诈的闹事者的忏悔,其实他们是怀恨在心,暗中蠢蠢欲动,只不过是等待时机罢了,时机一到他们又会兴风作浪,再次进行暴乱。

  现在回过头来,让我继续讲我的故事。

  一天晚上(那是1773年10月初旬),我独自一人在家中闷坐,倾听着秋风的呼啸,通过小窗仰望天空中飞云戏月。这时有人奉司令之命前来叫我,我立刻应召前往。我在司令家里看到什瓦卜林·伊凡·伊格纳季奇和哥萨克中士。瓦西丽莎·叶戈罗芙娜和玛利亚·伊凡诺芙娜均未在屋子里。司令向我问好,显出忧心忡忡的样子。他关上门,让大家落座,除开那个站在门口的中士。他从兜里掏出一张公文,然后对我们说:"军官先生们!有机要情报,请听将军的命令。"于是,他戴上眼镜开始宣读:

  白山要塞司令米罗诺夫上尉先生:

机密。

  兹通知阁下,有一个暴徒名叫叶梅里扬·普加乔夫者越狱潜逃,此人乃是一个哥萨克人和分离派教徒,竟狗胆包天,僭窃先帝彼得三世[①]之尊讳名号,纠集一伙暴徒,于雅伊克河沿岸各村发动叛乱,已抢占并捣毁了多处要塞,到处烧杀劫掠,为非作歹,恶贯满盈,实属十恶不赦。为此,特命令您上尉先生,于获悉此件之后,迅急采取有效措施以防范该叛匪与潜逆来犯,倘此逆贼胆敢进攻上尉所辖之要塞,务应

---

① 彼得三世(1728—1762),1761年成为俄国沙皇,彼得大帝的外孙,其父是德国人。刚登基不久,因亲德人,便被其皇后叶卡捷琳娜发动政变推翻,被迫退位,不久即被暗杀。

奋全力彻底歼灭之。切切此令。

"采取有效措施！"司令一边摘下眼镜，一边折叠文件说道，"诸位听我说，谈何容易，看来，那个匪徒人多势众。可是咱们总共加起来才有一百三十个人，当然未把哥萨克人算在内了，他们可靠不住——这话可不是指你，马克西梅奇中士冷冷一笑。不过，别无他法，军官先生们！你们要枕戈以待，要增派岗哨，要加强夜间巡逻。一旦敌人进犯，我们就紧闭塞门，还要身先士卒带兵出去迎战，马克西梅奇！你要对你下属的哥萨克们严加看管。把几门大炮检查一下，好好地擦洗干净。要绝对保密，这是至关重要之事，切不可让要塞里任何人事先听到风声。"

伊凡·库兹米奇下达了这几道命令之后，就打发我们离去。我和什瓦卜林一道走，一边谈论着刚才听到的消息。

"您想想看，这件事后果如何？"我问他道。

"天晓得！"他回答说，"走一步看一步吧！目前还看不出有什么紧要之处，可是，如果……"说到这儿他就不说了，似乎若有所思，接着漫不经心地打着口哨，吹起了一支法国咏叹调。

虽然我们防止泄露机密，但是有关普加乔夫暴乱的消息还是在要塞里传播开了。伊凡·库兹米奇虽然敬重自己的老伴，但是无论如何他是不会向她吐露军情机密的。收到将军的信函之后，他便想出了一个十分巧妙的办法把瓦西丽莎·叶戈罗芙娜支走了，对她说好像盖拉西姆神父从奥伦堡方面得到了一些什么奇妙的消息，并且说这些消息极其保密。瓦西丽莎·叶戈罗芙娜一听，便立即打算到神父太太家去串门，伊凡·库兹米奇又出主意让她把玛莎也带去，免得她一个人在家里寂寞。

这样一来，伊凡·库兹米奇便真正成了家中完全说了算的主人，便立刻召集我们，而且把帕拉莎锁进了贮藏室里，以防她偷听。

瓦西丽莎·叶戈罗芙娜从神父太太那里没有打听到任何一点消息，十分扫兴地回到家里。她得知她不在家时，伊凡·库兹米奇曾召开过会议，而且还把帕拉莎关了起来，她猜到是上了丈夫的大当，于是立即找他兴师问罪进行审问。但是，伊凡·库兹米奇早就胸有成竹。他一点都不慌张，对老伴追根究底的盘问，回答得头头是道，滴水不漏，而且理直气壮：

"你听我说，老太婆！娘们儿想用麦秸烧炉子，那还了得！用这玩意儿搞不好会引起火灾的！于是我就下了一道死命令：严禁用麦秸烧炉子，只准用劈柴和树枝。"

"那为什么要把帕拉莎锁起来呢？"司令夫人问道，"干吗让可怜的丫头锁在贮藏室里一直待到我们回来呢？"

对这个突如其来的问题，伊凡·库兹米奇事先没有准备。他一下子愣住了，于是只好所答非所问地嘟嘟囔囔地进行搪塞，总算混过去了。瓦西丽莎·叶戈罗芙娜已经看出老伴作假，在耍滑头。但是她知道，从他嘴里什么也盘问不出来，只好就此打住，不再多问，把话题引到腌黄瓜上去了，因为阿库琳娜·潘菲洛芙娜用了一种特殊的新方法腌制。瓦西丽莎·叶戈罗芙娜整夜不曾合眼，无论如何也猜不透，老头子脑袋里到底有什么事情不应该让她知道呢？

第二天，做完午祷从教堂回来，她看到伊凡·库兹米奇正从大炮里清出一堆破布、小石子、木屑、羊拐子骨头①以及各种各样乱七八糟的玩意儿，这些东西都是那些调皮捣蛋的孩子塞进去的。

"究竟为什么要搞这些战备活动呢？"上尉夫人心里琢磨起来，"是不是防备吉尔吉斯人来进攻呢？不过，伊凡·库兹米奇连这种无关紧要的小事也瞒着我吗？"她把伊凡·伊格纳季奇叫来，决心从他嘴里打探出秘密，因为这个秘密正折磨着这位老太太那种妇道人家的好

---

① 羊拐子骨头，一种用骨头做的玩具，乡下孩子们用来抛掷、游戏。

奇心。

瓦西丽莎·叶戈罗芙娜开头先跟他拉家常,犹如法官开始审判时,先提出几个无关紧要的问题,借以转移被告的注意力。然后,沉默一小会儿,她深深地叹一口气,一边摇头一边说:"我的上帝啊!你瞧,这算是什么新闻!会有什么结果呢?"

"唉,老妈妈!"伊凡·伊格纳季奇回答说,"上帝保佑!我们的兵力充足,火药很多,大炮也擦好了。或许能打退普加乔夫的进攻。俗话说:上帝不准,坏蛋休想得逞!"

"这个普加乔夫是个什么人呢?"上尉夫人问道。

伊凡·伊格纳季奇这才发现自己说走了嘴,于是立刻不吭声了。但是,为时已晚。瓦西丽莎·叶戈罗芙娜逼迫他竹筒倒豆子全都说出来,并且向他发誓守口如瓶,绝不对任何人讲。

瓦西丽莎·叶戈罗芙娜恪守誓言,没有向任何人透漏一点儿消息,除了神父太太一个人除外。向她透露点儿风声是情有可原的,因为神父太太那头奶牛在草原上放牧,万一不小心会被叛匪劫走。

很快人们便沸沸扬扬地议论起普加乔夫了。传来传去,传得千奇百怪,司令派遣中士到各个村塞去打探情况。过了两天,中士回来报告,说他看到离本要塞六十俄里的草原上有无数篝火,询问巴什基尔人,说是一支来历不明的队伍正在向这里开过来。此外,他再提不出什么确切的情报了,因为他不敢再往远处去打探。

要塞里的哥萨克人之间,明显地看出发生了非同寻常的骚动。他们成群结伙地聚集在街头巷尾,交头接耳地窃窃私议,一看到龙骑兵和驻防军就立即四散躲开。叛匪早就派来密探混迹在他们中间。有个皈依正教名字叫尤莱的卡尔美克人来求见司令,报告了一个重要的机密情况。尤莱告发,那个中士的情报是假的。那个狡猾的哥萨克人回到要塞之后,对他的同伙们说,他曾到过暴乱分子那里,见到了他们的首领,而且那个首领还让他吻了他的手并和他谈了好久。司令听后马上把那个中士关了起来，让尤莱顶替了他的位置。哥萨克们听到这个消息，公开表示不满。他们大声吵嚷，发泄怨言，而奉命执行司令指示的伊凡·伊格纳季奇亲耳听到他们说道："看你要遭报应的！驻防军狗腿子。"要塞司令本想当天提审这个叛徒，但是中士已从禁闭室里逃走了，看样子是他的同伙们帮忙救出去的。

新的情况使要塞司令更加心神不安，这时又捉到了一个拿着造反告示的巴什基尔人。司令想乘机再次召集军官们开会，因而想再次找个冠冕堂皇、名正言顺的借口把瓦西丽莎·叶戈罗芙娜支走。伊凡·库兹米奇心眼非常直，是个直来直去一条道跑到黑的人，是一个根本不会耍弄心眼的人，除了上次用过的办法之外，再也找不出什么新的锦囊妙计了。

"你听我说，瓦西丽莎·叶戈罗芙娜！"他干咳两声，说道，"据说盖拉西姆神父又从城里收到了……"

"别胡诌八扯了！伊凡·库兹米奇！"上尉太太打断他的话说道，"你又想召开会议了，又想把我支走，好让你们议论叶米里扬·普加乔夫暴乱之事。可这次甭想再骗我，我不会再上当！"

"嗯，老太婆！"司令惊奇地睁大眼睛说道，"既然你全都知道了，那么你留下来也好。有你在场，我们讨论起来也没关系。"

"好，好，我的老爷子，这才对头！"她回答说，"要想耍滑头，你可玩儿不转！好了！派人去召集军官们吧！"

我们这些军官又聚集在司令家里。伊凡·库兹米奇当着夫人的面，向我们把普加乔夫的告示读了一遍。这篇告示出自一个文理不通的哥萨克人的手笔，匪首宣称他要马上攻打我们的要塞，号召哥萨克人和士兵们加入他们一伙，告诫长官们不要抵抗，否则格杀勿论。告示行文粗劣，但是口气却非常强硬，因此，对头脑简单的老百姓一定会产生可怕的影响。

"真是个贼胆包天的骗子！"司令夫人说道，"他竟敢对我们发号施令！竟敢要我们大开塞门列队欢迎他，把军旗乖乖地放在他的脚下！嘿，这个狗崽子！他难道不知道我们在军旅生涯中干了四十年了？感谢上帝！什么样的大风大浪我们没见过！难道真的会有向叛贼卑躬屈膝的司令官吗？"

"当然不会有的！"伊凡·库兹米奇回答道，"不过听说，那些强盗已经攻占了许多要塞了。"

"看起来，这家伙倒是很厉害的。"什瓦卜卡说道。

"那么，现在就让我们来看看他有什么实力吧。"司令说道，"瓦西丽莎·叶戈罗芙娜！把仓库的钥匙给我。伊凡·伊格纳季奇！把那个巴什基尔人押上来，吩咐尤莱拿条皮鞭来。"

"等一下！伊凡·库兹米奇！"司令夫人站起身来说道，"先让我把玛莎送到别处去，不然的话，一听到号叫声，会把她吓掉魂儿的。说心里话，我也讨厌拷打犯人，你们照章行事去吧！"

严刑拷打在古代司法中是司空见惯之事，已经根深蒂固了，因此皇上禁用酷刑刑讯的圣谕长期得不到执行。大家都认为，罪犯的口供是犯罪最有力的证词，是顺理成章的——这种想法不仅毫无根据，甚至反而是与健全的司法观念完全背道而驰的。这是因为，如果被告否认他有罪，仅凭口供不能证明他无罪，换言之，如果被告供认他有罪，同样仅凭口供亦不能证明他有罪，时至今日我偶尔还听到一些老法官对取消这种野蛮刑讯的恶习表示遗憾。即使到了现在，无论是法官还是犯人对刑讯的必要性，都深信不疑，毫无异议。因此，司令的命令没有使我们当中任何人感到惊疑和不安。伊凡·伊格纳季奇去带那个锁在仓库里的巴什基尔人去了（仓库的钥匙由上尉夫人掌管），过了几分钟，犯人被带到前面的穿堂，上尉命令把他带进来。

这个巴什基尔人费了好大劲儿才跨进门槛（因为他戴着脚镣），他摘下高高的帽子，就站在了门口处。我看了他一眼，把我吓了一大跳。我一辈子也不会忘记这个人：他大约七十多岁，脑袋剃得光光的，鼻子、耳朵全都没有,也没有大胡子,只有几根银白色的毛。他个子很矮,人很瘦小,弯腰驼背,但是两只小眼睛活像两团鬼火。

嘿!根据犯人这副吓人的样子和嘴脸儿,司令一下子就认出来他便是1741年发动暴乱①受刑者中的一个。于是,司令开口说道:"嘿嘿!看来你是一只老狼了,从前曾落入过我们的陷阱。看起来,你不止一次进行造反了,难怪你把狗头剃得这么光。过来!走近一点,老实交代是谁派你来的?"

巴什基尔老头儿却一声不吭,只是抬起眼睛看看司令,就好像完全没有听懂的样子。

"你为什么不回答?"伊凡·库兹米奇接着说,"也许你别尔米斯②不懂俄国话吗?尤莱,你来用你们的话问他,是谁派他们到要塞里来的?"

尤莱把伊凡·库兹米奇的问话翻译成鞑靼语。但是巴什基尔人以同样的表情看看他,依然只字未答。

"雅克西③!"司令又说道"在我这儿不怕你不招,弟兄们!把他那怪里怪气的条纹长袍给他剥下来,用鞭子抽他的脊背。听着尤莱,使劲儿抽!"

两个残废老兵立刻动手给他剥衣服。那个可怜的人脸上露出恐惧的表情。他四处张望,就好似一只被调皮捣蛋的孩子们捉到的小野兽。一个老兵抓住他的两手把他横扛在自己的肩上,尤莱挥舞着皮鞭抽他的脊背,这时,巴什基尔人才呻吟起来,声音很低,仿佛是在求饶。他摇摇头,张开嘴,嘴里却没有舌头,只有被截断而剩下的舌根

---

① 指1741年巴什基尔人起义,后被沙皇残酷镇压。在此次血腥镇压中大约有130人被残酷折磨而死,其余一千余人被赦免死刑,但却被割去耳朵、削去鼻子,以作为曾参与叛乱的印记。
② 别尔米斯,鞑靼语,意为:完全。
③ 雅克西,鞑靼语,意为:好吧。

上尉的女儿　273

在颤抖。

每当我想起这件事就发生在我亲身经历的时代,而且现在我又活到了亚历山大沙皇①刚施仁政不久的年代,我不能不为文明的进步和人类友爱准则的传播而感到惊诧。年轻的读者!假若我这些札记落到你们的手中,就请你牢记,最佳和最可靠的改革,归根结底应该是移风易俗,而无须大动干戈使用任何暴力。

在场的人一看,都大吃一惊。"喂!"司令说道,"看来,从他的嘴里挖不出啥玩意儿了,尤莱!把这个巴什基尔人押回粮仓里去吧!军官先生们!咱们还有事,得来讨论讨论。"

我们便开始讨论当前的形势,瓦西丽莎·叶戈罗芙娜突然闯了进来,跑得上气不接下气,样子也慌里慌张。

"你怎么啦?"司令惶惑不解地问道。

"先生们,糟了!"瓦西丽莎·叶戈罗芙娜回答道,"下湖要塞今天上午失守了。盖拉西姆神父家的长工从那儿来,他亲眼看到要塞是怎么被攻占的。要塞司令和全体军官被绞死了。全体士兵也都成了俘虏。眼看强盗就要攻打到这儿来了。"

这突如其来的消息令我大吃一惊。下湖要塞司令是一个温文尔雅的年轻人,我认识他。两个月前他还携年轻的娇妻离开奥伦堡路过此地,还到伊凡·库兹米奇家里拜访过。下湖要塞距离我们的要塞大约有二十五俄里。我们随时都可能遭到普加乔夫的袭击。一想到玛利亚·伊凡诺芙娜可能遭到的厄运,我心中便不寒而栗。

"伊凡·库兹米奇!请听我说一句,"我对司令说,"誓死要保卫要塞本是我们的天职,这一点是没有什么可说的了,但是,我们必须考虑女眷的安全。如果道路还畅通的话,最好还是把她护送到奥伦堡去。或者就送到比较远的和比较安全的要塞里去,也许那里叛匪一时还攻

---

① 指亚历山大一世(1777—1825),俄国沙皇,于1801年到1825年在位。

打不到。"

伊凡·库兹米奇转身向他的夫人说道："你听我说，老太婆！说真格的，是不是先把你们送远处去避一避？等我们把叛匪都收拾了之后，你们再回来？"

"还说这些废话！"司令夫人说道，"哪里有子弹飞不到的要塞呢？白山要塞有什么不安全的呢？谢天谢地！咱们在这儿已经住了二十二年。巴基什尔人和吉尔吉斯人咱们都见识过了，或许这次普加乔夫这一关我们也能闯得过去！"

"也好，老太婆！"伊凡·库兹米奇说道，"如果你相信咱们的要塞靠得住，那你就留下来也成。不过，我们该怎样安顿玛莎呢？如果我们对付得了叛匪，或者救兵赶到，那当然再好不过了。唉，万一叛匪攻破了要塞，该怎么办呢？"

"嗯，那时……"瓦西丽莎·叶戈罗芙娜哽咽住，说不下去了，样子显得很焦急惶恐。

司令看到可能还是破天荒第一次他的话对她起了作用，便接下去说道："不！瓦西丽莎·叶戈罗芙娜！玛莎留在这儿可不行，无论如何要把她送到奥伦堡她教母那里去。那里要安全得多，兵精粮足，大炮多的是，城墙又是石头造的，我劝你也跟她一块儿到那边去，你虽然是个老太婆了，万一要塞被攻破，我看也够你受的！"

"好吧！"司令夫人说道："就这么办吧！把玛莎送到奥伦堡去，可是我，你做梦也甭想让我去，我不去，就是不去！我都这么大的年纪了，干吗要和你分开？何苦要奔走他乡，在外地去找一座孤零零的坟墓做孤魂野鬼呢！我和你同甘共苦了几十年了，死也要死在一块儿！"

"也在理。"司令说道，"那好！别再耽搁时间了。立刻打点玛莎上路，明天，天蒙蒙亮就出发，尽管我们人手不够，我会派人去护送。可是玛莎跑哪儿去了？"

上尉的女儿　　275

"在阿库琳娜·潘菲罗芙娜家里,"司令夫人答道,"一听到下湖要塞失守的消息,她心里就感到不好受,我真担心她承受不住,但愿别急病了。我的上帝呀!我们怎么会落到这步田地呢!"

瓦西丽莎,叶戈罗芙娜赶紧去安排女儿上路之事。我们在司令家里继续讨论。但我已没心思再讨论了,什么也听不进去了。玛利亚·伊凡诺芙娜吃晚饭的时候出来了,脸煞白煞白的,两只眼睛哭得红红的。吃饭时,我们谁都没吭声,很快就吃完了,比平时快多了。跟司令一家人道别之后,我们便各自回家。但我故意把剑忘在他们家里,以便借故返身去取,我料定玛利亚·伊凡诺芙娜会一个人待在那儿。果然不出所料,她正好到门口来迎接我,并把佩剑递到我的手里。

"别了,彼得·安德烈伊奇!"她泪如泉涌地对我说,"他们要把我送到奥伦堡去。祝您平安无事,健康和幸福。也许上帝会大发慈悲,让我们再次见面。如果万一不能……"说到这儿,她失声痛哭起来。

我拥抱了她。然后对她说:"别了,我的天使!别了,我的亲人,我的心上人!不论发生什么事情,请你务必相信,我今生今世都思念着你!我今生今世都为你祈祷!"玛莎紧紧贴在我的胸膛上失声痛哭。我热烈地亲吻了她一下,然后急匆匆地跑出了房间。

第七章　要塞失守①

> 首领哥呀，咱的首领哥！
> 驯服听话的首领哥，
> 你当兵打仗三十又三年，
> 混饭糊口的首领哥！
> 唉！你混得多么可怜：
> 日子过得十分不快乐，
> 没有得到什么高官厚禄，
> 铜板也没有攒下几个，
> 没有得到半句称赞的话语，
> 只落得，竖起的木桩两个，
> 只落得，一根椴木的横梁，
> 只落得，一条受刑的绞索。
> ——民歌②

　　那天晚上，我一夜不曾合眼，连衣服也没脱。我本打算一大早就去要塞大门口送行，因为玛利亚·伊凡诺芙娜上路时要从那儿经

---

① 原文为"进攻"，译者认为"要塞失守"更为合适。
② 出自诺维科所编《新编俄语歌曲全集》中关于火枪手首领被处死刑之歌《首领哥呀，咱的首领哥》的开头部分。

过。我想同她最后一次道别，我感到心中发生了巨大变化：跟不久前那种灰心失意的心情相比，这时的心情已经不那么郁闷了。心中怀着不甚清晰但是又热烈而甜蜜的希望，焦急地等待着历险争杀，心头里洋溢着崇高的荣誉感——这一切跟离愁别恨交织在一起。就这样不知不觉地度过了这一夜。我们那些哥萨克人昨天夜里擅自撤离要塞，把尤莱也劫持走了，而且此刻，有一批来历不明的人在要塞附近纵马飞驰，耀武扬威。我马上便想到了玛利亚·伊凡诺芙娜走不成了，这使我提心吊胆，心惊肉跳。我匆匆给兵士说了几句指示，立即跑到司令家里。

天已经亮了，我沿街飞跑，突然听到有人叫我。我停住了脚步。

"上哪儿去？"伊凡·伊格纳季奇追上我说道，"伊凡·库兹米奇在城墙上，派我来叫你。普加乔夫来了。"

"玛利亚·伊凡诺芙娜走了吗？"我忧心忡忡地问道。

"没走成，"伊凡·伊格纳季奇回答说，"去奥伦堡的路被截断了。要塞已被包围。大事不妙哇！彼得·安德烈伊奇！"

我们登了上城墙，那是块天然形成的高地，再用木桩加固围起来构成一道屏障。要塞里的全体居民都集聚在这里。驻防军全副武装持枪肃立，昨天夜里已经把那一门大炮拖了上来。司令在人数不多的队伍前面焦急地走来走去，迫在眉睫的危险使这位老人一反常态——精神抖擞，神采焕发。草原上，离要塞不远之处，有二十几个人骑在马上耀武扬威。看样子是一群哥萨克人，但其中也有巴什基尔人，这些人很容易识别，因为他们都戴着猞猁皮帽子和腰悬箭囊。司令把队伍巡视了一遍，然后对士兵训话："弟兄们！我们今天要誓死保卫女皇陛下[①]，要向全世界证明，我们个个都是英勇无畏和赤胆忠心的英雄汉！"士兵高声回答："要尽忠报国。"什瓦卜卡站在我的身边，目不转睛地

[①] 指叶卡捷琳娜二世，于1762年到1796年执政。

盯着敌人,和在草原上往返巡逻的那些骑马的匪徒,看到要塞上有了举动便集中到一起,似乎在商量什么事情。司令吩咐伊凡·伊格纳季奇调整炮位,把炮口对准那一堆人,亲手点燃了引线放了一炮。炮弹嗖叫着从他们头顶上飞过,一个敌人也没打中。那些骑马的匪徒纷纷四散,立刻逃得不见一个人影,草原变得空荡荡的了。

这时,瓦西丽莎·叶戈罗芙娜来了,玛莎也跟在她的身边,因为她不愿离开妈妈。

"形势如何?"司令夫人问道,"仗打得怎么样?敌人在什么地方?"

"就在前面。"伊凡·库兹米奇答道,"上帝保佑,一切都会顺利。怎么样,玛莎?你怕不怕?"

"不怕,爸爸!"玛利亚·伊凡诺芙娜回答说,"一个人待在家里才可怕呢。"说话间,她看了我一眼,勉强笑了一笑。我紧紧地握住剑柄,想到这把剑昨晚是从她手中接过来的,我理所当然用它来保卫我心爱的姑娘。我全身热血奔腾,我想象自己成了保卫她的骑士。我渴望证明自己绝不辜负她的信赖,因而急不可耐地期待着生死攸关的时刻。

这时,在距要塞有半俄里远的山包又钻出一伙骑马的匪徒,接着,草原上人如潮水,马如狂涛,汹涌澎湃,滚滚而来,匪徒们个个都带着戈矛弓箭,在奔涌的人群中间,有个人骑着一匹白马,身穿红袍,手里提着出鞘的马刀——这个人就是普加乔夫。他勒马停缰,匪徒们簇拥着他。接着,有四个人显然奉他之命,策马全速飞驰到要塞跟前。我认出这几个人就是我们这边儿的叛徒,其中有一个人拿着一张纸举过头顶,另外一个人用长矛挑着尤莱的脑袋,晃了一下,把人头扔过栅栏。那个可怜的卡尔美克人的头正好落到司令的脚下。叛徒们大声吼叫着:"别开枪!都乖乖地出来,迎接皇上,皇上就在这儿!"

"看老子收拾你们!"伊凡·库兹米奇大叫道,"弟兄们,开枪!"

我们的士兵应声放了一排枪。只见那个手举书信的哥萨克人身子晃了一晃，便翻身落于马下。其他三个跃马撤走。我看了看玛利亚·伊凡诺芙娜。她被尤莱的血淋淋的人头吓得魂不附体，又被枪声把耳朵震聋，似乎已经失去了知觉。司令把一个士兵叫到面前，命令他去把那个被击毙的哥萨克人手里拿的信取来。士兵走出要塞来到草原上，取了信，顺便还把那个被打死的哥萨克人骑的那匹马牵了回来。他把信交给了司令。伊凡·库兹米奇默默读了一遍之后，立即把它扯得粉碎。这时，叛匪们显然要发动进攻了。很快子弹从我们耳边呼啸着飞驰而过，又有几支箭射进了我们的土堡里和木栅栏上。

"瓦西丽莎·叶戈罗芙娜！"司令说，"这里没有女人要干的事儿，赶紧把玛莎带走！你看，这孩子已经吓得半死不活的了。"

瓦西丽莎·叶戈罗芙娜在子弹横飞的呼啸声中，早已惊愕无语了，她遥望着草原，看到那儿人喊马嘶，势如潮涌，然后转过脸来对丈夫说道："伊凡·库兹米奇！死生有命，老天注定。给玛莎祝福吧！玛莎，到你爸爸这儿来！"

玛莎脸色惨白，全身颤抖着走到伊凡·库兹米奇的面前，双膝跪倒，垂首叩头，年老的司令给她画了三次十字，然后搀扶她站起来，吻了吻她，用哽咽的声音对她说道："好，玛莎，祝你幸福！向上帝祈祷吧！上帝是不会抛弃你的。如果你能找到一个好人，上帝会保佑你们恩恩爱爱，和和睦睦。就像我和你妈妈瓦西丽莎·叶戈罗芙娜一样地在一起过日子吧。好，再见了，我的玛莎！瓦西丽莎·叶戈罗芙娜！赶快把她带走。"玛莎扑了过去，抱住爸爸的脖子号啕大哭。

"让我们也来吻别吧！"司令夫人哭着说，"别了，我的伊凡·库兹米奇！如果我有什么对不起你的地方，就请原谅我吧！"

"别了！别了！老太婆！"司令把老伴儿拥抱到怀里说道，"好，够了，去吧，回家去吧！如果来得及的话，就给玛莎穿上一件无袖长衫①。"

司令夫人带着女儿走了。我望着玛利亚·伊凡诺芙娜离去的背影,她也回过头来向我点了点头。这时,伊凡·库兹米奇向我们转过身来,然后就集中全力注视着敌人的动静。骑在马上的叛匪聚拢在他们首领的周围,突然全都弃镫下马。

"现在,咱们不要慌,要稳住,"司令说,"他们要发动进攻了……"正在此时,爆发出一阵号叫声和吆喝声。叛匪向要塞扑了过来,我们的大炮已装上了霰弹。司令等他们跑到最近的射程时,突然开炮。霰弹正落在敌群中间,叛匪们便向两翼散开,向后撤退。那个首领一个人仍然身先士卒……他挥舞着马刀,看样子在卖力地给他的喽啰们鼓劲,给他打气壮胆……号叫声和吆喝声稍停片刻,接着又号叫起来。"听着,弟兄们!"司令下令说道,"打开大门,擂鼓助威!弟兄们!前进!冲啊!跟我来!"

司令伊凡·伊格纳季奇和我一起飞身跳到了寨墙外面。但是被吓得胆裂魂飞的驻防军士兵们一个也没动。"弟兄们!你们干吗站着不动?"伊凡·库兹米奇大声吼道,"死就死得其所!这是军人的天职,要尽忠报国!"转眼间,叛匪们冲了上来,攻进了要塞。鼓声不响了,士兵纷纷扔枪投降,我被冲撞了一个趔趄,但我立即挺起腰来,又被叛匪们拥挤着一同进了要塞。司令头部受伤,被几个叛匪团团围住,逼迫他交出钥匙。我想要冲过去给他解围,但几个野蛮彪悍的哥萨克人上来抓住了我,还用绳子把我五花大绑地捆了起来,并且对我威胁地说:"等一会够你受的,竟敢反对皇上!"我们被拖着游街示众。居民纷纷走出屋来,手里捧着盐和面包②。教堂里响起了钟声,突然,人群中掀起一片喧闹声,原来冒牌沙皇在广场上等着把俘虏带来,并等

---

① 俄语原文为"萨拉方",意为"无袖长衫",是农家女的装束。
② 此为俄罗斯各族人民的一种风俗,欢迎贵宾的一种庄严仪式。

着俘虏向他宣誓归顺。老百姓都涌向了广场,我们也被押解到那里。

普加乔夫坐在司令家台阶上的一把圈椅里。他身上穿着一件火红的镶金边的哥萨克式长袍,头上戴着一顶貂皮高筒帽,一直压到双眉,一双眼睛炯炯有神。这个人看起来很面熟,我似乎在什么地方见到过他。他被哥萨克的首领们簇拥着,盖拉西姆神父也站在台阶上,他面色苍白,全身发抖,手里拿着一个十字架,看样子,他是为马上要被处死的人默默地向首领求情告饶。广场上很快就竖起了绞架。当我们走近时,一些巴什基尔人把群众赶开,押着我们走到普加乔夫跟前,钟声停了,一片死一般的寂静。

"谁是要塞司令?"冒牌的沙皇问道。

我们那个中士从人群中走了出来,向他指认出伊凡·库兹米奇。普加乔夫威严不可一世地望着这个老头,对他说道:"你怎么胆敢反对我,胆敢反抗你的皇上?"

司令因受伤而全身软弱无力,却运足全身最后的力气斩钉截铁地说道:"你不是我的皇上,你是个冒牌货,是自封的!你是个强盗!你听到了吗?"

普加乔夫面色阴沉地紧皱着眉头,把手里的白手帕一挥。几个哥萨克立刻抓住年迈的上尉,往绞架那边拖了过去。一个巴什基尔人骑在绞架的横木上面,就是昨天晚上我们审讯过的那一个。他手里拿着绞索。过了一转眼的工夫,我看到我们那可怜的伊凡·库兹米奇就被吊在半空中了。接着又把伊凡·伊格纳季奇押到了普加乔夫面前。

"宣誓投降吧!"普加乔夫对他说,"向皇上彼得·费多罗维奇①宣誓效忠吧!"

"你不是我们的皇上。"伊凡·伊格纳季奇把要塞司令方才说过的话重复了一遍回答道,"你这家伙,是个骗子,是个冒牌沙皇。"

---

① 彼得·费多罗维奇,彼得三世,已去世。

普加乔夫又把手里的白手帕挥了一下，心地善良的中尉也被吊死了，和他的老长官并排地吊在绞架上。

　　该轮到我了。我毫不畏惧地望着普加乔夫，正打算把我那两位慷慨就义的同伴的话重说一遍。这时，令我感到十分意外和惊诧的事情发生了，我突然在叛徒头目中间发现了什瓦卜林。他也把头发剃成一个圆圈，身上也穿着哥萨克式的长袍。只见他走到普加乔夫身边，凑近他的耳边说了几句话。"吊死他！"普加乔夫说，连看我都不看上一眼。绞索已经套上了我的脖子。我默默祷告着，衷心向上帝忏悔我的一切罪过，祈求上帝拯救我的所有的心爱的人。我被拖到了绞架下面。"不要怕，不要怕。"那伙行刑的刽子手对我连连地叨念着，很可能他们是真心实意地给我打气壮胆，突然听到一声喊叫："住手！该死的！等一等！……"刽子手们便停住了。我一看：原来萨威里奇匍匐在普加乔夫的脚下，"亲爱的皇上老子！"我那可怜的监管人说道，"吊死我家少爷对你有什么好处呢？放了他吧！你要救他一命，会给你一大笔赎金。如果你是为了杀一儆百，那你就下令，把我这个糟老头子吊死算了！"普加乔夫打了个手势，刽子手们立刻解掉绞索，放开了我。"我们的父王饶恕你了。"他们对我说道。这时我的心情很复杂：我不会说我为自己得救而高兴，不过，我也不能够说我为自己得救而感到失望。当时我的心情像一团乱麻。一时还理不出头绪，我又被带到自封的沙皇的面前，匪徒们按着我要我下跪。普加乔夫伸出了一条条青筋暴露的手，"快吻他的手！快吻他的手！"周围的人都对我说。然而，我宁可接受最可怕的酷刑，也绝不愿遭受这种卑贱的凌辱。"彼得·安德烈伊奇少爷！"萨威里奇站在我的背后悄悄地捅我一下，低声对我说道，"别犟了！那又有啥了不起的呢？吐唾沫，再吻一吻那个坏蛋……（呸！）就吻吻他的手吧！"我站在那里一动未动，普加乔夫把手放下，笑着说道："看起来，他这位大少爷是高兴得糊涂了。快扶他起来！"我被扶了起来，任我自由行动。这时，我便开始观看这场可怕的闹剧的继续上演。

民众纷纷开始宣誓归顺。他们一个接一个地走上前去，吻吻十字架，然后给那个冒牌的沙皇鞠躬施礼。驻防军士兵也在那里，连里的裁缝用他的钝剪刀给士兵们剪掉发辫。他们一个个抖掉身上的碎头发，走上前去吻普加乔夫的手，他便宣布赦免了他们，并收留他们入伙。这些事整整忙乎了三个多小时。最后，普加乔夫终于从圈椅里站起身从台阶上走了下来，哥萨克头目们前呼后拥地陪着他。

有人给他牵来了一匹白马，马背上放着富丽堂皇的鞍鞯，两名哥萨克人扶他上了马。他向盖拉西姆神父宣布，要到他家去吃午饭，这时，传来一个女人的哭叫声。几个强盗把瓦西丽莎·叶戈罗芙娜拖到台阶上，只见她披头散发，身上被剥得一丝不挂。有个暴徒已经把她的背心穿在了自己身上。其他几个人一片忙乱，抬箱子的，拿棉被的，抢衣服和锅碗瓢勺的，总之，一切日常家什杂物统统被洗劫一空。"各位老爷！"可怜的老太太喊道，"让我灵魂安息吧！亲爱的老爷子们！快带我到伊凡·库兹米奇那儿去吧！"她猛然抬头一看，看到了他的老伴儿已被吊在半空中。"野兽！"她愤怒发狂地大喊大叫，"你们竟敢这样残害他！我的亲人啊，伊凡·库兹米奇！你这个勇敢的带兵的闯将，普鲁士的军刀都没敢碰过你，土耳其的枪弹也不曾伤害过你，没有在为荣誉而战的搏斗中壮烈牺牲，却惨死在一个逃犯的手里！""别让这个老妖婆再号叫了！"普加乔夫说道。立即有一个年轻的哥萨克人一刀砍在了她的头上。她惨死在台阶上。普加乔夫骑着马扬长而去，民众随着他涌了过去。

第八章　不速之客

> 不速之客比鞑靼人还要可恨。
> ——谚语

广场上的人都走光了。我还站在原地呆立未动,仍然无法把纷乱的思潮理出个头绪来。这一个接一个如此恐怖的事件,把我的头脑搅成了一团糨糊,留下难以磨灭的印象。

最令我焦虑不安的事情,莫过于对玛利亚的安危尚一无所知。她在哪儿呢?她会不会出什么事呢?是否躲藏起来了?是否安然无恙?我一直忧心如焚,于是,我迈步走进司令的家……房间里被洗劫一空。桌椅板凳、箱笼柜子都被砸得稀巴烂,瓷器被打得粉碎,贵重的东西被抢得一点儿不剩。我登上通向玛利亚·伊凡诺芙娜闺房的小楼梯,这是我平生第一次走进她的闺房,我举目一望,看到她的卧榻已经被强盗翻腾得乱七八糟。大衣柜被打破,里面的东西也被抢光。一盏神灯还在空空如也的神龛前燃着,窗框之间挂着一面镜子,依然完好无损……然而,这间朴素的处女深闺的主人到哪儿去了呢?我的头脑中闪过一个可怕的念头:我设想她已经落入强盗们的魔掌……我的心犹如箭穿刀割……我哭了,撕肝扯肺般地哭了,大声地呼唤着我心上的人儿的名字……这时,传来了一阵轻微响声,帕拉莎从大柜后面走了出来,她面色惨白,全身一个劲儿地瑟瑟发抖。

上尉的女儿　285

"唉！彼得·安德烈伊奇！"她悲喜交集地拍着手说道，"落到这步田地！简直吓死人啦！"

"玛利亚·伊凡诺芙娜到哪儿去了？"我焦急地问道，"她怎么样啊？"

"小姐没事儿！"帕拉莎回答说，"她躲在阿库琳娜·潘菲洛芙娜家里。"

"在神父太太家里？！"我惊恐地叫了起来，"我的天哪！普加乔夫正在那儿……"

我冲出房间，转眼跑到了街上，什么也没看，什么也没想，不顾一切地，慌慌张张地往神父家飞奔。那边传来了吆喝声，笑闹声和歌声……普加乔夫正和他的同伙们饮酒作乐。帕拉莎也跟着我跑来了。我打发她先悄悄地去请阿库琳娜·潘菲洛夫娜出来一下。过了一小会，神父太太就来到了门厅里，走到我的跟前，她手里捧着一把空酒壶。

"看在上帝的分儿上，请告诉我玛利亚·伊凡诺芙娜在哪儿？"我急匆匆地问道，心中说不出有多少焦虑不安。

"她此刻正躺在我的床上，我的宝贝姑娘就在隔壁墙屏风后面。"神父太太答道，"唉！彼得·安德烈伊奇！险些惨遭毒手啊！真得感谢上帝，逢凶化吉啦！几个强盗头子刚好坐下来吃饭，突然，我那可怜的姑娘醒了，哼了起来，可把我给吓傻了。强盗头子听到了就问：'老太太，这是谁在唉声叹气呀？'我对他深深地鞠了一躬说道：'是我侄女，皇上！她生病了，卧床不起已经两个礼拜了。''你侄女年轻吗？''年轻，皇上。''让我看看你侄女，老太太！'把我吓得心都要从口里跳出来了，可是又有什么办法呢？'请吧，皇上！只是姑娘无法起床走出来拜见陛下。''那不要紧，老太太！我自己去瞧瞧她。'你想想看，他真的走到隔壁墙后面，那个挨千刀的！他掀开帐子，用一对鹞鹰般的贼眼向床上看了一眼。但总算没发生意外……上帝保佑！您信不信，我和我那老爷子拿定主意去殉难了。幸亏她——我那好姑娘没有被他认出来。万能的主啊！怎么什么罪都让我们碰上了！

什么也甭说了！伊凡·库兹米奇多可怜！谁能想到他竟遭到这种厄运呢？……还有瓦西丽莎·叶戈罗芙娜！还有伊凡·伊格纳季奇！为什么要害死他们呢？……为什么又发善心饶您不死呢？你看到，什瓦卜林·阿列克赛·伊凡内奇那副鬼样子了吗？他把头发也剃成个圆圈，此刻正在我家跟叛匪们一起饮酒作乐呢！这个家伙真会投机取巧，八面玲珑，没有别的可说了！当我说到侄女生病时，你猜怎么样，他瞪了我一眼，把我吓得好像身上被捅了一刀。话又说回来，他居然没有出卖玛莎，还真该感谢他！"这时传来了那些匪徒酗酒的喊叫声和盖拉西姆神父的呼唤声。这些食客叫添酒，主人就得喊老伴，神父太太只得去周旋。"回家去吧，彼得·安德烈伊奇！"她对我说道，"现在我也顾不上招呼您了。这伙强盗全都灌醉了。万一落到醉鬼手里，那可就糟了。再见吧，彼得·安德烈伊奇！听天由命吧！也许天无绝人之路。"

神父太太走了。我的心里也稍微平静了一些，我便转身回自己的住处。走到广场时，我看到几个巴什基尔人正在绞架下面忙碌，正从被吊死的人脚上往下脱靴子。我好不容易才压住心头的怒火，因为明明知道去阻止他们也是枉然。匪徒们在要塞里跑来奔去，忙得不亦乐乎，正在劫掠军官们的住宅。到处都传来喝得醉醺醺的叛匪们的吆喝声。我回到家时，萨威里奇正在门口等着我呢。

"谢天谢地！"他一见到我便喊了起来，"我心想，莫不是强盗又把你给抓起来了。唉！彼得·安德烈伊奇少爷，你信不信，咱们的东西全被抢光了，真是一伙厚脸皮的骗子！不管是衣服、床单，还是瓷器，零用的家什，全都一扫而空。抢光就抢光吧！好在把你放了，真该谢天谢地！可是，少爷！你认出那个头头了吗？"

"没有，没认出。他是什么人？"

"少爷，你怎么了？你忘了在客栈里骗去你皮袄的那个酒鬼了吗？那件兔皮皮袄还是崭新的呢。那个狡猾的骗子穿到身上，把针线都给挣开了。"

我大吃一惊。真的,普加乔夫很像我那个向导。我断定普加乔夫和他就是同一个人,到这时才恍然大悟,我才明白他把我放了的原因。真是令我感到惊奇不已,人生的际遇竟是如此奇怪:送给流浪汉一件兔皮皮袄,居然把我从绞索中解救出来,而在客栈游荡的一个酒鬼却能轰轰烈烈地攻取一座又一座要塞,而且震撼了整个帝国。

"你要吃点东西吗?"萨威里奇问道,依然不改变他的老习惯,"家里啥也没有了。让我去找找看,或许给你弄点什么吃的来。"

屋子里就剩下我自己,我便冥思苦想打起主意来:我该怎么办呢?不管是继续留在被叛匪占领的要塞里,还是跟他们一伙同流合污,那都是一件有辱军人荣誉的丑事。在此国难当头之际,我的天职要求我立即到能够报效祖国的地方去……但是,爱情却强烈地告诫我留下来,留在玛利亚·伊凡诺芙娜的身边,做她的保护人和卫士。虽然,我预感到形势很快会发生变化,然而,一想到她那十分危险的处境,我又感到全身不寒而栗。

一名哥萨克走进屋来,打断了我的思绪。他来通知我说:"伟大的沙皇要你前去晋见。""他在什么地方?"我问道,打算应召前去。

"在要塞司令家里,吃过晚饭以后,我们的父王到澡堂子去洗澡了,此刻正在休息。喂,大人!从一切迹象看,他可是个了不起的人物呀!一顿午饭吃下了两只红烧乳猪。在洗澡的时候,他吩咐拼命加火,热气把塔拉斯·库罗奇金热得都受不了啦,把桦树枝帚笤①交给了福马·彼克巴耶夫,自己用冷水浇头才算没有晕倒。甭提了!他的举止言谈都那么不一般……在洗澡时,听说他的胸口两肋上还现出了沙皇的标记:一边是一只双头鹰②,有五个戈比硬币那么大,另一边则

---

① 俄国人洗澡时用桦树枝拍打身体,去污和解除疲劳。
② 双头鹰,沙皇俄国的国徽图案。

是他自己的肖像。"

我认为没有必要去驳斥这个哥萨克人这番谬论，便跟他一起到司令的家去。我预先想象跟普加乔夫会面该是一种什么样的场面，并尽力琢磨这次见面如何收场。读者不难想象，我是不会无动于衷的，心情不会完全平静的。

当我走到司令的家时，天已经开始黑了下来，绞架上挂着几具尸体，黑乎乎的，显得格外的阴森可怕。可怜的上尉夫人还暴尸在台阶上。有两个哥萨克在台阶上站岗。领我来的那个哥萨克进去通报我的到来，他很快就出来，带着我走进一个房间，即昨天晚上我和玛利亚·伊凡诺芙娜依依道别的那个房间。

我眼前出现一种非同寻常的情景，餐桌已经摆好，上面摆着酒壶和杯子，桌子四周坐满了普加乔夫的同伙和十来个哥萨克头目。他们一个个都戴着高高的皮帽子，身上穿着花花绿绿的哥萨克长衫，一个个都喝得醉意朦胧，面红耳赤，眼睛闪光发亮。刚叛变的什瓦卜林和那个军士长没有在座。

"啊，大人！"普加乔夫一看到我就说，"欢迎，向你致敬！给你留了位子，请你赏光！"

他的同伙们挤了挤，给我腾出个位子。我不声不响地在桌旁坐了下来。我的邻座是个年轻的哥萨克，他的身材匀称，长得眉清目秀，他站起身来给我斟酒，酒是一种普普通通的酒，但我却滴酒未沾。我十分好奇地观察着聚集在这里的这伙人。普加乔夫坐的是上座，他把两肘支在桌子上，用一只老大老大的拳头撑着黑须飘洒的下巴；他仪表堂堂，五官端正，脸上没有半点凶狠的样子，看了很讨人欢喜。他不时地和对面的一个五十来岁的人说话，一会儿把他称为伯爵，一会儿又把他叫作季马菲伊奇，有时又尊敬地呼为大叔。他们两人之间是一种志同道合、平等对待的关系，此人对首领没有一点阿谀奉承的举动和言辞。他们大谈特谈着今天早上的进攻的胜利，造反的成功，以

上尉的女儿

及将来的计划和行动。在座的每个人都吹嘘了一通，发表自己的意见，提出自己的见解，也敢于无拘无束地反驳普加乔夫。就在这次奇特的军事会议上，决定要向奥伦堡进军：这个行动是相当大胆的，而且差一点得到成功，差一点造成更大的不幸。会上立即宣布了明天进军的命令。"好了！弟兄们！"普加乔夫最后说道，"睡觉之前，让我们来唱支歌吧！朱马科夫①，唱吧！"我的邻座便放开喉咙引吭高歌，唱起慷慨悲凉的纤夫之歌，大伙儿也跟着齐声高唱：

> 请不要打扰我的清静，
> 不要喧闹了，郁郁葱葱的橡树林！
> 我正在聚精会神地思考！
> 我可是一个又年轻又上进的好人。
> 明天，我这条年轻的好汉，
> 就要被带到法庭上去受审，
> 审问我的人不是威严的法官，
> 而是沙皇本人御驾亲临。
> 我真是受宠若惊——
> 沙皇陛下会亲口向我发问：
> 告诉我，孩子！你这农民的儿子，
> 你大胆劫掠，谁是你的合伙人？
> 你的党羽究竟有多少？
> 我回答：沙皇陛下，至尊的仁君！
> 我向你老实交代，坦白真情，
> 我的党羽嘛，总共有四个人。
> 第一名，便是那漆黑的杀人之夜，

---

① 费多尔·朱马科夫，普加乔夫叛军的炮兵首领，亚伊克河流域的哥萨克人。

第二名，一把钢刀阴阴森森，
第三名，一匹生死与共的骏马，
第四名，一张强弓绷得紧又紧。
再有的就是一支支利箭，
那是开路先锋，向前挺进。
至高无上的沙皇开口说道：
干得好！这真是一个勇敢的人！
你不仅敢于大胆地打家劫舍，
也敢于大胆地回答我的审问。
孩子，我要嘉奖你胆大包天的行径。
我赐给你高高矗立的木桩子两根，
在旷野上给你建一座高高的宫殿，
当中再横上一根来拯救你的灵魂。

  这些命中注定要上绞架的人高唱着，他们高唱着一支有关绞架的民歌。这支歌对我产生了什么样的印象，说不出什么滋味，真是让我难以描述。他们那一张张神情严肃的面孔，整齐嘹亮的歌声。给本来就很动人的诗句又添上一种慷慨悲歌的感情色彩——这一切交织在一起，便具有了惊心动魄的诗的魔力，震撼着我的心灵。
  客人们又各自举杯一饮而尽，然后就起身离座与普加乔夫道别。我本想和他们一起告辞，但普加乔夫对我说："先不必急，我有话要跟你说。"于是剩下我们二人单独对坐了。
  我们面面相觑，沉默了几分钟。普加乔夫目不转睛望着我，左眼还不时地眯成一条缝，显出狡黠而又滑稽可笑的样子。他终于笑了笑，笑得竟是那样天真而又开朗，毫不做作，我望着他，也跟着笑了起来，但说不清为什么。
  "怎么样，大人？"他对我说道，"当我的小伙子们把绞索套上你的脖子的那一瞬，你一定吓破胆了吧？对吧？老老实实地承认吧！我想，那一刻，你的眼睛里，天空只有一张羊羔皮那么一点儿大了[①]吧！如果不是你那个仆人来求情，阁下恐怕早就在那儿荡秋千了。我一眼就认出了那个老家伙。得了，阁下！那个带你进大车店的人就是伟大的沙皇，就是我，你能想得到吗？（说到这里，他摆出俨然不可一世和莫测高深的样子。）你在我面前确实犯下了大罪。"他接下去又说道："不过，因为你行善积德，当我不得不隐姓埋名东藏西躲逃避我的敌人追捕的时候，你曾帮了我的忙，因而我饶了你。来日方长，日后你会看到的！等到我掌管了我的帝国！那时，我还要好好地封赏你。你愿意为我保驾效忠吗？"

这个骗子提出的问题和他那不知天高地厚的口气，我听到后感到十分可笑，我实在忍不住真的笑了起来。

"你笑什么？"他皱了皱眉头又问我，"或许你还不相信我是堂堂正正的沙皇？回答我，有话直说，不必拐弯抹角！"

我有点慌神了。要想让我承认流浪汉是沙皇是不可能的：我认为那样做无疑是丧失气节，是个委曲求全的胆小鬼。但是，当面直呼他为骗子，必定会招来杀身之祸；何况，当我被拖到绞架之下，当着那么多人的面，我的心中曾飞腾起满腔怒火之际，我曾想过那么干了，但此刻要再那么干，就显得徒逞蛮勇而非属明智之举了。我迟迟未答。普加乔夫却阴沉着脸等我答话。最后，为国竭忠尽职的责任感战胜了一个人天生的软弱性。（时至今日，我依然自豪地回忆起那一刻的情景。）我回答普加乔夫说："请你听着，我会对你说出全部实话。请你自己评断：我能叫你沙皇吗？你是一个有头脑的精明之人，必定一目了然，我是不是在耍滑头、说假话。"

"那么，我是个什么人呢？说说你的看法。"

[①] 俄国谚语，意为：魂不附体。

"天晓得你是什么人。但是,不管你是什么人,你是在开危险的玩笑,是一个拿性命做赌注的玩笑!"

普加乔夫迅速地瞟了我一眼,接着说道:"那么,你是不相信我就是沙皇彼得·费多罗维奇了,是吗?那好吧!大丈夫敢作敢为,就必然会成就一番事业,难道不是如此吗?你看,古时候格里什卡·奥特列比耶夫① 不是也称王称霸当了沙皇吗?我是什么人,你爱怎么想就怎么想好了!反正你不要离开我。别的事,不用你操心!谁当上了牧师,谁就是神父②。只要你肯忠心耿耿地为我效忠,咱保管封你当元帅,封你当公爵。怎么样,你干不干?"

"不!"我斩钉截铁地答道,"我是一个名正言顺世袭的贵族,我向女皇宣过誓。我岂能为你效忠。如果你真的希望我好,那就请放我去奥伦堡吧!"

普加乔夫想了想说道:"如果我真的放了你,那么,你能不能答应我,至少,不要反对我,不要与我对抗。"

"我怎么会答应你呢?"我答道,"你自己也清楚,那也是不能由我自己做主的!如果上司命令我反对你,我只得去,没有别的办法。现在,你自己就是长官,你不是也得要部下服从你吗?当需要我为国效力的时候,我能拒绝执行命令而不去吗?那叫什么事儿呢?此刻,我这颗脑袋攥在你的手心里。要杀要放由你,要是放了我,我感激不尽,要是杀了我,上帝会惩罚你。我向你说的都是真心话,大实话。"

我坦诚直率地陈述,使普加乔夫既受感动而又大吃一惊。"就这么办吧!"他说道,在我的肩头上拍了一下,"要杀就杀,要放就放,四面八方由你去闯,你想干什么就干什么去吧!明天早晨来跟我告别

---

① 格里什卡·奥特列比耶夫,于1604年曾冒充已死的皇太子季米特里煽动叛乱,实际上是波兰贵族的傀儡。曾攻占莫斯科,做了几个月的沙皇,很快就被推翻。请参阅普希金的诗剧《戈都诺夫》。
② 按俄国的习惯把牧师尊称为神父,意为:反正都一样。

一下,现在去睡觉吧!我已经开始打瞌睡了。"

我离开了普加乔夫,走到了街上。夜深人静,格外寒冷,明月高悬,星光闪烁,照彻了广场和绞架。要塞里的一切都静悄悄和黑沉沉的。只有小酒店里还亮着灯火,传来了迟迟未归的酒鬼的吆喝声。我抬头往神父家里看了一眼。百叶窗和大门都已经关上。看样子,屋子里面没有什么动静了。

我回到自己的住所。看到萨威里奇正在为我的不在而担心发愁。一听到我获得自由的消息,简直高兴得无法形容:"多谢,我的上帝!"他一边说,一边不停地画着十字。"天一亮我们就离开要塞,眼睛望到哪儿,咱们就到哪儿去①。现在,我去给你弄点儿吃的,该吃你就吃吧!少爷;吃完了就去睡,就像钻到基督怀里一样,平平安安地一觉睡到大天亮。"

我乖乖地听了他的劝告,便大吃大喝一顿,然后在没铺没盖的地板上躺了下来,因为身心过于疲惫,便沉沉睡去。

---

① 意为:走哪儿算哪儿,随遇而安。

第九章　别离

> 和你相识，真是三生有幸，
> 美丽的姑娘，我心中甘甜如蜜；
> 　一朝分别，犹如生离死别，
> 多么忧伤，犹如和灵魂别离。
> ——赫拉斯科夫[①]

　　一大早，一阵咚咚的鼓声把我吵醒。我走到集合的地点一看，普加乔夫的队伍已集合在那里，就在绞刑架附近，绞架上还吊着昨天处死的人。哥萨克人一个个都骑着高头大马，士兵们都扛着大枪。旌旗猎猎，迎风招展。几尊大炮已安放在炮架上，我一看便知，其中也有我们要塞的那一门。全体居民也都聚集在那里，等候那个冒牌的沙皇。在司令住宅的台阶下，一个哥萨克人牵来了一匹吉尔吉斯的白色骏马。我举目往四处搜寻司令夫人的尸体，发现已经被移到稍稍远一点的地方，上面盖了一个破草袋子。普加乔夫终于在门口出现了，群众都摘下了帽子。普加乔夫走到台阶上，并向大家打招呼致意。一个头目递给他一个装满铜币的钱袋子，他就一把一把地把铜币撒了出去。老百姓呼喊着争先恐后地去捡钱，以致有很多人受伤。普加乔夫的主要同

[①] 赫拉斯科夫（1733—1807），俄国诗人、戏剧家。所引诗句出自《别离》一诗。

谋者前呼后拥,什瓦卜林也在其中。我们两人的目光碰到了一起,他在我的目光中,看到的只是不屑一顾而蔑视的神情,因此他转过身去,表现出一副刻骨的仇恨和令人啼笑皆非的虚伪的嘲弄的表情。普加乔夫在人群中发现了我,向我点了点头,把我叫了过去。"你听着,"他对我说道,"你马上就到奥伦堡去!以我的名义向省长和将军们宣布,要他们一个礼拜之后迎候我的大驾。你要劝诫他们,叫他们怀着赤子之心来欢迎我,叫他们低头归顺,俯首称臣。不然,他们休想逃脱严厉的惩罚。好吧阁下!祝你一路平安!"然后,他转过身去面朝群众指着什瓦卜林说道:"孩子们!他就是你们新的要塞司令,你们要绝对服从他,他代替我来保卫你们和这座要塞。"我,听了这几句话,犹如沉雷击顶:什瓦卜林当上了要塞司令,那么玛利亚·伊凡诺芙娜就难逃他的魔掌了!天哪!她该如何是好呢?普加乔夫从台阶上走了下来,已经把马给他牵了过来,不等哥萨克人来搀扶,他就飞身跃上马鞍。

正在此时,我的萨威里奇突然从人群中钻了出来,只见他走到普加乔夫面前,递上了一张纸。我猜想不出来,他究竟要干什么。

"干什么?"普加乔夫傲慢地问道。

"请看一下就明白了。"萨威里奇答道。

普加乔夫拿着那张纸看了半天,显出聚精会神的样子。"你怎么写得这么难以辨认。"他终于说道,"我虽然双目雪亮,但是却怎么也看不懂。我的书记长在哪儿?"

一个身穿军士制服的小伙子机灵地跑到普加乔夫的面前,"大声地念一念。"冒牌沙皇说,递给了他那张纸。书记长便一字一顿地大声朗读起来:

"长袍两件,一件红纱棉布的,一件丝绸条纹的,共计值六卢布。"

"这是什么意思?"普加乔夫问道,皱起了眉头。

"请命令他继续念下去。"萨威里奇从容地回答说。

书记长继续往下念:

"绿色细呢军服一件，值七卢布。

"白色呢裤一条，值五卢布。

"荷兰亚麻布硬袖衬衣十二件，值十卢布。

"食品盒外带一套茶具，值两个半卢布……"

"这是胡扯些什么呀？"普加乔夫打断他说道，"食品盒子和带套袖的裤子跟我有什么关系？"

萨威里奇干咳一声，解释说："我的老爷子，这是我的主人失物清单，被那些恶棍抢走……"

"被什么样的恶棍抢走？"普加乔夫恶狠狠地问道。

"请原谅，我说走了嘴，"萨威里奇答道，"恶棍倒不是恶棍，是你的弟兄们，连偷带摸地给拿走了。你别生气，人非圣贤孰能无过，马有四腿尚有失蹄的时候呢！请让他念完。"

"接着念完。"普加乔夫说。

书记长又接着念下去：

"印花布床单一条，塔夫绸被面一条，值四个卢布。

"红色丝绒面狐皮大衣一件，值十卢布。

"此外，在客栈里还送给了你一件兔皮皮袄，值十五卢布。"

"这又是在搞什么鬼把戏？"普加乔夫大吼一声，两眼喷出怒火。

老实说，那会儿我真为我那可怜的管教人捏了一把冷汗。他还想解释一番，可是普加乔夫却打断了他："你竟敢拿这些鸡毛蒜皮的小事来跟我纠缠？"他从书记长的手里一把夺过那张纸，摔到萨威里奇的脸上，大声呵斥道："老不死的东西！拿了这么点儿东西，有啥了不起！你应该一辈子为我和我的弟兄们祷告上帝，因为我没有把你同你的主子和那些叛徒一起给绞死……什么兔皮皮袄！看老子给你兔皮皮袄！你知道吗？只要老子一声令下，把你那张皮活剥下来做皮袄！"

"谨遵你的吩咐，"萨威里奇回答道，"我是个仆人，我要对主人的财产负责。"

看来，普加乔夫忽然动了怜悯之情。他调转了马头扬长而去，没有说什么。什瓦卜卡和哥萨克头目们紧随其后也跟着走了。匪徒们秩序井然地从要塞出发。民众都去欢送普加乔夫。只有我和萨威里奇留在广场上。我的管教人手里还捏着那张清单，望着他，显出非常惋惜的样子。

因为他看到我和普加乔夫的关系不错，他便想乘机利用一下，可是他的如意算盘却失败了，我真想责骂他几句，因为他这种忠心实属帮倒忙。我实在忍不住便笑了。"你就笑吧，少爷！"萨威里奇说道，"笑吧！等到我们再要添置这些东西的时候，我们再看，看你还笑不笑了！"

我很想再和玛利亚·伊凡诺芙娜见上一面，便匆匆地赶到神父家里。神父太太一见面就告诉我一个令人伤心的消息。她说，昨天夜里玛利亚·伊凡诺芙娜发起高烧来。她躺在床上昏迷不醒，而且一直在说胡话。神父太太把我领到她住的房间，我悄悄地走到她的床边，她的面容变化非常之大，简直令我大吃一惊。她已经认不出我了。我在她的面前站了好久，盖拉西姆神父和她那位心地善良的太太似乎说了好多安慰我的话语，可是我好像一句也没有听到似的。一个可怕的念头使我心乱如麻和焦虑不安，这个可怜的孤单无告的姑娘，沦落在凶恶的暴徒中间，其处境自然不堪设想，而且我又无力解救她。想到这里，我不禁倒吸了一口凉气。什瓦卜林！一想到什瓦卜林，我的心就好似剑刺刀割。他既然从冒牌的沙皇那里得到了掌管要塞的生杀大权，而这个不幸的姑娘恰好又身陷其中，势必要成为他发泄仇恨的无辜的对象。这小子一旦大权在握，便会为所欲为，还有什么坏事干不出来呢！我该怎么办呢？我该如何搭救她呢？我该如何帮助她逃离那个坏蛋恶棍的魔掌呢？办法只有一个：我下定决心立即去奥伦堡求援，催促他们及早夺回白山要塞，我本人要竭尽全力促成此事。于是，我便与神父和阿库琳娜·潘菲洛芙娜道别，满怀殷切的心情地嘱托他们，要他们好好地照看那我已经把她当作妻子的姑娘。我握住这个可怜的姑娘的手,深情地吻了一下,泪如泉涌,泪水滴在了她的手上。"再会吧!"神父太太在送我的时候说道,"再会吧!彼得·安德烈伊奇!也许太平了以后我们还会见面。不要忘了我们,要常写信来,现在除了你,可怜的玛利亚·伊凡诺芙娜,就再也没有谁可以安慰她,保护她了。"

我走到广场,停了一小会儿,抬头望一望绞架,向它鞠了一躬,然后就离开了要塞,踏上去奥伦堡的大道,萨威里奇紧紧跟在我的身后。

我徒步往前走着,心中思潮翻滚,突然听得身后传来马蹄声声。我回身一望看到一个哥萨克人从要塞里骑马飞奔而来,手里还牵着一匹巴什基尔马,老远老远地就向我打手势,我停了下来,我立刻就认出来人是我们的中士。他来到我面前,跳下马来,把另一匹马的缰绳递给我,说道:"大人!我们的沙皇老子赏赐给您这匹马,并从自己身上脱下这件羊皮大衣(马鞍上放着一件羊皮大衣)。还有,"中士说到这儿,便有点结结巴巴了,"他还赏给你……半个卢布的银币……但是,让我在路上给丢了,请您多多原谅!"萨威里奇斜着眼睛看着他,气哼哼地说道:"路上丢了,你怀里是什么东西叮当响?"军士长不慌不忙地反驳道:"老人家,上帝做证,那是马笼头上铜铃发出的响声,哪来的半个卢布的银币?""算了!"我说道,打断了他们二人的争吵,"请你代我感谢派你来的那个人,至于那枚银币,你在回去的路上再好好找一找,要是找到了,请就拿去喝酒吧!""谢谢你,大人!"他答道,调转马头,"我要永远为您祈祷上帝!"说完之后,他便策马奔回要塞,一只手按着衣兜,一溜烟就不见人影了。

我穿上了那件皮袄,纵身上马,萨威里奇坐在我的后面。"你看,少爷,"老头儿说道,"我向那个骗子呈递索要物品的清单,没有白费

上尉的女儿 299

劲儿吧？那个强盗自己也觉得难为情了。虽说这匹长腿巴什基尔驽马再加上这件大皮袄不值几个钱，还顶不上那伙强盗抢走的和你送给他的东西的一半，但是，现在总还是用得着的，能从这条恶狗身上拔下一撮毛也是好的。"

第十章　围城

> 他占领了草地，又攻占了山冈，
> 像一只老鹰从山顶向下瞭望。
> 他命令在营垒下边设下埋伏，
> 架好大炮，今夜就要攻城打仗。
> ——赫拉斯科夫[①]

来到奥伦堡城郊，我们看到了一群囚犯，一个个都剃光了头，戴着脚镣，脸上还打着烙印[②]。他们在驻防军中老弱残兵的监督下构筑工事。有的用车把壕沟里的杂物运走，有的在挥锹挖土，泥瓦匠在土城上搬砖，修补着城墙。走到城门口，哨兵拦住了我们，要检查证件。听说我们是从白山要塞来的，那个中士立即带着我们直接去将军府邸。

我们在花园里见到了将军。他正在那儿查看苹果树，秋风已经把树叶子全都刮掉。有一个老花匠给他帮忙，他正细心地往树干上捆绑御寒的禾草。将军的脸上显出安详和悦、神采奕奕、善良和蔼的神情。他对我的到来十分高兴，并向我一一询问了有关我的亲身经历，亲眼看到的那一个个恐怖的事件。我一件件地向他作了陈

[①]　此处题词出自赫拉斯科夫的长诗《俄罗斯颂》(1779)。
[②]　俄国古代的一种刑法，为防止犯人逃走，用铁器在犯人脸上打上烙印。

述,老人一边细心地听着我的叙述,一边剪着枯枝。"可怜的米罗诺夫!"当我讲完这些悲惨的事件之后,他感慨万端地说道,"太可怜了,一位多么好的军官!米罗诺夫太太又是一位多么好心肠的女人,她的蘑菇腌的可好吃了!玛莎,上尉的女儿怎么样?"我回答说,她至今仍身陷要塞,由神父太太照看。"唉!唉!"将军说道,"那可是不妙,很不妙,无论如何不要指望叛匪会遵纪守法。那苦命的姑娘将来可如何是好呢?"我回答说,白山要塞并不远,也许,将军大人会火速派兵去解救那里的居民。将军不以为然地摇摇头,说道:"看看再说,看看再说,这个问题我们要从长计议,回头请你到我家来喝茶。今天我们这儿要召开军事会议。你可以在会上汇报一下有关普加乔夫这个无赖以及他的叛军的真实情况。现在你暂时先去休息一下吧。"

我走到给我安排的住处,萨威里奇早就在那儿收拾呢,我焦躁不安地等待着开会的时刻。读者不难猜想,既然这次会议对我来说是命运攸关的,当然我是不会迟到的。因此,按着开会的钟点,我早就来到了将军那里。

我在将军那里遇到了一位本城的官员,记得好像是一个关税局局长。他是一位上了年纪的老人,红光满面,长得很胖,穿着一件锦缎长袍,他向我问询有关他称之为教亲的伊凡·库兹米奇身遭惨祸的情况。谈话间,他常常打断我的话,提出一大堆与话题无关的问题,发表一些感时伤世的议论。他的言谈,即使不能证明他是一位经纶满腹、精通用兵韬略的天才,起码也说明他是一位反应敏锐、善于观察的谋士。这时,应邀赴会的人陆陆续续到齐了,除了将军本人以外,就再没有看到一个军人了。大家落座之后,给每个人上了茶。将军非常清楚而又仔细地说明了当前的事态。"现在,先生们!"他继续说道,"必须做出决定,我们应该采取什么样的行动来对付叛匪:是进攻呢?还是坚守?两种策略各有利弊,要是进攻的话,可望速战速决,可以迅速剿灭敌人；要是坚守呢，则比较稳妥，而且安全一些……好！请诸位按着法定的程序发表高见，也就是说，从最低的官衔开始发言，准尉先生！"他转向我说道，"请您首先发表意见。"

我站起身来，用简单扼要的语言叙述了普加乔夫和他那一伙匪徒的情况，最后很肯定地说，那个冒牌的沙皇是没有能力抵抗正规的官兵的。

在场的官员们对我的意见，显然都很反感。他们认为，这不过是年轻人血气方刚和逞强好胜的鲁莽之举。大家议论纷纷，我清楚地听到有人悄声说："乳臭未干的小儿！"将军转过脸来望着我，露出一丝微笑，说道："准尉先生！在所有的军事会议上首先发言者，必定主张进攻。这已经形成了一条规律。下面，请诸位继续发表高见，六品文官先生！请您发表意见。"

六品文官是位穿锦缎长袍的小老头，他匆忙地喝完了三杯掺了不少甜酒的茶，对将军说道："大人，我认为，进攻和坚守均不可取。"

"此话何意？六品文官先生？"将军困惑不解地反问道，"不是攻，就是守，两者必居其一，战术上再无其他可用之法了……"

"大人！可以采用收买之法。"

"嘿嘿！您的高见真是妙不可言。在兵法上，采取收买之法亦是可行的。我们就采纳你的妙计。可以用悬赏的办法收买那个无赖的脑袋，悬赏的金额出七十卢布，甚至出一百……可以从秘密经费中支出……"

"而且到那时，"关税局局长抢着说道，"如果那帮匪徒不把他们的匪首戴上脚镣和手铐送到我们这儿来，那么，我就是一头吉尔吉斯公羊，而不是六品文官了。"

"让我们再考虑考虑，讨论讨论吧！"将军回答说，"不过，无论在什么情况下，军事上必须采取措施。先生们，请按程序继续发言。"

大家的议论和我的意见全都相反，官员们一致认为军队不可靠，没有成功的把握，说来说去，都是些必须谨慎小心之类的论调。全都

上尉的女儿　303

认为，用大炮作掩护，躲在石头城墙的后面才是上策，比到开阔地上去拼杀、去碰运气要明智得多。将军听完大家的议论之后，最后，敲掉烟斗里的烟灰，说了如下一番话：

"诸位先生们！首先我应该向诸位表明，就我个人而言，我完全赞同准尉先生的意见，因为他的意见完全符合健全的战术原则。按兵法的规律，进攻的策略总是要比防御的策略更为高明。"

说到这里，他停了下来，动手装他的烟斗。我的自尊心得到了满足。我扬扬得意地扫视了一下那些官员，他们则一个个交头接耳地议论，脸上露出不满和不安的神色。

"不过，诸位先生！"将军接着又说了下去，深深地叹了一口气，同时喷出一口浓烟，"我个人不敢贸然行事担当如此重大的责任，此事非同一般，因为我受命于仁慈的女皇陛下，肩负着数省守土之重任。因而，我赞同与会者多数人的意见，现在决定：采用最为明智的万全之策，也就是坚守城池以待敌人来攻，并以炮兵的威力御敌，如若可能，再加上出其不意的神速出击，可望粉碎敌人的进攻。"

这样一来，那些官员们便以嘲笑的目光望着我。散会了。我不禁对这位可敬的将军的软弱无能而感到惋惜，他居然放弃自己正确的见解，而屈从那些毫无经验的门外汉的意见。

这次重要军事会议的几天之后，我们便了解到普加乔夫真的言出必行，果然向奥伦堡逼进了。我站在城墙之上，俯视着叛匪的队伍。我发现，从我目击他们的最后一次进攻以来，他们的人数增加了十多倍。而且他们还有了炮队，那是普加乔夫在攻陷几座小要塞之后掠夺来的。我忆起了军事会议上所做的决定，预料到将长期被困在奥伦堡城内，我又伤心又愁闷，差点哭了起来。

我不必来描述奥伦堡被围①的详情了，那是史学家之事，而不属

---

① 奥伦堡被围困长达6个月之久，即从1773年10月到1774年3月。

于家庭纪事。我只想简要地说上几句：这次奥伦堡遭围困，是由于地方当局考虑不周，致使居民遭受极大的苦难，他们忍饥挨饿，经历了种种不幸，备受煎熬。不难想象，当时奥伦堡城内的生活极端艰难，令人难以忍受，全城居民无不灰心丧气，听天由命；物价飞涨，人人为此不迭声地唉声叹气；炮弹横飞，落进院子里，人们也都熟视无睹了，并不为之大惊小怪；甚至连普加乔夫的进攻，也不大引起他们的惊慌了。我烦闷得要命。时间一天一天地在流逝。我一直未收到白山要塞的来信。道路全都被切断了。和玛利亚·伊凡诺芙娜的分离使我异常难受。她生死未卜，使我一想起来便心如刀绞。唯一消愁解闷的办法，便是我有时骑马出城打伏击。多亏普加乔夫送给了我一匹好马，我和它共享我那少得可怜的食物。每天骑着它冲出城去跟普加乔夫的骑兵相互对射。这类交锋对我们很不利，因为对方吃得饱，喝得足，人强马壮，因此叛匪总是占上风。城内的骑兵疲惫不堪，根本打不过他们，我方的步兵饿着肚子，一个个软弱无力，虽然有时也出城去突击，但是深深的积雪使他们无法有效地抗击敌人分散的骑兵。大炮从城墙高处盲目地乱放。可是要想把大炮拖到城外去，又由于马匹太瘦弱，总是陷到雪里无法行动。我们的军事行动就是这个样子。这一切就是奥伦堡大员们称道的所谓的谨慎之策和明智之举了！

有一天，我们居然打散和击退了敌人一支大队人马，我们便乘胜追击，我飞马赶上一个落荒而逃的哥萨克人，我正要举起土耳其佩刀朝他砍去，他却突然摘掉帽子，大声喊道：

"您好啊，彼得·安德烈伊奇！上帝保佑您！"

我仔细一看，认出他原来是我们的下士，我心中十分高兴。

"你好哇！马克西梅奇！"我对他说，"你离开白山要塞很久了吗？"

"不久。彼得·安德烈伊奇少爷！我昨天才从那儿来，我给您带来了一封信。"

"信在哪儿？"我喊道，心里非常激动。

"在我兜里，"马克西梅奇答道，把手伸到怀里去摸，"我答应帕拉莎，无论如何要把这封信带给你。"他递给了我一张叠好的纸，然后立刻调转马头走了。我展开那张纸，全身颤抖地读着如下一封信函：

上帝突然无缘无故地让我失去了父母双亲。从此，我在人世上便没有一个亲人和保护人了。我只得恳求您了，因为我知道您一向希望我能幸福，而且您一贯都慷慨好施，乐于助人。我祈祷上帝的保佑，但愿这封信无论如何都能到达您的手中！马克西梅奇答应把这封信送交给您。帕拉莎从马克西梅奇那里得知，说他多次从远处看到您出城突击，说您把生死完全置之度外，说您并不顾及和思念那些为您流着眼泪而祈祷的人们。我病了很久。病愈之后，那个顶替先父管辖要塞的阿列克赛·伊凡诺维奇①总是以普加乔夫来威胁，硬逼着盖拉西姆神父把我嫁给他。我现在依然住在原来的房子里，一举一动都受到监视。阿列克赛·伊凡诺维奇一直逼迫我嫁给他。他说他曾经救过我的命，因为当初阿库琳娜·潘菲洛夫娜曾对强盗谎称我是她的侄女，他没有揭穿这个骗局。不过，我宁死也不愿做阿列克赛·伊凡诺维奇这号人物的妻子。他对我十分残忍，总是威胁我说：如果我再不回心转意，不肯答应他，那么，他就要把我送到强盗的营寨里去，到那时，我就和利莎维塔·哈尔洛娃②遭到同样的下场了。我请求阿列克赛·伊凡诺维奇宽限我一段时间好好想一想。他只给了我三天的时间，并说如果三天之后我依然不肯答应嫁给

---

① 阿列克赛·伊凡诺维奇，即什瓦卜林。
② 利莎维塔·哈尔洛娃，即伊丽莎白·哈尔洛娃，原下湖要塞司令的妻子。被俘后，普加乔夫赦免她的死罪，让她做了他的情妇，但是不久又被普加乔夫的亲信处死。

他，那他就要绝情了。亲爱的彼得·安德烈伊奇少爷啊！只有你是我唯一的保护人了。请你来搭救我这苦命的孤女吧！请您恳求将军和全体指挥官火速派兵前来救援，如果可能的话，恳求您能亲自来一趟。

永远忠顺于您的苦命的孤女
玛利亚·米罗诺娃亲启

看完了这封信，我几乎发狂。我立刻狠狠地挥鞭打着我那匹可怜的马，向城里飞驰而去，一路上我思来想去，设想着营救这个可怜的姑娘的办法，可是到头来，还是想不出什么锦囊妙计。进了城，我飞马直奔将军府邸，急匆匆地跑进了他的家。

将军正在他的办公室来回踱步，吸着他那个海泡石制成的烟斗。他看到我，便停住了脚步。也许是我的脸色让他感到惊讶，他十分关切地问询我如此匆忙来拜访他的原因。

"大人！"我向他说道，"我把您当成父亲，特来恳求您，看在上帝的分儿上，请您不要拒绝我的请求，这是一件关系到我终身幸福的大事。"

"什么事，亲爱的？"老人吃惊地问道，"我能为你做什么事呢？请说吧！"

"大人，请您能批准我带一个连的士兵和五十名哥萨克去清剿白山要塞的匪徒。"

将军目不转睛地望着我，大概以为我是发疯了。（我的猜想几乎没错。）

"说什么？要清剿白山要塞？"他终于开口问道。

"我向您保证一定成功，"我怀着满腔热望地说道，"只求您能够大发慈悲，准许我去。"

"不成！年轻人！"他摇摇头，说道，"这么远的距离，敌人很容易切断交通线,使你们失去与战略基地之间的联系,很容易彻底打垮你们。交通一旦失去联络……"

我怕他又大谈特谈起用兵之术,心中十分着慌,便赶紧打断他的话。

"米罗诺夫上尉的女儿,"我对他说道,"给我写来一封信,她请求救援。什瓦卜林硬逼着她嫁给他。"

"真有此事?哦!什瓦卜林是一个大恶棍①,有朝一日落到我的手心,我当天就立即审判,然后在城墙上把他枪毙!但是,现在你还得忍耐一下……"

"忍耐一下!"我身不由己地喊了起来,"可他就要逼迫玛利亚·伊凡诺芙娜和他成亲了!……"

"哦!"将军又说道,"那样倒也不坏,先让她暂时嫁给什瓦卜林也好,目前可以得到他的保护。将来等我们把他枪毙了,到那时,上帝保佑,再给她找个男人。漂亮的小寡妇不会常守空房而不嫁人的,我是说,小寡妇比老处女找男人要容易得多。"

"我宁可死,"我发疯地说道,"也不愿意让她嫁给什瓦卜林。"

"哦,哦!"老人又说道,"现在我明白了,看起来,你爱上了玛利亚·伊凡诺芙娜。啊!那可又当别论了。我可怜的小伙子!可是,我还是不能给你一个连的士兵和五十名哥萨克。那种远征是不理智的。我无法承担这个责任。"

我垂下头,完全绝望了。我突然灵机一动。是什么想法呢?欲知后事如何,且听下回分解——正如古代小说家所说那样。

---

① 原文为德语。

第十一章　叛乱的村庄

> 狮子的本性十分凶残，
> 但是那时它已经吃饱。
> "你干吗要钻进我的洞穴中来？"
> 狮子和颜悦色地问道。
> ——亚·苏马罗科夫[①]

我离开了将军之后，匆匆忙忙地赶回我自己的落脚之处。萨威里奇一见面，就像往日那样唠哩唠叨地劝我："少爷！你总爱跟那些喝得醉醺醺的强盗们较劲儿！这是老爷们该干的事儿吗？万一有个好歹，那可是划不来！要是去跟土耳其人或者瑞典人打上一仗，倒也说得过去。可是现在你跟这伙人斗，说起来都不光彩！"

我打断他的话，问道："我现在总共还有多少钱？""多的是，足够你用，"他扬扬得意地回答说，"那帮骗子翻箱倒柜地乱翻了一通，可我还是把钱给藏起来了。"说完之后，他便从袋子里掏出一个编织的长长的钱袋，里面装的都是银币。"好吧，萨威里奇！"我对他说，"现在你就给我一半，剩下的全归你。我要马上动身到白山要塞去。"

[①] 亚·苏马罗科夫(1717—1777)，俄国古典主义戏剧家。此处诗句是普希金模仿苏马罗科夫的《寓言》写成的。

"彼得·安德烈伊奇少爷！"我那好心的管教人用颤抖的声音说道，"你要敬畏上帝！现在，每一条路都被强盗截断了，你怎么能走得了呢。即使你自己不珍惜生命了，你也要可怜可怜你的父母啊！你往哪儿去？去干什么？再等几天吧！援军一到，把强盗一个个都抓起来，到那时随你便，愿意到哪儿您就到哪儿去。"

但是我决心已下，绝不动摇。

"现在再说这些为时已晚，"我对老头说道，"我必须去，不能不去。你不必难过，萨威里奇！上帝会大发慈悲的，或许我们还会再见面的！你要记住，不要总是责备自己，不必舍不得花钱。要用的东西你就尽管买，不要怕贵。这些钱我都送给你了，如果三天之后我还不回来……"

"你这是干吗，少爷？"萨威里奇不等我说完抢着说，"你休想让我放你一个人走，你连做梦也不要这么想！如果你非得要去，我也要跟你一道去，哪怕是步行，我也不离开你。你甭想让我离开你！你想让我一个人坐在石头城墙里发呆吗？莫非我是发疯了？你愿意咋办就咋办，少爷，反正我是不离开你！"

我知道，和萨威里奇费口舌是没用的，于是，我便打发他去收拾行装准备出发。半个小时以后，我便骑上了我那匹良驹上路了，萨威里奇也骑上了一匹又瘦又瘸的老马，那是城里一个居民白送给他的。因为没有草料，养不起了。我们来到城门口，哨兵放行。我们就这样离开了奥伦堡城。

天黑了下来。我们的路程要经过别尔达村，那是普加乔夫的驻地。一条笔直的大道覆盖着积雪，但是整片雪原上，到处都是天天奔驰的马匹留下的蹄印。我放马急驰，萨威里奇很难跟上，被拉得老远老远的，他一个劲儿地喊："慢点儿，少爷！看在上帝的分儿上，慢一点儿！我这匹老马怎么能赶得上你那匹长腿的魔鬼。这么性急干吗？又不是赶着去喝喜酒，弄不好还会挨一刀，走着瞧吧……彼得·安德烈伊奇少爷!……别害死我了!……上帝呀,小主人玩命了!"

不久,别尔达村子的灯火遥遥在望了,我们纵马进了峡谷,那是这座村子的天然屏障,萨威里奇紧紧地跟在后面,他唠唠叨叨不停地怨天尤人。我本想侥幸偷偷地绕过村子,不料,黑暗之中跳出来五条大汉,手里全都拿着棍棒。那是普加乔夫驻地的前哨,挡住了我们的去路,叫我们停住。我不知道口令,想不声不响地悄悄溜过去。但是他们一下就把我团团围住了,其中一个一把抓住我的马笼头,我抽出军刀,一刀砍在他的头上,但是他的帽子救了他的命,他站不稳晃了几下,松开了马笼头,其余几个人也发慌了,撒腿就跑。我趁此机会,使劲踢马,飞奔而去。

夜色渐渐黑了下来,本来可以使我们摆脱一切危险,可是我回头一望却发现萨威里奇不见了。这个可怜的老头儿骑着那匹瘸马,不可能逃脱那几个强盗的手心。怎么办呢?我等了他几分钟,还不见人影,我断定一定是被他们抓住了,于是,我只好调转马头回去找他。

我催马向峡谷驰去,听到远处一片吵吵嚷嚷的声音。又听到了萨威里奇的声音,我飞奔过去,立刻又回到几分钟前拦住我们去路的几个乡下人中间,萨威里奇正在那儿。他们已经把老人拖下马,正动手捆绑他。见到我来了,他们都很高兴,大喊大叫地冲了过来,一下子把我也拉下马来,其中一个,看样子是他们的头头,向我们宣布:要立刻押解我们去见沙皇。他又补充说:"看我们的皇上怎样发落你们,是立刻把你们绞死呢,还是等到明天早晨。"我丝毫没有反抗,萨威里奇也学着我的样子,那几个哨兵便扬扬得意地押着我们走了。

我们穿过峡谷走进了村子,家家户户都已灯火通明,到处传来喧闹和吃喝之声。我看到街上一堆堆的人群,但是在昏暗之中,却没人注意到我是从奥伦堡来的军官。他们一直把我们押解到一栋坐落在十字路口的草房里。大门口放着几只装酒的大木桶和两尊大炮。"这就是皇上的行宫!"一个乡下人说道,"我们马上就去通报。"他走进了屋子，我看了萨威里奇一眼，看到老头儿在胸前画着十字，默默地祷告着。我等了好大一会儿。那个乡下人终于走了出来，并且对我说："进去，皇上命令把军官押进去。"

我走进了草房，也就是那个乡下人说的行宫。屋子里很明亮，点了两支蜡烛，墙上糊满金纸。但是屋子里的陈设都和通常农家的摆设一样：放着桌椅板凳，洗脸盆吊在绳子上，手巾挂在钉子上，屋角里摆着锅架，炉台上摆满瓶瓶罐罐。普加乔夫神气十足地坐在圣像下面，身穿一件大红炮，头戴一顶高高的皮帽子，双手叉着腰。他身旁站着几个主要的同伙，一个个都显出毕恭毕敬的样子。看来，关于抓来一个奥伦堡军官的消息，激起了这帮造反者的好奇心。他们打算大张旗鼓地来处置我这个阶下囚了。普加乔夫一下子便认出来是我，立刻收起了那种硬装出来的威风凛凛的样子。"啊哈，原来是你这位大人！"他兴致勃勃地说道，"你好吗？上帝干吗又把你带到这儿来？"我回答说："因为有点私事要办，打从这儿经过，不想被你的人给截住了。""什么私事呢？"他问我，我一时不知如何回答才好，普加乔夫以为我不愿意当着别人的面向他解释，于是转身向他的同伙，吩咐他们回避一下。大家都听从他的吩咐，只有两个人站在那儿没动。"不要紧，你就当着他们两人的面大胆地说吧！"普加乔夫对我说道，"我什么事儿也不瞒着他们。"我低头瞟了他们一眼，他两个是冒牌皇上的心腹。一个是弯腰驼背的老头，已经老态龙钟。留着白胡子，除了斜挎在灰色长衫上的一条宝蓝色绶带以外，再没有任何显眼之处；可是另外一个，让我一辈子也忘不了，那是一个彪形大汉，身材魁伟，膀阔腰圆，肥头大耳，年纪大约四十五岁左右，火红色的大胡子，一对灰色的眼睛，炯炯有神，大鼻头却没有鼻孔，前额和脸膛上长着一个个红斑，还是一个大麻脸——这一副嘴脸和形象，给人一种难以描述的架势。他身上穿着一件红衬衫，吉尔吉斯长袍和哥萨克的肥腿灯笼裤。

我后来才得知,第一个人是在逃的伍长别洛鲍罗多夫①。第二个人就是阿法纳西·索科洛夫②(绰号人称"爆竹"③),他是个流放犯,先后三次从西伯利亚矿山逃跑。虽然我这时心情忐忑不安,但是我偶然置身这种场合,却引起思绪万千。可是普加乔夫的问话打断了我的思潮,他继续问道:"请说吧!你究竟为什么事离开奥伦堡?"

我的头脑中突然闪过一种古怪的念头:我觉得,这是天意,把我第二次引到普加乔夫这里,这样便给了我实施我的计划的良机,我决心见机行事,也来不及仔细思考了,便立刻回答了普加乔夫说:

"我要到白山要塞去搭救一位孤女,她正受人欺侮。"

普加乔夫一听,两眼闪闪发光。"我的人有谁胆敢欺侮孤女?"他提高嗓门说道,"哪怕他三头六臂,也休想逃脱老子的惩罚!快说!那个恶棍,究竟是谁?"

"那个恶棍就是什瓦卜林,"我回答道,"他把你在神父家见到的那个姑娘囚禁起来,而且硬逼着她嫁给他。"

"老子要好好教训教训这个什瓦卜林。"普加乔夫严厉地说道,"得让他知道,在我的手下,他竟敢胡作非为欺侮老百姓。老子非绞死他不可!"

"请让我来插一句,"赫罗普沙声音嘶哑地说道,"你匆匆忙忙地委任什瓦卜林做要塞司令,现在又匆匆忙忙地要把他绞死,你委任了一个贵族当官,已经得罪了哥萨克。今天一听谗言又要杀掉,这样做会把贵族吓跑的。"

"贵族无须可怜,也不值得同情,"佩挂宝蓝绶带的老人说道,"绞

---

① 伊凡·纳乌莫维奇·别洛鲍罗多夫(?—1774),普加乔夫的主要亲信和助手之一,曾任总兵和行军团长,1774年在莫斯科被处决。
② 阿法纳西·索科洛夫(1714—1774),普加乔夫得力干将之一,原是苦役犯,1774年被处死。
③ 原文为"赫罗普沙",意为"爆竹"。

死什瓦卜林倒也没什么坏处，但是也该好好审问一下这位军官先生：他究竟来干什么？既然他不承认你是皇上，那么，他干吗还要来求你申冤呢？既然他承认你是皇上，那么，他干吗直到现在还在奥伦堡城里跟你仇人一个鼻孔出气呢？要不要把他送进刑讯室，要不要立即把刑讯室的火烧旺一些？我觉得，这位少爷是奥伦堡司令派来的奸细。"

我感到这个老强盗说出来的话很合乎逻辑，而且是无法辩驳的，我一想落在这样人的手里，我就脊背发凉，吓得一身冷汗。普加乔夫看出我神情有些不安。"怎么样，大人？"他挤眉弄眼地对我说，"看起来，我的大元帅说的倒是实话。你以为如何？"

普加乔夫开玩笑的口气又给我勇气。我不动声色地回答道："我如今落在他的手里，他对我掌握生杀大权，如何发落，任凭他来处置吧。"

"好，"普加乔夫说道，"那么，现在你就说一说，你们城里的情况如何？"

"谢天谢地，"我答道，"一切都好。"

"一切都好？"普加乔夫反问道，"可是老百姓都快饿死了！"

这个冒牌沙皇说的倒是实话。可是，我为了忠于我的誓言，便竭力谎称，那是谣言，说奥伦堡城内物资丰富，粮食充足。

"你看，"那个老头乘机插话说道，"你竟敢当面说谎。从城里逃出来的难民都众口一词地说，奥伦堡正在闹饥荒和瘟疫，说城里已经在吃死人，说有死人吃还算是造化了。可是这位少爷硬说什么物资丰富，粮食充足。既然你要绞死什瓦卜林，那么，就请你把这个年轻人也送上同一个绞架吧，免得让他们两个再争风吃醋。"

这个该死的老家伙的几句话不要紧，险些说动了普加乔夫，幸好，赫罗普沙站出来发表不同的见解，来反对他的同伙。

"算了吧，纳乌·莫维奇！"他对那个老头说道，"你就是知道杀人，绞死人，这算什么英雄好汉？看起来你的灵魂已经不知去向了，你自己也已经快双眼望着棺材盖儿了,却偏偏要拉别人垫背。难道你良心上欠下的血债还少吗?"

"你可真会讨好卖乖!"别洛波罗多夫反唇相讥地说道,"你从哪儿弄来的这副菩萨心肠?"

"不错,"赫罗普沙答道,"我也有罪,而且就是这只手(说到这里,他握紧了拳头,卷起袖子,露出毛茸茸的膀子),这只手杀过人,给很多基督徒放过血。可是我杀的都是不共戴天的仇人,而不是客人。老子杀人,是在大路上,或者密林里。并不是在家里,在火炉旁。老子杀人使的是板斧和铁槌,从来不像长舌妇那样用谗言来陷害。"

那个老头子坐不住了,转过身去,口里嘟嘟囔囔地说道:"破鼻子的恶棍!⋯⋯"

"你在嘟囔什么!老不死的东西!"赫罗普沙吼了起来,"看老子把你的鼻子也撕破!等着瞧!时候一到,上帝会让你也来尝一尝烧红了的铁钳子的滋味⋯⋯此刻你就得小心点儿,别惹得老子发起火来拔掉你的胡子!"

"我的两员虎将!"普加乔夫严肃地说道,"别吵了!要是奥伦堡那群恶狗能在一个绞架上蹬腿断气,那就再好不过了。但是,要是咱们自己的公狗互相撕咬起来,那可就糟糕了。好了,好了,你们和好了吧!"

赫罗普沙与别洛波罗多夫都不吭声了,但依然怒目而视。我一看,必须乘机改换话题,否则,这样谈下去对我会很不利。因而,我满面堆笑地对普加乔夫说道:"啊!我差点儿忘了向你道谢,多亏你送的那匹马和那件皮袄了,否则的话,我就到不了城里,早就冻死在半路上了。"

我的妙计果然很有效,普加乔夫高兴了起来。"这叫善有善报嘛!"他又挤眉弄眼地对我说道,"现在告诉我,什瓦卜林欺侮那个姑娘,和你有什么关系?是不是你这小伙子在谈恋爱,是不是?嘿嘿!"

上尉的女儿　　315

"她是我的未婚妻。"我答道,我看到气氛好转,没有必要再隐瞒真相了。

"你的未婚妻!"普加乔夫大声地说道,"那你为啥不早说?好!我们来给你操办喜事,而且要痛痛快快地喝顿喜酒!"说完,他转过脸去对别洛波罗多夫说:"听着,大元帅,我同这位大人是老朋友了。此刻让我们坐下来吃晚饭吧!早晨要比晚上头脑清醒,明天再看看,他的事儿该怎么办。"

我本想谢绝他的盛情邀请,但是又不好这样做。两个年轻的哥萨克姑娘,房东的女儿动手给桌子铺上雪白的台布,拿来面包,端来鱼汤,几瓶葡萄酒和啤酒。这是我第二次同普加乔夫以及他那些令人胆寒的同伙们一起进餐了。

我迫不得已才参加了这次喧闹的宴会,而且一直折腾到深夜。最后,参加晚宴的人都喝得酩酊大醉。普加乔夫坐在圈椅里,开始打起了瞌睡。他的同伴们一个个站起身来,示意我也离开他。我跟他们一道走出屋外。遵照赫罗普沙的命令,卫兵把我带到刑讯室的小屋子里。我一看萨威里奇也在那儿,卫兵便把我们两个人反锁到屋子里面。我的管教人因亲身经历的一切而惊魂未定,因此没有向我说一句话。他躺在黑暗中,一直不断地唉声叹气,老半天,传来了他的鼾声。可是我却思绪万端,整夜不曾入眠。

次日一大早,普加乔夫派人来叫我。我到了他那里,大门口停了一辆三匹鞑靼马拉的暖篷马车。街上聚集了一大群人,我在门厅里碰上了普加乔夫,他一身上路远行的装束,穿了一件皮大衣,戴着一顶吉尔吉斯高顶帽子,昨天夜里那几个同伙围着他,一个个显得毕恭毕敬,和昨天晚上看到的神情完全两样。普加乔夫愉快地跟我打招呼,问早安,并邀请我和他一道坐进马车。

我们上了马车。"去白山要塞!"普加乔夫向那个站在一旁准备赶车的人说道,这是个宽肩阔背的鞑靼人。我的心激烈地跳了起来。马儿迈着大步，铃儿叮当响，马车飞也似的奔向前方……

"停一停！停一停！"我听到了一个熟悉的声音，我看到萨威里奇正迎面跑来。普加乔夫吩咐车夫停下来。"彼得·安德烈伊奇少爷！"我的管教人喊道，"别丢下我！不要把我这老头子扔到这群强……""呵，老家伙！"普加乔夫说，"上帝又让我们见面，好，就坐到驾车的座位上去吧！"

"谢谢，皇上！谢谢，亲爱的父王！"萨威里奇说道，爬上了马车，"上帝保佑你活到一百岁，因为你连我这个老头子都不嫌弃。我要一辈子为你祷告上帝。以后再也不提那件兔皮皮袄了。"

他又提起那件兔皮皮袄，很可能又会惹得普加乔夫大发雷霆，但是，幸好这位冒牌沙皇没有听见，或者故意不理睬这个不识时务的暗示罢了。马儿飞奔起来，老百姓都肃立在街道两旁，脱帽躬身致敬。普加乔夫向左右两边点头致意。过了一会儿，我们便驰出了村子，沿着光滑的大道飞驰而去。

我那时的感受是不难想象的。再过几个小时，我就要和那个我以为永远失去的姑娘见面了。我想象着我们重逢那个时刻的情景……我也想到我身边这个人，我的命运就捏在他的手里，由于机缘巧合，使我神差鬼使地和他联系在一起。我想起他是一个凶狠残暴和杀人成性的人，现在却又自告奋勇地去搭救我心爱的姑娘。普加乔夫还不知道，她就是米罗诺夫上尉的女儿。怀恨在心的什瓦卜林，一旦恼羞成怒很可能向他告发。普加乔夫也可能通过其他途径得知真相……到那时玛利亚·伊凡诺芙娜又将怎样呢？想到这里，我全身一阵寒栗，真是毛发倒竖了……

普加乔夫打断了我的思路，猛然问道：

"你在想什么，是不是在想近来所发生的一切，大人？"

"怎么能不想呢？"我回答说，"我是个军官，又是个贵族，昨天我还跟你作战，今天又跟你同乘一辆马车，而且我的一生全靠你的恩典了。"

"怎么?"普加乔夫问道,"你害怕了?"

我回答他说,我既然蒙他开恩赦勉过一次,我现在希望他的宽恕,而且还希求得到他的帮助。

"你做对了!上帝有灵,你说得真对!"冒牌的沙皇说道,"你已经看到了,我的伙伴们都歧视你,那个老头子今天早上还坚持说,你是个奸细,说应该拷问你,把你绞死。可是我没答应。"说到这儿,他压低了声音,以免萨威里奇和那个鞑靼人听到:"因为我没有忘记你那一杯酒和那件兔皮皮袄。你自己也看得出,我并不是你们那边的人所说的那样一个杀人不眨眼的恶魔。"

我立刻记起了白山要塞被攻占时的情景,但是我觉得没有必要和他争论,因而一个字也没有回答他。

"在奥伦堡,人们是怎样议论我的?"普加乔夫沉默了一会儿之后问道。

"对!他们都说你这个人很难对付,没得说的,你已经声威大震、名扬天下了。"

这个冒牌沙皇显出扬扬得意的样子。

"是啊!"他喜形于色地说道,"我挥军前进,所向无敌。你们奥伦堡城里的人可知道尤泽耶瓦战役[①]?一下子就打死了四十个将军,俘虏了四支军队。你想想看,普鲁士国王能跟我较量吗?"

这个强盗大言不惭,自吹自擂,我听了觉得很可笑。

"你自己以为怎么样?"我向他说,"你能够打败腓特烈大帝[②]吗?"

---

① 尤泽耶瓦,离奥伦堡一百二十俄里的村庄。1773年普加乔夫曾在此地击溃了沙皇政府救援奥伦堡的军队。
② 指普鲁士国王腓特烈二世(1712—1766),又称腓特烈大帝,腓特烈威廉一世之子。俄国军队曾于1760年将其打败,并攻占了柏林。

"打败费多尔·费多罗维奇①吗?那怎么不能呢?不在话下!我打败了你们那么多将军,而他又是你们那些将军手下败将。直到现在,我的军队总是所向无敌。走着瞧吧,好戏还在后头呢,我还要打到莫斯科去呢。"

"你想攻占莫斯科吗?"

冒牌沙皇想了一想,然后低声说道:

"天晓得!我的出路很窄,我并不十分自由,我的人都自以为是,个个都自作聪明。他们个个都是强盗。我必须时刻提防才行:只要打一次败仗,为了赎回自己的狗命,他们就会出卖我的脑袋。"

"说到点子上了!"我对普加乔夫说道,"既然如此,你就该悬崖勒马,赶快丢掉他们,为何不去恳求女皇开恩赦免呢?"普加乔夫苦笑了一下。

"不,"他答道,"后悔为时已晚。不会赦免我的。要有始有终,既然干了,只好一干到底。吉凶难测,祸福难知,或许会成功,格里什卡·奥特列比耶夫不是也在莫斯科当过一阵子沙皇吗?"

"他的下场如何,你不是也知道吗?他被扔出窗户,暴尸于广场,被剁成肉泥,烧成了灰,然后装进炮筒里面,一炮轰了出去。"

"你听着!"普加乔夫怀着一种奇异的豪情,不尽感慨地说道,"我来讲个故事给你听听,这是我小时候从一个卡尔美克老太太那里听来的。故事是这样的:有一天,老鹰问乌鸦:'你说说看,乌鸦!为什么你在世上活了三百年,可是我却只有三十三岁呢?'乌鸦回答说:'亲爱的,因为你喝的是鲜血。我吃的却是死尸。'老鹰想了想说道:'那么我也来吃死尸吧!''好!'老鹰和乌鸦一道飞走了。他们看到了一匹死马,便飞落到死马尸体上。乌鸦张开嘴就吃,而且赞不绝口。老鹰也啄了一口,再啄一口,拍拍翅膀对乌鸦说道:'不行呀!乌鸦老

---

① 按照俄国人的说法,即"腓特烈之子腓特烈"。

上尉的女儿

弟！与其吃死尸活三百年，还不如痛痛快快地喝一次鲜血，以后就听天由命！'这个卡尔美克故事怎么样？"

"意味深长，"我回答道，"可是，在我看来，烧杀劫掠就好比是吃死尸。"

普加乔夫惊异地看了我一眼，什么也没回答。我们两人都沉默不语了，各人想各人的心事。那个鞑靼人唱起忧伤的歌曲，音调悠扬凄婉，萨威里奇坐在驾车的位子上，摇摇晃晃地打着瞌睡。马车在严冬冻得光滑的大道上飞驰……突然，我看到雅伊克河陡峭的河岸上的一个小村庄，围着栅栏，还有座小钟楼——再过一刻钟，我们便驶进了白山要塞。

第十二章　孤女

> 就像我们园中的一株苹果树，
> 砍掉了树梢，剪掉了枝杈，
> 我们可怜的公爵小姐呀，
> 失去了父亲，又失去了妈妈！
> 没有人来为她梳妆打扮，
> 也没有人来为她祝福和陪嫁。
> ——《婚礼歌》①

　　马车在要塞司令住宅的台阶前停下。老百姓听到了普加乔夫马车的铃铛声，便成群结队地跟在我们的后面跑。什瓦卜林走下台阶迎接冒牌沙皇。他穿装打扮得和哥萨克人一模一样，还留起了大胡子。这个叛徒搀扶着普加乔夫下了马车，卑躬屈膝地表白他的喜悦之情和忠心耿耿。一看到我，他便有点儿仓皇失措。但是，他定了定神儿，向我伸过手来，说道："你也成了自己人了？早该如此！"我转过身去没有理他，什么也没回答。

　　我们走进那早已熟悉的房间，看到墙上依然挂着那张已故司令的军官证书，便勾起了一桩桩悲伤往事的记忆，我的心中难过极了。普

---

① 此处题词为普希金根据所记录的一首婚礼之歌改写而成。

加乔夫在一张沙发上坐了下来，而那张沙发正是伊凡·库兹米奇从前经常坐着打盹的地方，那时他的老伴总是絮絮叨叨地数落着给他催眠。什瓦卜林亲自给普加乔夫端来了伏特加。普加乔夫喝了一小杯，然后指着我对他说："你也要款待款待这位大人吧！"什瓦卜林端着托盘走到我的面前，可是我第二次又把头一歪不予理睬。他有点慌乱，不知所措。这小子平时很机灵，擅长察言观色，这时肯定看得出来普加乔夫对他不满意。他提心吊胆地站在普加乔夫面前，他以狐疑和不怀好意的目光望着我。这时，普加乔夫问起了要塞的情况，又询问了敌人的动静等。然后出其不意地问道：

"告诉我，老弟！你囚禁了一位什么样的姑娘？能不能让我看一看她？"

什瓦卜林的脸色骤变，顿时苍白得像个死人一样。

"皇上！"他声音颤抖地说道，"她并没有受囚禁，她病了……她躺在她的闺房里。"

"带我去看看。"冒牌沙皇说，站起身来。什瓦卜林实在无法推脱了，只好带着普加乔夫到玛利亚·伊凡诺芙娜的闺房去。我跟在他们的后面。

什瓦卜林却在楼梯上站住不走了。

"皇上！"他说道，"您当然有权随意命令我，但是请您不要让不相识的人走进我妻子的卧室。"

我气得全身有点打哆嗦。

"这么说，你已经结婚了！"我对什瓦卜林说道，真是恨不得把他碎尸万段。

"别发火！"普加乔夫对我说，"这件事由我来管，可是你，"他转向什瓦卜林说道，"你别自作聪明，也不要找借口装模作样了。是你的妻子也好，不是你的妻子也罢，反正老子愿意带谁到她那儿去就带谁。大人！跟我来吧！"

走到闺房门口，什瓦卜林又站住了，结结巴巴地说道：

"皇上！为臣得事先奏明陛下，她得了热病，正在发高烧，一直昏迷不醒，不断地说胡话，已经整整折腾三天了。"

"把门打开！"普加乔夫吩咐道。

什瓦卜林伸手摸口袋，说他没有带钥匙。普加乔夫抬起腿来就是一脚，门上铁锁当啷一声跳到一边，屋门开了，我们走了进去。

我一看便愣住了。玛利亚·伊凡诺芙娜就坐在地板上，身穿一件破破烂烂的农家妇女的连衣裙，面色苍白，瘦弱不堪，披头散发。面前摆着一瓦罐水，瓦罐上放着一块面包。她一见到我，便全身颤抖起来，叫了起来。我当时是如何感觉，已经记不起来了。

普加乔夫瞪了什瓦卜林一眼，恶狠狠地冷笑着说道："你这病院倒是不坏嘛！"然后走到玛利亚·伊凡诺芙娜面前，对她说："告诉我，亲爱的！你丈夫为何要惩罚你？你有什么对不起他的地方？"

"我的丈夫？"她反问道，"他不是我的丈夫，我永远也不会做他的妻子。我宁可去死！如果没有人来救我，我一定要死。"

普加乔夫又对什瓦卜林狠狠地瞪了一眼。

"你胆敢骗我！"他说道，"你这个无赖！你知道不知道，该怎样发落你？"

什瓦卜林扑通一声跪在了地上……在那一瞬间，我心中对他轻蔑已极，甚至超过了仇恨与愤怒的感情，我用极其厌恶的目光望着这个匍匐在哥萨克逃犯脚下的贵族。普加乔夫气消了。

"我饶你这一次，"他对什瓦卜林说道，"你可要记住，下次再犯，连这次和你一起算总账。"

然后，普加乔夫转过身来对玛利亚·伊凡诺芙娜慈祥地说道："走吧，美丽的姑娘！我给你自由，我就是沙皇。"

玛利亚·伊凡诺芙娜迅速看了他一眼，立刻猜想到站在她面前的这个人就是杀害她父母双亲的凶手。她用双手蒙住脸，晕倒在地，我扑了过去。这时,我的老熟人帕拉莎,壮着胆子跑进屋来,她立刻动手来伺候她的小姐。普加乔夫走出闺房,我们三个人一齐下楼,走进了客厅。

"怎么样,大人?"普加乔夫满面春风地对我说,"咱们搭救了一个漂亮的姑娘!你看怎么样,是不是把神父请来,让他给他的侄女证婚?也许,我来做你的主婚父亲,什瓦卜林做傧相,让咱们关上大门,好好地吃上一顿,喝上一通。"

我担心的事,果然发生了,什瓦卜林听到普加乔夫的建议,气急败坏,恼羞成怒。

"皇上!"这小子暴跳如雷地说道,"我有罪,我欺骗了您,但是,格里尼奥夫也欺骗了您。这个姑娘不是本地神父的侄女,她是这个要塞原来的司令,也就是被攻破后来被处死的伊凡·米罗诺夫的女儿。"

普加乔夫用一双锐利的、喷着怒火的眼睛死死地盯着我。

"这是怎么回事?"他困惑不解地问道。

"什瓦卜林说的一点儿不假。"我神情自若地答道。

"可是这一点你不曾对我说过。"普加乔夫把脸沉下来说道。

"请你自己想一想,"我回答他说,"当着你手下人的面,我要是告诉你说米罗诺夫的女儿尚活着,那样行吗?他们会把她生吞活剥了的,想什么办法也救不了她。"

"这倒也是实话,"普加乔夫笑了笑说道,"我那些酒鬼是不会放过这个可怜的姑娘的。我的教亲神父太太骗过了他们,她这样也没什么不对。"

"请你垂怜,"我见到他情绪好转,便趁机接茬说道,"我不知道该如何称呼你,也不想知道……然而,老天有眼,我真心甘情愿用生命来报答你为我所做的一切。只恳求你不要让我去做有损于我的荣誉和一个基督徒良心的事情。你是我的大恩人。请你好事做到底,善始善终吧。请你放我带着那个可怜的孤女去走上帝指引的道路吧!不管将来在哪里，不管你发生什么变故，我们俩将每日每时为你祷告，恳求上帝拯救你有罪的灵魂……"

看来，普加乔夫严酷的心灵被打动了。"也罢，就照你说的办！"他说道，"我素来奖罚分明：要杀就杀，要放就放。带上你美丽的姑娘走吧，愿意去哪里就去哪里，上帝保佑你们相亲相爱，夫唱妇随。"

他立即转身向着什瓦卜林，命令他马上给我们签发一张通行证，以便顺利地通过他统治下的一切岗哨和要塞。什瓦卜林垂头丧气，呆若木鸡似的站在那里，普加乔夫接着去视察要塞，什瓦卜林陪同。我留在屋子里，推说要为上路做准备。

我跑到楼上的闺房门口，一推门关着。我敲了敲。"谁呀？"帕拉莎问道。我答话说明是我。门里传来玛利亚·伊凡诺芙娜甜蜜的声音："稍等一下，彼得·安德烈伊奇！我正在换衣服。你到阿库琳娜·潘菲洛夫娜家里去等我吧！我马上就去她那儿。"

我依了她，转身就奔向盖拉西姆神父家。神父和他的太太跑出来迎接我：因为萨威里奇已经事先通知了他们。"您好啊，彼得·安德烈伊奇！"神父太太说道，"上帝保佑，让我们又见面了。您过得好吗？我们可是天天都挂念着您！可是你不在的时候，玛利亚·伊凡诺芙娜，我这令人心疼的姑娘，真是吃尽苦头了！……请告诉我，亲爱的！你怎么跟普加乔夫这么有交情呢？他怎么没弄死您呢？好，这一点要感谢这个强盗。""得了，老太婆，"盖拉西姆神父打断她的话，"别把你知道那点儿事都搬出来胡扯了，要知道，祸从口出，少说为佳。彼得·安德烈伊奇少爷！请进，请赏光，很久很久没有见面了。"

神父太太倾其所有殷勤款待我。同时，她那一张嘴巴说起来没完。她告诉我什瓦卜林如何逼着他们交出玛利亚·伊凡诺芙娜；玛利亚·伊凡诺芙娜是如何痛哭流涕舍不得离开他们；玛利亚·伊凡诺芙娜又是如何通过帕拉莎跟他们保持联系（帕拉莎这丫头真是个机灵鬼，她把那个下士弄得团团转）；她又是如何出主意让玛利亚·伊凡诺芙娜给我写信，等等。神父太太唠叨起来没完没了。轮到我说话时，我便三言五语地讲了一下我这一段时间的经历。当神父和他太太一听到普加乔夫已经知道他们的骗局的时候，他们两人便不断地在胸前画着十字。"十字架的神力显灵了！"阿库琳娜·潘菲洛芙娜说道，"乞求上帝驱散这朵乌云吧！唉！那个阿列克赛·伊凡诺维奇，不要说了，怎么说他呢，真不是个好东西！"这时房门推开，玛利亚·伊凡诺芙娜走进屋来，她苍白的脸上露出了笑容，她换下了乡下女人的衣裙，穿戴和从前一样，朴素大方，然而更加漂亮，更加可爱。

我握住她的一只手，老半天说不出一句话来。我们俩面面相觑，心中百感交集。两位主人感到他们在场很不方便，便走开忙别的事情去了。屋里只剩下了我们两个人，面对着面，忘掉了世间的一切。我们说呀，说呀，满腔的话语永远也说不完。玛利亚·伊凡诺芙娜告诉我说，自从要塞陷落以后，她所遭遇的一切；向我描述她的处境的悲惨，以及什瓦卜林强加在她身上的痛苦。我同她一起回忆起往日幸福的时光……我们两人都哭了……最后，我向她说明了我的打算。让她继续留在那归普加乔夫统治、又由什瓦卜林管辖的要塞，是绝对不可能的；要去正在被围困，正在经受各种苦难的奥伦堡，也是不可行的，连想都不要想。她如今没有一个亲人了。想来想去，最后我劝她到我父母的庄园去。刚开始她还有些犹豫不决，因为她早就知道我父亲那种不满意的情绪，想到这一点就有些胆怯了。我安慰了一番并说服了她。我知道，收留为国捐躯的光荣的军人的女儿，我父亲一定会认为是他的天职和荣誉了。我最后说道："亲爱的玛利亚·伊凡诺芙娜！我已经把你看作我的妻子了。奇异的经历把我们俩紧紧地联结在一起，世界上再没有什么能够把我们分开了。"玛利亚·伊凡诺芙娜真挚而坦诚地听着我讲话，没有半点儿忸怩作态的样子，更没有丝毫假意推脱之举。我感觉，她的命运从此便跟我的命运结合在一起了。但是她再三地说，只有在得到我父母的同意之后，才做我的妻子。这样做，我当然也没有异议了。我们热烈而又深情地拥抱和亲吻。我们之间的一切就如此决定了。

一个小时之后，下士给我们送来了一张通行证，上面有普加乔夫歪歪斜斜的签字。下士还传达了他的话，叫我到他那儿去。我去了，见到他正准备启程，当我跟他告别的时候，这位除了我一个人以外，全都认为他是一个十恶不赦的恶棍和令人胆战心惊的歹徒，我心中真有一种说不出的滋味，干吗不说真话呢？我对他确实非常同情。我真心诚意地想把他从他所统领的那帮强盗的包围中拉出来，要他及早悬崖勒马，保住他那颗头颅。什瓦卜林和老百姓把我们团团围住，使我无法倾吐出深深埋在心中的一切。

我和普加乔夫友好地分了手。他看到阿库琳娜·潘菲洛夫娜站在人群之中，对我伸出一个指头做出威吓的样子，并且意味深长地眨了眨眼睛。然后坐进了暖篷马车，吩咐车夫赶到别尔达村去。当马迈开脚步的时候，他探出身子来，对我大声地说道："别了，大人！也许咱们还能见面。"后来我们果然又再次见面了，但是，那是在一种什么样的场合啊！

……

普加乔夫走了。我久久地凝视这片茫茫雪原，他那辆三匹马拉的马车越走越远。老百姓都散去了。什瓦卜林也躲了起来。我又回到神父的家里。我们上路的一切都准备就绪，我不想再耽搁时间了。我们的行装都放进了原要塞司令一辆旧的马车里，车夫迅速地套好马。玛利亚·伊凡诺芙娜要去跟父母的坟墓告别，坟墓就埋在教堂的后面。我本想陪着她去，但是她要求我让她自己去。过了几分钟，她回来了，还默默地流着眼泪。车子赶到了门口。盖拉西姆神父和她的老伴儿走上了台阶。我们三个人坐进了车子：玛利亚·伊凡诺芙娜、帕拉莎和我，萨威里奇爬上了车夫坐的座子。"再见！玛利亚·伊凡诺芙娜，我的心肝儿！再见了！彼得·安德烈伊奇，我英俊的勇士！"神父太太说,"一路上平安!上帝保佑你们俩幸福!"我们离开了神父家。路过司令住宅的窗口时,我看到什瓦卜林站在里面。他的脸上露出怀恨在心恶狠狠的神情。我不想在被击败的仇人面前显示威风,掉过头来根本不去看他。最后,我们驱车驰出了要塞大门,从此也就永远告别了白山要塞。

第十三章　被捕

> "不要发火,老爷!履行公事,
> 我只得立刻把你送到牢房里面。"
> "好吧,悉听尊便,可是我希望事先
> 把这桩公案解释一遍。"
> ——克尼亚什宁①

今天早晨我还在为这位心爱的姑娘忧心如焚,此刻竟然如此意想不到地跟她休戚相关地联结在一起,这一切连我自己也不敢相信,仿佛是做了一场令人难以置信的幻梦。玛利亚·伊凡诺芙娜依然若有所思,一会儿看看我,一会儿又望望路,看样子,还有些惊魂未定,还没完全清醒过来。我们两个人谁都没吭声。两个人的心都过分地劳累了。不知不觉两个小时过去了,我们已经驶到附近一座仍旧属于普加乔夫统治下的要塞。我们需要在这里换马。马很快就套好了,那个被普加乔夫委任司令的大胡子哥萨克跑前跑后地殷勤伺候。我看得出来,这大概是由于我们车夫的伶牙俐齿,使他们把我当成了自封的沙皇的亲信和宠臣了。

我们驱车继续前进。夜幕即将降临。我们快要走近的一个小镇,

---

① 此处诗句并非克尼亚什宁之作,系出于普希金之手。

据那个大胡子司令说,这儿有一支部队正等着同冒牌沙皇会师。哨兵拦住了我们,问道:"车上是谁?"车夫大声答:"皇上的教亲和他的太太。"突然来了一群骠骑兵,并且把我们团团围住,嘴里还吐出一些不三不四的肮脏话。"滚出来!什么鬼教亲!"一个留着胡髭的骑兵中士对我喊着,"会让你尝尝好东西!还有你的婆娘!"

我下了车,要求带我去见他们的长官。士兵们看到下车的是位军官,便闭上嘴不再咒骂了。中士带我去见少校。萨威里奇紧紧跟在我的后面,一个人嘟嘟囔囔地说道:"看你这个沙皇的教亲有啥本事!刚跳出狼窝,又掉进了虎口……天哪!怎么尽是遇上倒霉的事儿,可怎么收场!"马车在后面缓缓地跟着。

五分钟以后,我们走进一幢灯火辉煌的小房子。中士叫卫兵看着我,他进去通报去了。他立刻就出来了,并告诉我说,长官大人没工夫接见我,命令把我扣押起来,但是要把太太带到他那儿去。

"这是什么意思?"我发疯地叫了起来,"莫非他是发疯了?"

"不知道,大人!"中士回答说,"少校大人只是命令把大人送到拘留所去,还命令把太太带到少校大人那儿去。大人!"

我立刻冲上台阶。卫兵并没想阻拦,我便一直冲到屋子里面。六七个骠骑兵军官正在那儿玩牌赌博,少校坐庄。我看了他一眼,立即认出他是伊凡·伊凡诺维奇·佐林,就是在辛比尔斯克曾经赢了我钱的那个人。真是令我惊诧不止!

"太巧了!"我叫了起来,"伊凡·伊凡诺维奇!原来是你!"

"哎呀,哎呀!彼得·安德烈伊奇,是你!是什么风把你吹来的?从哪儿来?欢迎,欢迎!老弟,想不想玩玩牌?"

"谢谢。最好请你吩咐他们给我安排个住处。"

"干吗要安排住处?你在我这儿不就得了。"

"不行。不是我一个人。"

"那好办,把你的同事也叫来。"

"不是同事,我带来……一个姑娘。"

"姑娘?你在哪儿弄到手的?嘿嘿!小老弟。"佐林一边说着,一边吹一声口哨,这几句话说得意味深长,逗得在场的人都哈哈大笑,弄得我很难为情。

"好!"佐林接着说道,"就这么办吧,给你安排房间。真可惜呀!……不然的活,咱们倒要照老规矩大吃大喝一通……喂,勤务兵!干吗不把普加乔夫的教亲娘娘带到这儿来给大家看看?或许她不开化?告诉她说,她不必害怕,这儿的老爷再好不过了,绝不会欺侮她,只会高高兴兴地搂住她的脖子玩一玩。"

"你这是说的什么话?"我对佐林说道,"什么普加乔夫的教亲娘娘?她是为国捐躯的米罗诺夫上尉的女儿。我把她从被叛军占领的要塞中搭救出来,现在送她到我父亲的庄园去,就让她住在那儿。"

"怎么?刚才他来报告的原来就是你呀!请多多原谅,这是怎么回事呢?"

"等一会我会全告诉你。现在看在上帝分儿上,行行好吧,让那位可怜的姑娘安静一下,你的骠骑兵真把她给吓坏了。"

佐林立即下令,他自己也亲自走到街上,向玛利亚·伊凡诺芙娜道歉,向她解释说这是一场误会,吩咐中士把她请到镇上最高级的旅馆里去,我则和他一起过夜。

我和佐林他们一起吃完了晚饭,等到只剩下我们两个人的时候,我便把我的惊险的甚至是传奇式的遭遇讲给他听,佐林非常认真地听我讲述。等我讲完,他摇摇头说道:

"老弟!这一切都很好,只有一件事不好:活见鬼,你干吗要结婚呢?我是一个堂堂正正的军官,可不想让你上当受骗。你要相信我的话,要结婚可是蠢事!整天围着老婆团团转,抱孩子换尿布,何必自讨苦吃?唉,去它的结婚吧!你就听我的,赶紧跟这个上尉的女儿分手道别。通往辛比尔斯克的道路已经肃清,走起来平平安安的了。明天你就打发她一个人到你父母那儿去,你就留在我的部队里吧。你也没有必要再到奥伦堡去了。万一你再落到叛匪手中,那就休想再侥幸脱身了。这么做保管叫你那种恋爱的傻劲慢慢就过去,一切也就都好办了。"

尽管我不能完全同意他的见解,但是我觉得,军人的天职要求我必须留在女皇的部队里。我决心听从佐林的劝告:把玛利亚·伊凡诺芙娜送到我父亲的庄园去,我自己就留在他的部队中了。

萨威里奇跑来帮我脱衣服。我告诉他,他得准备明天护送玛利亚·伊凡诺芙娜上路。但是萨威里奇说什么也不干,他说:"这怎么行呢!少爷?我怎么能丢开你不管呢?谁来伺候你呢?你的二老双亲又会怎么说呢?"

萨威里奇的犟劲儿我是知道的,只有和颜悦色地相劝和说些推心置腹的话才能打动他。"老朋友,阿尔希普·萨威里奇!"我对他说,"别犟了,答应了吧,帮我做做好事!我在这儿不需要人伺候,但是,如果玛利亚·伊凡诺芙娜一路上没有你的照顾,我心里会不安的。伺候她,也就等于是伺候我,因为我已经下定决心,一到环境许可,我就和她结婚。"

萨威里奇举起手来拍了一个巴掌,做出大吃一惊样子。"结婚?"他反问道,"毛头小伙子就想结婚?你爸爸会同意吗?你妈妈会答应吗?"

"会答应的,会同意的。"我回答说,"他们了解了玛利亚·伊凡诺芙娜的身世和品德,一定会同意的,一定会答应的。我还指望你帮忙呢!我父母都很信任你,你就为我多说些好话,多美言几句吧!行不行?"

老头真的被感动了。"唉,我的彼得·安德烈伊奇少爷!"他回答说,"你现在想结婚,虽然嫌早了一点儿,不过嘛,玛利亚·伊凡诺芙娜的的确确是个好姑娘,错过了这样的好机会也是罪过,好吧,就依了你吧！我就护送这位天使回去，还得禀告他们二老，娶个这么好的姑娘做儿媳妇，是不会要嫁妆的。"

我感谢了萨威里奇，就跟佐林在同一个房间里睡下。我思潮翻滚，总想一吐为快，于是便滔滔不绝地说了起来，开始，佐林还蛮有兴致地跟我一起聊，可是逐渐不大说话了，语句也不连贯了，终于以他呼呼噜噜的鼾声代替了答话。我也只好闭上嘴不再说了，不一会儿，也就和他一样地睡着了。

第二天一早，我去找玛利亚·伊凡诺芙娜，向她说明了我的想法。她认为句句在理，便立刻表示同意。佐林的队伍也在同一天里开拔，要离开这个小镇。不能再耽搁了，我立即去跟玛利亚·伊凡诺芙娜道别，把她托付给萨威里奇照管，并请他给我父母带去一封信。临别时，玛利亚·伊凡诺芙娜哭了。"别了！彼得·安德烈伊奇！"她低声说道，"我们俩能不能再见面，只有上帝才能知道，可是我永远也忘不了你，直到死，我的心中只有你。"我什么话也答不上来。一群人围着我，我不愿当着众人的面吐露我心中的激动之情。她终于走了。我回到佐林处，心情十分忧郁，不想说话。佐林想使我快活起来，我自己也想散散心，我们便热热闹闹坐在一起，狂欢痛饮地消磨了这一天，晚上部队便开拔了。

那是二月末。给行军作战带来困难的隆冬时节已经过去，我们的将军们准备采取一致行动协同作战。普加乔夫一直还滞留在奥伦堡城下。与此同时，我们的部队正向他集中和靠拢，在奥伦堡会师，从四面八方逼近他的老巢。暴乱的各个村庄一见到我们的大部队，立刻望风归降，各股叛匪闻讯丧胆，落荒而逃。这一切预示着这场战争很快就要结束。

不久，戈里岑公爵在塔吉谢沃要塞附近击溃了普加乔夫，驱散了他手下那一群群的乌合之众，解了奥伦堡之围，表面看来，似乎给了叛匪们致命的最后一击。这时，佐林奉命去清剿巴什基尔叛匪，官军来到，他们却早已逃得无影无踪。春水泛滥，把我们围困在一个鞑靼人的小村庄里，河流也泛滥了，道路也无法通行。我们都盼望跟叛匪和野蛮的匪徒这种枯燥无聊的战争早早结束，并以此来自宽自慰。

然而，还是没有抓到普加乔夫，他又出没在西伯利亚矿区。他在那里又纠集了新的匪帮，又开始了烧杀劫掠。关于他得胜的流言又到处传播开来，我们得知，西伯利亚各个要塞又都被他攻占。很快又传来喀山失守的消息，冒牌沙皇正向莫斯科进军。于是，那些酒囊饭袋的将军们原来以为可鄙的匪首不堪一击的幻想又破灭了，这时又惶惶不可终日了。佐林接到命令，要他率军强渡伏尔加河。①

我在这里不想来描述进军情况和战争的结束。只想简要地写上两笔，灾难已经到了无以复加的地步。我们的部队在通过被叛匪洗劫一空的村庄时，灾民们冒着九死一生抢救出来的一点点东西，又不得不被再次劫掠一空。各地的行政机构全都瘫痪了。地主老爷和有钱的人们纷纷逃进森林躲藏起来，一股又一股的叛匪到处打家劫舍。分散的各自为政的官兵的长官们，随心所欲地进行惩罚和赦免。辽阔的边区地带烽火连天，尸骨遍地，这幅景象真是令人触目惊心，惨不忍睹……但愿上帝大发慈悲，不要再让世人看到这毫无意义而又惨绝人寰的俄罗斯式的暴乱了！

普加乔夫被伊凡·伊凡诺维奇·米赫尔松②紧紧追逼，犹如丧家之犬到处奔逃。不久便传来他被彻底打垮的消息。佐林终于收到了冒牌沙皇已经被逮捕的通知，以及部队停止军事行动就地驻扎的命令。战争结束了。我终于可以回家探望父母了！一想到要拥抱他们，一想

---

① 此处之后还有一章，公开发表时被作者删除，后来这一章又以题名《删节的一章》附录在最后。
② 米赫尔松（1740—1807），俄国将军，于1774年在察里津附近彻底摧毁了普加乔夫的暴乱。

到又要见到音讯皆无的玛利亚·伊凡诺芙娜,我真是欣喜若狂。我像小孩子一样高兴得又蹦又跳。佐林也笑了,他耸耸肩膀说道:"不,你要倒霉了!一结婚,你就会被莫名其妙地给毁了!"

然而,心中有一种奇怪的感情使我的欢乐蒙上了一层阴影。一想到那个双手沾满了无辜者鲜血的强盗,现在他自己又要被斩首示众和暴尸荒野,我不由得心中惴惴不安。"叶米里扬啊,叶米里扬!"我痛惜地想,"你为何不碰到刺刀尖被刺死或被炮弹毙命呢?只有战死在沙场之上,那才是你为自己选择的最好的出路啊!"叫我怎么办呢?我心里便立刻想到他在我一生中最困难的时刻曾经照应过我,救援过我,并且还从卑鄙无耻的什瓦卜林的魔掌中救出了我的未婚妻。

佐林准我休假。再过几天我就可以陶醉在一家人团聚的欢乐之中了,我就可以见到我的玛利亚·伊凡诺芙娜……忽然间,一声沉雷击到我的头顶上。

正好在我要回家省亲的一天,正好在我即将起程的那一刻,佐林走进了我的小茅屋,手里拿着一张公文,露出忧心忡忡的样子。我一见,好似有什么在我的心上捅了一下,我莫名其妙预感到一种不祥的恐惧。他叫勤务兵出去,然后对我说,有件案子牵涉到我,"什么事?"我不安地问道。"一件不愉快的小事。"他回答道,把公文递给我,"你自己看一看,刚刚收到的。"我接过来一看:那是发给各地驻军长官的一道密令,命令说无论在何处,都要立即把我捉拿归案,押解到喀山,交付普加乔夫专案审查委员会。

我差点失手把公文掉在地上,"毫无办法!"佐林说道,"我的职责是服从命令。看起来,你跟普加乔夫友好旅行之事,大概政府已经知道了,我希望,这件案子会撤销,你在委员会里能够把自己的不白之冤洗刷干净。不要灰心丧气,动身吧!"我的良心是纯洁无瑕的,我不怕审问,然而,一想到甜蜜的团聚又要耽搁下去,也许要拖上几个月,我感到有些害怕了。马车已经备好。佐林友好而亲热地同我道别。我被押上车。两个骠骑兵握着抽出鞘的军刀押送,就坐在我的身边,车子沿着大道走去。

第十四章　受审

> 世上有流言，
> 海上有波澜。
> ——俄罗斯谚语

我确信，我的过错大不了会因擅自离开奥伦堡而获罪。这样，我很容易辩护自己无辜受审：因为当时单枪匹马出城去突击不但从未禁止，反而受到多方鼓励和支持。我可能被指控为轻举妄动，而不是违抗军令。可是，我和普加乔夫的友好关系，可能会有很多目击者做证，至少可能被指控有重大嫌疑。一路上，我冥思苦想着将要对我进行的审讯，绞尽脑汁地思索应如何回答。最后，我还是下定决心向法官说明真实情况，认为这样的辩护方法最为简单，也最为行之有效。

我到了喀山，只见遍地瓦砾，满目凄凉。街上房倒屋塌，只有一堆堆烧焦了的折木断梁，其间耸立着熏得乌黑的断墙颓壁，屋顶和门窗已葬身火海。这便是普加乔夫遗留下来的"功绩"！我被带到要塞里，这是大火中幸存下来的相对完整的建筑物，位于这座被烧毁的城市中央。骠骑兵把我移交给值班的军官。他下令叫来铁匠，给我钉上脚镣，而且钉得很紧。然后把我关进了牢房，那是一个又小又黑的房间，只有光秃秃的四壁和一扇带铁栏杆的窗子。

一开始就是这样的待遇，可能是不祥的预兆。但是我并没失去勇气,也没有失去希望。我采用了人们在悲愤的时候聊以自慰的办法,平生第一次领略了我那既纯洁而又破碎的心灵中倾吐出来的祈祷的滋味。这样我便可以泰然处之地睡去,毫不介意将来要发生的事情。

第二天,牢房看守叫醒了我,向我宣布,今天就要叫我到审查委员会去受审。两个卫兵押送我,走过了一条长长的走廊,到了司令办公室,我们在前厅停下,然后放我一个人进去。

我走进了一间宽敞的大厅。桌子上摆满了文件,桌旁坐着两个人:一个是上了年纪的将军,神情严肃,外表冷峻;还有一个年轻的近卫军上尉,大约有二十七八岁,外貌叫人一见就很喜欢,举止随便而又活泼。窗前另一张桌子旁边坐着一名书记员,耳朵上夹一支鹅翎笔,正伏在纸上,准备记录我的口供。审讯开始了。他们先问了我的姓名和军衔。将军问我是不是安德烈·彼得罗维奇·格里尼奥夫的儿子。我一一地回答了。他严厉斥责道:"真可惜,那么一位令人尊敬的人居然有这么个不肖之子!"我平静地回答说,无论对我进行多么严厉的指控,我自信清白,而且相信会弄清真相而证明自己是无辜的,我的镇定的态度使他很不高兴。"年轻人,你倒是伶牙俐齿呀!"他皱起眉头对我说,"不过,这号人我们见识多了!"

这时那个年轻人向我发问,是从什么时候及由于什么机缘使我到普加乔夫那里去效忠的?接受过什么指令?干过什么勾当?

我气愤地慷慨陈词,回答说:"我是军官,是贵族,无论如何也不会为普加乔夫效力,也绝不会接受他的任何指令。"

"这么说,"我的审判官反问道,"为什么唯独你这一位贵族军官被匪首赦免了呢?而且同时,你的同事们却全部遇难了呢?为什么你这个贵族军官却偏偏能和叛匪们坐在一起饮酒作乐呢?又为什么接受匪首的礼物,皮大衣、马匹和半个卢布的银币呢?怎么会产生这种稀奇古怪的友谊呢!这种友谊,假若不是因为变节,那么,至少你也是个可耻的软骨头,否则,又做何解释呢?"

这个近卫军军官的一番话严重地污辱了我，我激愤地为自己辩护。我叙述我是怎样在暴风雪中跟普加乔夫相识的；在白山要塞被攻陷之后他是怎样认出了我，并且赦免了我的。我说，冒牌沙皇的确曾送我马匹和皮大衣，不错，我毫无愧疚地接受了。但是，我捍卫了白山要塞，而且一直战斗到最后关头。最后，我提出我的将军，他可以证明我在奥伦堡被围困时所表现出来的忠诚。

那位外表严厉的老头伸手从桌子上拿一封已拆开的信，然后高声念道：

"承大人询及有关准尉格里尼奥夫行止一事，据传此人曾参与此次叛乱，与匪首勾结，均为军法所不容，与誓言相悖逆，今特据实回复如下：查准尉格里尼奥夫自去年，即1773年10月至今年2月14日于奥伦堡服役，自2月14日离此城后再未归来，据众降匪供称，曾于匪首普加乔夫之村寨被拘留，并与其同往从前所供职的白山要塞，至于该准尉之行为，我亦可……"

他念到这儿就不念了，然后对我严厉地说道："现在你还有什么可以为自己辩护的？"

我本想象方才那样继续为自己辩护，像方才那样坦诚说明我和玛利亚·伊凡诺芙娜的关系，以及其他事情，但是，我心中突然产生一种令人异常厌恶的情绪。我忽然脑子一转：如果我说出她的名字，那样一来，审查委员会肯定会将她传讯。一想到把她的名字跟那些恶棍的下流无耻的诽谤纠缠在一起，一定会叫她本人和他们对质——这个可怕思虑使我猛然醒悟，于是，我不知所措了，回答问题也语无伦次了。

两位审讯官，本来还认真地听取我的辩护，似乎还多少有点好

上尉的女儿　339

感，可是一看我神情慌乱，便又以先入为主的成见来对付我了。近卫军军官让我同我的主要告发人对质。将军立即命令把昨天那个罪犯带来。我迅速转过身去望着屋门，等着我的告发人进来，过了几分钟，传来了脚镣叮当声。门开了，犯人走进来了，我一看，原来是什瓦卜林，他外貌变化之大令我感到惊诧：面色苍白、瘦骨嶙峋，原来满头漆黑的头发全已花白，胡子老长，乱蓬蓬的，他用虚弱声音和坚决的语调，重述了一遍对我的指控。他诬陷说，我是被普加乔夫派往奥伦堡的奸细；说我天天单人独骑出城是为了传递有关城内消息的密报；最后，说我公然投降了冒牌沙皇。陪同他视察各地的要塞，千方百计地陷害已经叛变的旧同事，以便窃取他们的职位向冒牌沙皇邀功取宠。我默然无语地听他说完，有一点还算令我感到欣慰：这个无耻下流的恶棍没有提到玛利亚·伊凡诺芙娜的名字，也许是因为这个姑娘曾经蔑视地拒绝过他，如果说出来有伤他的自尊心；也许在他的心中还残存着一点儿迫使我沉默的感情——不管怎样，反正在审讯中没有提到白山要塞司令女儿的名字。这样，就更坚定了我的决心，因而当法官问到我能否驳斥什瓦卜林的指控时，我回到仍旧坚持我原来的供词，没有别的要辩护的了。将军命令把我们押回牢房。我和什瓦卜林一同走出房间。我镇定自若地看了他一眼，可是却没跟他说一句话。他狰狞地笑了一下，提起脚镣，赶过我，又加快了脚步。我又被送进牢房，从此就再也没提审过一次。

以下我要向读者叙述的一切，并非我亲眼看见，但是那些故事我不知听到了多少次，甚至细枝末节栩栩如生地全都深深地印在了我的脑海之中，故而我觉得，无形中仿佛我也在场一样。

玛利亚·伊凡诺芙娜受到了我父母双亲热情而诚挚的接待。这是老一辈人特有的风范。能有机会收养和爱护这样一名可怜的孤女，在他们看来，这是上帝的恩典。这两位老人很快就真心地喜欢上了她。因为了解了这个姑娘的身世、遭遇和人品之后，不可能不爱上她的。我的爱情父母也不再认为是愚蠢的儿戏和胡闹了,特别是我的母亲,一心想让她的彼得鲁沙和这位可爱的上尉女儿早日得以鸾凤和鸣。

我被逮捕的消息使全家人为之震惊。玛利亚·伊凡诺芙娜向我的父母双亲讲述我跟普加乔夫交往的传奇故事,由于她讲得声情并茂而又天真无邪,以致我父母听了,不仅没有添忧加愁,反而使他们轻松地笑了起来。父亲绝不相信我会参与旨在颠覆朝廷和消灭贵族的卑鄙的暴乱。他严厉地盘问了萨威里奇,我的老管教人并没有隐瞒,他说少爷曾在叶米里扬·普加乔夫那儿做过客,而且那个冒牌沙皇总是殷勤地款待他,可是老人又发誓说,他从来不曾听到过变节的事情。这样一来,我的父母也就宽心多了,焦急地等待着我洗清罪名的佳音。玛利亚·伊凡诺芙娜心里甚感不安,但她从来不溢于言表,只是深深埋在心里,这是由于她极其谦虚的天性和谨慎的美德所致。

过了几个星期……突然,我父亲收到了我家亲戚 Б 公爵从彼得堡寄来的一封信。公爵在信中告知父亲有关我的消息,写了几句通常的客套话之后,他写到关于我参与叛匪阴谋的嫌疑,不幸得很,已经证据确凿,本应处以死刑以儆效尤,但女皇陛下尊重我年事已高的父亲和他所建树的功绩,便决定从轻发落,将其有罪的儿子终身流放西伯利亚边远地区,以代替不光彩的死刑。

这个突如其来的打击,差点儿没断送了我父亲的老命。他不再像平时那样刚毅了,他的痛苦和悲哀(总是憋在心里)有时通过苦恼的牢骚发泄出来。"怎么了?"在发怒的时候连连说道,"我的儿子居然参与了普加乔夫暴乱的阴谋?公正无私的上帝呀!干吗让我活到今天这个样子!女皇洪恩浩荡,没有判处他死刑!难道这么一来我就轻松了?死刑并不可怕。我的先祖就是在红场的断头台上遇难的,但是却把神圣的意志,圣洁的良心留给了后辈子孙,先父跟沃伦斯基和赫鲁晓夫[①]一起英勇就义。但是一个贵族竟然背叛自己的誓言，跟杀人凶手、强盗、逃亡的奴隶相勾结！……这是整个家族的奇耻大辱！……"母亲看到父亲那副气急败坏和绝望的样子，被吓坏了，不敢在他的面前伤心落泪，想尽办法为他打气鼓劲，跟他说流言不可信，说世人的非议也不足为凭。但是，无论如何也安慰不了他。

玛利亚·伊凡诺芙娜的痛苦比谁都深。她坚信，只要我愿意，是可以为自己洗刷掉罪名的，她猜到了真情，并且认为她便是我的一切不幸的根源。她瞒着别人，自己一个人暗自伤心，暗自垂泪，同时又在苦思苦想解救我的办法。

一天晚上，父亲正坐在沙发上翻阅《圣朝年鉴》，但是他的思想却驰向天边，因此，这次阅读对他并没有产生往常那种效果，他嘴里吹着老式进行曲。母亲默默地坐在那里织毛衣，眼泪却像断线的珍珠一样一颗一颗地滴落到毛衣上。坐在旁边做针线的玛利亚·伊凡诺芙娜突然开口说，情况紧急，迫使她必须到彼得堡去一趟，请求给她路费。母亲听了心中非常难过。"你为何要去彼得堡呢？"她满面愁容地问道，"难道说玛利亚·伊凡诺芙娜，也要离开我们吗？"玛利亚·伊凡诺芙娜回答说，她的未来全靠这次彼得堡之行了，她要凭着以身殉国者的女儿的身份去找达官贵人的帮助和庇护。

我父亲低下了头。凡是任何能令他想起儿子莫须有的罪名的话语，他听了都会像剑刺刀挖心肺一样地难以忍受。"去吧，我的孩子！"他叹了口气说道，"上帝保佑你找个好丈夫，而不是可耻的叛徒。"他站起身来走出去。玛利亚·伊凡诺芙娜和我母亲留在屋内，她向母亲说明了她的一部分计划。我母亲泪如涌泉地拥抱了她，祈祷这个计划能够圆满成功。玛利亚·伊凡诺芙娜准备好了行装，过了几天

[①] 阿尔杰米·沃伦斯基（1689—1740），彼得大帝时期从事外交和行政的大臣，俄国政治家，在女皇安娜·伊凡诺芙娜时期企图进行一些国家体制改革，因反对日耳曼人比伦集团而失败，于1740年同其好友安德烈·赫鲁晓夫（1691—1740）一起被杀。

就动身上路了。身边带着帕拉莎和忠心耿耿的萨威里奇。萨威里奇自从被迫和我分手以后,想到能够服侍我的未婚妻,也算得到了一些安慰。

玛利亚·伊凡诺芙娜一路顺利地到达了苏菲亚①,她在驿站旅馆中得知女皇行宫就在皇村,于是便决定住了下来。她在此租了一间隔板后面的小屋。驿站长的太太立即和她交谈起来,告诉她说自己是皇宫中锅炉工的侄女,也告诉了她一些皇宫的秘闻。还告诉了她女皇早晨几点起床梳洗,何时喝咖啡,何时散步,有哪几位大臣陪驾,昨天女皇进膳的时候说了些什么,晚上又接见了谁——总而言之,安娜·符拉西耶芙娜的一席话,可以写成好多历史著作,流传于世,对以后一定会有很大的教益。玛利亚·伊凡诺芙娜一字字一句句地仔细倾听着她的叙述。说着说着,两人一起走进了花园里散步。安娜·符拉西耶芙娜向她讲述每一条林荫路的来历,每一座小桥的变迁史。散步以后,她们回到了驿站,彼此就成了知心好友。

第二天一大早,玛利亚·伊凡诺芙娜就起了床,穿好衣服,梳洗完毕,悄悄地走进了花园。早晨的景色美极了,太阳从菩提树顶闪射出一片金黄色,晨风送来阵阵秋日的清爽。广阔的湖面上,微波映照出灿烂的朝晖,天鹅刚刚从梦中醒来,从湖岸边丛生的灌木里游弯出来。玛利亚·伊凡诺芙娜在芳草绿茵旁的小径上漫步而行,那不久前才建立起的一座丰碑,以纪念彼得·亚历山大罗维奇·鲁勉采夫伯爵最近取得新的胜利②,突然,一只白色的英国种哈巴狗吠叫着迎面跑了过来。玛利亚·伊凡诺芙娜吓了一大跳,惊愕地站在那里,恰在此时,传来了一个女人清脆悦耳的声音:"不要怕,它不会咬人。"玛利

---

① 苏菲亚,彼得堡近郊的市镇和驿站,离皇村很近。
② 彼得·亚历山大罗维奇·鲁勉采夫(1725—1796),俄国元帅,俄军在其率领下取得过多次胜利。此处"新的胜利"指1770年其率军打败土耳其,占领了莱茵河下游,1774年俄土缔结和约。

亚·伊凡诺芙娜看到了一位贵夫人，就坐在纪念碑对面的长椅上，玛利亚·伊凡诺芙娜在长椅的另一端坐了下来。那位贵夫人仔细地望着她，而玛利亚·伊凡诺芙娜也从椅子的另一端望了她几眼，从头到脚地打量了一番。那位贵夫人身着洁白的晨装，外罩暖背心，头上戴着睡帽。看上去大约四十岁左右，丰盈的面庞容光焕发，显露一种庄重娴静和恬然自若的神情，湛蓝色的眼睛和挂在嘴角上柔情的笑意，也有一种难以描述的美丽。这位贵夫人首先开口打破沉默。

"您大概不是本地人吧？"她问道。

"不是本地人，夫人！我是昨天刚从外省来的。"

"您是同家里人一起来的吗？"

"不是，夫人，我是一个人来的。"

"一个人？可是您的年岁并不大呀！"

"我没有父亲，也没有母亲。"

"您到这儿来，必定有什么要紧的事儿吧？"

"正是，夫人！我是来向女皇陛下呈递申诉书的。"

"您是孤女，看起来，必是有人对您不公道或者欺侮了您，您是来控告他吧？"

"不是，夫人，我是来恳求女皇陛下开恩和宽恕的，不是来控告谁的。"

"那您能不能告诉我您是什么人呢？"

"我是米罗诺夫上尉的女儿。"

"米罗诺夫上尉！莫非是奥伦堡省某地的那个要塞司令吗？"

"正是，夫人！"

看来，那位贵夫人显然被感动了。"请原谅我干涉您的事情，"她说道，声调更加亲切了，"不过我是官里的人。请您告诉我，您有什么请求，也许我能够帮助您。"

于是，玛利亚·伊凡诺芙娜站起身来，恭恭敬敬地致礼道谢。这位素不相识的夫人的一切举止言行，给人一种完全值得信赖的感觉，并且心甘情愿向她披肝沥胆。玛利亚·伊凡诺芙娜从兜里掏出一张折叠着的申诉书，交给这位保护人。她接过信来默默地看着。

起初她看得很认真，并表露出同情的神色，可是，她的脸色突然一变——玛利亚·伊凡诺芙娜瞪着双眼看着她的一举一动，这时她脸上那种安详和气的表情，一瞬间变为严厉的神情，便吓了一大跳。

"您是为格里尼奥夫来求情，是吗？"那位贵夫人说，语气很冷淡，"女皇不可能饶恕他。他与匪首相勾结并非由于一时糊涂和轻率之举，他简直就是一个毫无廉耻的无赖。"

"哎呀！冤枉！"玛利亚·伊凡诺芙娜喊了起来。

"怎么是冤枉？"那位贵夫人反问道，满脸通红。

"冤枉！绝对冤枉！我全都知道，我会向您说明一切。格里尼奥夫是为了我，他一个人承担一切罪名，为了我一个人，他才甘愿背黑锅。他没有为自己辩护，他没有为自己洗刷罪名，那完全是因为不愿意把我牵连进去！"于是，她心情激动地讲了读者早已知道的一切详情。

那位贵夫人极其专注地听她讲完。"您住在哪儿？"夫人问道，听说她就住在安娜·符拉西耶芙娜家里的时候，夫人便微笑着说道，"哦，我知道了，再见吧！可是关于我们这次会见的谈话，不要对任何人讲。我希望您不久就会收到这封信的答复。"

她一边说着一边站起身来，走进了一条林密叶茂的幽径，而玛利亚·伊凡诺芙娜此时站在那里，满怀欢喜，满怀希望。

驿站长太太责备她不该在秋天的一大早就出去散步，告诉她说，年轻女子一早晨出动散步是有害的。她正端来茶炊，正打算拿起杯子喝茶，正要开口没完没了地大谈宫中逸事之际，突然，一辆宫廷马车停到台阶之下，一位宫廷侍卫进来宣召。女皇陛下召见米罗诺娃小姐即刻进宫，不得有误。

安娜·符拉西耶芙娜十分惊奇，立刻手忙脚乱地张罗起来。"哎呀,上帝!"她喊道,"女皇陛下宣您进宫了!她怎么会知道您呢?我的小姑娘!您怎么好去见女皇呢?我看,您进宫以后该怎么走路都不懂啊!……要不要我护送您去?我至少可以给您指点指点哪!您穿一身旅行衣裙,怎么好进宫呢?要不要派人到接生婆那里去,把她那件黄色礼服借来呢?"宫廷侍卫宣称,女皇只召玛利亚·伊凡诺芙娜一个人进宫,衣着随便,就穿她身上那套衣裙即可。来不及做什么准备了:玛利亚·伊凡诺芙娜立即坐上马车进宫了。上车时,安娜·符拉西耶芙娜千叮咛万嘱咐,一个劲儿向她祝福。

玛利亚·伊凡诺芙娜预感跟我两人命运攸关的大事就要决定了,心中好像有十五个吊桶,七上八下地跳个不停,差点喘不过气来。不到几分钟,马车便到了皇宫门口。玛利亚·伊凡诺芙娜全身颤抖,举步踏上了御阶。两扇宫门豁然洞开。她走过一间又一间金碧辉煌的大厅,宫廷侍卫在前面引路。最后,来到两扇紧闭的宫门前。那人交代,他要先进去禀报,让她一个人先等在门口。

想到马上就要面对面晋见女皇陛下,她心中不觉害怕起来,两条腿几乎站不住了,费了好大劲儿才抑制住过于激动的心情。过了片刻屋门打开了,她走进了女皇的梳妆室。

女皇坐在梳妆台前,几名宫廷侍从围绕在她身边。看到玛利亚·伊凡诺芙娜进来,全都恭恭敬敬地闪开,让她到女皇身边来。女皇亲切地招呼她。玛利亚·伊凡诺芙娜立刻认出了女皇就是刚才跟她坦诚谈话的那位贵夫人。女皇把她叫到身边,和颜悦色地说道:"我很高兴能够履行我的诺言满足您的请求,您的事情已经解决了。我相信您的未婚夫是无罪的,这儿有一封信,请您带给您未来的公爹。"

玛利亚·伊凡诺芙娜伸出颤抖的手接过了信,她哭了起来,一下子跪倒在女皇的脚下。女皇把她扶起来,吻了吻她,女皇又同她谈了起来。"我知道您的家境清贫,"她说,"但我在米罗诺夫上尉女儿的面前负有义不容辞的义务,不必为您的将来生活担忧发愁,我有责任为您兴家立业。"

慈爱地抚慰可怜的孤女之后,女皇让她走了。玛利亚·伊凡诺芙娜又乘上同一辆宫廷马车返回,安娜·符拉西耶芙娜焦急地等她回来,一见面便接二连三地提出了一大堆问题。玛利亚·伊凡诺芙娜只是简简单单地回答了几句。安娜·符拉西耶芙娜怪她健忘,心里想这可能是因为外省人没有见过世面,因而也就宽宏大量地体谅了她。玛利亚·伊凡诺芙娜急于回去报告佳音,没顾得上观光一下彼得堡,于当天便匆匆赶回乡下去了……

彼得·安德烈伊奇·格里尼奥夫的回忆录到此便中断了。从有关他家族的传说中得知,格里尼奥夫于1774年底奉女皇之圣谕被释放出狱。普加乔夫被处决时他也在场,当时,普加乔夫在人群中认出了他,还向他点了点头,但是不过一小会儿,这颗头便被斩了下来,血淋淋地被拿去示众。不久以后,彼得·安德烈伊奇与玛利亚·伊凡诺芙娜结了婚。他们的子孙后代在辛比尔斯克省人丁兴旺,家业昌盛。距离××城三十俄里的地方,有座属于十个地主的庄园。在老爷的一间偏房中,至今还悬挂着镶嵌在玻璃柜内的叶卡捷琳娜二世那封亲笔信。这封信是女皇写给彼得·安德烈伊奇父亲的,信中写明恩准为其子昭雪冤情,并赞扬了米罗诺夫上尉女儿的聪慧贤德。彼得·安德烈伊奇·格里尼奥夫的手稿,我是从他的一个孙子那里得到的。他知道我正在撰写他祖父所描写的那个时代的著作,我们在征得其亲属的许可之后,决定把这部手稿单独发表,每一章前面都加上相应的题词,又酌情擅自改换了几个人物的真实姓名。

出版人
1836年10月9日

附录　删节的一章[1]

我们已经到达了伏尔加河岸附近,我团进驻了××村,并在此地宿营。村长告诉我说,河对岸的村庄全都卷进了暴动浪潮,一股股普加乔夫匪徒到处烧杀抢掠。我听到这个消息后心里很不安。我们团等到明天早晨才渡河。我十分焦急。我父亲的村庄离河对岸仅有三十俄里。我打听了一下,看能不能找到摆渡的船夫。这儿所有的人全靠打鱼谋生。小船也很多。于是,我就去找佐林[2],告诉他我要渡河的想法。"你可千万要多加小心。"他对我说道,"你只身一人去很危险。等到明天早晨吧!我们就最先渡过河去,我再派五十名骠骑兵到你父亲家里去驻守,以防有什么意外。"

我坚持我原来的打算。小船准备好了。我同两名船夫一起上了船。

天气晴朗,天空中万里无云,一轮明月泼洒着银辉。没有一丝风,伏尔加河波低浪小,缓缓地流着。小船有节奏摇荡着,踏着黑色的波浪飞快地向前行驶。我却思潮翻滚。过了半个多钟头,船行驶到江心……突然,两个船夫交头接耳小声嘀咕起来,"什么事?"我吃

---

[1] 此章未曾收入《上尉的女儿》正文一起发表,而保留在普希金的手稿中。此章中人物的姓名与正文不同,把格里尼奥夫叫作布拉宁,把佐林叫作格里尼奥夫。——俄文版原注

[2] 为了方便读者阅读,不致因人名产生歧义或造成误解,译者在翻译时把格里尼奥夫改为佐林,把布拉宁又改为格里尼奥夫,以便与前面的各章一致。

惊地问道。"天知道,天晓得!"船夫回答道,眼睛却盯着河面某处。我把眼睛也顺那个方向望去,只见昏暗处有个什么东西顺着伏尔加河水流漂浮下来。这个奇怪的东西越漂越近。我吩咐船夫停桨等着看一看。这时,月亮被浮云遮住,那个漂浮着的东西就更看不清了。这个东西离我们很近了,可是我还是没有看清。"到底是什么东西呢?"船夫说道,"说船帆吧,又不是船帆;说是桅杆吧,又不像是桅杆……"忽然,月亮从云层中钻了出来,照亮了那个可怕的东西。向我们漂来的东西原来是一个钉在木筏上的绞架,绞架横梁上还吊着三具尸体。我的好奇心犹如一种病态发作,非得要看一看被绞死的人是一副什么模样。

遵照我的吩咐,船夫伸过篙去钩住木筏,我们的小船与木筏子撞到一起,我跳上了木筏,便站在了绞架的两根柱子之间,十分吓人。月亮照着不幸的死者那变了形的面孔。一个是楚瓦什①人的老头,另一个是身强力壮的俄罗斯农夫,二十来岁,等到我看第三具死尸时,不觉大吃一惊,不禁伤心地大叫了一声:"是万卡!"是的,可怜的万卡!他愚昧无知,投奔了普加乔夫。三具死尸的上方钉着一块黑木牌子,上面写着几个白色的大字:"强盗和叛匪的下场。"船夫不动声色地看着。抓着竹篙钩住木筏,等候着我。我回到小船上。木筏顺流漂了下去。那个绞架在昏暗中久久地还隐约可见。最后,终于不见踪影。我们的小船也驶近了又高又陡的堤岸……

我慷慨大方地付了船钱。一个船夫领我去找这个村子的村长,村子就在渡口附近。我们两人一同走进了一间小茅屋。村长一听我要马,非常冷淡地接待了我们,但是我的带路人对他低声地嘀咕了几句,他态度来了一个一百八十度大转变,立刻变得十分殷勤。一小会儿之后,一辆三套马的车就准备好了。我坐上车,吩咐去我家的村庄。

---

① 楚瓦什,俄罗斯的一个少数民族。

我乘车沿着大道匆匆赶路,急驶过沉睡的村庄。一路上,我一直提心吊胆,生怕路上有人拦劫或者被扣留。我夜里在伏尔加河上看到的绞架,足以证明这一带的确有叛匪,同时也证明政府正在大力清剿。好在我兜里既有普加乔夫给的通行证,又有佐林上校的手令,这样足以防止遇上麻烦。可是一路上,我没碰到一个人,天亮时,我已经看到了一条小河和松树林子。我家的田庄已经隐约可见。车夫挥鞭打马,半个小时后,我们就进了××村。

我们家的宅院位于村子的那一头,几匹高头大马奔驰起来。突然,车夫停住了马车。"干吗停车?"我不解其意而焦急地问道。"老爷,路上有哨卡。"车夫用劲勒住马不要再动,回答我的问话。果然如此,我举目一看,路上真的设有障碍物,还有一个手持木棍的岗哨,那个农夫走到我的车前,摘下帽子以示敬意,要我出示证件。

我问他:"这是什么意思?设哨卡干什么?你在为谁放哨?"那个农夫说道:"我们都起义了。"他回答道,用手搔着脑袋。

"你们的东家在哪里?"我吃惊地问道,心里凉了半截。

"东家嘛,在哪里?"那个农夫回答说,"我们的东家在粮仓里。"

"怎么在粮仓里呢?"

"因为村里的头面人物安德留哈①下的命令,给他们戴上了脚镣,还要把他们押送到我们的沙皇老子那儿去呢。"

"我的上帝!把障碍物搬开,混蛋!你还傻愣着干什么?快搬!"

这个哨兵还迟疑未动。我跳下马车,走上去给了他一个耳光。(请宽恕!)自己动手去搬障碍物,这个农夫呆头呆脑地望着我,被搞糊涂了。我再次坐到车上,吩咐车夫赶车到主人的宅院去,谷仓就在院子里。仓门上挂着锁,还有两个农夫拿着木棍守在那里,马车一直走到他们的面前,我跳下马车,直奔他们,并且命令他们:"把门打

---

① 安德留哈,安德烈的爱称。

350

开!"大概我的样子很吓人,把他们吓得扔下木棍就逃走了,我想撬开门锁,或者把门撞开了,但是门是橡木做的,一把大锁很难撬,就在这时,一个高个子的年轻的农夫,从仆人住的厢房走了出来,显出一副盛气凌人的样子,责问我怎么胆敢在这里如此胡闹。

"头面人物安德留什卡①在哪里?"我向他吼道,"把他叫来!"

"我就是安德烈·阿法纳西耶维奇,可不是什么安德留什卡。"他回答道,神气十足地双手叉着腰,"你要干什么?"

我没回答他,一把就揪住他的衣领,拖到谷仓门口,命令他开门。起先这小子还不想开门,但是像老子惩罚儿子一样的命令起了作用。他乖乖地掏出钥匙打开了仓门。我立刻冲了进去,里面一片黑暗,只有仓顶的狭小的天窗透进一点光亮。在黑暗的角落里,我看到了父亲和母亲,他们的双手都被捆绑着,脚上还钉着脚镣。我向两位老人扑了过去,拥抱了他们,激动得一句话也说不出来,他们惊奇看着我:三年的军人生活大大地改变了我的外貌,他们一时竟然没有认出来。母亲长叹了一声,热泪如雨地涌流出来。

我忽然听到了一个熟悉而又甜蜜的声音:"彼得·安德烈伊奇!是您吗?"我愣住了……回过头一看,看到玛利亚·伊凡诺芙娜也被绑在另一个角落里。

父亲望着我,什么也没有说,他简直不敢相信自己的眼睛,但是脸上却显出非常高兴的神情。我急忙用军刀把捆绑他们的绳索割断了。

"你好!我的好彼得留哈②!"父亲一边说着,一边紧紧地拥抱着我,"上帝保佑,终于把你盼回来了!"

"我的好彼得鲁沙③!我的好孩子!"母亲说道,"上帝真的把你派来了!你好吗?"

---

① 安德留什卡,安德烈的卑称。
② 彼得留哈,彼得的爱称。
③ 彼得鲁沙,彼得的爱称。

上尉的女儿

我必须赶快带着他们逃出去。但是刚走到门口，我发觉门又被锁上了。"安德留什卡，"我喊道，"开门！""怎么了？"头面人物在外面回答说，"你也在里面老实待着吧！看你还敢不敢再胡闹，还敢不敢再揪皇上官员的衣领，回头老子会好好收拾你一顿！"

我开始察看谷仓，看看有没有办法逃出去。

"不要白费劲了，"父亲对我说道，"我管理家业，绝不能让盗贼挖出个窟窿来，在我的谷仓爬出爬进的。"

母亲刚一看到我时非常高兴，此时重新又陷入绝望之中，因为眼见我们全家都难逃一死。但是，我同他们两位老人和玛利亚·伊凡诺芙娜在一起，心里却踏实多了。我随身带着一把军刀和两支手枪，我们能在围困之中坚持一阵子。佐林本应在天黑以前赶到这里搭救我们。我把这一切告诉了我的父亲，以使两位老人宽心。他们这才沉醉在一家人团聚的欢乐之中。

"喂，彼得！"父亲对我说道，"你淘气也淘得够了，按规矩我该生你的气。可是过去的事儿就让它过去吧，就不必再提了。我希望你现在已经改过自新了。我知道你从军服役，已经当上了一名忠于职守的军官。谢谢你！你使我这个老头子得到安慰。假如这一次能够靠你而得救，那么我的后半辈子生活将会更加愉快了。"

我眼含热泪吻着他的手，望着玛利亚·伊凡诺芙娜，她因为我回来并和他们在一起，显得非常高兴，显得很幸福，很安详的样子。

大约到了中午，我们听到了令人不安的喧闹声和叫喊声。"这是怎么回事？"父亲说道，"也许是你那位上校来了吧？""不可能。"我回答说，"天黑之前他来不了。"喧闹声更大了，并且敲起告急的钟声。我们听到院子里冲进了骑马的人。这时，萨威里奇把花白的脑袋从小天窗伸进来。他十分焦急而又忧伤地说道："安德烈·彼得罗维奇！阿芙多齐娅·华西里耶夫娜！我的少爷彼得·安德烈伊奇！我的小姐玛利亚·伊凡诺芙娜！大事不好了！强盗进村了！你可知道，彼得·安德烈伊奇!是谁把他们领来的吗?是什瓦卜林·亚厉克赛·伊凡内奇,真是糟透了!"一听到这个可恶的名字,玛利亚·伊凡诺芙娜拍了一下手,就被吓呆了。

"听着!"我对萨威里奇说道,"赶紧派人到××渡口去,去找我们的骑兵团,告诉上校,说我们的处境非常危险。"

"可是派谁去呢?少爷!年轻人都造反了,马匹也被抢光了。哎呀!他们已经来到了院子里,正向谷仓这边儿拥过来。"

这时,门外传来了几个人说话的声音,我悄悄地向母亲和玛利亚·伊凡诺芙娜示意,要他们躲到角落里去。我抽出军刀,在门边紧贴墙根站着。父亲提着两支手枪,扣上扳机,也站在我的身边。听到开锁的声音,门打开了,那个头面人物把脑袋伸了进来看动静。我一刀砍了下去,他一下子便倒在地上,堵在了门口,这时,父亲也朝门口开了一枪。围攻我们的一伙匪徒破口大骂着,纷纷退了回去。我把受伤的头目拉过门槛儿,关上门,从里面上了闩。院子里挤满了人,个个手里都拿着武器。我在他们中认出了什瓦卜林。

"别害怕!"我对妈妈和玛利亚说道,"不要绝望。可是你呢,爸爸,请您不要再开枪:我们要节省最后这些子弹。"

母亲默默地祷告上帝。玛利亚·伊凡诺芙娜站在她的身边,像天使一样的安详,等待决定生死攸关的时刻。门外,匪徒们狂吼乱叫,大声地咒骂,恐吓,说不尽的脏话。我依然原地未动,谁要胆敢第一个闯进来,我就用刀砍下他脑袋。暴徒们忽然静了下来,不再作声。这时我听到了什瓦卜林的声音,他在叫我的名字。

"我就在这儿,你要怎么样?"

"投降吧!格里尼奥夫!顽抗是没有用的。可怜可怜你的两位老人吧!顽固到底是救不了你的。我能冲进去!"

"那么就试试看,你这个叛徒!"

"我不会白费傻劲儿往里冲,也不想让我的人白白送命。我只要

上尉的女儿 353

一声令下,就把这座粮仓放火烧掉,到那时,看你怎么办?白山要塞的堂吉诃德①先生!现在我该去吃饭了。暂时你还没事,先坐一坐,好好考虑吧!再见,玛利亚·伊凡诺芙娜!我可是没有对不起您的地方,也不用请求您的原谅。大概在黑暗中和您的骑士在一起,您不会感到寂寞吧?"

什瓦卜林走开了,叫卫兵继续守着仓房。我们一家人都没说话,每个人都想着心事,谁也不敢相互交流想法。我左思右想,都集中到一点:这个罪恶昭彰的什瓦卜林究竟打的什么鬼主意,究竟要干出什么坏事。此时我个人的安危,完全置之度外。还用得着我表白吗?我父母的命运令我担心,但是玛利亚·伊凡诺芙娜的命运更加令我牵肠挂肚,更加担心害怕。我知道母亲一向得到农民和家奴的好感,父亲虽然对人严厉,但他为人正直,却深知和关照手下人的衣食和生活的艰难,因此同样赢得他们的尊敬和爱戴。这次暴乱,他们是因一时糊涂而误入歧途,并不是要发泄他们的仇恨。两位老人一定会得到他们的宽容,可是玛利亚·伊凡诺芙娜又会怎么样呢?那个风流放荡、丧尽天良的恶棍会怎么样安排她的命运呢?实在不堪设想,我甚至不敢思考这个可怕的问题,并且下狠心与其让她再次落入凶残的敌人之手,倒不如我下手把她杀了。罪过,罪过,上帝饶恕我吧!

大约过了一个小时。酒鬼们在村子里喝了起来。看守我们的几个人,因为没有喝着酒过够瘾,便来拿我们出气,破口大骂,不堪入耳,并且威胁说,要对我们严刑拷打和杀死我们。我们等着什瓦卜林来下毒手,我们终于听到院子里骚动起来,也听到了什瓦卜林的声音。

"怎么样?都想好了吗?你们还是老老实实投降吧!"

"谁也没回答。过了一小会儿,什瓦卜林下令手下人拿干草。再过

---

① 堂吉诃德,西班牙作家塞万提斯(1547—1616)同名小说中的主人公,是个发疯的骑士和典型的空想主义的英雄。

几分钟，起火了，麦秸都着了，把昏暗的仓库照得通明，浓烟从门缝钻了进来。这时，玛利亚·伊凡诺芙娜走到我的跟前，低声说道："算了，彼得·安德烈伊奇！不要因为我害了你和你的父母二老。放我出去吧！什瓦卜林会听我的话的。"

"绝对不行！"我怒气冲冲地说道，"您要知道您出去会是什么结果？"

"我绝不受污辱，"她从容不迫地回答说，"可是我也许能救出我的恩人和他的一家。他们待我是如此宽厚，收容了我这孤苦伶仃的人，再见了！安德烈·彼得罗维奇！再见了！阿芙多吉娅·瓦西里耶芙娜！你们待我情深似海、胜过恩人！请为我祝福吧！也请你原谅我，彼得·安德烈伊奇！请你相信我，我……我……"说到这儿她哭了，哽咽住了……用双手捂住面孔……我简直要发疯，母亲也在哭。

"不要瞎说，玛利亚·伊凡诺芙娜！"我父亲说道，"谁能放你一个人到强盗那儿去！你就坐在这儿，什么也不要说了，要死我们就一家人死在一起。听！外边在嚷嚷什么？"

"投降不投降？"什瓦卜林扯脖子号叫，"看见了吗？再过五分钟，你们就得被烧死。"

"我们绝不投降！你这个无耻的恶棍！"父亲斩钉截铁地答道。

他那张布满皱纹的脸因极度振奋而神采焕发，显得威风凛凛，在两道眉毛下面，双目炯炯发光，令人望而生畏。他猛然一转身，对我说道：

"不要再迟疑了，冲！"

他捅开门。火舌立刻窜了进来，顺着长满干藓苔梁木盘旋而上。父亲开了一枪，一个箭步，冲过了烈焰飞腾的门槛儿，大声喊道："随我来！"我一只手拉着母亲，一只手拉着玛利亚·伊凡诺芙娜飞步跨到门外。什瓦卜林躺在门槛处，他是被我父亲衰老的手一枪击中的。一群暴徒看到我们突然冲了出来，吓得纷纷倒退，随即醒过神来又向我们扑了过来。我挥刀猛砍猛杀了几下，可是突然一块砖头向我飞了过来，正打在我的胸部，我翻身倒地顿时失去了知觉。等我苏醒过来之后，我看到什瓦卜林坐在鲜血淋漓的草地上，我们全家都在他的面前。被扭住双臂，一群乡下人，哥萨克和巴什基尔人把我们团团包围。什瓦卜林面色煞白煞白的，简直令人感到可怕。他一只手捂着受伤的腰部，脸上流露出痛苦和仇恨。他慢慢地抬起头看了我一眼，用有气无力而含糊的声音说道："绞死他……和他的全家……除了她……"

那群暴徒立即围了上来，狼嗥鬼叫地把我向大门口拖去。可是，突然间他们又丢下了我们，纷纷四散奔逃。原来是佐林骑马冲进了大门，后面跟着一大队骠骑兵，一个个挥舞着军刀。

暴徒们四散逃命。骠骑兵乘胜追击，暴徒死的死伤的伤，还有一些被生擒活捉。佐林翻身跳下马来，向我父母二老敬礼，走过来紧紧跟我握手。"幸好我们及时赶到，"他对我们说道，"啊！这就是你的未婚妻呀！"玛利亚·伊凡诺芙娜羞得面红耳赤。父亲走到他的面前向他道谢，神态赤诚，而且感人至深。我母亲拥抱了他，并把他称之为"救命的天使"。

"请光临寒舍休息一下。"我父亲说道，然后就头前带路陪着他向我家走去。

从什瓦卜林身边经过的时候，佐林停住了脚步，望着这个受伤的人并且问道："此人是谁？""他就是那伙强盗的头目。"我父亲回答道，表现出身经百战的年长军人的那种自豪的气概，"上帝保佑，我用衰弱的手惩罚了这个乳臭未干的强盗，为我儿子报了流血之仇。"

"他是什瓦卜林。"我告诉了佐林。

"是什瓦卜林！我太高兴了！弟兄们，把他抬走！告诉咱们军医，好好给他包扎伤口，好好看护他，要像保护眼睛一样保护他。要赶快把他押送到喀山军法委员会去。他是主犯之一，他的口供非常重要。"

什瓦卜林睁开困倦的眼睛。他的脸上除了表现肉体疼痛之外的表情，再看不出其他别的什么东西了。几个骠骑兵用斗篷兜着把他抬走了。

我们走进屋里，我的心儿颤抖着环顾四周，勾起了我对童年时代的回忆。屋子里一切如旧，一切都是原来的老样子。什瓦卜林不允许抢劫这些房间里面的东西，虽然他为人卑鄙，他却不是一个贪财好利之徒，他讨厌可耻贪赃劫掠的行径。家中的仆人纷纷涌进前厅。他们都没有参加暴乱，全都真心诚意地庆幸我们得救。萨威里奇心花怒放。应该说上几句，在暴徒围攻的紧要关头，他悄悄溜进了马厩，什瓦卜林的马就拴在那里，他套上马鞍，偷偷地把马牵了出来，趁骚乱之际，神不知鬼不觉地骑上马，急匆匆地奔向渡口。他在途中遇到了正在伏尔加河岸边休息的骠骑兵团，佐林听说我们的处境危险，立刻下令上马，挥鞭打马，全速前进——谢天谢地，及时赶到了。

佐林坚持把那个头面人物的脑袋用木杆子挑起来，在小酒店前示众几个小时。

乘胜去追击的骠骑兵回来了。还活捉几名叛匪。立刻把他们关进粮仓，也就是我们在那里被围困和值得纪念的地方。

我们各自回到了自己的房间。两位老人需要休息。我整夜未曾睡觉，此刻躺在床上就沉沉入睡了。佐林去处理他的军务。

到了晚上，我们又聚到客厅里，坐在茶炊旁喝茶，快乐地谈论着这场已经过去的危险。玛利亚·伊凡诺芙娜给大家斟茶，我坐在她的旁边，一心想厮守着她。我父母在一旁看着我们如鱼得水地和睦相处，心里异常高兴。时至今日，那一晚的情况依然历历在目。我真幸福，感到幸福极了！在多苦多难的人生中，这样的幸福时刻又能有几许呢？

第二天，父亲听到禀报，说一大群农夫到主人的大院子里来请罪。父亲便走上台阶去和他们谈话，他一出现，那些农夫一个个跪了下来。

"怎么样，你们这些傻瓜？"父亲对他们说道，"你们为什么要造反？"

"我们有罪，老爷！"他们异口同声地答道。

"不错，你们是有罪的。瞎折腾一阵，你们已经也后悔了吧！好！我饶了你们，上帝保佑！因为我心里高兴。今天，我跟儿子彼得·安德烈伊奇又团聚了。好！算了！宝剑不斩悔罪之头。"

"我们有罪呀！我们真的有罪。"

"上帝慈悲，赐给我们风和日丽的天气，该是割草的时候了。可是，你们这些傻瓜蛋，整整折腾了三天，都干了些什么？管家！安排他们一个个都去割草。你可要当心，赤发鬼！在伊利亚节之前，把干草都垛起来。好，干活去吧。"

农夫一个个给老爷鞠躬，然后去干活，好像什么事情也不曾发生过一样。

什瓦卜林的伤本来就没有致命危险，被押解到喀山去了。我从窗口看到他被押上了车。我们的目光又碰到了一起，他低下了头，我赶忙离开了窗口。我不想表现出来对敌人的不幸和屈辱是一种幸灾乐祸的神情。

佐林必须继续进军。我虽然还想在家中多住几天，但最后还是下决心和他一起走。在我们出发的前一天，遵照当时的节俗和规矩，我跪到父母的面前，恳求二老准许我和玛利亚·伊凡诺芙娜结婚。两位老人把我扶起来，流着快乐的眼泪，表示欣然同意。我又领着面色苍白，全身颤抖的玛利亚·伊凡诺芙娜走到他们的面前。二老为我们祝福……那时我心中是何种感觉，此刻我也不想再多说了。谁要是有我这样一番经历，自然不说心中也会明白。谁要是没有这番经历，那么，我只好表示遗憾了，并且奉劝他们，趁风华正茂，赶紧去谈情说爱，并且要恳请父母的祝福。

第二天，我们全团集合。佐林跟我全家告别，我们大家全都深信,战事很快就会结束。我希望一个月后就能够做新郎。玛利亚·伊凡诺芙娜当众同我亲吻告别。我上了马,萨威里奇又跟在我的身后。于是,我们全团又继续去征讨了。

渐渐走远了,可是我还不时地回头遥望着我家那栋住宅,我又一次离开了它。一种昏暗不祥的预感使我有些不安。冥冥中似乎有人在我的耳边说道:"厄运还没有完呢!"我心中预感到还会有新的风暴!

我不想再来描述我们的进军和征讨,以及围剿普加乔夫战争的结果了。我们一路上经过了很多村庄,村村庄庄都遭到了普加乔夫的洗劫,可是我们又不得不从经受苦难的难民手中,夺走强盗留给他们那点儿少得可怜的财物。

遭受劫难的人民实在搞不清究竟该服从谁。各地的官府机构也都瘫痪了。地主们都逃到森林里去避难。一帮又一帮的匪徒到处行凶作恶;奉命追击当时已逃往阿斯特拉罕的普加乔夫的各个部队的长官们,敌我不分,不管有罪无罪,良莠不明地肆意惩罚……更加重了这遍地烽火广阔边远地区的灾难,那幅情景简直令人触目惊心!只求上帝开恩,不要再让世人看到这既毫无意义、而又残酷又灾难深重的俄罗斯式的暴乱了!那些痴心妄想在我国发动政变的人,要么就是幼稚无知,不了解我们的人民,要么就是心如铁石的蛇蝎心肠之辈,把别人的脑袋看得一文不值,把自己脖子拿来作赌注。

普加乔夫被伊凡·伊凡诺维奇·米赫尔松穷追猛打,到处逃窜。不久,我们便听说他的叛军被打得落花流水,遭到彻底覆灭的可悲下场。佐林终于收到将军关于普加乔夫被生擒活捉的通报,以及停止军事活动的命令。啊!我终于可以回家省亲了。我欣喜若狂,但是,一种奇怪的感觉给欢乐的心情蒙上一层阴云。

俄罗斯人姓氏和名字的构成和用法
——代译后记

中国广大读者，特别是没有学过俄语的人，在阅读俄罗斯文学作品时，遇到的一个难题就是俄罗斯人的姓氏、名字的构成和用法，因为不了解这个问题，很容易把作品中的人物搞混，有时甚至把一个人物的姓氏、父称和名字误认为是两个人或三个人，这样也很容易影响读者对作品中人物和内容的理解。因此，译者再次把这个问题更详细地介绍一下。①

一、俄罗斯人姓氏和名字的构成

1. 俄罗斯人的姓氏和名字由三部分构成

名字+**父称**（即××的儿子或女儿）+**姓氏**（排列顺序和中国人的姓名相反，姓氏放在最后）。

我们先以本书的作者普希金为例：亚历山大是他的名字，谢尔盖耶维奇是他的父称，普希金是他的姓，所以他的全名是：亚历山大·谢尔盖耶维奇·普希金（在查找人名词典时，姓氏放在最前面，

---

① 译者在翻译《钢铁是怎样炼成的》一书的前言中，把这个问题在注释中简要地介绍过，但是有的朋友和读者认为过于简单了，建议再稍微详细介绍一下。

因此要查找姓氏)。

2. 俄罗斯人男人和女人的姓氏和名字的差别和判断

俄罗斯人男人和女人的名字和姓氏的构成相同,即**名字 + 父称 + 姓氏**;不同的是男人的名字、父称和姓氏原文结尾都是阳性的,译成中文时,也要体现出男性。女人的名字、父称和姓氏原文结尾是阴性的,译成中文时,要体现出女性,即用体现女性的汉字,也就是尽量用带女字旁或表示女性的汉字。我们在这里还是以普希金(姓氏)一家为例:

普氏一家男人的姓名:

普希金本人——亚历山大·谢尔盖耶维奇·**普希金**

普希金的父亲——谢尔盖·里沃维奇·**普希金**

普希金的弟弟——列夫·谢尔盖耶维奇·**普希金**

普氏一家女人的姓名:

普希金的姐姐——奥丽嘉·谢尔盖耶芙娜·**普希金娜**

普希金的母亲——纳杰日达·奥西波芙娜·**普希金娜**

普希金的妻子——纳塔丽娅·尼古拉耶芙娜·**普希金娜**

从以上的对比可以看出,俄罗斯人男人和女人的姓名还是很容易区分的,主要根据原文的词尾和译成汉语(女性加女字旁)来判断。

3. 俄罗斯人的女人出嫁后要从夫姓(名字和父称不变)

例如:普希金的母亲未出嫁前姓汉尼拔,出嫁后姓普希金娜。

普希金的妻子未出嫁前姓龚嘉罗娃,出嫁后姓普希金娜。

4. 俄罗斯人父称的构成方法

男人的父称的构成:**父名 + 耶维奇(奥维奇、伊维奇等)**;

女人的父称的构成:**父名 + 耶芙娜(奥芙娜、伊芙娜等)**。

(这里举的例子，只是构成方法的一种)所以俄罗斯人的父称还是很好识别的，再有姓氏和名字可以单独使用，但父称很少单独使用(见下文)。在区分相同姓氏和相同名字的人时，**主要看父称**；父称相同的话，则属于同一个家族，否则只是同姓而非同一家族。

5．姓氏和名字的读法和书写法

读的时候，名字、父称和姓氏三部分之间要停顿；书写的时候，名字、父称和姓氏中间要用"·"隔开。

二、俄罗斯人姓氏和名字的用法

按照俄罗斯人的习惯，姓氏和名字在不同的语言环境或不同的人际关系中有不同的使用方法，主要有下列几种情况：

1．名字的用法

①**直呼名字**（用于第三和第二人称）

  a. 主要用于亲朋好友之间，或长辈与晚辈交往时(包括大人对孩子、孩子之间的交往)，直呼其名，表示关系之密切。

  b. 上级对下级，主人对仆人，地主(农奴主)对农奴直呼其名，表示隶属或主从关系。

②**约定俗成的用法**（用于书面或口语第三人称）

在沙皇俄国时，对沙皇的称呼用名字，比如罗曼诺夫(姓氏)王朝统治俄国三百多年，在彼得大帝执政之前称呼沙皇时用名字＋父称，如彼得大帝的父亲在位时称沙皇阿列克谢·米哈伊洛维奇；彼得大帝的哥哥在位时称沙皇费奥多尔·阿列克谢耶维奇。但是在彼得大帝之后，称呼沙皇时则直接用名字：如沙皇彼得一世，沙皇彼得二世；沙皇亚历山大一世，沙皇亚历山大二世；沙皇尼古拉一世等。当然，直接与沙皇交往时，只称皇上或陛下即可，而不能称呼名字。对沙皇这种书面上的称呼，只是一种约定俗成的用法，而不带感情色彩。

③名字的特殊形式

此外俄罗斯人的名字还有小称、爱称和卑称之分。

a. 小称、爱称的构成

构成：仍然以本书作者普希金一家人的名字为例：

普希金的名字——亚历山大：萨沙、萨尼亚、舒拉、萨申卡、舒拉奇卡、舒利科、亚列科萨沙

普希金姐姐的名字——奥丽嘉：奥丽娅、奥莲卡、奥列奇卡

普希金妻子的名字——纳塔丽娅：纳塔莎、纳塔拉奇卡、纳塔申卡

从小称和爱称的构成上可以看出，男人(男孩)、女人(女孩)的名字在构成小称或爱称时原文词尾几乎都是阴性，译成中文时有时可以区分开，如同样结尾是亚或沙时，男人的译成亚或沙；女人的译成娅或莎，用不同的字以示差别。但是如果男人、女人的小称或爱称最后一个字都是"卡"时，那时则要根据上下文来判断是男人还是女人。因为俄国人男女的名字很多，我们现有的工具书《大俄汉辞典》列出常用的人名就有二百五六十个，故此就无法举那么多例子了。

b. 小称和爱称的用法

主要用于亲朋好友之间，长辈称呼晚辈，大人称呼小孩子或孩子们之间互相称呼时使用，而最普遍的则是用于情侣之间，以表示关系之密切和亲昵。

c. 卑称的用法

卑称的构成更为复杂，这里就不举例说明了。主要用于地主(农奴主)对农奴的称呼，主人对仆人或者鄙视某个人时也可以用卑称。

2．名字＋父称的用法

主要用于晚辈对长辈，下级对上级，农奴对地主(农奴主)，仆人对主人，普通人对有社会地位的人，小孩子对陌生人时使用，以表示礼貌和尊敬，这种用法实际上是一种尊称。但是如果是地主对农奴，上级对下级，老辈对晚辈称呼时，若使用尊称，那时是一种讽刺或警告的称呼，表示说话人生气或不满的情绪。

3．父称的用法

父称在交际过程中很少单独使用，除非是在介绍某人的时候，已知道名字和姓氏时，在问到父称时可以单独使用，而且在交际过程中几乎不用父称＋姓氏，除非有两个人名字和姓氏都相同的情况下，为了区分两个人时，偶尔可以用父称＋姓氏。

父称几乎不单独使用，但在苏联时期老百姓或农民在称呼革命导师弗拉季米尔·伊里奇·列宁时单独称呼"伊里奇"，以表示尊敬与亲切。

4．姓氏的用法

①主要用于同事之间、地位相同的人或与陌生人交往时，只称呼姓氏，以表示关系比较疏远，或者进行例行公事的交往。

但是在翻译俄罗斯(包括苏联)文学作品时，在我国出版界已形成一种约定俗成的用法，即在标示出版物或文学作品的作者时，只用姓氏：如：《上尉的女儿》作者普希金；《钢铁是怎样炼成的》作者奥斯特洛夫斯基；《罗亭》作者屠格涅夫。其实原版书上在标示作者时都是用作者的全称，只是名字和父名是缩写，如上面的三位作家标示姓名时用的是：亚·谢·普希金；尼·阿·奥斯特洛夫斯基；伊·谢·屠格涅夫。译者建议出版界还是按着原著标示姓名，这样就不会搞混。

②职务、职称或表示身份地位等的称呼再加上姓氏。如总统普京、诗人普希金、文艺批评家别林斯基、医生某某、护士某某、教授某某。

在俄罗斯的刊物、文章、文学作品、广播、电视中，在称呼沙俄时期、苏联时期和现在俄国的政府首脑要员、科学家、文学家、社会活动家，或者有一定社会地位的人时，只称呼姓氏：如列宁、斯大林、莫洛托夫（以上三人的姓都是化名）、戈尔巴乔夫、叶利钦、普京、罗蒙诺索夫、普希金、莱蒙托夫、涅克拉索夫、屠格涅夫、别林斯基、托尔斯泰、高尔基、奥斯特洛夫斯基、肖洛霍夫等，这和彼得大帝之后，沙皇只用名字一样，也是一种**约定俗成**的用法。

5．名字 + 姓氏的用法

①在私人通信和书写便条时，要用名字和姓氏落款（用第一人称）。

②主要用于区分非同一家族或同姓氏的人。

在人们交际时，俄罗斯人很少使用名字 + 姓氏的用法。但如果同一家族的两个人，或者两个同姓氏的人，在介绍和交代人物时，为了区分开两个人，可以用名字 + 姓氏来称呼，如众所周知的两个文学巨匠托尔斯泰，为了不搞混，要用这种用法加以区分。因为《战争与和平》的作者列夫·尼古拉耶维奇·托尔斯泰和《苦难历程》的作者阿列克谢伊·尼古拉耶维奇·托尔斯泰，姓氏和父称均相同，但名字却不相同，两个人并非同一个家族，生活的年代也不一样。所以在叙述时只用名字 + 姓氏便可以区分开。

但在中国出版界也形成了一个约定俗成的用法，用名字的缩写加上姓氏来区分，即用列夫·托尔斯泰和阿·托尔斯泰来区分。在口语中有时把列夫·托尔斯泰称为老托尔斯泰，把阿·托尔斯泰称为小托尔斯泰。过去出版这两位大作家的作品时，曾用（俄）托尔斯泰和（苏联)托尔斯泰来加以区分。

6. 名字＋父称＋姓氏，即全称的用法

全称主要用于正式的、隆重的场合介绍人物时，在正式行文，办理证件，出版物署名或签署文件时，要用全称，以表示正规或隆重。上述各种情况可以用全称，如：亚历山大·谢尔盖耶维奇·普希金，也可用名字和父称的缩写（用名字和父称的第一个音节）：亚·谢·普希金。但在商业或学术谈判时，签署文件时只签姓氏即可，正式打印文件时，在签署的名字后面还要加上名字和父称的缩写。

三、以两部俄罗斯文学名著为例

1. 以普希金的《上尉的女儿》为例，说明俄罗斯人的姓氏和名字在文章中的用法

小说的男主人公格里尼奥夫在第一章开头，便介绍他的父亲是：安德烈·彼得罗维奇·格里尼奥夫【即（名字）安德烈·（父名）彼得罗维奇·（姓氏）格里尼奥夫】。他的母亲未出嫁前是：阿芙多吉娅·瓦西里耶芙娜·某某；出嫁后是：阿芙多吉娅·瓦西里耶芙娜·格里尼奥芙娜。在下文中，父母之间的称呼都用的是尊称，即名字＋父称。别人称呼他父母时也用尊称，这是因为格里尼奥夫家是贵族。

读者此时还不知主人公格里尼奥夫的名字，但是却已经知道了他的父称和姓氏——安德烈耶维奇·格里尼奥夫。等到他父母交谈时，提到了他的名字，用的是爱称——彼得鲁沙，那么，我们就知道了他的名字叫彼得。因此，可以推断他的全称是：彼得·安德烈耶维奇·格里尼奥夫。

家中两侍女的名字用的则是卑称：洗衣服的女仆叫巴拉什卡，原名叫巴拉莎；挤牛奶的女仆叫阿库尼卡，原名叫阿库琳娜。主人呼唤

她们一律使用卑称。仆人之间相互称呼既可以用原名，又可以用卑称。家中的男仆——萨威里奇用的是父称，表示彼得对他的尊称，因为他年纪大，又是彼得的监护人。这三个仆人都是农奴，在称呼主人时一律用尊称，或称老爷、夫人、少爷，或用尊称加上主人的头衔：老爷安德烈·彼得罗维奇；夫人（太太）阿芙多吉娅·瓦西里耶芙娜；少爷彼得·安德烈伊奇（农奴称呼主人父称时"耶维奇"发声音变，变成"伊奇"；另一方面，这也是对父称的一种尊称）。

后来，格里尼奥夫在去奥伦堡服兵役的途中，在辛比尔斯克的一家旅店里，遇到了骠骑兵上尉伊凡·伊凡诺维奇·佐林，以及他父亲给老朋友写信时，用的也是全称——安德烈·卡尔诺维奇·P**。从以上两个例子，我们可以看出：在介绍或提到新人物时，如果是有地位之人一律使用全称：即名字＋父称＋姓氏。而对仆人、农奴或小人物时则用名字的卑称：巴拉什卡、阿库尼卡等根本不提或很少介绍父称与姓氏。因为在沙皇俄国残酷的农奴制统治下，农奴（奴隶）就是会说话的牲畜，是农奴主可以随意生杀和买卖的私有财产，农奴大多没有姓氏或不知道其父是何人，因此就谈不上什么姓氏和父称了，仅有的就是一个名字或卑称。

又如，在第三章中，男主人公格里尼奥夫到了白山要塞以后，和要塞司令米罗诺夫一家交往时，对要塞司令使用的是尊称伊凡·库兹米奇，对其夫人亦用尊称瓦希莉莎·叶戈罗芙娜，对其女儿也是使用尊称玛利亚·伊凡诺芙娜。要塞司令米罗诺夫和夫人，则把女儿呼为玛莎，要塞里其他人与玛莎交往时也都使用尊称……

2．以屠格涅夫的《猎人笔记》为例，书中俄罗斯人的姓氏和名字的用法

例如篇名:《霍尔和卡里内奇》《叶尔莫莱和磨坊主妇》和《来自美丽的梅恰河畔的卡西扬》三篇的题目，就是用人物名字称呼，即对

小人物和农奴的习惯用法。而《我的乡邻拉季洛夫》《独院地主奥夫谢尼科夫》《切尔托普哈诺夫和聂道比斯金》《切尔托普哈诺夫的末路》这几篇人物的称呼，则按惯例用的是姓氏，因为他们都是地主。在每篇作品中，根据具体的语言环境，人物在交往时，农奴、仆人、管家等对地主的称呼一律都用的是尊称(即名字+父称)，而地主对农奴、仆人、管家等则直呼其名，表示尊卑和领属关系。屠格涅夫这样使用人的名字和姓氏，并不表示他的感情色彩，而只是按照惯例行事罢了。

俄罗斯人的姓氏和名字的构成，特别是用法，是个相当复杂的问题，有时例外的情况也很多，并非都是千篇一律的，仅用一篇短文是很难阐述清楚的。

笔者必须在此作一个简短声明：这篇短文既不是专题论文，也不是一篇学术文章，仅仅是介绍一点有关俄罗斯人姓氏和名字构成及用法的常识。因此，文中肯定会有含混不清、挂一漏万或谬误之处，恳请同行和读者不吝赐教！

田国彬
2014年6月于北京寓所神驰斋

出品人：许　永
出版统筹：林园林
责任编辑：许宗华
特邀编辑：王佳丽
装帧设计：海　云
印制总监：蒋　波
发行总监：田峰峥

投稿信箱：cmsdbj@163.com
发　　行：北京创美汇品图书有限公司
发行热线：010-59799930

创美工厂官方微博　　创美工厂微信公众号